Narratori

GAIA AMARAL

Manuzzelle

SOLFERINO

SOLFERINO

www.solferinolibri.it

ISBN 978-88-282-0787-0
Prima edizione: ottobre 2021

Manuzzelle

Nelle loro bottiglie i bimbi dal naso a chiocciola
irradiano un pallore trasognato.
Lui le porge il cuore estratto come un cimelio
di famiglia infranto.

SYLVIA PLATH

1
Il peccato originale

La sua voce risuonava nel bosco tetro di agrifogli giganti. La veste nera di un uomo immondo le sfregava la pelle mentre le dita stringevano le ginocchia aperte. Un grido. Un rivolo di sangue. L'innocenza fu perduta. Il crocifisso che gli pendeva dal collo le finì in un occhio. La terra umida le insozzò i capelli ma era più pulita di quelle mani atroci che non lasciavano la presa.

«Elda!» gridai correndo e i miei piedi affondarono nel fango.

La luce filtrava flebile. Tra le foglie, appariva come un manto che scurisce a poco a poco impregnandosi del liquido in cui viene immerso.

«Elda... dove sei?»

Le mie guance vermiglie sventravano l'aria d'inverno con rabbia. Perché volevo raggiungerla, salvarla. Eppure persi la direzione. Inseguii l'albero sbagliato. La voce si fece lontana, sommessa. Io costrinsi le gambe con forza tra le sterpaglie e le foglie morte. Incitavo i muscoli a fare di meglio, a fare più in fretta. Il buio non mi spaventava. Quell'uomo sì.

Inciampai su di un tronco mozzato, l'avambraccio sinistro si distorse. Sentii un dolore lancinante e la mano prese a ciondolare quasi fosse un'escrescenza indesiderata. Mi rialzai svelta, cambiai traiettoria.

«Elda!» le mie corde vocali tremarono: «Ti prego, dimmi dove sei» con la destra accartocciai l'escrescenza sul petto e continuai senza sapere.

«Nooo!» gridò lei. Poi soltanto versi soffocati.

Mi fermai all'improvviso. Chiusi gli occhi. Cercai di capire la fonte. La provenienza esatta. In un attimo i rumori del bosco parvero strisciarmi addosso tutti. Con le sue creature sotterranee e invertebrate. Quando li riaprii corsi ancora, veloce. Oltrepassai due grossi castagni che si flettevano a formare un arco sulla bocca del cielo, e la vidi. L'uomo si voltò verso di me, furioso. Lo conoscevo. Sapevo chi era. Ogni domenica, io ed Elda ricevevamo l'eucarestia dalle sue dita nodose. Non ne fui sorpresa. Non posso dire la stessa cosa di lui.

«Cosa ci fai qui?» chiese con un tono di rimprovero alzandosi in piedi.

Elda restava sbattuta sul terriccio. Le sue labbra non erano né aperte né chiuse. Galleggiavano sul suo volto sconvolto come un rifiuto in uno stagno.

«Cosa le avete fatto?» strinsi i pugni.

Don Carlo si asciugò il sudore con la manica della tonaca: «Vattene a casa, Ada».

«Non me ne vado senza la mia amica.»

«Certo, ma lo sai che non dovete andarvene in giro se nessuno vi ha dato il permesso. Vi riporto in città... si è fatto tardi» affermò guardingo.

«Conosciamo bene la strada, non ce n'è bisogno» avanzai di un passo nella direzione di Elda.

Mi si parò davanti: «Perché mi guardi in questo modo?».

Avrei voluto insultarlo e gridare tanto forte da farlo turbinare nel vuoto per l'eternità.

«Si è sbucciata un ginocchio, vedi. Cercavo di medicarla, non è vero?» si rivolse a Elda.

Lei restò immobile. Persino il riflesso incondizionato delle palpebre che si aprono e si chiudono si defilò.

«Ada, mi sembri confusa... a Gesù Cristo non piacciono i

brutti pensieri. Recita dopo di me: Mio Dio, mi pento e mi dolgo con tutto il cuore dei miei peccati, perché peccando ho meritato i tuoi castighi.»

«Voi dovreste pregare, padre.»

«Signore, misericordia, perdonami» sussurrò Elda tra le lacrime.

«Prega!» Parve un'imprecazione.

Lo ignorai: «Elda, sbrigati, vieni con me». L'aiutai a rialzarsi.

«Dove credete di andare?» Mi afferrò trascinandomi nel fango.

«Lasciatemi!» gridai: «Lassami!».

Don Carlo mi strattonò stringendomi il colletto del grembiule. Il mio volto si fece scuro, le gambe si dimenarono sconnesse.

«Padre, vi prego...» balbettò Elda dolente, piegata su se stessa.

Lo schiaffeggiai cercando di attenuare la forza che mi attanagliava il collo.

«Tu non sai niente» sibilò a denti stretti.

Divaricai il braccio buono graffiando il terreno, ghermii qualcosa di duro e picchiai con impeto sulla sua tempia. L'uomo si afflosciò. Sbarrai gli occhi. Davanti al mio sguardo pietrificato ciondolò il retro del crocifisso che indossava. C'era incastonata una moneta d'oro raffigurante una strana civetta.

Una mano bianca e affusolata scansò via la carcassa clericale: «Stai bene?» chiese Elda.

Io annuii pallida. Lo fissai riverso ed ebbi un conato di vomito.

«Non respira...» constatò mettendogli due dita sotto il naso: «Presto, cerca un ramo spesso e appuntito» ordinò vigilando lo spazio intorno.

Obbedii muta.

Iniziammo a scavare. Giunse la sera. Il bubolo di un gufo riecheggiò solenne.

«Non ce la faremo mai» mormorò.

«È stata tua l'idea... su, coraggio» asserii smottando la terra con impeto dopo essermi legata l'arto distorto con un lembo della sottana.

«Ada, senza una vanga non è possibile...»

Mi fermai a riflettere. Aveva ragione.

«Trasciniamolo dai piedi.» Lo agganciai per una caviglia: «Tu pigghia l'autra».

«E dove lo vuoi portare?»

«Da qualche parte. Uòra tira» la spronai risoluta.

Il corpo di don Carlo tracciò sul terreno un binario oscuro e scardinato. All'improvviso, un avvallo naturale c'indicò la soluzione. La fossa non fu molto profonda, quanto bastava, tuttavia, per contenere il cadavere indurito dell'uomo. Lo ricoprimmo calciando le zolle umide fino a che non si formò una coltre spessa e compatta. Io ed Elda eravamo esauste, sporche e arruffate. La sua veste era strappata da un lato e il ginocchio continuava a sanguinare. Il mio braccio si gonfiò a dismisura. Avremmo dovuto capire cosa dire una volta tornate a casa, ognuna dai propri genitori. Ma in quel momento ci stringemmo con tanto vigore da toglierci il respiro.

«Non lo deve sapere nessuno» la guardai dritto negli occhi: «Prometti».

Esitò: «Diu u sapi...».

Mi sentii rabbrividire: «Di lui non dobbiamo preoccuparci. Quella pietra è stata un dono divino. Don Carlo ha avuto la sua punizione... prometti?».

«Prometto.» Abbassò lo sguardo.

Sul tronco bitorzoluto del faggio che vegliava sulla tomba del prete pedofilo incisi un segno indelebile.

«Non verremo mai più nel bosco» dissi.

Annuì: «Mai cchiù».

C'inoltrammo verso la via del ritorno. Quella notte non riuscii a prendere sonno. Continuai a ripensare alla bocca di Elda e alla sua espressione sconosciuta. L'odore della terra mi rimase addosso a lungo, nonostante i bagni caldi, il talco e le stagioni. Come se piccoli granelli mi si fossero intrufolati dentro mettendo radici. Attendendo pazienti il giorno del giudizio. Perché nel bosco non ci tornammo per davvero. Per nessuna ragione. Eppure non potevamo evitare di pensare, a ogni calar del sole, che lì era sepolto il nostro segreto. Il nostro peccato originale.

2
Il matrimonio

«Mi sposo anch'io» bisbigliò Elda mentre mi decorava l'acconciatura con un grappolo di stelline di Gussone.

Mi voltai incredula: «E me lo dici adesso?».

Elda arrossì.

«Ti prego, slacciami il corpetto e raccontami tutto. In chiesa possono pure aspettare» le sorrisi.

Lei allentò l'ampio vestito bianco che mi affaticava ed esalai un respiro profondo. Avevo vent'anni. Elda lo stesso.

Non parlava. Le strinsi le mani tra le mie: «Hai paura?».

«Non ne ho.»

«Allora, dimmi, chi è?»

«Dio. Mi sposo con Gesù Cristo.»

Le mie palpebre ebbero un fremito.

«Entrerò nel monastero della Madonna della Catena, Ada.»

Balbettai: «Tu, vuoi...».

Annuì pervasa dal silenzio.

La navata della chiesa annessa al baglio antico in cui abitavo era piccola e stretta. Ghirlande di rose di San Giovanni addobbavano le travi sopra la mia testa e i vasi in prossimità del presbiterio. Fu mia madre Piera ad accompagnarmi all'altare. Mio padre mancò qualche tempo dopo il fatto di don Carlo, scomparso nel nulla. Così si vociferava in paese. Abbiamo una figlia nata adulta, aveva detto facendomi l'occhiolino. Sei cresciuta tutta in un botto, aveva aggiunto poi a mezza voce. E accarezzandomi il viso, il suo sguardo si era fatto perso.

Piera mi avvinghiò la mano destra cercando il mio consenso al di là del velo e, a ogni passo, stringeva con più intensità. Quasi non volesse lasciarmi andare. La sua bambina cresciuta che non era mai stata bambina... già... gli invitati mi osservavano con curiosità. Forse non mi reputavano la moglie giusta. Forse ritenevano fossi troppo alta, troppo poco formosa. Troppo di qualcosa e troppo poco di qualche cosa d'altro. A me non importava. Volevo soltanto andarmene lontano. Come e con chi non faceva differenza. Alfredo aspettava dritto sulla schiena. Un sorriso misto a sgomento aleggiava sulle sue labbra insicure. La prima volta che mi aveva baciato ero scoppiata a ridere, ma non se l'era presa. Eravamo giù al ponte di San Brancato. Io camminavo svelta, lui cercava di starmi dietro un po' maldestro. Mi faceva simpatia quella fossetta in mezzo al mento e pur avendo una decina di anni in più, lo caratterizzava un'espressione imperturbabile da eterno fanciullo. Ci eravamo seduti in riva al fiume, Alfredo aveva allungato una mano a sfiorarmi il volto. Lo avevo baciato e la sua sorpresa era stata uno spasso. Mi vuoi sposare, aveva chiesto. Va bene, gli avevo risposto.

L'organo suonava un'armonia lirica e cerimoniosa. Faceva caldo e un rivolo di sudore mi solleticò il petto fino a dissolversi nel tessuto del corpetto. L'incenso annebbiava il mio passaggio conferendomi un'aura da dea del passato. Se solo lo avessi amato un tantino, Alfredo, quel momento sarebbe potuto essere uno dei pochi, nel corso della vita, che ti fanno pensare alla perfezione. Anche se la perfezione non esiste. Ebbene, non ci degnò della sua comparsa nemmeno allora. Così, non pensai che alle paste fritte che ci attendevano per il rinfresco. Elda mi scrutava con gli occhi pieni come soltanto lei sapeva fare. Consegnò le fedi nuziali a don Carmine, il parroco giunto da Palermo, stanco della città, a prendere il posto di don Carlo. La musica s'interruppe.

«In nomine patris et filii et spiritus sancti, amen» iniziò il prete: «Oggi siamo qui per celebrare l'unione di due giovani nel Signore...».

Le sue parole si dilatarono fino a svanire perché la voce che sentivo era quella muta di Elda che continuava a guardarmi, quasi interrogandomi. Anch'io mi sposo. Con Dio. Con Gesù Cristo. Convento di clausura. Ada. Mi sposo anch'io. Reclusa. Con Dio. Clausura. Gesù Cristo...

Basta! Silenzio! Perché non restiamo insieme? Insieme potremmo essere felici. Noi conosciamo l'inferno, ma il paradiso deve pur esistere al di là delle montagne.

Mi alzai il velo. Piera si commosse. Io e Alfredo ci scambiammo gli anelli.

Frittelle. Paste fritte...

Don Carmine pronunciò la fatidica frase: «E ora potete baciare la sposa».

Alfredo si avvicinò piano e mi strinse nel bacio della mia prigionia salvifica: il matrimonio. E così sia.

Il pranzo fu lungo e ben assortito. Io ed Elda abbiamo ballato. Pure Alfredo ha ballato con Elda. Sembravamo sorelle. Le lucine sospese qua e là in cortile parevano comete raggianti. Mia madre fece indigestione di confetti alla crema di mandorle e le cuginette giocarono nel carcatizzu in cerca di lombrichi da torturare, sporcandosi i vestitini da cerimonia.

Al calar del sole gli invitati iniziarono la loro lenta processione di congedo e il giardino si azzittì.

«Ci vado all'alba» mi sussurrò Elda in un orecchio.

«Dove?»

«Te l'ho detto.»

«In convento?» dissi allarmata.

Annuì.

«Ti sei fatta matta?»

«Almeno tu lo sai. Nun l'haju rittu a nuddu.»

«Chi rici? E i tuoi genitori?»

«Non lo sa nessuno» ripeté.

Fece per andarsene, la bloccai aggrappandomi a un braccio: «Ascolta, vediamoci più tardi, verso le undici. Ai quattru cannola».

«Ma come fai a...»

«Alle undici, promesso?»

«Promesso.»

L'abbracciai.

La fontana della Venere Ciprea, con i suoi quattro cannoli da cui sgorgava l'acqua, era rischiarata da una luce evanescente e vaporosa. Elda mi aspettava con una piccola sacca sulle spalle nascosta in mezzo alla cascata di glicine che scendeva sul lato sinistro del monumento. Per un momento sembrò lei la sconsolata Andromaca che sovrasta la fonte, incatenata a uno scoglio e prossima a morire tra le fauci di un terribile mostro marino.

Svelta m'intrufolai tra le piante: «Scusa se ho tardato» esordii avvolta in una mantella scura.

«Non fa niente.»

«Mettiti questa.» Gliene diedi una uguale alla mia. «Così non ci riconoscono in giro» bisbigliai e la presi sottobraccio.

Attraversammo i vicoli deserti, un cane abbaiò al nostro passaggio.

«Zittuti... Tà stari mutu» gli inveii contro affrettando il passo.

«Ti va di fare il bagno?» la arruffianai con lo sguardo: «Tanto fa caldo...».

Elda mi guardò storto e si aprì in un sorriso.

La pozza sulfurea ci avvolse nel silenzio. Il frinire dei grilli animava la vallata notturna e le reste piumose del lino delle fate smosse dal vento.

«Cos'hai nella sacca?» chiesi immersa fino al collo.

«Il necessario.»

Abbassai la testa e l'acqua arrivò alle narici.

«Tu come hai fatto con Alfredo?»

«L'ho drogato.»

«Cosa?»

«Papaveri e passiflora. Una dose da elefante. E se consideri la quantità di alcol che aveva in circolo...» Ingoiai un ghigno malandro.

Finalmente rise a bocca aperta e mi schizzò la faccia.

«Sei sicura di esserti portata tutto quello di cui avrai bisogno, là dentro?»

«Voglio donarmi a Dio. Questo mondo non fa per me.»

Strappai una sternutella lunga e flessuosa e cominciai a incidere l'acqua di cerchi concentrici.

«E tu, la prima notte di nozze, non...»

«Non ci sarà nessuna prima notte» la interruppi scontrosa.

Elda si scompose in un leggero sobbalzo. Quasi un riflesso condizionato provocato dal tono della mia voce.

«Ora non pensiamo...» mi lasciai galleggiare nella posizione del morto.

Elda fece lo stesso. Ci stringemmo le mani e osservammo le stelle. Le sottovesti chiare lambivano i contorni dei nostri corpi pronti per la vita. Vita che, in un modo o nell'altro, stavamo rinnegando entrambe.

Non ebbi il coraggio di dirle ciò che pensavo. Con la presunzione di salvarla, magari, le avrei amareggiato l'esistenza.

Non entrare in convento. Ti prego, Elda, resta a vegliare sulla nostra vallata rigogliosa. Tu che sei bella come la luna.

Ma il problema ero io. È stata colpa mia. L'ho capito solo molto tempo più tardi, leggendo le sue lettere, finché le è stato permesso inviarle. Io mi sono sposata. Io me ne sono andata. Io l'ho lasciata sola. E quella meraviglia che un giorno, al calar del sole, ci si è rivoltata contro, non la poteva sopportare senza di me. Perché anche dentro il suo corpo, la terra aveva messo radici. E quando una cascata di glicine profumato ti ricorda un groviglio di artigli mordaci, non ti rimane che scappare nella notte e prendere i voti. Irrevocabilmente.

Come ho potuto?

All'alba, io ed Elda eravamo asciutte e sconfitte. Camminammo a lungo in silenzio. Il cielo azzurro intenso quanto il nostro mare nelle ore migliori si scagliava sul grano ancora alto. Una distesa di chiodi dorati punteggiati da cespugli come improbabili salvagenti. Lassù, sulla rocca Ficuzza a strapiombo di un dirupo, sorgeva il monastero della Madonna della Catena. Mi morsi il labbro inferiore.

Elda sfiorò il rosario al collo: «Sono pronta».
«Lo sei?»
«Sì, Ada.»
Chinai la testa: «Mi mancherai».
«Anche tu.»
«Sarai la suora più bella del convento.»
«Perché non ci sei tu.»
Abbozzai un sorriso facendo segno di no con il capo.
«Posso farti una domanda?» Si sedette sull'erba e l'accarezzò.
«Dimmi.»
«Tu credi nei miracoli?»
Mi venne voglia di piangere.
Mi concessi del tempo prima di parlare: «Ecco, se due bambine sono diventate due giovani donne, come è successo a noi... Io credo di sì». La contemplai triste: «Tu sei un miracolo, Elda. Perché riesci ad amare perfino quel Dio che si porta attorno tanta corruzione».
«La corruzione è degli uomini.»
«Io ho conosciuto soltanto gli uomini. Del tuo Dio non sento la presenza.»
«Ricordi la pietra? Mi hai detto tu che era divina. Che era un dono di Dio...»
«Ero solo una bambina spaventata. E arrabbiata.»
«La rabbia, a questo punto, non serve a molto...»
Mi strofinai i capelli e mi morsi di nuovo il labbro: «Forse, ma è la rabbia che mi tiene in vita».
«Forse invece è qualcosa d'altro.»
Ci guardammo. Scalpitando.
«Cosa farai chiusa là dentro?» cambiai ragionamento.
«Imparerò a vivere... senza rabbia.»
Il suo volto si riempì della grazia di un ritratto preraffaellita: «Lui mi ha chiamata, Ada. Lo capisci? Ho bisogno di una rinascita. La clausura risponde all'esigenza di totalità che ho dentro di me. Ora mi chiudo per aprirmi a tutto e a tutti».
«Tua madre, in che modo la piglierà?»
«Male. Lei e papà avrebbero voluto vedermi figliare. Lo sai... nessuno dei due ha fatto i conti con ciò che desideravo io.»

Le sedetti accanto.

«Se fossi diventata madre, sarebbe nata una femmina... avrebbe fatto grandi cose» disse piano.

«Falle tu chiste grandi cosi...» replicai ostinata.

«A mia basta chiddu chi haju.»

«Se non fosse accaduto, nel bosco...»

«Smettila» mi azzittì severa.

Dilatai le narici e sentii le guance bruciare.

«Sono discorsi inutili, non serve pensare a un passato diverso. Non si può cambiare. Non ci possiamo fare nulla.»

«E allora accettiamo il futuro che è in serbo per noi.»

«Lo sto facendo.»

Non è vero!

«Va bene Elda, ti lascio andare» ribattei risentita.

Lei infossò il collo nelle spalle e guardò lontano. Oltre il convento. Oltre il cielo. Il nostro tempo giungeva al termine. E lo sapevamo.

«Credi di resistere alla salita?»

«E me lo chiedi?»

A mano a mano che salivamo il vento s'increspava e il fruscio persistente mi provocò un cerchio alla testa. Anche Elda parve turbata. Un grumo di nuvole si propagò sulla rocca, svelto quanto il veleno in un corpo ormai spacciato.

Io ci spero ancora...

L'aria infuriava e i capelli si attorcevano sconnessi.

Ora ti porto via.

Salimmo lungo un sentiero pavimentato da ciottoli irregolari che emergevano dal terreno. Un grosso varco di pietra a tratti ricoperto da una coltre muschiata si ergeva a ingresso distaccato del complesso religioso. Sembrava un essere animato che metteva in guardia chi si prestava a oltrepassarlo. Strinsi il braccio di Elda.

Mi rassicurò con lo sguardo: «Addio, amica mia».

«Non mi piace quella parola... scrivimi Elda, è importante.»

«Ti scriverò... la nostra separazione ci sarà utile, vedrai. Soltanto così riusciremo a capire chi siamo davvero, l'una dissimile dall'altra.»

Le sue parole mi tolsero il fiato. Ci stringemmo forte.

«Nun mi dimenticare» la pregai con la voce strozzata.

«Chistu un jè possibili.»

L'accompagnai per qualche passo e, presto, troppo presto, la sua figura scomparve fagocitata dalla pietra.

Quando rientrai a casa avevo le guance tumefatte dal pianto. Mi chiusi a chiave in camera per due giorni fino a che Alfredo buttò giù la porta e i genitori di Elda vennero a interrogarmi. L'ardire di mio marito mi stupì. Non lo immaginavo capace di tanto. Con loro non fiatai. Avevo giurato a Elda di custodire il segreto. E quando lo avesse ritenuto, avrebbe annunciato da sé la sua decisione. Vostra figlia sta bene, li rassicurai. E mia madre mi tirò uno schiaffone. Pure lei mi stupì. Mai aveva ritenuto opportuno farlo, prima di allora. Accusai il colpo. Ma perseverai, muta come un anemone di mare.

La condivisione dello stesso letto fu diversa da come l'avevo pensata. Alfredo mi parlò per ore, senza toccarmi. E anche in quell'occasione riuscì a sorprendermi.

«Ti piace leggere?» domandò.

Avrei preferito mi chiedesse qualcosa sugli alberi o, chessò, sulle ricette del posto. La risposta sarebbe stata meno imbarazzante.

«Sì e no. E a te piacciono i babbaluci?»

Mi squadrò, perso.

«Le lumache delle Madonie, non le hai mai mangiate?»

Fece di no con il capo e riaffiorò il fanciullo.

Il profumo spazzò via l'aria rarefatta di pianto dei giorni passati. Cucinai gli animaletti cornuti sbollentati e soffritti con pomodori secchi, capperi, cipolla e tartufo nero. Alfredo ne fu estasiato. Piera parve scordarsi dell'incidente, e io, nonostante sapessi che saremmo partiti alla volta del Nord, che avrei salutato la mia isola e che tutto sarebbe cambiato, mi lasciai conquistare dal sapore corposo della mia terra.

«Mbare c'haiu a lupa» mi lasciai scappare.

Mia madre sorrise: «Ci credo... Finalmente ti sei decisa a mangiare».

«Che ha detto?» s'insinuò mio marito.

«Che ho una fame da lupi» succhiai l'ultima lumaca nel piatto.

Più tardi, Alfredo appoggiò sul comodino un libro: «Te ne innamorerai, ne sono certo».

Sfiorai la copertina con cura e una certa emozione. *La signorina Else*, diceva il titolo. Elda aveva frequentato il liceo classico e sarebbe dovuta andare a Palermo per proseguire gli studi universitari. Io mi ero fermata al primo anno del corso inferiore dell'istituto tecnico, e mi dovevo già ritenere fortunata. Poi mia madre e zio Antonio avevano avuto bisogno di me per occuparmi del nostro bagghiu e della coltivazione della manna tramandata alla famiglia da papà. In cuor mio, però, avrei voluto studiare lettere, e le mie lacune erano molte. Perciò fingevo che i libri non m'interessassero. Ma quando riuscivo a ritagliarmi del tempo, spesso la notte, leggevo furtiva alcuni dei libri che mi passava Elda, come le *Metamorfosi* di Ovidio e l'*Odissea*. Di letteratura contemporanea, tuttavia, non sapevo molto. E vedere quel libretto sul comodino mi faceva vibrare. Non appena mio marito si coricò e prese sonno, lo lessi svelta d'un fiato. L'indomani, notò la candela consumata accanto al letto. Mascherò un sorriso e non disse nulla. Mi piacque la sua discrezione.

Mia madre beveva il suo caffè amaro afflosciata sulla poltrona di vimini in cucina. Il buonumore diffuso dal pranzo del giorno precedente era svanito e nello sguardo covava nuovamente gli stessi interrogativi posti dai genitori di Elda.

«Se mi avessi combinato una roba simile, sarei impazzita.»

«Elda sta bene, mamma.»

«Come puoi dirlo? Nessuno sa dove si sia cacciata, a parte te. E tu non parli... io davvero non vi capisco a voi due. Fin da quando eravate piccole... qualcosa vi ha unito in un mondo tutto vostro» sospirò: «Ma bisogna avere rispetto pure degli altri, sai. Delle persone che vi stanno vicino e che vi vogliono bene».

«Ci sono cose che non si possono raccontare. Anche per il bene delle persone che ci stanno vicino.»

Piera si raggelò raddrizzando la schiena: «Chi vvoi diri?».

Rimasi in silenzio per un tempo troppo lungo: «Niente, mamma. Dico solo che non si può sapere sempre ogni cosa». Morsicai una mela e uscii in cortile.

Alfredo leggeva il giornale seduto sul muricciolo di pietra.

Ho sposato un intellettuale senza saperlo...

«Sei pronta?» chiese.

Ricordai le parole di Elda, *sono pronta*. Io invece non ne ero certa. Anzi non lo ero, affatto.

Accennai un assenso con il capo ma il linguaggio del corpo diceva il contrario. I piedi parevano interrarsi, e gli occhi, vacui, farneticavano un'esplicita richiesta di aiuto. Le mani si scrollarono in un fremito.

«Stai bene?» Chiuse il giornale.

L'aria si alzò come sulla rocca davanti al monastero.

«Sì, sì...» sibilai.

Da quel giorno, ogni volta che udivo fischiare il vento, pensavo a Elda immaginando che, in qualche maniera, stesse inviandomi un messaggio o che, semplicemente, volesse farmi avvertire viva la sua vicinanza.

Nemmeno Piera era pronta al distacco. Mi mise in borsa un mazzetto di cannoli di manna e mi passò un palmo fugace sul volto. Non ci abbracciammo. Forse il dolore sarebbe stato insopportabile. Da lei avevo preso il neo all'angolo del labbro superiore e la corposità dei capelli. Per il resto ero il ritratto di Peppino, il mio defunto padre. Zio Antonio mi venne incontro e con solennità mi abbracciò come non aveva fatto mia madre.

«Vi aspettiamo.»

Avevo rifiutato la sua offerta di accompagnarmi all'altare perché sentivo di tradire la memoria di mio padre. Ma zio Antonio non era tipo da prendersela per poco.

«Spero a presto» gli sorrisi mentre Alfredo caricava il bagaglio sulla corriera.

Salutai con la mano, il paesaggio defluì fuori dai finestrini. Il cuore diventò piccolo come le labbra quando succhiano un limone. Una sequenza di emozioni e pulsioni e tumulti accompagnò le ore di viaggio. Interminabili. Pensai. Pensai tanto che tutto si fece nero. Costringendomi ad accettare la mia natura di donna e moglie mentre mi portavo il fruscio del vento negli orecchi e l'odore della Sicilia nel petto.

Addio Elda.

Addio mamma.

Addio casa.

3
Il Nord

Alfredo è morto durante la guerra. Non era uomo da combattimento, ha retto i primi due anni poi mi hanno notificato il suo decesso. È stato un marito gentile, presente, quieto. L'ho amato per quanto ho potuto. Non ho gradito vivere nella sua casa. Non ho rimpianto la sua partenza. Di figli, non ne sono venuti. Ma ho avuto tutti i libri di questo mondo. E soprattutto, il tempo di leggerli. Renata si è procurata delle galline al mercato nero. Io ho improvvisato un piccolo orto sul terrazzo interno al palazzo che non è stato bombardato, e talvolta preparavo la ricotta fresca. Il cibo non ci è mancato. Ora che tutto è finito, non si spegne l'eco delle bombe sugli edifici sventrati, i bambini orfani giocano tra le rovine e aleggia lo strano connubio tra l'aria di festa e gli sguardi disperati di chi ha perso anche se stesso.

Non capisco perché mi ostini a restare. Potrei fare le valigie. Chiudere le serrande e partire. Invece custodisco con cura le lettere di Elda e rimango rintanata in questo guscio scomodo. Spesso le sfoglio, le rileggo, analizzo la calligrafia in cerca di un'emozione, un riverbero della sua vita lontana. L'ultima risale al 1939. Quando ha preso i voti perpetui, non le è stato permesso di continuare a comunicare con l'esterno. Sono trascorsi un conflitto mondiale e sei anni di silenzio. È stata mia madre a farmele recapitare. Per suor Annunziata, il suo nuovo nome, era più facile spedirle al paese piuttosto che all'altro capo dell'Italia.

«Signora, di argenteria da vendere ne è avanzata poca... due forchette, due coltelli e un piccolo portafotografie» m'informò Renata mentre leggevo il giornale che strillava: «Un Paese sotto le macerie. Ma la grinta degli italiani farà il miracolo economico».

«Come te lo devo dire che non voglio sentirmi chiamare signora...» la guardai amichevole.

Lei inclinò il mento: «Le va uno stufato di pollo?».

«Mi va, eccome.»

Renata servì il pasto ma di convincerla a sedersi alla stessa tavola, non c'era stato verso. Quella mattina, però, si fermò sullo spigolo della porta e mi fissò.

«Cos'hai, Renata?»

«Ecco... se posso... non riesco proprio a tenermelo dentro...»

«Che c'è?» domandai perplessa.

«Vede, io la osservo, sa, in particolare da quando il signore se n'è andato...» si strinse un fazzoletto al petto in un gesto d'imbarazzo: «Lei non è responsabile della morte di suo marito, della guerra, di ciò che le accade intorno. Invece nel suo sguardo c'è una rabbia che resiste. A dire il vero, l'aveva pure da ragazza, quando arrivò in questa casa. È un sentimento antico, il suo... dovrebbe cercare di vivere più serenamente. E liberarsi da un tale peso, in coscienza» mi mise una mano sulla spalla e si diresse verso la cucina. Scossi la schiena irrigidita e un conato vuoto mi si fermò in gola. In tanti anni, Renata non mi aveva mai parlato in quel modo.

La casa era grande e mal illuminata. Avevo da subito apprezzato l'antico arazzo in sala da pranzo dai toni polverosi della cipria, e la pavimentazione a graniglia in marmo composta da frammenti di pietra arancione e turchese. Il resto si omologava al marrone e non mi piaceva. La pediera del letto, poi, non la sopportavo. M'impediva la visuale sulla finestra mentre mi sarebbe piaciuto aprire gli occhi e scoprire gli umori del tempo fin dalle prime ore del mattino.

Durante il conflitto, nelle lunghe ore d'incertezza e segregazione, avevo insegnato a Renata a leggere e a scrivere. Le mancava ormai quasi l'intera dentatura dell'arcata superiore e le dita erano rivestite di calli. Eppure, quando leggeva ad alta voce per esercitarsi, maneggiava le pagine con grazia e la voce le usciva limpida e composta. Si sarebbe detto, ascoltandola, che i denti li avesse ancora tutti.

Per quanto riguardava me, se non leggevo, le mie ore le trascorrevo nell'orto. Pomodori, zucchine, biete e insalata. Il retaggio della vita in campagna aveva dato i suoi frutti. E i colori della terra ravvivavano tutto quel cemento.

16 settembre 1930

Cara Ada,

come è andato il viaggio? Ti ho pensata tanto. Il convento è grande e ordinato. Le nostre giornate sono scandite da abitudini e rigore. In qualche maniera è rassicurante. Mi sento sorvegliata da Dio e non ho paura di sbagliare. I capelli me li hanno tagliati di già, anche se ci vuole tempo per il noviziato. In principio ero un po' dispiaciuta, ma poi ho pensato che sarebbe stato un dono gradevole al Signore. In fondo è per questo che ho deciso di entrare qui: rendere lode alla sua volontà. La Badessa Madre è una donna autorevole e di grande esperienza. Le monache la rispettano con devozione. Le mie compagne sembrano riservate, comunque trascorriamo molte ore in silenzio. Ci è consentito dialogare durante il lavoro nell'orto, di quando in quando. Tu te la saresti cavata di certo meglio di me che con la terra non ci vado troppo d'accordo. A volte avverto il peso della solitudine, sai. Ma credo sia normale. Il calore del Signore, invece, non mi abbandona mai. Gliene sono grata.

La sveglia del mattino è alle 5.30. Preghiamo insieme le lodi nel coro della chiesa seguite da un'ora di preghiera personale, dopo viene celebrata la Santa Messa. Nell'Ora terza vi è un nuovo momento di preghiera comunitaria e alle 8.15 è pronta la colazione. Dalle 8.30 alle 12, invece, lavoriamo. Quindi ci ritroviamo per l'Ora sesta nel coro della chiesa per un ulteriore incontro di preghiera comunitaria. Alle 12.30 è servito il pranzo a cui segue un'ora di ricreazione, e possiamo parlare liberamente tra di noi.

Siamo molto giovani. Alcune più di me. La monaca maestra che mi accompagnerà fino al momento della mia vestizione si chiama suor Aurora. È gentile e m'insegna con pazienza. Dalle 14 alle 15 ci ritiriamo nelle nostre celle per pregare e meditare. Per l'Ora nona ci raduniamo in preghiera comunitaria e il lavoro riprende fino al vespro quando ci raccogliamo in preghiera personale. La cena è alle 19, al termine della quale abbiamo il piacere di condividere l'ultima ricreazione della giornata. Preghiamo l'ufficio delle letture e ci ritiriamo per la lectio divina. Alle 21.30, infine, c'è la preghiera comune della sera e alle 22.30 si dorme. Questa è la mia nuova vita.

E tu cosa mi racconti? Com'è lassù al Nord? Spero che tu e tuo marito possiate essere felici insieme.

Un saluto pieno di grazia divina.

Tua Elda

Era stata la sua prima, preziosa lettera. Pensare a Elda barcamenarsi in una griglia di orari e disciplina mi aveva destabilizzata. E i suoi capelli... tagliati... quello sì, era proprio un peccato. Mi capitava di pensare spesso al modo in cui poteva aver vissuto gli anni del conflitto, rinchiusa là dentro. Forse le monache non avevano dovuto patire le ristrettezze e i pericoli della guerra... lo speravo. E probabilmente era stato un bene che fosse rimasta al riparo, al di là di mura mastodontiche e impenetrabili pure alle bombe.

Il crepuscolo che scendeva sulla città mi riportò alla mente l'addio di Alfredo, il giorno in cui era stato chiamato al fronte. Io, premurosa, gli avevo fatto preparare dei panini al salame e un paio di bottiglie di birra.

«Lo sai che non ne bevo» aveva detto con il suo sorriso ingenuo.

«Non importa, l'alcol aiuta, in certe situazioni» gli avevo risposto con il fare della donna vissuta.

Annuendo in silenzio: «Renata» aveva parlato con un tono più incisivo.

Lei era sopraggiunta con il cuore in gola.

«Aprimene una, per favore.»

Poi, Alfredo aveva alzato la bottiglia.

«Renata, svelta, una pure per me. Grazie» avevo imitato il gesto di mio marito. Il braccio aveva avuto un leggero fremito prima di tendersi del tutto.

«Alla pace, dannazione!» aveva esclamato scolandosela intera.

Io avevo buttato giù le bollicine amare. Ci eravamo fissati a lungo. Non avevo resistito e lo avevo abbracciato forte. Gli ero grata, era sempre stato un uomo perbene.

La borsa da viaggio era pronta, la fotografia di noi giovani sposi nel taschino, i soldi nel posto giusto. Renata era scoppiata in lacrime rintanandosi in cucina.

Lui mi aveva baciato uno zigomo e aveva varcato la soglia: «Ada, ricordi *La signorina Else*?».

Lo avevo guardato sbattendo le palpebre.

«Nessuno ti salva. Ti devi salvare da sola.»

Mi ero morsa il labbro.

«Non dimenticarlo mai.»

La notte della sua partenza non avevo preso sonno. Improvvisamente, ritrovarmi in un letto vuoto mi rendeva nervosa. Non ero il tipo di donna che si realizzava soltanto in virtù della presenza di un uomo al suo fianco. Avrei potuto continuare a vivere in Sicilia, nel mio baglio, senza dare conto a nessuno. Senza preoccuparmi della solitudine. Quella ce l'avevo nel cuore. E quando è così, non ci si può fare molto. Come con il passato, che tanto non si può cambiare. Eppure, un velcro nero quella notte aveva rivestito il cielo e le nuvole notturne, troppo ingombranti, parevano voler entrare tra le anse del mio cervello e inquinarne il giusto funzionamento.

Anche questa sera le ore scorrevano lente e il cuore non trovava pace. Ascoltavo Renata russare nella sua stanza. Negli anni, i suoi rantoli erano stati una ninna nanna rassicurante. Perché la bambina cresciuta, a momenti, pretendeva di tornare davvero bambina. Adesso invece mi sentivo fin troppo adulta e m'infastidivano. Uscii in terrazza, mi sdraiai nell'orto. Un pomodoro appeso mi strusciò le labbra. Lo addentai e ne ingoiai la polpa succosa.

Elda, Elda...

In fondo, era stata la più anticonformista tra noi. Io mi ero sposata con Alfredo. Lei con Gesù Cristo. Il divo dei cieli. L'onnipotente. Il re sceso in terra e risorto.

Mica male... non avrei saputo fare di meglio.

Nel pensarlo comparve sul mio volto un ghigno. Sapevo che me lo avrebbe perdonato. Osservai il cielo. Dal 25 aprile era trascorso oltre un mese. E al posto delle bombe erano tornate finalmente le stelle. Qualcuno rideva, giù in strada. Forse due innamorati. La terra mi anneriva il margine distale delle unghie mentre le formiche non dormivano, come me.

Elda, in che modo posso ricevere tue notizie? Vorrei dire e chiedere così tanto...

Il vento si alzò, brusco. Quasi non ne potesse più dei miei ragionamenti e volesse scrollarseli di dosso.

Elda, sei tu?

Mi misi a sedere assumendo le sembianze di uno spaventapasseri tra gli ortaggi. Pensai alla rocca a strapiombo sulla vallata. Al monastero e al silenzio antico che lo circondava.

Tu... monaca di clausura...

Il fruscio aumentò. Io mi risdraiai in barba alla corrente e chiusi gli occhi.

«Signora... signora!»

La voce di Renata mi svegliò di soprassalto. Il sole spuntava e i raggi luminosi si scagliavano sugli edifici formando filamenti gialli che ricordavano listoni di pasta fresca. Su una guancia, la terra si era incollata alla pelle dando vita a una strana mappa geografica. Cupa e avversa.

«Buongiorno Renata...» dissi spolverandomi i capelli.

«È arrivata questa per lei.» Mi consegnò una busta.

La aprii ansiosa. Il telegramma diceva: «Ritorna figlia. È urgente».

«Cosa ci fa in mezzo all'orto?» domandò.

«Mi mancava l'aria.» Mi alzai svelta, entrai in cucina e bevvi un bicchiere d'acqua senza respirare: «Preparami un bagno, Renata. Devo partire».

4
Il ritorno

La mia terra. La mia isola. Il ritorno fu improvviso e bollente. La stessa potenza di uno schiaffo. Un'ustione. Un'emorragia. Camminai lungo la distesa di tulipani scarlatti e piansi. Lo vedevo in lontananza, il mio bagghiu sulla collina, immerso nel cielo giallo del tramonto. Irrorata dalla luce, anche l'erba assumeva i toni del sole.

M'inginocchiai tra i fiori e ascoltai il respiro del luogo in cui ero nata. Mi era mancato l'odore speziato di legnetti strinati che ristorava l'aria. L'infinito dei paesaggi che conoscevo. La sacralità della natura. Se quel Dio al quale non credevo fosse esistito, la sua casa sarebbe stata qui. Nelle Madonie.

In che modo ci ero riuscita? Farne a meno per tutti quegli anni. Ripresi a camminare e mi tolsi lo scialle. La temperatura era un preludio d'estate. Giunsi nei pressi dei muretti a secco che imbastivano il territorio di ulivi millenari. Alcuni non avevano retto al carico degli anni. Apparivano sbilenchi, privi della geometria perfetta che li caratterizzava. Avrei voluto raccogliere qualcuna delle pietre cadute per riposizionarle in asse sopra le altre. Ma non era il momento. Davanti a me, il portone aperto ai piedi della torretta seicentesca faceva intravedere il cortile interno. Le dita strette a pugno persero colore.

«Ciao mamma» la salutai, priva di forze.

Piera si portò le mani alla bocca emettendo un gemito soffocato.

Questa volta il nostro abbraccio fu lungo. Carico del tempo che ci aveva trattenute lontano.

«Ada...» Mi strinse le spalle: «Fatti guardare».

I suoi occhi si posarono svelti sul mio corpo come quando si guarda attraverso la lente di un cannocchiale o nel mirino di un fucile e il bersaglio è troppo vicino. Migravano disparati sulla mia figura.

Il sole mi aveva vivacizzato l'incarnato e le labbra erano rosse quanto i tulipani.

«La guerra non ti ha cambiata, figlia mia» affermò con orgoglio.

«Grazie» accennai un sorriso spento.

Esaminai per un momento la corte. Un rettangolo fortificato di cactus, palmette, felce regale e pietra. Gli ultimi ricordi che attribuivo a quel sito risalivano al giorno del mio matrimonio. Balli, promesse, segreti, Elda.

«Tampasiannu a la stranìa, finalmente si arrivata» m'invitò a seguirla in cucina.

Lanciai un'ultima occhiata al muretto e mi parve di vederlo ancora seduto là sopra, Alfredo, con il suo giornale e il cappello in testa. Mia madre mi offrì latte di mandorla e fichi d'india. Al Nord era roba da ricchi. Io mangiai con appetito mentre osservavo i canovacci cuciti a mano che penzolavano dalla mensola fin dai tempi della mia infanzia. Un semino nero s'incastrò tra l'incisivo laterale e il canino.

«Sembri un animaletto selvatico.»

Infilai un'unghia tra i denti liberandoli dall'intruso e scoppiammo a ridere.

Piera la trovavo parecchio dimagrita, ma non dissi nulla. Pure zio Antonio, dal fronte, non aveva fatto ritorno. Era uno degli ottantotto uomini del paese caduti durante il grande conflitto. E la perdita di peso di mia madre era attribuibile alla solitudine, non alla guerra. Glielo lessi in faccia.

Perché non parli?

Piera lavò i piatti nel lavandino.

Hai detto che era urgente...

Li asciugò con il panno uno alla volta.

E invece niente! Se adesso non parli, io...

La mia gamba sinistra molleggiò sotto il tavolo con insistenza. E una strana nausea si fece largo al posto del senso di sazietà.

Ora calmati, Ada.

«Mamma, come stai?»

Mi guardò sorpresa: «Sono felice che sei qui».

Nel suo sguardo dolce s'insinuò un'urgenza. La stessa del telegramma.

«Vuoi che ti aiuti?»

Si mise a pulire la stufa a legna.

«Stai, stai che u viaggiu jè statu lùongu.»

Non resistetti: «Perché mi hai chiesto di tornare?» domandai svelta.

Lei mi volse le spalle. Rimase immobile per qualche istante davanti alla dispensa. Poi prese ad armeggiare con qualcosa.

«È avanzato un vasetto di conserva di manna... ci facciamo la colazione domani mattina...» Mi mostrò il barattolo di vetro.

«Mamma... ho fatto il prima possibile per esaudire la tua richiesta... cosa c'è?»

«Vai a riposare. Ne discutiamo domattina.»

«Così mi fai preoccupare...» Aggrottai la fronte.

«Non devi. Domani saprai tutto.» Il viso tirato assomigliò a una fisarmonica scordata. Accolsi la preghiera di mia madre ed entrai in camera mia. Dopotutto, a trentacinque anni, ero una vedova scampata alla fame, alle bombe – a molto altro – e potevo dire di essere ancora intera. Aprii l'armadio. Al suo interno giaceva la vecchia divisa delle «giovani italiane» dell'ONB. La squadrai.

«"Nel nome di Dio e dell'Italia, giuro di eseguire gli ordini del duce e di servire con tutte le mie forze, e se necessario con il mio sangue, la causa della rivoluzione fascista"» pronunciai la cantilena a bassa voce.

Chiusi l'anta con un colpo secco e rivolsi l'attenzione al materasso di foglie di granoturco. Gonfio e bitorzoluto troneggiava sul letto in ferro battuto come ricordavo. Mentre dormivo, scricchiolava a ogni movimento ed emanava un sentore di verde che si avvertiva durante le passeggiate estive. Appoggiai la borsa sul tavolino e mi ci sdraiai sopra vestita. Lui bofonchiò dandomi il suo benvenuto nel silenzio della stanza. All'angolo del soffitto, un ragnetto bianco aveva intessuto la sua dimora. L'odore di polvere mi provocò starnuti ripetuti, e le foglie sotto la schiena si esibirono nell'usuale concerto. Io alzai le braccia per aria e mi sembrò di dirigere un'orchestra. Fuori dalla finestra iniziò a piovere. L'acqua scrosciava sulle finestre, dirompente. Tutto ciò che mi circondava dava l'impressione di volermi comunicare la propria presenza.

La mattina mi svegliai presto, stanca più della sera precedente. In camicia da notte uscii in cortile. La luce acerba delle prime ore del giorno s'irradiava sulla collina a formare una sorta di spugna vaporosa e brillante. I miei piedi avevano perso l'abitudine alla vita di campagna. Le dita lunghe e bianche si mossero incerte sull'acchiancato come lombrichi in cerca della giusta direzione. L'intonaco della muratura di pietrame e malta comune cadeva a pezzi qua e là. Il fienile un tempo colmo di foraggi era vuoto. S'intravedeva solo qualche balla di fieno ammuffito. Gli architravi e gli stipiti in pietra scalpellinata parevano friabili, dune nel deserto. Il baglio antico, ereditato da mio nonno da un vecchio padrone senza discendenti, appariva stanco e desolato quanto la mia isola flagellata dallo sbarco degli Alleati. Quando entrai in cucina, mia madre stava preparando il caffè.

«Buongiorno» mi salutò seria.

Aveva il volto poco riposato. Mi sedetti al tavolo. Lei servì la fragranza nera in due tazze e non aspettò che l'avessi bevuta.

Dalla tasca del grembiule estrasse un fazzoletto raggrumato su se stesso: «Apri».

Abbassai lo sguardo e sfogliai i lembi del tessuto. Al suo interno vidi un piccolo pezzo di carta consumata e sporca. Conoscevo la calligrafia. Era quella di Elda.

8 luglio 1944

Sono viva.
Hanno portato via il mio bambino.
Tutto non è come sembra.

La Civetta di Minerva.

Il mio viso si cosparse di lacrime. Mi alzai in piedi, feci due passi, mi risedetti. «Il suo bambino?» farfugliai a mezza voce.

Il mento di mia madre si rapprese come una prugna appassita.

«È una monaca di clausura... di quale bambino sta parlando, Cristo Santo?»

Piera si strinse una mano davanti alla bocca e dondolò il capo.

«Tu sai cos'è la Civetta di Minerva?»

«No... cioè sì. Può essere tante cose...» mi strofinai i palmi umidi sulla camicia da notte. «L'effige di Minerva-Atena, la dea della saggezza; o l'emblema della filosofia; per gli antichi egizi, era simbolo di malaugurio e di morte.»

«Dove le hai imparate 'ste cose?» chiese impressionata.

«Ho letto, mamma» indicai con un gesto sbrigativo il fagotto. «Quando l'hai ricevuto? Chi te l'ha portato?»

Mi si sedette accanto: «L'ho trovato nella cassetta della posta verso la metà di luglio dell'anno passato».

«Perché non mi hai avvisato?»

«Non volevo che ti mettessi in viaggio... eravate ancora sotto i tedeschi, voi al Nord.»

«Beh, l'Italia intera stava in guerra fino a poco fa, ci passa soltanto un mese...»

«Sì, ma qui è stato diverso, lo sai.»

Io ammutolii. Mi morsi il labbro nervosamente.

«Non posso credere che è quasi un anno che hai ricevuto la carta, e non me ne hai mai fatto parola...» Infossai la testa.

Piera rimase in silenzio.

«Il monastero doveva essere un luogo di pace, di preghiera... chissà cosa le è capitato da allora... ha bisogno di aiuto...»

«Ascoltami.» Mi afferrò piano la mandibola. «Sarebbe stato troppo pericoloso. Pi idda e pi tia» disse con il mistero nella voce: «Non ho agito in modo sconsiderato».

«Che vuoi dire?» I miei occhi si fecero grandi.

«Penso che ci siano cose da chiarire e adesso è arrivato il momento di farlo.»

«Matri, sii cchiù chiara!»

«Elda è morta...»

«Cosa?!» la interruppi addossandomi all'angolo del muro.

«Ada, fammi parlare, ti prego. Sentimi bene...»

Mi divincolai dalla presa di mia madre tremando.

«Calmati, per carità!» alzò la voce: «Chistu jè è chiddu chi hannu rittu i monache».

Io mi placai e l'ascoltai senza respirare.

«Il 15 giugno del '44 hanno comunicato alla famiglia la morte della povera figlia. Carmela venne qui distrutta... pareva un fantasma. La invitai ad accomodarsi, le preparai una tisana, ma le sue mani tremavano tanto che le si rovesciò per metà sul vestito.»

Continuavo ad ascoltarla con la fronte imperlata di sudore e il volto angosciato.

«Ci fu il rito funebre, la Santa Messa... ma il corpo della povera figghia nun fu visto, mi capisti?»

«Vuoi dire che...»

Annuì solenne: «Leggi la data, qui». Mi sottopose nuovamente la carta.

«8 luglio 1944» la guardai di soppiatto.

«La bara jè stata interrata, e mai fu aperta» masticò una mandorla e incrociò le braccia al petto.

Un lungo silenzio si dipanò tra noi.

Piano andai a risedermi al tavolo: «Tira fùora a conserva ri manna».

Piera obbedì complice e aprì il vasetto. Ci ficcai dentro due dita e me le infilai in bocca con voracità. Secrezione delle stelle, la chiamavamo io ed Elda da ragazze. Manna in cannolo, burro di cacao, acqua di fiori d'arancio, albume d'uovo, olio di mandorle e succo di limone. Questi gli ingredienti sacri.

Assunsi un'espressione più distesa e ripresi colorito: «Jè bona».

«Assai.»

Una mosca entrò feroce ronzando il suo valzer fastidioso.

«Che ha detto Carmela quando scoprì che Elda stava in convento?» domandai.

«Tu l'accompagnasti quella notte, nun jè vìeru?»

Accennai di sì con il capo.

«Come le è venuta in mente una cosa simile... picchì si jè faciuta monaca?»

Un brivido mi pervase la spina dorsale.

Shhh... silenzio.

Distolsi lo sguardo e molleggiai le spalle.

Mia madre sgranocchiò un'altra mandorla: «Carmela ricevette una sua lettera. Lei e il marito andarono a trovarla là, sulla rocca. Mi raccontò che non le fu permesso toccarla, nemmeno abbracciarla. C'era una grata scura a dividerle...».

«E Giuseppe?»

«Non se n'è fatto mai una ragione. La camera di Elda l'ha chiusa a chiave e da allora non ci è entrato nessuno.»

Mi morsi il labbro.

Non chiederlo.

Mia madre mi puntò addosso le sue pupille nere.

Non farlo.

«Dimmelo.»

I granelli di terra che nel bosco si erano intrufolati dentro di me mettendo radici ebbero uno scossone e si sparsero dappertutto, creando scompiglio.

«Che cosa?»

No, no, no!

«Perché è entrata là dentro?»

Un brulicare di formiche e parassiti si accanirono sulle radici.

«Non lo so.»

Smettila di insistere.

«Nun jè vìeru. I bugie hannu i ammi curti.»

Il sangue si mischiò alla terra. E la terra si mischiò al sangue.

«Tu u sai. U hai sempri saputo.»

Ingoia, Ada.

«Che ti è preso?» m'interrogò all'improvviso preoccupata.

La mia pelle doveva essere livida quanto un pezzo di carne macellata.

«Quella notte, quando mi ruppi il braccio e tornai tardi a casa, ero con Elda.»

«Certo, che foste insieme, u avemu immaginato tutti.»

Ingoia il marcio e parla.

«L'ho ucciso io don Carlo.»

Mia madre sobbalzò all'indietro, sconvolta. Strizzò gli occhi e i suoi capelli si fecero elettrici come tentacoli abissali.

E invece no.

Non è successo.

Non l'ho detto.

Questo non accadrà mai.

È una promessa.

5
Il libro rosso

La mattina infilai il vestito migliore e mi recai in biblioteca.

La Civetta di Minerva, la Civetta di Minerva...

La stanza luminosa odorava di legno vecchio. Tanto speziato che ricordava certe tabaccherie. E il pavimento cricchiava con parsimonia, mentre incedevo; quasi conoscesse la Regola del silenzio vigente nei luoghi di cultura.

«Buongiorno, avrei bisogno di consultare alcuni testi sulla figura di Minerva» dissi.

Al di là del piccolo bancone tarlato era seduta una signora dal volto docile e lo sguardo pungente. Una folta chioma bianca le confezionava il capo come la spuma zuccherina su di un krapfen ripieno. Non l'avevo mai vista prima di allora.

«Cercate dei titoli in particolare?»

Esitai: «Per la verità... no... speravo in un vostro suggerimento».

Il maestrale frusciò fuori dall'ampia vetrata ad arco cullando con temperamento le fronde degli alberi impotenti.

«Le *Metamorfosi* di Ovidio già l'ho letto» aggiunsi sentendomi inadeguata.

La vecchia signora accennò il dissenso di un sopracciglio e abbassò gli occhi su di un grosso volume manoscritto e rilegato in pergamena.

Lo aprì e il dito scorse agile tra le pagine per poi interrompersi bruscamente: «Qui non ho trovato nulla».

La guardai serafica: «Capisco...».

La donna mi fissò con il probabile intento del congedo. Io non mi spostai di un passo.

«Beh, il luogo in cui viviamo ha a che fare con la dea e i giganti...» asserì seria.

«Come dite, prego?» la scrutai senza capire.

«Non conoscete il mito di Encelado?»

Feci segno di no con il capo.

«Era uno dei giganti che partecipò alla battaglia contro gli dei dell'Olimpo... dite di aver letto le *Metamorfosi*...»

«Sì, infatti. Ovidio fa cenno ai giganti durante la dura età del ferro. Ed è tutto» replicai fiera.

«Certo, certo...» scosse la testa. «Per i dettagli avrebbe dovuto conoscere Esiodo e la sua *Teogonia*... a ogni modo, Minerva, o meglio Atena, impedì a Encelado di fuggire gettandogli addosso un grosso masso e il Gigante, cadendo in acqua, andò a formare quella che oggi è la nostra isola.» Mi si avvicinò con il busto e abbassò la voce: «Il mito narra che l'attività dell'Etna sia originata dal suo respiro infuocato, e che i tremori della terra provengano dai rantoli di dolore».

Per qualche istante restammo immobili l'una di fronte all'altra. Pensare alla Sicilia come a un luogo pervaso tanto intrinsecamente dalla sofferenza mi turbò.

«È una storia molto interessante... ma, ecco, cercavo delle informazioni riguardo alla personalità della dea, o cosa rappresentasse per chi la venerava, magari» tentai di non offendere l'orgoglio dell'anziana signora.

Lei si alzò con una certa indolenza e si parò davanti a una serie di cassetti delle medesime dimensioni. Ne aprì uno e ravanò nello schedario. Ne aprì un secondo e ripeté l'operazione. Io picchiettai le unghie sul bancone.

«Vedete, il magazzino se l'è preso una bomba, i libri esposti sono i soli rimasti.» Estrasse una scheda e la studiò: «Qui era un macello che nemmeno ve lo immaginate...». La ripose e ne cavò fuori una nuova. «Riorganizzare in ordine alfabetico un intero schedario nun u raccumannassi mancu ai tidischi» si lasciò scappare in dialetto.

Forzai una smorfia stentata e seguii i suoi movimenti in attesa.

«Intanto, ditemi, qual è il vostro nome?» Sistemò il fascicolo e cercò ancora.

«Ada La Rosa.»

La vecchia si fermò e mi esaminò quasi avesse visto un fantasma. Poi si accinse di nuovo alle sue attività, le dita che tremavano appena. Un cassetto in fondo sembrò quello giusto.

Si avvicinò con la carta in mano: «Conoscevo vostro padre, pace all'anima sua» mi regalò il suo primo sorriso: «Siamo cresciuti insieme, fin da piccoli...».

«Ah, sì?»

«In seguito, la mia famiglia mi affidò a dei parenti in Romagna, mi fecero studiare, anche gli anni persi, e diventai insegnante alle scuole primarie. Sono tornata prima della guerra.»

«Io mancavo da quindici anni...»

Improvvisamente, quella donna aveva assunto ai miei occhi qualcosa di familiare.

«Ecco il testo che fa per voi» mi sottopose la carta. L'agguantai lesta e mi diressi verso gli scaffali.

«Lo trovate all'inizio del terzo corridoio, in alto sulla destra.» Ebbe una pausa dubbia e precisò squillante: «È rosso».

«Grazie» risposi senza voltarmi.

Svelta afferrai il libro e mi sedetti a un tavolino isolato. La cosa strana era che, sulla copertina, non compariva nulla. Nessun titolo. Nessun autore. E sulla scheda, soltanto la scritta: Il libro rosso. Iniziai a sfogliare le pagine, una raccolta di antiche preghiere, scongiuri e pozioni. Trascorsi alcune ore immersa nella lettura. Un inno orfico così descriveva la grande dea:

Pallade unigenita, augusta prole del grande Zeus, Divina,
[...]
con le follie sconvolgi le anime dei mortali,
fanciulla che estenui, dall'animo che incute terrore,
[...]
sei maschio e femmina, generatrice di guerra,

astuzia, dalle forme svariate, dracena, invasata,
[...]
guidatrice di cavalli, Tritogenia, che sciogli dai mali,
demone apportatore di vittoria, giorno e notte,
sempre, nelle ore piccole ascolta me che prego,
[...]
nelle stagioni felici Glaucopide, inventrice delle arti, regina molto pregata.

Cercai la parola glaucopide sul dizionario. Dal greco γλαυκῶπις -ιδος, comp. di γλαυκός, lucente, glauco e ὤψ ὀπός, sguardo; viene interpretata secondo due possibili accezioni. 1. Dea «dagli occhi glauchi» (azzurri, lucenti). 2. Dea «dagli occhi di civetta». Le due accezioni in greco antico si sovrappongono, pertanto la dea glaucopide è la dea dai lucenti occhi di civetta.

Ecco le origini... è da questa etimologia che deriva la sacralità della civetta come simbolo di Atena.

Il cuore si agitò. Per alcuni istanti parve migrare dalla sua sede abituale e fare braccio di ferro con il polmone destro, prima; con quello sinistro, dopo. Sentivo di avvicinarmi a un senso. A un indizio, pur lontano, sul significato della richiesta d'aiuto di Elda.

Quindi, Atena-Minerva è uguale a civetta. Ma, civetta, è uguale a che cosa?

Richiusi il volume confusa e tornai al cospetto della curiosa signora: «Potrei tenerlo per qualche giorno?».

«Siamo qui per questo.» Impugnò un lapis ben temperato e scrisse il mio nome e cognome su un quadernetto.

«A presto.»

Infilai il libro in borsa e mi avviai verso l'uscita.

«"La nottola di Minerva inizia il suo volo soltanto sul far del crepuscolo"» disse mentre mi allontanavo.

Mi voltai e uno strano presentimento mi valicò le spalle.

«È Hegel, cara» sorrise nuovamente.

La osservai incerta, stretta su me stessa.

«Tutto non è come sembra... fino a quando gli eventi non si

sono realizzati e subentra il senno del poi... purtroppo è così. Questa è la vita.»

Io sbattei le palpebre sommessamente, ali di un uccello intimorito nell'atto di tentare la fuga.

Mia madre mi guardava circospetta, a cena. Sedevo sul bordo della sedia, il petto incollato al margine della tavola. Il legno sul quale restavo in bilico pareva entrarmi fin dentro l'osso sacro. E quel dolore silente era quasi uno stimolo per rimanere vigile. Pronta a scandagliare ogni possibile eventualità, tra le infinite accettabili e non, riguardanti il destino di Elda.

«Stai pinsannu a idda?» chiese sorseggiando del latte caldo.

Annuii.

Piera rovesciò la testa all'indietro, il bicchiere appeso sulle labbra divaricate per non sprecarne nemmeno l'ultima goccia.

«La conosci la signora della biblioteca?» presi a spappolare i chicchi di riso come fanno i bambini con le formiche nel prato.

«No, chi è?»

Alzai e abbassai le spalle: «Dice che conosceva papà...».

«E comu si chiama, chista?»

«Non lo so. Rissi chi sunnu crisciuti nzemi...»

Piera corrugò la fronte cercando tra i ricordi.

«... e chi cchiù tardu avi studiato pi Romagna.»

Subito, mi puntò addosso uno sguardo scomodo: «Rissi accussì?».

Feci segno di sì: «Allora, la conosci?».

Un barlume di luce attraversò i miei pensieri mentre un'ombra massiccia investiva quelli di mia madre.

«Matri, chi succedi?» e mordendomi il labbro: «Nun dirmi ca ci sunnu navutri sicreti».

I chicchi di riso erano ormai smembrati. Una poltiglia inerme.

«Si chiama Benedetta.»

Sfogai un respiro rumoroso in attesa del resto della storia. Che non arrivava.

«E poi?» alzai la voce senza accorgermene.

Si aprì in un sorriso che assomigliò a una smorfia. Si pettinò una ciocca con le dita e ingoiò l'aria due volte prima di riuscire a scandire le parole: «Era prumissa a to' patri».

«Cosa?» Non nascosi la meraviglia. «Si sarebbero dovuti sposare?»

«È quello che ho detto» si chiuse come un riccio offeso.

«Nun ci pozzu cririri!» mi strofinai le mani sul viso paonazzo.

Mia madre parve sull'orlo del pianto. Invece scoppiò a ridere.

Per qualche secondo stetti a guardarla, incredula. Io e lei. Due donne sole. Superstiti. Vive, in un mondo nuovo e tutto da ricostruire. Ma presto l'accompagnai in quel riso liberatorio.

Il suo volto apparve all'improvviso più giovane. Forse rinvigorito dal colorito acceso delle forti emozioni. Si piegò su se stessa, armeggiò lungo una gamba del tavolo della cucina e, scollando una piccola porzione di legno, estrasse qualcosa che attirò la mia attenzione.

«Mamma... stai scherzando!» continuai a ridere: «E questa da dove arriva?».

Lei prese ad accarezzarla. Infine la portò alle narici per assaporarne l'odore.

«Me la regalò un giovane soldato scampato a Dio solo sa cosa.» Ghermì una scatoletta di fiammiferi che stava accanto ai fornelli, e mise in bocca la sigaretta con un rispetto reverenziale.

Su al Nord, il fumo tra le donne, non era così insolito. Ciò nonostante, per me restava un tabù. Alfredo non avrebbe gradito.

Mia madre inalò un paio di boccate profonde: «Coraggio, uòra tocca a tia».

Appoggiai sulle labbra il cilindro irregolare e speziato. Aspirai con troppa fretta, gli occhi si fecero liquidi e iniziai a tossire avvolta nella nebbia.

«Chianu, devi fari chianu» la voce soave, priva delle consuete increspature.

Ci riprovai nonostante il sapore amaro sulla lingua, la secchezza della gola. E finalmente riuscii a fumare la prima sigaretta della mia vita.

«Come ci è finito qui il giovane guerriero?» chiesi inebriata dalla nuova esperienza.

«Uno sbandato... non di 'ste parti» raggrumò le briciole sulla tavola e le gettò nel lavabo: «Una notte d'inverno del '42, facìeva 'n gran friddu, s'intrufolò in cortile con 'n baccano infirnali. Implorava aiuto, e io ho pensato, se adesso muoio non farà troppa differenza. Aprii la porta e lo vidi. Gesù biatu... avia a facci cupìerta ri sangu! "Vi prego, signora. Fatemi entrare" pietiva. A mia, mi si strinse u cori, e u carusu si nascose in casa per qualche tempo». Si avvicinò con le dita intrecciate.

A me parve di tornare al passato quando, finita la cena, mia madre s'ingegnava con favole e leggende per farmi prendere sonno.

«Era uno di quelli che disertavano, sai... che non reggevano al peso della guerra...»

«Già...» Il mio pensiero andò ad Alfredo.

«Quando arrivò l'ora di andarsene, mi regalò questa. Non aveva nient'altro, povera anima. Nei suoi occhi c'era il sole.» Scosse il capo intristita.

«E ci hai misu tri anni per fumaritilla?» dissi irriverente.

«Haju aspittatu u momentu giustu» mi accarezzò il volto.

Sorrisi e distolsi lo sguardo.

«E la signora della biblioteca?» ebbi l'ardire di riprendere l'argomento.

«A Biniditta?» nella sua voce il sintomo di un sarcasmo velato.

Dondolai la testa passandole il mozzicone acceso.

«To' patri a ripudiò e i parenti la mandarono a studiare lontano dal paese.» Diede un'ultima boccata: «Mi ricinu chi fussi arristata zitella».

Spense la sigaretta, decisa.

Io ammutolii.

Quella sera, mi rintanai in camera mia. La porta chiusa a chiave. La luce tremante della candela che emanava un certo tepore. Tirai fuori dalla borsa il libro rosso, iniziai a sfogliarlo. Le pagine erano impalpabili quanto un'ostia che si scioglie sulla lingua. Ne ero quasi intimorita. In biblioteca non avevo provato la stessa sensazione. Forse era per via del buio, o del fruscio della carta nel silenzio della casa. Eppure mi sentivo osservata. Da un occhio severo e imperscrutabile.

«Tutto non è come sembra...»

La signora aveva usato le medesime parole scritte da Elda sulla carta sudicia.

Di Hegel, so che è un filosofo... la sola cosa che conosco...

Mi affacciai alla finestra. Una grossa luna si stagliava nel firmamento. Le sue inclusioni scure parevano quelle di un diamante imperfetto esaminato sotto un fascio di luce intransigente.

Tornai verso il letto. La candela si spense. Restai con gli occhi aperti.

La Civetta di Minerva...

6
Caccia al tesoro

L'indomani mattina, l'orizzonte plumbeo aleggiava su di me come i resti di un pasto poco gradito. Io camminavo svelta senza badare alle pozzanghere che m'insozzavano gli stivaletti. Castelbuono appariva intatta nonostante i bombardamenti sulla Matrice Vecchia ad angolo con la discesa del Collegio. I tempi delle marce, delle adunanze dei Balilla e dei figli della lupa erano passati. E del fascismo non restavano che le vecchie uniformi ammuffite negli armadi. Come la mia.

Svoltai in via Umberto I e su un muretto vidi la scritta: «Non si parte ma indietro non si torna!». I riflessi dei moti giovanili contro l'arruolamento nell'esercito regio, capeggiati dalla caparbia ventenne Maria Occhipinti, erano arrivati fin qui, una piccola cittadina di provincia. Ebbi un fremito nell'immaginarla gravida e stesa a terra davanti a un camion carico di ragazzi in età di leva, per impedirne la coscrizione. Era il gennaio del '45, e quel gesto aveva dato inizio a una coraggiosa rivolta.

Che tempra.

«La forza tu ce l'hai» mi aveva detto un pomeriggio Elda.

Ci trovavamo su un sentiero di campagna. Le nuvole si erano velate di una sfumatura accesa color ambra, e la luce vi filtrava attraverso formando una sorta d'inferriata infinita e sinistra. Pronta a caderci addosso. Intrappolandoci come triglie nella rete.

«Per cosa?» le avevo chiesto divertita.

Ci eravamo soffermate a guardare la vastità delle nostre montagne. Il freddo rendeva vivide quelle sbarre virtuali. Irremovibili. Lei aveva strappato un ciuffo di lavanda e, strofinandolo fino a che non si era svuotato delle piccole infiorescenze a spiga, non lo aveva restituito al suolo.

«Io non sono forte, Elda... è giusto un atteggiamento, il mio.»

Il suo sguardo mi aveva trapassato. Con dolore.

«Tu, invece, ce l'hai... per arrivare fin lassù.» Aveva proteso una mano nell'aria: «Assaggiare una porzione di cielo e scegliere, sempre e comunque, questa terra».

«Perché, ne esistono altre?»

Ingenua.

Mi aveva fissata a lungo. In quei secondi avevo visto un ventaglio di emozioni frangersi sul suo volto. Poi aveva ripreso a camminare senza più parlare.

Tornai al presente alzando la testa. Davanti a me, la fontana della Venere Ciprea. I miei piedi si fermarono bruschi. Era la prima volta che tornavo in paese, a parte la rapida sortita in biblioteca. Sentii la necessità di prendere fiato, quasi stessi riemergendo da un'apnea prolungata. In quindici anni, il tempo aveva annerito il braccio destro della dea intenta a lavarsi il capo, lo stemma dei Ventimiglia al centro, e le venature sottostanti ai quattru cannola. Andromaca era ancora prigioniera del suo mito. Elda lo era nel convento sulla rocca?

«Buongiorno signora Carmela...» la voce si destreggiò al meglio. Per non tremare.

La madre di Elda mi fece entrare in silenzio. Nella stanza buia, tra le persiane chiuse e l'odore di caffè bruciato, avvertii la presenza della morte fare incetta di centimetri. Giorno dopo giorno, assorbiva una frazione via via maggiore di quella casa svuotata.

Dei passi strascinati si palesarono al mio cospetto.

«Signor Geraci... è un piacere rivedervi.»

Annuì e si piazzò sulla poltrona di pelle. I suoi occhi erano assenti ma vigili. Una folta barba bianca aveva rivestito la mandibola marcata, e la sua proverbiale prontezza di riflessi si mostrava affievolita.

«Quando arrivasti?» domandò con un timbro lontano.

«Pochi giorni fa.»

Carmela riempì una tazzina e me la mise davanti: «Bevi che è ancora caldo». Si sedette su una sedia accanto alla mia.

Vi affondai il labbro superiore e strizzai le palpebre per il sapore troppo amaro.

«Tua madre come sta?» continuò Giuseppe.

«È contenta che sono tornata...» risposi impacciata come quando, da ragazzina, venivo a trovare sua figlia e lui mi esaminava con uno sguardo esigente. Non mi aveva mai ritenuto all'altezza.

Carmela abbassò il capo e un silenzio solido gravò sulle nostre coscienze. Mi aggrappai a un ritratto di Elda appoggiato sul comò. Il viso acceso e la grazia spiccavano sulla monotonia del mobilio.

«È passato tanto tempo...» presi coraggio: «Ma volevo scusarmi per il fatto che...».

«Non ci sono scuse da dire a riguardo» m'interruppe, duro.

Carmela si tese, incerta se intervenire o perseverare nel suo mutismo.

«Signor Geraci, per il bene che ho voluto a Elda, permettetemi di esprimere ciò che penso.»

«Di', cara» Carmela si decise a pronunciarsi.

«Con il peso dell'età e degli eventi comuni a noi tutti, mi sento di chiedervi perdono.» Dondolai la tazzina piena: «All'epoca stringemmo una promessa. E mio padre mi ha sempre insegnato che la parola data è sacra». Mi inumidii le labbra: «Elda mi assicurò che vi avrebbe avvisato quanto prima e, soprattutto, che era mio dovere rispettare la sua scelta».

Guardai Carmela e percepii il suo dolore.

«Ha impiegato molto a mettersi in contatto con voi?»

«Tre settimane» m'informò lei.

«Gesù...» strinsi la tazza al petto: «Eravamo soltanto due ragazzine spaventate...».

«"Dio è la mia luce" disse dietro a quelle grate inutili» continuò Carmela. «Troppo magra... mai l'ho veduta tanto filiforme... anche se non mi era permesso toccarla, lo si capiva dal volto. Rimpicciolito. Sembrava un panetto crudo non lievitato.» La voce le si spezzò: «Il suo corpo apparteneva al Signore, ormai. E io, che ero sua madre, che l'avevo nutrita e cresciuta nel migliore dei modi... non ho potuto fare niente per...». Si interruppe sopraffatta dalle lacrime.

Giuseppe si alzò e le avvicinò un fazzoletto di tessuto ben inamidato: «Sono stati anni bui. Più duri della guerra».

Abbandonai la tazzina sul tavolo: «Quanto spesso le facevate visita al monastero?».

«Il primo anno, andavamo un giorno alla settimana» raccontò Giuseppe. «Era di poche parole, ma riuscivamo ad avere una visione accettabile della sua vita là dentro. Poi sono arrivati gli anni del noviziato. Spesso non si presentava ai colloqui. La Madre Superiora ci forniva un resoconto dettagliato della quotidianità di Elda...»

«Diceva, "è comprensibile la reazione di vostra figlia. Più si avvicina al Signore, più è forte la necessità di staccarsi dai legami terreni, dalla vita passata"...» spiegò Carmela. «Ma non mi bastava... conversare di persona era diverso. Riuscivo a indagare il suo viso, le sue espressioni... in qualche maniera a starle vicino.

«Durante la cerimonia di vestizione... noi parenti eravamo schermati da un separatorio di legno intarsiato che arrivava fino al soffitto. Le ragazze non potevano vederci. Erano graziose con il velo bianco... creature del cielo.»

Angeli in fila in attesa di cadere.

«Sapete se riceveva visite da altre persone?»

«Non che io sappia» affermò lui.

«E quando l'avete veduta l'ultima volta?»

«La primavera del '39... non abbiamo potuto assistere alla professione solenne.»

Già... l'emissione in perpetuo dei voti religiosi.

Carmela proseguì inclinando il capo: «Ricordo di averla trovata molto tesa. Sapeva sarebbe stato il nostro ultimo incontro.

Stava seduta lontana dalla grata. Più del solito. E non seppe guardarmi negli occhi. Iniziò a pregare. Recitava "grazie Padre per avermi donato il tuo perdono e la vita eterna. Arrendo la mia vita a Gesù in questo momento. Ti prego, aiutami a vivere per te. Nel nome di Gesù, amen"». Strinse le mani dietro la nuca: «Nella sua voce flebile avvertii una sorta di rinuncia impotente... se solo avessi interpretato meglio quei segnali... se l'avessi portata via con la forza, forse...». Carmela tremò di rabbia.

Giuseppe afferrò la tazzina di caffè ormai freddo e lo bevve in un'unica boccata.

«Siamo rimaste in contatto tramite corrispondenza» dissi a bruciapelo.

Mi scrutarono sorpresi.

«Non ha mai voluto parlare di te...» accennò lui.

Feci un sorriso di circostanza non richiesto: «Ho ricevuto sue notizie soltanto fino alla primavera di quell'anno...».

Sei lunghi anni di silenzio... insopportabili.

«E cosa diceva nelle lettere?» chiese Carmela.

«Mi raccontava della sua esistenza di preghiera... diceva che aveva una monaca a lei amica, suor Aurora...»

Nei loro sguardi il vuoto.

Non l'hanno sentita nominare?

«L'ha introdotta alla vita monacale. Le ha insegnato le regole e i meccanismi del convento...»

«Nostra figlia è morta, Ada» mormorò Giuseppe: «Lo avrai saputo...».

«Perciò ho deciso di venire da voi, oggi.»

«Le condoglianze ci sono già pervenute da Piera» replicò secco.

«Non sono qui per le condoglianze, signor Geraci» mi morsi il labbro: «La vita mi ha dato la fortuna di essere una donna libera, indipendente e acculturata. Ho fatto da me, su al Nord, anche se le scuole non le ho terminate...». Presi fiato e confessai in apnea: «È mia ragione pensare, ne conviene pure mia madre, che Elda sia ancora nel monastero. Viva».

Carmela impallidì.

Giuseppe parve trasalire. Poi picchiò forte il pugno sul tavolo: «Basta cu chiste scempiaggini!» gridò con il volto allucinato. «Nun ti pirmettu ri vìeniri a casa nostra e jucari cu i nostri duluri...»

«Cara, cosa stai dicendo?» supplicò Carmela.

Il mio cuore vacillava sull'orlo di un precipizio.

«Signora Geraci io...» le labbra si contrassero quanto una cerniera inceppata e non riuscii a proseguire.

Infilai le dita in tasca e le mostrai il fazzoletto che mi aveva dato Piera al mio arrivo.

«Cos'è?»

La donna lo aprì e restò per un tempo indefinito con lo sguardo rivolto sul piccolo pezzo di carta sporca.

«Che vuol dire?» disse afona.

Il marito si munì di occhiali da vista e si protese a leggere.

«Elda, è viva» le mie pupille si fecero pozzanghere: «Questo è il suo grido di denuncia».

Giuseppe affondò nuovamente nella poltrona. Carmela si portò le mani alla bocca; le sopracciglia tanto corrugate da infossare gli occhi come due minuscole pepite disperse nell'oscurità.

«Il suo bambino... un bambino... quale bambino...» farneticò.

«Il nostro compito, adesso, è essere forti, scaltri, invisibili. Dobbiamo accogliere il suo appello e agire.»

Lui annuì pur non recependo a fondo le mie parole: «Ma... il rito funebre, la cerimonia esequiale... c'è la lapide nel cimitero...».

«Una messa in scena.»

«Quel biglietto l'avrebbe potuto scrivere chiunque» sentenziò incredulo.

«No» Carmela scosse la testa: «La riconosco bene la calligrafia di mia figlia».

«Ma se Elda non è morta, perché le monache avrebbero comunicato il suo decesso?»

«Me lo confermate che non vi è stato concesso di dare l'ultimo saluto alla salma?»

I due coniugi si scambiarono un'occhiata incerta nella quale avvampò un principio di speranza.

«Confermo» asserì decisa.

«Credo sia un valido punto di partenza.»

21 ottobre 1930

Cara Elda,

è una pace ricevere tue notizie. I giorni in attesa della tua lettera non passavano mai, e l'incertezza iniziava a logorarmi. Mi rincuora saperti protetta all'interno del monastero. Che non sei sola, e che la preghiera ti riempie l'animo. Dei tuoi capelli che dire... gliel'avrei spezzata volentieri la mano alla monaca che si è permessa di farlo... dai scherzo, mi conosci, è il mio temperamento. Sai che farò? Oggi stesso me li taglierò corti anch'io, promesso. È un modo per sentirci più vicine.

Dal canto mio, imparo giorno dopo giorno a vivere questa strana vita. Capita che mi sveglio la mattina e mi sembra ogni cosa un brutto incubo. Non per via di Alfredo, santo cielo. No, lui è un uomo quieto e non mi fa alcun torto. Ma mi manca assistere al nascere del sole, ricordi? Quando ce ne stavamo insieme sulla torretta del baglio. Un po' infreddolite mangiando mandorle e carrube. È una nostalgia che si fa sentire sul corpo, e mi lancia dei segnali. Mi fa perdere l'appetito, per esempio, mentre vago per la casa senza trovare il posto giusto dove stare. Beh, perdonami, non ti voglio tediare. La tua sfida è maggiore della mia. E spero tu possa raggiungere la felicità assoluta. Io ci sto provando. Anche se vorrei nascere una seconda volta. E rifare tutto daccapo. Meglio, se possibile. Pure per te.

Ora ce ne siamo andate entrambe, lontane. Abbiamo dato quel colpo di coda finale. Folgorante. E abbiamo riso per non piangere. È così, lo sappiamo bene. Ma siamo forti abbastanza. Lo siamo, Elda, nun tu scurdari.

Qua, è tutto molto cittadino, grigio, consueto. Non mi appartiene. Come potrebbe... ho avuto l'occasione, però, di leggere un libro che ti piacerebbe assai. Parla di una ragazza con la valigia che viaggia alla scoperta del mondo. Ti è concessa la lettura, lì dentro? Quando vengo a trovarti, te lo porto, se hai piacere.

Sai, ho trovato chi si prende cura di me. Si chiama Renata. È buffa e permalosa. Ma fa una torta ai canditi che è una meraviglia. La casa è grande e puzza di vecchio. E quando non c'è nessuno, corro nuda e canto. Se mi vedesse qualcuno, mi prenderebbe per pazza. Solo tu puoi capirmi, da sempre. Cara amica mia. Fiore reciso ma mai spezzato.

Adesso vado a fare la moglie per bene.

Tu scrivimi presto.

Tua Ada

Il pianto sgorgò naturale sulle guance. Guardai la Matrice Vecchia e la sua merlatura di tipo ghibellino. Era il mio autoritratto. La struttura pericolante vietava l'accesso.

E io minni futtu.

Non feci il segno della croce. Il polittico troneggiava sull'altare maggiore nel suo completo splendore e, tra le varie panche accatastate da un lato, ne trovai una sulla quale potermi sedere. Il silenzio sembrava animato, l'odore di calcinacci vivi e incenso rendeva l'aria pesante da respirare. Eppure provai un inconsueto sollievo. Forse per via di quelle mura che portavano i segni visibili di una battaglia accesa. Mi presi del tempo per riflettere e smaltire il pianto. D'altra parte, non so spiegarmi il perché entrai in chiesa. Non ero credente, pur non potendo dire di non esserlo stata. E l'ultima comunione fatta, risaliva al giorno del mio matrimonio.

Dalla cripta sopraggiunse un prete in là con gli anni e un'andatura sbilenca: «E lei, signorina, che ci fa qui?». Usò il tono di un nonno che rimprovera una nipote.

Trasalii, sorpresa nell'atto di una disinvolta e deliberata disobbedienza. Mi alzai repentina e indietreggiai di qualche passo.

«Uh, va beni chi sunnu vìecchiu, ma nun sunnu mica 'nu lupu mannaru» sorrise.

Accennai una smorfia imbarazzata.

«Non avete visto il cartello?» mi si parò davanti con le sopracciglia sollevate. Villose, assomigliavano alle pareti irregolari di un cratere: «Non si può entrare... jè pericoloso».

Seppi dire soltanto: «Sì, scusi».

Imboccai la navata centrale e fui fuori. Il cielo era ancora in tumulto. Il vento sospirava contro. Decisi di rientrare.

«Don Carmine...» dissi.

L'uomo alzò gli occhi inspessiti con una certa meraviglia: «Sì...».

Non mi ha riconosciuto... sarà per via dei capelli... sì, i capelli. Corti.

«Sono Ada, ricordate?»

Lui s'appoggiò all'acquasantiera. «Oh...» sussurrò vago: «La giovane sposina...».

Cristo santo... la vedova, intendevate dire...

«Gran bìedda cerimonia fu a vostra...»

Mi guardò, e a me parve di rindossarli, l'abito bianco e il velo. «Ri chisti tempi, nun si ni fannu cchiù» agitò le braccia alzate: «Chi vuliti, semu miseri avanzi ri guìerra... Ma, riciti-mi, nun vi haju cchiù vista da chiste parti».

«Io e mio marito partimmo pochi giorni dopo.»

«Ve ne siete andata lontano, e ora tornate da forestiera...»

La confidenza con cui mi si rivolgeva mi spiazzò.

«Chi nasce da 'ste parti, padre, non lo diventa mai, forestiero» replicai fiera.

Sorrise, soddisfatto della risposta: «Dunque, fanciulla, cosa posso fare per voi?».

Lo fissai. In effetti non conoscevo la soluzione a quel quesito. *Certo, sono a caccia d'indizi, ma don Carmine, cosa potrà sapere...*

«Dovete confessarvi?»

Scossi il capo quasi inorridita: «No, no».

«Cercate il corpo di Cristo?»

Confermai il mio diniego.

«Beh, siete entrata con tanto ardire... vogliamo recitare una preghiera insieme?» Sfilò dalla tasca un rosario: «Ti benedico, Padre, mia Luce; ti benedico, Padre, mio Creatore; ti benedico, Padre, mia Misericordia...».

Lo interruppi severa: «Padre, io non prego».

Mi studiò perplesso. Non era facile per lui assimilare un tale concetto.

«Se questa è la vostra posizione... è curioso oltremodo, trovarvi in una chiesa chiusa per danni...»

«Non posso negarlo.»

«Beh, le vie del Signore sono infinite...»

«Così dicono.»

«Eppure, c'è qualcosa che non mi state dicendo...» Accostò due dita sotto il mento in una sorta di meditazione, poi le fece scoccare: «Ho capito... siete in attesa ri 'n miraculu».

«Il miracolo, lo cerchiamo tutti, padre.»

«Venite» s'incamminò additando la panca.

Ci sedemmo vicini. Indossava un lungo saio marrone e sandali aperti. Il secondo dito del piede sinistro era mozzato. Distolsi svelta lo sguardo per non creargli imbarazzo.

«Non vi spaventate se ve lo dico?»

«Cosa?»

«Chiddu dà» indicò in basso: «Me lo mangiò un cane randagio, quando ero piccolo».

Restai immobile.

«Da giovane, me ne vergognavo. Mai osai calzare scarpe aperte... ma ormai, che m'importa» accennò un occhiolino.

Sorrisi con un certo contegno.

«Per iniziare, i miracoli, bisogna saperli chiedere, mi spiego?» incrociò le gambe: «Voi, cosa avete fatto in merito?».

Attorcigliai le mani l'una sull'altra: «Padre, vedete... pensavo di...».

«Siete lontana, anima mia... molto lontana.» Lanciò un'occhiata alla statua della Madonna: «Non tutto è perduto. È semplice, Ada. Dovete fare un voto».

«Un voto?» m'illuminai.

Io non credo in Dio. Figuriamoci nei voti...

«Proprio così... guardate che, pur dandovi del voi oggi, un tempo insegnai catechismo a entrambe. Nun mu sunnu scurdatu... Ada ed Elda, le amiche inseparabili.»

La mia schiena sembrò spezzarsi come la gamba di una vecchia sedia.

«Eh, lo so cara... lo so...» mi fece il segno della croce sul capo: «Fu una perdita che addolorò l'intera comunità».

«Padre, possiamo darci del tu?»

«Cìertu, cu piacìri.»

«Alfredo, mio marito, è morto in guerra.»

«'Sta guerra è stata il più grave peccato dell'umanità... non so quanto tempo impiegheremo a risollevarci.»

«Hai perso qualcuno?» domandai.

«I giovani che ho cresciuto ogni domenica mattina, a messa... e mio nipote...»

Annuii in silenzio.

«Non smarrire le speranze, Ada. L'amore è riposto nel cuore del Signore. E una porzione di tale amore risuona nei cuori di ciascuno di noi.»

«Pure nel petto dei tedeschi?»

Don Carmine si afflosciò stanco: «Ebbene... sì. Il problema, è che non sono stati in grado di sentirla».

L'asse di una delle impalcature presenti nella chiesa cadde a terra provocando un gran frastuono. Il prete s'aggrappò al mio braccio. Fu una reazione istintiva.

Arrossì divertito. «È l'età cha avanza... e si torna quasi bambini» disse ricomponendosi: «È meglio andarcene ora, prima che crolli ancora qualche pezzo!».

Ci alzammo diretti verso l'uscita posteriore.

«Aspetta 'n momentu» si fermò deciso: «U miraculu nun t'interessa cchiù?».

«M'interessa assai, padre.»

«E allora, ricorda ciò che Mosè riferì agli israeliti: il voto di una vedova o di una donna ripudiata, qualunque sia l'obbligo che si è assunta, rimarrà valido. Perciò, Ada, fai il tuo giuramento al Signore, non violare la tua parola, e dai esecuzione a quanto hai promesso con la bocca.»

Quella sera mi rigirai nel letto. Faceva troppo caldo. Forse perché l'umidità dei temporali mattutini ristagnava a terra e lo scirocco ci sguazzava dentro. E il frinire dei grilli investiva il nostro baglio togliendomi il fiato. Sbirciai attraverso la porta semiaperta della camera di Piera. Dormiva con la bocca socchiusa e i bigodini scesi da una parte. Rientrai nella mia stanza. Anche il granoturco del materasso m'infastidiva.

Che fallimento.

Tiriamo le fila della giornata: ho vagato per il paese in quel pantano e gli stivaletti sono ormai da buttare; ho indagato una chiesa dissestata con l'illusione di trovare conforto; ho incontrato due genitori distrutti dal dolore prospettando loro false aspettative; ho dialogato con il prete che celebrò le mie nozze sul miracolo e sull'eventualità di impegnarmi in un voto. E adesso, non riesco nemmeno a dormire. Sono al punto di partenza.

Ma tu sei viva, amica mia. Io lo so... devo soltanto capire in che modo agire. E farlo il più presto possibile.

Il libro rosso troneggiava imperturbabile sul tavolo. Lo gettai al suolo.

Avrai pur ragion d'esistere, santo Dio!

Restai a fissarlo dall'alto della mia statura. Con un piede, lo aprii, sfogliai alcune pagine, e lessi un passaggio:

> Chi desidera vedere le sue orme, prenda della cenere stacciata e la sparga intorno al proprio letto. Al mattino vi vedrà qualcosa di simile alle orme di un gallo. Chi desidera vederla, deve prendere la placenta di una gatta nera, figlia di una gatta nera... la arrostisca al fuoco, la polverizzi, se ne riempia gli occhi e vedrà.

La buonanotte, quella notte, non arrivò.

7
Un fatto di sangue

«L'andai a attruvari quàlchi vùota...» Piera sbatté il lenzuolo sulla pietra e gli schizzi d'acqua violarono il silenzio dei miei pensieri.

L'antico lavatoio si stagliava sul retro del nostro bagghiu tra glicini, cespugli aromatici e un muretto a secco che ne delimitava l'accesso.

Mi alzai e lasciai cadere il bucato nella vasca.

«Ma tu cos'hai pi chidda tìesta?» esclamai a denti stretti.

Mia madre s'incurvò contrita.

«Quannu pensavi ri ricirimillu?» gridai.

Lei mi guardava arresa, seduta sul gradino cosparso di muschio. E per la prima volta, mi resi conto dei suoi anni. Del tempo che passa impietoso; del fatto che il fiero pragmatismo di cui si era servita nella vita, se l'era preso il vento. Lo stesso vento che aveva consumato le mura del cortile, del fienile, della torretta seicentesca.

«Come posso andare avanti in questa follia? Comu fazzu a stabilire 'na strategia si nun conosco i dettagli?» mi strinsi i capelli con le unghie: «Iu mancu da quinnici inverni... sunnu troppi pi putiri scopriri da sula cùosa i jè capitato pi quel monasteru, u capisci? Non ce la faccio se non mi racconti ciò che sai» crollai.

«Ada, io...»

«Reagisci, mamma!»

«Mi dispiace... ti voglio aiutare...»

La strattonai dura. «Allura, parla. Uòra! Vogghiu sapiri tutto» dissi con la furia di una moderna Gorgone.

Annuì persa: «Non qui».

Piera preparò un'orzata e mise a lavare il panno imbevuto di mandorle pestate. Eravamo sedute intorno al tavolo della cucina. Da sempre il luogo delle comunicazioni importanti.

«Le feci una visita all'anno. Dall'estate del '30, alla primavera del '39.»

E chi nuatri nun ricevemmo cchiù soi notizie da lì pi avanti, jè assodato...

«Il primo incontro avvenne un paio di mesi dopo la tua partenza. Il fatto ormai era noto, anche a Carmela e a Giuseppe.»

L'ascoltavo immobile, il peso sui gomiti a cui mi appoggiavo.

«Fu lei stessa a consegnarmi la prima lettera che t'inviai. Ci teneva che restaste in contatto...»

Mi puntò gli occhi addosso: «Ada, non mi sono rincoglionita».

Subito mi raddrizzai sulla sedia.

«Nun mi sunnu faciuta trùoppu vecchia pi ragionare» si strinse il colletto della camicetta: «Ma tu si mea figghia... e iu ti haju a proteggere».

Mi morsi il labbro e la fissai dal basso verso l'alto: «Mamma, non ti capisco».

Piera sospirò come chi ha un peso sul petto e fatica a respirare.

«Matri, ti prego... cca ri tiempu nun cc'è né cchiù. Elda avi aspettato bastanti...»

Chiuse le palpebre. A lungo. Poi le riaprì.

«La trovai la solita ragazza. Un po' pallida, forse smagrita di qualche chilo, niente di preoccupante. Lodò Dio con una certa frenesia e benedisse i miei giorni a venire.

«L'anno seguente le avevano tagliato i capelli molto corti. Mi riferì che accadde prima dell'autunno. Era diversa... 'n pulcino sperduto.» Bevve un sorso di orzata ma le andò di traverso.

La voce si sgualcì: «Da lì a poco avrebbe preso il velo bianco. "Ci hai ripensato?" le chiesi a voce bassa. "No" rispose. "Sia santificato il nome del Signore... questo è il giusto cammino che m'aspetta. Grazie, per essermi vicina." E si raccomandò, "ti sono giunte le mie lettere per Ada?". "Cìertu" la rassicurai. "Gliele mando con premura non appena le ricevo."

«Durante il successivo incontro, pregammo insieme. Lei da una parte, io dall'altra della grata nera. Il velo le donava, finalmente. Nun mi piaceva vederla cu a tìesta spoglia... sìenza capiddi... Le portai del pane con la manna, lo amavate entrambe. Elda u scrutò casi fossi piccatu accettare. M'imbarazzai. "Po ìessiri haggiu infranto quàlchi regola?" sondai. Scosse la testa, "Lo condividerò con le mie consorelle".

«Alla visita seguente non si presentò. Quella dopo, si commosse per la felicità di vedermi. Ne fui sconvolta. Nel '35 rimase zitta al mio cospetto. Seppe soltanto annuire o scuotere il capo. Mi fece capire che aveva perso la voce... così parlai io tutto il tempo. Chiddu chi mi veniva pi mente, dicevo. Le confidai che sentivo la tua mancanza. Solo allora mi sorrise e riuscii a catturarle l'attenzione. E infine arrivò la primavera del '39».

Già... giungemmo al dunque...

«Elda sedeva su uno sgabello che pareva troppo grande per la sua figura. Una giovane più vecchia dei suoi anni...» volse lo sguardo verso la finestra. Sembrò aver bisogno di spazio per le imminenti rivelazioni.

Dal canto mio, stavo tesa come un corridore ai blocchi di partenza.

«Fu molto tranquilla e mi predispose al nostro ultimo colloquio. "A una monaca di clausura non è consentito mantenere legami con il mondo esterno al monastero" mi spiegò. "Il percorso di vita contemplativa è un'occasione per intraprendere l'espiazione dei peccati compiuti".» S'interruppe in affanno.

Le strinsi le mani e faticai a trattenere l'emozione.

«Citò pure la Bibbia... u sacciu picchì, ci haju misu assai, ma u cercai ntra i pagini. Lo trovai tra gli Efesini, e lo lessi e rilessi tanto che lo imparai a memoria» terminò in lacrime quasi in preda a un brutto incubo.

«Cùosa disse, matri?» mi avvicinai, concentrata.

«"Del resto, fratelli, siate forti nel Signore e nel potere della forza di lui. Rivestitevi dell'armatura di Dio per poter affrontare le insidie del diavolo. E prendete su anche l'elmo della salvezza e la spada dello Spirito, che è la parola di Dio; con ogni preghiera e supplicazione, pregando in ogni tempo in ispirito, e vegliando allo stesso fine con incessante perseveranza e supplicazione a pro dei santi tutti e per me, affinché nell'aprire bocca siami concessa la parola per far conoscere francamente il mistero del Vangelo, per il quale sono ambasciatore nei ceppi."»

La citazione mi turbò nel profondo. Anche se non ne coglievo a pieno il messaggio intrinseco. La strinsi forte.

«Poi fu tutto molto veloce» continuò: «Una monaca sopraggiunse dal nulla e la portò via».

«In che senso, la portò via?» domandai disorientata.

«Jè successu propriu accussì» rispose soffiandosi il naso: «Mentre la povera figghia gridava, "Egli è il portatore di luce, il principe di questo mondo"...».

«E tu che hai fatto?»

«Chi dovevo fari?» ribatté storcendo la bocca.

«Credi che abbia assistito di nascosto alla vostra conversazione?»

Ci rifletté qualche istante: «Non lo so... era molto buio. Avrebbe potuto farlo e non me ne sarei accorta. Certo, è sbucata rapida, e non ho sentito alcun rumore».

«Descrivimela.»

«Gesù, sembrano tutte uguali chidde...» si chiuse il viso tra le mani.

«Provaci... hai notato qualcosa, un neo, 'na cicatrice, un tratto particolare?»

Piera restò corrucciata a pensare. Si sfregò le nocche sulle cosce, in agitazione.

«Una voglia» ricordò all'improvviso: «Avìa 'na vùogghia color mulinciana arrieri l'aricchi. Spuntava fùora do' velo».

«Dove, cca?» indicai la porzione di collo subito sotto il lobo.

Fece segno di sì con il capo.

Mi alzai e, per sbaglio, rovesciai a terra il bicchiere di orzata pieno fino all'orlo. Non ne avevo bevuta una goccia.

«Camurrìa!» imprecai.

Piera si affrettò a ripulire. Io presi a camminare avanti e indietro: «Perché non lo dicesti a nessuno delle tue visite a Elda?».

«Jè idda a chiedermelo.» Sciacquò lo straccio sporco.

I nostri volti gonfi e arrossati erano la testimonianza di un dolore difficile da ignorare.

«Nun u sacciu u picchì.»

Il passo deciso con cui incedevo sul viale sterrato provocava una scia sommessa che dalle mie spalle scalpitava per alcuni metri prima di dissolversi.

Ci haju a parrari a quattrocchi...

Sulla collina spiccavano alcune casematte, piccole fortificazioni militari in cemento usate durante il conflitto per presidiare l'isola. Parevano funghi fuorimisura.

Incrociai lungo il tragitto 'n picciuottu che i vent'anni li raggiungeva appena. Era abbronzato, indossava una canotta chiara e calzoni color cachi. Sulle spalle portava un grosso sacco di juta colmo di grano. Lo vidi dirigersi sicuro verso di me. Io affrettai la camminata, lui mi si parò davanti.

«Signura, avi 'na sicarìetta?» mi sorrise.

Sfacciato.

«No» tirai dritto.

Ma un po' di quel grano lo vorrei, assai.

Non mi voltai, ma fui certa che restò a osservarmi pi 'n cìertu tiempu. Avvertii i fianchi ingrandirsi, il tessuto dell'abito leggero fasciarmeli più del dovuto, mentre le anche ondeggiavano per fronteggiare l'andatura sostenuta. Decisi di rallentare e, soltanto allora, girai la testa. Il giovanotto stava ancora là.

O bedda matri, uòra mi vitti! Camurrìa...

Entrare in biblioteca fu un sollievo. L'aria era fresca anche se un po' stantia. Dopotutto, ero al riparo da occhiate esplicite. Mi guardai intorno.

... non c'è nessuno?

Mi avvicinai al bancone: «Buongiorno?». Posai lo sguardo verso una porticina di legno a pochi metri di distanza.

Il silenzio perdurò.

Quel libbru russu nun mi fa ruormiri a notte... e a signura, diserta?

Tergiversai per qualche istante.

«Bene... me lo trovo da sola un libro da leggere» farneticai a voce bassa.

Mi diressi verso gli scaffali. Da una certa distanza, assomigliavano alle cellette di un alveare. Il mio stomaco gorgogliò.

Haju 'na fami...

Esaminai i testi suddivisi in ordine alfabetico. I titoli erano davvero tanti; troppi per poter scegliere senza una guida. Svoltai nella sezione posteriore della libreria e mi arrestai di colpo. I libri stavano riversi al suolo. Alcuni aperti, o al rovescio, altri con lo strappo evidente di pagine mancanti. Mi guardai nuovamente attorno e tornai verso il banco.

«C'è qualcuno?» alzai la voce: «Sono Ada, signora... rammentate?». Rimasi in ascolto.

Nulla.

Forse... dovrei controllare di là... magari non ha sentito che c'è gente...

Frugai rapida tra le carte in disordine. M'incuriosiva scoprire chi amava leggere a Castelbuono. Aprii il quadernetto sul quale la bibliotecaria aveva scritto il mio nome, con in testa la memoria di papà. Lessi i nominativi di persone che non conoscevo, soprattutto donne. Infine riconobbi il cognome della mia maestra di scuola e mi sfuggì un sorriso. Lo sfogliai fino all'ultima pagina ma, con mia grande sorpresa, non trovai quella su cui era stato annotato «Ada La Rosa». Eppure lo avevo visto fare con il lapis, davanti ai miei occhi.

Oltrepassai gli schedari e varcai la porta di un piccolo ufficio. Soffocai un grido di orrore e caddi all'indietro, paralizzata. La signora Benedetta giaceva morta sul pavimento. Un alone di sangue scuro le incoronava il cranio e inzuppava la folta chioma bianca che, più di un krapfen zuccherato, ora appariva come un macabro soufflé. Gli effetti personali contenuti nella sua borsetta erano sparsi qua e là; carte, documenti e breviari si ammassavano alla rinfusa. I frammenti di uno specchietto erano disseminati intorno al cadavere quasi fossero un maleficio, una ricetta magica che ricordava tanto la citazione letta nel libro rosso sulla placenta di una gatta nera, figlia di una gatta nera. Rabbrividii. Mi ressi alla maniglia della porta per tirarmi in piedi. Il cuore mi zampillava in gola. Fu allora che notai l'insolita posizione della mano della vecchia. L'indice teso sembrava additare qualcosa. Cercai nella giusta direzione, mi chinai piano, e sotto un mobiletto a due ante vidi una penna stilografica. La infilai nel reggipetto e scappai fuori con tutta la forza che avevo in corpo. Corsi nella campagna aperta sotto un sole nemico.

Corri Ada, corri. Presto!

Quella maratona disperata ebbe il funesto sapore della stessa fatta nel bosco, venticinque anni prima. Quando tutto doveva ancora succedere, eppure tutto era già stato.

Il sudore s'incollò al vestito diventando un tutt'uno con la carne e il terrore. Lasciai il viale sterrato e m'imboscai in un campo di grano.

Cca, cca! Fazzu prestu, staiu arrivannu!

Sfrecciavo, inciampavo, mi sfracellavo le caviglie tra le spine.

Eccolo, lo vidi, il mio baglio.

Ci sono quasi.

Attraversai il cortile. Nel tragitto avevo perso un sandalo, chissà dove. Entrai in cucina.

Piera mi guardò. Stava rammendando una camicia da notte. Un rivolo di sangue serpeggiava sulla mia caviglia destra.

«Jè stata uccisa» dissi senza fiato.

«A cu?» sporse in avanti il collo aggrottando la fronte.

«A Biniditta» farfugliai aggrappandomi allo stipite.

Mia madre si portò alla bocca il rosario che custodiva nel taschino.

Aprii il rubinetto e passai le mani sotto l'acqua corrente. Tremavano come bestiole infreddolite.

Immersi il volto nel freddo e respirai profondo.

«Matri, mi fazzu monaca puri iu.»

8
La vocazione

Lo scirocco frusciava caldo sulle colline. Ricordava quasi lo spostamento d'aria causato dalle bombe che catapultava i corpi dei civili da un capo all'altro delle strade. Era capitato anche a me.

Contemplavo la notte attraverso la finestra spalancata. Nonostante il trascorrere delle ore, non avevo avuto il coraggio di estrarre dal reggipetto la stilografica che, con il sudore e la calura, s'era incollata sul seno lasciandovi impresse strane increspature. Una sorta di cartina geografica priva di nazioni. Un residuo d'inchiostro mi macchiava la scollatura. La posai sul tavolo e cercai di pulirmi con un poco di saliva.

E che ci faccio con 'sta penna?

La rigirai tra le mani. Osservandola meglio, notai che era mal avvitata. Presi un fazzoletto per sistemarla e non schizzare china dappertutto, ma avvertii una certa resistenza. Aprii il cono cavo e con mio grande stupore, trovai al suo interno un foglietto di carta ripiegato su se stesso con minuzia fino a formare un rettangolo lungo e stretto. Lo tirai fuori senza fretta, per non sbagliare. Le ripiegature più esterne erano sporche di nero. La medesima sorte toccò ai miei polpastrelli. Lo dispiegai e mi scappò un riso isterico. Si trattava della pagina mancante del quadernetto della biblioteca, su cui la signora Benedetta aveva annotato «Ada La Rosa - Il libro rosso». Mi soffermai a riflettere.

È evidente... si tratta di un nascondiglio premeditato... e ha avuto il tempo di agire con ponderatezza. Perché l'ha nascosto qui dentro?

Lo avvicinai alla lampada, nel caso mi fosse sfuggito qualcosa. Sul lato opposto erano scritti dei numeri. Nessun indizio ulteriore.

«1 2 5 3 1 2 6» li enunciai uno alla volta.

Cosa significano?

Controllai la ferita sulla caviglia medicata da mia madre. Bruciava ancora.

Forse hanno un significato per qualcuno... sulla pagina non c'è soltanto il mio nome.

Rimasi immobile sulla sedia mentre il cervello macinava un'infinita gamma di possibilità.

E la stilografica, doveva conservarla in segreto? O consegnarla a quel qualcuno? In tal caso... a chi?

Lessi tra me e me: «Antonia Macaluso - *Le Eumenidi* - Eschilo; Marina Schipano - *The Waste Land* - T.S. Eliot; Donna Rapidda - *Faust* - Goethe».

Potrei incontrarle... magari è ciò che intendeva la signora Benedetta.

Mi agitai. Troppi quesiti non trovavano risposte. Guardai il libro rosso. L'istinto mi suggerì di nasconderlo sotto il materasso.

Cìerto jè... uno di nuatri quattru, a Biniditta u vuleva proteggere.

Piera stava rintanata nell'alcova. Per tutto il giorno aveva maneggiato in pena il rosario che era stato di sua nonna.

Mi affacciai alla porta della camera: «Posso?».

Annuì appena.

Piano mi sedetti sulla sedia a dondolo di vimini. Ci fissammo a lungo, in silenzio. Dalla finestra aperta, il vento aleggiava quasi fosse una presenza viva.

«Tu dà rintra nun ci vai!» si aprì in un gesto categorico con il braccio.

«Te l'ho già rittu, matri... nun mi vogghiu fari monaca pi davvero...» replicai oscillando sulla seggiola: «Se fingo la vocazione ed entro in monastero, posso scoprire che fine ha fatto Elda».

«No, tu nun capisti 'n accidenti. Si chidde ti pigghiano, va a finiri chi nun ti troviamo cchiù, comu a mischina dell'amica tua...»

«Mamma, ascoltami bene. Una volta presi i voti perpetui sono vietate le visite, lo sai... apprima ri allura, ri tiempu ci ni passa, capisci a mia.» Le strinsi una mano: «Ho bisogno di te. Ho bisogno che tu sia un'alleata. Dovrai essere il ponte che mi tiene collegata al mondo esterno... solo allora, io ed Elda potremo avere speranze».

Le sue labbra si contrassero in una smorfia e gli occhi parvero cadere all'ingiù.

«È la persona a me più cara, famiglia a parte... Le sue lettere hanno resistito alle frenesie dei fascisti, alle incursioni dei tedeschi. E dal Nord, infine, hanno fatto ritorno tra queste mura» le sorrisi stanca: «Le stesse che mi hanno visto crescere. Tra piaceri e dolori, funerali e matrimoni, arrivi e partenze. Pure Elda è cresciuta qua dentro, non puoi negarlo. E tu i hai voluti beni comu a 'na figghia... jè vìeru o nun jè vìeru?».

«Sì, jè accussì.»

La sua sincerità fu una consolazione. «Stando fuori, non posso riuscirci, mamma. Nessuno parla, nessuno sa. E chi forse conosce qualcosa finisce morto...» Mi sorressi la fronte piena di rammarico: «Pensa a quelle giovani ragazze in catene... nei ceppi. Così t'ha detto Elda quando la portarono via di peso... per evitare che proseguisse. Per occultare chissà quali scomode verità. Quelle fanciulle sono in balia della chiesa. E non sempre è una buona cosa...».

Piera s'irrigidì senza accorgersene.

«Io, non credo in Dio... a te lo posso confessare, ormai.»

Lei socchiuse la bocca, e non fiatò. Di certo non lo aveva immaginato mai.

«Cùosa rici?» sibilò attonita.

«È accaduto tanto tempo fa. Ho perduto la fede...» abbassai lo sguardo: «Può succedere, sai. Allo stesso modo in cui si perde un compagno, un oggetto di pregio, un ricordo... a volte è molto triste. A volte è necessario».

«E a tia successe chidda sira... cu u vrazzu spaccato?»

La sua domanda mi rimbombò nelle ossa. Fu un frastuono osceno. Mi morsi il labbro. U fazzu sempri quannu nun reggo l'emozione.

«Probabilmente anche prima» vibrai.

Non osò dire altro.

«Semu donne, matri. Nuatri ci dobbiamo salvare da sule.»

Restò a guardarmi come non lo fece mai: «Avvicinati» disse.

Mi misi accanto a lei.

«D'ora pi avanti nun togliertelo cchiù.»

Piegai il capo e m'infilò il rosario della nonna al collo.

Il rito funebre venne celebrato in una chiesetta di campagna. Così aveva chiesto Benedetta. C'era il paese al completo. Una vecchia uccisa in una piccola cittadina della provincia siciliana era un fatto inconsueto. Io e Piera, di nero vestite, ci accodammo lungo la processione che condusse la bara fino al cimitero tra donne, anziani dal volto intessuto di storia, e qualche ragazzo. Pure un mendicante zoppo s'aggregò al codazzo tremando. Ma non per il freddo. Il sole era tosto. Sembrava scavarci la testa per portarci via l'anima. Varcammo l'ampio ingresso ad arco. Don Carmine faticava a camminare e il sudore lo aveva quasi prosciugato. Il feretro fu tumulato a terra in un angolo grazioso ravvivato dai girasoli.

«Con la benevolenza dell'Iddio onnipotente ed eterno, rivolgiamo l'ultimo saluto alla nostra cara defunta...» il parroco alzò le mani in segno di preghiera. «Il Sangue Prezioso di Gesù, che vi offro in Santo Sacrificio, la purifichi da ogni macchia contratta nel terreno pellegrinaggio; e per la vostra infinita misericordia...»

Il suono di campanelle in movimento destò all'improvviso l'attenzione di tutti. Mi voltai e alle mie spalle vidi un gregge di capre zompare tra i sepolcri. Un mormorio sommesso si diffuse tra i presenti. I vasi caddero, i fiori si acciaccarono. I ceri si spensero. Don Carmine era il ritratto dello sgomento. Alcuni tra gli uomini iniziarono a scacciarle sbattendo i cappelli e lanciando pietre.

«Fermi!» gridò il prete, riprendendosi: «Sono anch'esse creature del Signore... e sono accorse, come noi, per onorare l'imminente sepoltura. Preghiamo».

La gente si azzittì in raccoglimento. Le capre si fermarono ipnotizzate, per un tempo insolito. Infine se ne andarono, una dietro l'altra, in una sorta di corteo capovolto.

«Signura, vi jè caduto chistu» un ragazzino normanno mi porse uno specchio da borsetta. Aveva forse dieci anni.

Lo ringraziai goffa.

«Mienu mali chi nun si jè ruttu» si aprì in un sorriso.

Gli mancava un dente.

Che visetto simpatico.

«Come ti chiami?»

«Caruso Giovanni» recitò fiero.

«La conoscevi la signora?»

«No, ma mio fratello sì» indicò a braccio teso: «È quello laggiù con gli occhiali... vuole fare u pueta».

I dolenti si sparpagliarono piano tornando alle proprie vite.

«Ci vediamo dopo a casa» Piera si allontanò.

Il ragazzo aveva un'aria da pensatore e i capelli pettinati con la riga da un lato.

Lo affiancai: «Mi ha detto tuo fratello che vuoi fare il poeta».

Mi fissò impassibile.

«Hai già scritto qualcosa di tuo?» Ci dirigemmo verso il paese. Su ogni porta a lutto era appesa una pezza nera.

Annuì: «Però i miei poemi devono ancora maturare...».

«Come i frutti.»

Inclinò il capo: «Per me ci vorrà più tempo...». I tratti del suo viso finalmente si distesero: «Eravate amiche voi e la signora Benedetta?».

«Mio padre lo era.»

«Io vado spesso in biblioteca... cioè andavo... insomma, l'ho incontrata là.»

Il piccolo Giovanni stava dietro e giocava con le pietruzze che trovava a terra.

«Mi piaceva perché consigliava sempre il libro giusto. Nun avi sbagghiatu mai 'na vùota.»

Il libro giusto...

«Ti piace leggere?» chiesi.

«Sì, lo trovo esotico.»

Interessante modo di usare la parola, esotico, all'età sua.

«E al momento, cosa stai leggendo?»

«L'*Odissea*... l'avete studiata pure voi?»

«Hai voglia!» mi tolsi il velo nero. «Beh, la maga Circe è piuttosto e-s-o-t-i-c-a» cercai la sua complicità. E la trovai.

«Anche le sirene...» aggiunse.

Giungemmo in piazza.

«Senti, mi sai dire dove posso trovare Marina Schipano?»

«Non la conosco.»

«E Donna Rapidda?»

«Ti ci portu iu» intervenne Giovanni pulendosi le dita sui calzoni.

«È una lontana cugina della povera signora» precisò il maggiore: «Stava al cimitero, non l'avete vista?».

Feci segno di no: «Con te ci vediamo in biblioteca... quando la riaprono...».

«A presto» mi salutò con un cenno.

«Come ti chiami?»

«Livio.»

«Continua a scrivere, Livio, mi raccomando» dissi allontanandomi.

Giovannino mi conduceva tra i vicoli atteggiandosi a padrone della città.

«Tuo fratello lo sappiamo, tu invece, cosa vuoi fare da grande?»

«Il re» affermò senza indugio.

Lo guardai divertita. Lui infossò la testa tra le spalle e mi sorrise scaltro.

«Siamo arrivati.» Si fermò davanti a un palazzo signorile: «Jè cca chi abita» e subito corse via canticchiando.

Suonai alla porta. Alzai lo sguardo verso le ampie finestre. Non sopraggiunse nessuno. Suonai nuovamente. Una donna distinta si accostò al vetro, al secondo piano. Io alzai una mano, lei scomparve.

Una visita indesiderata...

Il portone barocco si aprì.

«Prego» un servitore fece gli onori di casa.

Indossava una giacca polverosa ed esibiva lunghe basette alla maniera antica. Salimmo una scalinata imponente.

«La signora arriva tra un momento» m'indicò un divanetto di velluto cremisi.

Mi sedetti cercando di occupare il minor spazio possibile. Non volevo sgualcirlo. Il pavimento decorato da un magnifico mosaico raffigurante pavoni in lotta e piante tropicali si amalgamava nei colori caldi del bronzo, dell'arancione, del verde smeraldo creando una girandola di umori e messaggi contrastanti. Le tende sfioravano il suolo con il loro intreccio di ricami e pizzi preziosi. E i quadri non si contavano.

Donna Rapidda entrò e si accomodò sulla poltrona di fronte: «Chi siete?» domandò sbrigativa.

I suoi anni li portava bene. I capelli raccolti e lucidi come il petrolio colavano su una spalla fino al petto. Certo, una capigliatura un poco retrò. Del resto, l'intera abitazione pareva essersi fermata al secolo scorso.

«Ada La Rosa, signora... condoglianze per la vostra perdita.»

Nun immaginavo chi a Biniditta avissi 'na parentela tantu altolocata... e puri, mi stupisce chi nun l'haju notata o funerale...

Mi scrutò in silenzio e non accennò una mossa per togliermi dall'imbarazzo.

«Vedete, una volta tornata in paese, ho frequentato la biblioteca e ho conosciuto vostra cugina... una persona interessante, e molto colta...»

«Dove stavate?»

«Al Nord.»

Mi scrutò ancora: «Come siete sopravvissuta alla guerra?».

«Quando partì per il fronte, mio marito mi regalò una capra.»

«Un dono lungimirante» disse seria.

Sorrisi cauta: «È sempre stato un uomo generoso... ma è mancata un anno prima della fine... la capra... così si tirava avanti con l'orto in terrazza e il mercato nero». Mi sudavano le dita.

La signora sembrò annoiarsi.

Dai, Ada, vai al dunque!

Non mi offrì alcun rinfresco, e in una casa siciliana è un segnale eloquente. Una specie di codice: non sei ben accetto; per piacere fai presto e vattene.

Ma cosa le chiedo... i numeri 1 2 5 3 1 2 6, per caso, vi dicono qualcosa? Perché, sapete, stanno scritti su un foglietto nascosto all'interno di una stilografica che ho trovato sul luogo del delitto. Si tratta della pagina di quaderno strappata sulla quale sono annotati pure il vostro nome, il mio, quello di Antonia Macaluso, e di una certa Marina Schipano che nessuno conosce. Forse che la signora Benedetta si premurò di occultare il prestito di uno dei quattro libri a una delle quattro persone? Il Faust *credete sia una buona traccia da seguire?*

No, non posso. Non è prudente dire la verità... devo agire di astuzia. Su, però, spicciati!

«Mi raccontò che erano cresciuti insieme, con papà.»

Tentiamo la carta delle amicizie di famiglia... cu a Biniditta avi funzionato.

«... e che era sua promessa sposa...»

Spingiamo sulle confidenze pesanti.

Donna Rapidda inarcò un sopracciglio e lo sguardo divenne più terso: «Mai feci la conoscenza di vostro padre, ma il dispiacere di mia cugina per quella faccenda sì, pace all'anima sua».

«È morto giovane... io ero soltanto una bambina...»

«Almeno non se lo sono preso i tedeschi, o gli Alleati, con il macello che hanno combinato in quei primi giorni d'inferno dopo lo sbarco.» Unì i palmi sul grembo: «Che volete, ci chiamano la generazione sfortunata... tutte vedove siamo rimaste. O madri private del sangue del loro sangue».

Una lacrima le solcò il volto curato. La ricchezza si deduce anche dai dettagli. La grana della pelle, le mani floride senza secchezza tra un dito e l'altro.

«Siete credente?»

Questo argomento sta diventando una persecuzione...

Distolsi lo sguardo e annuii per non dare voce al falso.

«Mia cugina lo era molto... se pur, negli ultimi anni, non affrontava volentieri l'argomento.» Si sistemò la spilla al petto.

Il libro, la civetta, il messaggio di Elda... magari la cugina le aveva detto qualcosa del convento e di ciò che vi accadeva.

Stai attenta però...

«Forse le sarebbe stato utile confidarsi con le monache.»

Strinse gli occhi: «Quali monache?».

«Parlo del monastero della Madonna della Catena. Vivono isolate e lontane dalla comunità... tuttavia, possono consigliare le anime tormentate. Ne sono sicura» dissi, pia.

Per un momento parve badare alle mie parole.

«So che discorrevano, ma solo di libri» asserì.

Che significa... a Biniditta iava e veniva do' cummìentu?

Cercai di non mostrare sorpresa.

«Ci andava spesso?» balbettai.

«Sì» sibilò: «Da quando prese servizio in biblioteca la convocavano per certi libri, facevano richieste. E Benedetta se ne occupava».

«Capisco...»

Avrei indagato su questa linea, ma fu lei ad assumere un tono quasi inquisitorio: «Amate leggere, dunque?».

«Come?» farfugliai in confusione.

«Avete detto che frequentate la biblioteca comunale...»

Una strana luce si accese sul suo viso.

«Ah...» stentai un sorriso: «Qualche volta».

«E cosa avete letto di nuovo?»

Sembrava voler cavar fuori qualcosa dal buco, quanto me.

Non sbagliare.

«La Bibbia» risposi decisa: «Nulla di nuovo...».

Aggrottò la fronte: «La Bibbia, dite?».

«Sì, sì» elaborai la menzogna: «Il testo che avevamo in casa lo abbiamo tanto consumato che molti versi erano ormai illeggibili».

Donna Rapidda mi fissò come una bestia affamata.

«A cosa dovete tanto interesse per le scritture sacre?»

«Sono una brava cristiana, signora. Considero mio dovere conoscere la parola di Dio, non credete?»

Vacillò: «Mi dà orgoglio sapere che le buone abitudini siano state tramandate alle nuove generazioni...» contrasse le labbra in un sorriso tirato.

Ricambiai altrettanto tesa.

«Quindi l'avete voi, in prestito?»

Cosa mi sta chiedendo?

«Per la verità no... Benedetta mi disse che la Bibbia è di tutti, ma che non potevo non averne una soltanto mia. Così me la regalò... un gesto gentile.»

«Mia cugina era fatta alla sua maniera. Dava sempre più di quanto fosse richiesto.»

Chi risposta du cazzu!

«Sarà meglio togliere il disturbo.» Mi alzai svelta: «Vi rinnovo il mio cordoglio... questa sera pregherò per la nostra amica comune». Accennai un inchino e sgattaiolai via.

Mentre tornavo verso casa pensai ai lupi quando attaccano simultanei e ingoiano brandelli di carne grondanti di sangue. La signora era sola. Eppure sprigionava la stessa magnetica forza di un intero branco.

«Ciao ma'» entrai in cucina con il grembo colmo di fichi maturi, li posai sulla tavola: «Sono pronti pronti».

Piera li sciacquò nel lavabo: «Li facciamo seccare al sole, vieni». Li mise in una ciotola, afferrò due coltelli, e una grossa stuoia.

Uscimmo nel cortile. La pietra illuminata emanava un riverbero accecante.

«Una decina di giorni e son fatti.» Ci sedemmo sul muretto a secco.

Mia madre tagliava i frutti a metà, compresa la buccia. Io, lo stesso. Anche se non resistetti e me ne mangiai uno di gusto.

«Chi bonu» mugugnai con la bocca piena.

Piera contenne la gola.

«Per caso conosci 'na certa Marina Schipano?» mi ciucciai le dita.

«No, chi è?»

«'Na compaesana...»

«E picchì a cerchi?»

Molleggiai le spalle senza rispondere.

«Cìertu chi ri cosi strane ni stannu capitannu cca nell'ultimo periodo...» Mi lanciò un'occhiata: «'Na vecchia chi mori nun sapi comu, o cimitero arrivano i capre, don Carmine chi pareva aviri 'n infarto...». Scuoteva la testa e stendeva i fichi sulla stuoia.

Scoppiai a ridere.

«Finiscila chi jè peccatu» mi diede un buffetto su una spalla.

Non mi frenai e riuscii a contagiarla: «Ammetti che l'invasione del gregge... facìeva rìriri. Nun ci potevo cririri».

Presi delle pagliette e le infilai sulle nostre rispettive teste per ripararci: «Sai, l'altro giorno ne ho beccato uno di quelli...».

«Uhm... ce ne sono molti in giro di 'sti tempi... che faceva?»

«Niente... ma il sacco di grano era bello grosso.» Mi lasciai scivolare al suolo su un grumo d'erba poroso.

«Cara mia, 'n chilo ri pani, all'ammasso, costa tre lire e sessanta centesimi. A fari l'intrallazzo, u rivendono a quaranta, di lire...»

Guardai il nostro baglio. Ogni angolo evocava fatti ben delineati nella mia memoria.

«Ti ricordi papà... le sere in cui tornava a casa con il cappello pieno di lumache...» accarezzai l'erba e chiusi gli occhi. Quasi le carezze fossero rivolte a lui.

«E comu nun mu u ricordiu...» La nostalgia le si dipinse sul volto.

«Cùosa avirrissi fattu, secondo te? Avrebbe venduto i prodotti della terra sotto banco?»

I fichi erano posizionati in fila. La luce li investiva di sfumature cangianti. Sembravano piccole divinità arcaiche.

«Quando c'è la fame, la legge non c'è.» Mi raggiunse sul selciato e si asciugò il sudore sotto il copricapo.

«L'anno scorso, a gennaio, l'hai sentito cos'è successo a Ragusa, no?»

Annuii.

«A stragi du pani avi contato ventiquattro cristiani uccisi e centocinquantotto feriti... la maggiorparte, picciriddi.» Scosse il capo: «E c'era chi si lamentava du mircatu nìvuru, ri separatisti, e ri banditi... ma vattinni!». Si slacciò il grembiule e se lo gettò ai piedi. Un airone cinerino comparve a fendere il cielo dividendolo in due. Come le pagine di un libro.

Già... le pagine di un libro...

«Ma dimmi, u picciuottu era di 'ste parti?»

«Non lo so, forestiero mi parve. Aveva un accento diverso.» Divorai l'ennesimo fico. «Comunque non credo mi abbia visto nessuno andare in biblioteca, quel giorno... il sandalo rimasto, a ogni modo, l'ho sotterrato ai piedi della collina... non si sa mai.»

Piera si fece il segno della croce.

Mi leccai le labbra ancora addolcite dalla polpa caramellata. «Domani vado in visita al monastero» dissi risoluta. «E uòra rientriamo chi staiu murrennu ri caldu.» Smossi un po' l'aria con le mani e aiutai mia madre a rialzarsi.

9
Il monastero

Diverse volte, in paese, avevo sentito parlare della rocca. La chiamavano «la femmina del serpente» perché assomigliava a un cobra quando si solleva ed estende le nervature del collo. Avevano ragione.

Il monastero della Madonna della Catena non era cambiato. Trincerato nel proprio segreto, si stagliava sul costone di roccia bruna a dominare l'intera vallata. Avanzavo senza distogliere gli occhi dai piedi che procedevano a passo sostenuto. Il grano vibrava seducendo il cielo come quindici anni prima. I germogli si preparavano a dare frutti. Le uniche ombre che si dilatavano per i campi erano quelle dell'austero convento.

Il sentiero di ciottoli dissestati mi condusse al grosso varco di pietra. Non ebbi paura. Mi voltai soltanto un momento a guardare la strada appena percorsa. Rividi lo sguardo adulto di Elda, il nostro ultimo abbraccio, il vento che adesso sembrava immobilizzato dallo sconcerto di ritrovarmi lì davanti. Non più ragazza ma donna. Alla ricerca della parte di me esiliata in un Medioevo sconosciuto.

Bussai al portone massiccio picchiando il battiporta a mezzaluna rovesciata. Una piccola inferriata si aprì a sportello.

«Come posso aiutarvi, cara?» domandò una suorina dal volto vispo.

«Vorrei consacrare la mia vita al Signore.»

«Quanti anni avete?»

Corrugai la fronte sorpresa: «Trentacinque...».

«È troppo tardi, cara.» Richiuse il piccolo parlatorio.

Restai stralunata per un tempo indefinito, poi presi coraggio e bussai ancora.

«Cosa significa? Per il Signore, nulla è mai troppo tardi... dà a chi ti chiede, porgi l'altra guancia, gli ultimi saranno i primi...» feci un miscuglio delle reminiscenze che mi si affollavano in testa.

Al di là del portone, il silenzio.

«Ascoltate, concedetemi un incontro con la Madre Superiora. Sono una vedova che non sa che farsene dei denari del marito defunto...»

Un chiavistello ruotò rumoroso.

La figura della monachella non smentì la fisionomia. Piccola e scattante, mi condusse attraverso un ampio selciato che giungeva fino all'ingresso principale. Visto da vicino, il complesso incuteva meno soggezione del previsto, anche se le finestre erano tutte sbarrate.

«Nuove anime bisognose sono sempre ben accette...» sorrise e due fossette comparvero sulle sue gote.

Quando la cancellata fu aperta e richiusa subito dopo alle mie spalle, ebbi un fremito. Il monastero appariva deserto.

La suora sembrò leggermi nel pensiero: «È l'Ora sesta. Sono raccolte in preghiera comunitaria nel coro della chiesa» e aggiunse complice: «Non vi preoccupate... siamo in tante».

Percorremmo un lungo corridoio tirato a lucido oltre il quale compariva il chiostro contornato da arcate e piccole colonne a creare spazi vacui e bui. Parevano gengive a cielo aperto. Senza denti. Il solo pensiero mi causò un'accelerazione del battito cardiaco.

«Abbiamo poco tempo.» Affrettò il passo: «Tra mezz'ora viene servito il pranzo, ma la nostra Badessa riuscirà di certo a trovare un momento per un nuovo colloquio».

La porta del suo ufficio era più spessa. Probabilmente di abete rosso. Mantiene la frescura d'estate e trattiene il calore d'inverno. Me ne aveva regalata una papà per la mia camera da letto, un compleanno. L'albero lo aveva scelto, abbattuto e intagliato con le sue mani.

«Entrate, cara» fece seguire un gesto spiccio e se ne andò chiudendomi dentro.

A piccoli passi, presi posto davanti alla Badessa Madre.

«Sedete, prego» disse gentile.

Gli occhi cerulei, quasi bianchi, e il naso aquilino le conferivano un aspetto regale.

«Buongiorno, madre...»

«Come vi chiamate?»

«Ada...» indugiai in una piccola pausa: «Ada Castelli...».

Il cognome di Alfredo.

«Non è un cognome comune da queste parti... fatemi pensare se conosco qualcuno dei vostri familiari...» si concentrò.

Io tremai.

Puntò i gomiti sulla scrivania e incrociò le dita. Notai le unghie lunghe e perfette. «No, non rammento nessuno.»

Fu un sollievo.

«Vedete, i miei genitori se ne sono andati, mio marito l'ho perso in guerra, non ho figli...»

«Un'esistenza di lutti e solitudine» empatizzò con le mie emozioni.

«Sì, madre... è così.»

Mi osservò in silenzio.

Camurrìa, e adesso cosa dico?

«Io amo Gesù Cristo» proferii convinta.

Sorrise: «Lo amiamo tutte, cara. Ma ditemi, chi è Ada... intendo la vera Ada?».

Eh... la vera Ada è una che demolirebbe i monasteri della terra intera...

«È una persona inutile...» la voce risuonò incerta.

«La fede non deve avere la funzione di colmare i vuoti. Piuttosto deve servire per migliorarli, impreziosendoli di significato.»

L'ascoltai con attenzione.

«Soltanto accettandoli in quanto parte dell'essere è possibile trasformarli in autentica comunione dello spirito. E quell'esigenza egoistico-narcisista di agire per ottenere una certa compensazione, finalmente, sfuma. E vi libera.»

«Spiegatemi meglio.» Il concetto era complesso.

«Non siete pronta, Ada. Avete un'anima autentica, ma la via della vita contemplativa non sembra il destino che il Signore ha in serbo per voi» considerò comprensiva.

Le sue parole mi scioccarono.

«No, madre, io non...»

«Ritengo dobbiate rifletterci ancora. Può volerci molto, oppure no. Dipende dalla vostra volontà.»

Mi strinsi le ginocchia con entrambe le mani: «La prego, madre, abbiate pietà di un'anima in pena... accogliete questo grido di aiuto e il denaro che porto assieme al mio impegno».

«Non è una questione di denaro, cara. Non lo è mai, nella casa del Signore. Qui cerchiamo coscienze pronte a dare, non a chiedere.»

«Infatti voglio dare quello che ho e la persona che sono...» iniziavo a disperarmi.

«La clausura non è una seconda scelta... per noi è un'urgenza.»

Sbiancai. Mi sentii mancare. La testa pareva perlustrare i gironi dell'inferno.

«Ada, bevete un po' d'acqua» si avvicinò con un bicchiere colmo.

Aveva un buon odore. Di miele selvatico.

«Grazie, madre.»

Buttai giù un paio di sorsate: «Non sto molto bene...». Stavolta ero sincera.

La Badessa Madre mi accompagnò attraverso il chiostro. Alcune monache in silenzio stavano dirigendosi verso una sala che presumo fosse il refettorio. Erano pallide e avvolte negli abiti neri. Alcune portavano il velo bianco. Nessuna mi guardò in faccia passando. Abbassavano gli occhi e tiravano dritto.

«Devo lasciarvi, è arrivata l'ora del pranzo.»

Annuii fissandola bisognosa: «Madre, cosa devo fare per trovare la strada giusta, la strada del Signore?».

Mi sfiorò una spalla: «Se questo è ciò che dev'essere, lui saprà il mezzo migliore per comunicarvelo».

Piera stava stendendo il bucato al sole quando mi vide tornare a casa in singhiozzi. Piangevo quanto la mattina in cui Elda se ne era andata. «Cùosa jè successu?» mi venne incontro correndo: «Cùosa ti ficiru?».

Crollai ai suoi piedi tremando.

«Parla, figghia!» mi raccolse tra le sue braccia.

Io ci immersi il viso. Gli spasmi erano tanto forti da impedirmi la parola.

«Amuri miu... chi cc'è?»

«Non è come pensavo...» dissi afflitta: «La Badessa è stata gentile... mi ha trattato bene...». I gemiti si acuivano d'intensità: «Ma non mi vuole... dice che non sono pronta per fare la monaca».

«Beh, supra chistu nun avi tutti i torti...»

«Era 'na possibilità chi nun avìa considerato...»

«Avi stupito macari me...»

«Comu fazzu uòra?» gridai: «Trasiri dà rintra jè a sulu manera chi haju pi aiutarla...».

«Adesso calmati e ci pensiamo sopra.»

Il pianto si placò all'istante e mi prostrai davanti a mia madre quasi fosse un oracolo: «E si nun jè nenti vìeru?».

«Cùosa?»

«Che Elda sia ancora viva» mi sfregai il viso: «Si jè 'na fantasia... 'n bruttu scherzo ri qualcuno chi ci voli mali?».

Piera fece segno di no con il capo, ombrosa. Poi ci pensò e la cosa mi scoraggiò maggiormente.

«Ada, lo hai letto anche tu...»

«Sì, ma...»

«Non può essere stata che Elda stessa a scrivere quel biglietto. Era...»

«La sua calligrafia, u sacciu.»

«E allura?»

Mi asciugai le guance, svuotata. Non sapevo che dire.

«Ada, una soluzione c'è... devi scovare chi ha lasciato la carta qui da noi» mi tirò su il volto sconfitto: «È il solo modo per capire se è vero».

3 gennaio 1931

Cara Ada,

tu sei una moglie perfetta, non dubitare. Sono certa che Alfredo me lo confermerebbe. Scusami se ho impiegato più del previsto questa volta, ma gli obblighi di una postulante sono tanti e nuovi. E io sto cercando di dare il meglio. Non sempre mi riesce. Le albe sono molto belle da quassù. La rocca sembra comunicare direttamente con il cielo. Il suo linguaggio ancora mi sfugge, tuttavia ogni giorno si compie un piccolo miracolo. Avverto un'illuminazione nella testa, e sillaba dopo sillaba si manifesta chiaro e meraviglioso. Dovresti sentirlo, Ada. È una lingua antica, con in serbo la melodia del canto e la poesia di un genio della letteratura. D'altronde è merito del silenzio. Un silenzio che dapprima pare assordante, ma che poi ti permette di abitarlo quanto una casa da scoprire. Io sto imparando ad abitarlo il mio silenzio. Prezioso. Perché è nella quiete che si decodifica la parola di Dio.

Come ti accennavo nella mia precedente lettera, il tempo del monastero viene scandito in una maniera molto particolare, attraverso la liturgia delle Ore, una serie di inni, preghiere e salmi che recitiamo nel corso della giornata. È una sorta di griglia invisibile che veste le coscienze di noi tutte. E nell'intimo, ci unisce e ci accomuna anche se non è lecito avere amicizie approfondite. Durante le brevi ricreazioni, dobbiamo cambiare spesso la nostra interlocutrice al fine di non instaurare preferenze ed essere caritatevoli l'una con l'altra in egual misura. Così non mi è riuscito di conoscere motivazioni e aspirazioni personali.

Ognuna ha la propria storia e la Badessa Madre desidera che rimanga privata. Immagino ci siano vergini, madri, vedove... ma la passata identità resta nell'esistenza che abbiamo lasciato. E io credo sia un bene non fare menzione delle donne che siamo state. È un buon insegnamento. Nella vita claustrale ci è concessa l'occasione della rinascita. E questo è ciò che importa. Nuove creature, nuovi principi vitali, al servizio del Signore.

Il mio corpo si sta abituando, sai. All'inizio le ginocchia mi si addormentavano a stare genuflessa troppo a lungo. E le braccia s'indolenzivano a mantenere la stessa posizione di preghiera. Adesso sono più forte. Sia nel fisico che nello spirito.

Post scriptum: spero tu non li abbia tagliati i tuoi splendidi capelli. Ti prego, non farlo. E riguardati dal peccaminoso. Non mi è permesso dire o udir parlare di nudità.

Tua Elda

Avevo sbagliato tutto. Tutto. Mi tormentai una pellicina sul mignolo fino a staccarla scorticandomi un dito.

Comu haju potuto pensari ri fregarla?

Credevo bastassero i soldi. Eppure avrei dovuto saper rispondere. Le lettere di Elda mi avevano pur fatto scuola. Aprii una vecchia scatola di latta da biscotti e presi a sfogliarle con una certa frenesia. Le conoscevo a memoria. E ne coglievo ogni piccola incertezza, o sbavatura, o rimando a qualche cosa che soltanto io e lei potevamo intendere. Sebbene, dovevo ammetterlo, i suoi testi fossero diventati via via più criptici.

Stesa nel letto ripercorsi la mia incursione in convento, m'interrogai sulla sensibilità acuta della Badessa Madre, e riesaminai quelle finestre sbarrate.

Dove sei Elda? Unni ti hannu misu?

L'indomani mi svegliai presto. Fremevo dalla voglia di trovare una motivazione convincente per la monaca dagli occhi di ghiaccio e dovevo ancora decifrare il significato dei numeri scritti dalla bibliotecaria defunta.

1 2 5 3 1 2 6... una data non può essere... proviamo con...

Associai a ciascun numero una lettera dell'alfabeto. Magari ne avrei cavato un messaggio in codice, pensai.

1 A - 2 B - 5 E - 3 C - 1 A - 2 B - 6 F... a b e c a b f... no... intuizione errata... e cu chiste chi ci fazzu?

Mi diedi una rapida rinfrescata e mi spazzolai i capelli alla meglio. Andai in cucina. Piera stava preparando il caffè. Sul tavolo c'era un piattino con dei fichi d'india sbucciati.

«Matri, vaiu a attruvari 'na amicu» ne abbrancai uno e lo addentai.

«Quale amico?» chiese.

Chiusi la borsa e m'incamminai per il sentiero. La polpa dolce mi si scioglieva in bocca mentre ingoiavo i semini senza masticarli. Casa Caruso si trovava ai margini del paese. L'intonaco scrostato e le tegole del tetto rattoppato le conferivano un aspetto vissuto ma non trasandato. Alle finestre erano appesi vasi rigonfi di fiori colorati e qualcuno dall'interno cantava a pieni polmoni.

Bussai alla piccola porta di legno che subito si spalancò.

«Giovannino, buondì» gli sorrisi.

Lui s'infilò le mani sotto le bretelle e si leccò il labbro inferiore.

«Cercavo tuo fratello.»

«Liviooo» gridò a gran voce.

Dopo qualche attimo di trambusto, u pueta comparve sulla soglia. Occhiali da vista e capelli freschi di brillantina.

«Salve signora» parve sorpreso nel rivedermi.

Il monello scomparve al di là della porta e il canto riprese esuberante. Io e il ragazzo ci scrutammo in silenzio. Teneva stretto un quaderno di medie dimensioni.

«È lì che scrivi le tue poesie?»

Annuì serio.

«Ti ho portato un regalo... sì, insomma, del materiale utile per la tua formazione.»

Tirai fuori dalla borsa un libro e glielo porsi.

Socchiuse la bocca e un dente sbucò dalle labbra rinsecchite per l'agitazione.

«Prendilo, coraggio.»

Lo raccolse con rispetto.

«*La signorina Else...*» sussurrò.

«È il primo libro che mi regalò mio marito. Visto che la biblioteca non ha ancora riaperto, ho pensato ti avrebbe fatto piacere leggere qualcosa di nuovo.»

Lo fissava e non diceva nulla.
«È tuo.»
Sollevò la testa imbambolato: «Grazie...».
«Ormai, lo conosco a memoria. Aveva bisogno di un giovane lettore. Mani diverse dalle mie...»
Indicai il quaderno: «E quelle, invece, le hai mai lette a qualcuno?».
«Non capirebbero.»
Inclinai il capo: «Forse... ma ciò che si scrive con passione ha la capacità di aprire i cuori, sai. Pur non capendo fino in fondo, la gente può restarne catturata».
Si sistemò gli occhiali scesi sul dorso del naso.
«La poesia è di tutti, un po' come la Bibbia. Anche un analfabeta sa cogliere la parola di Cristo, perciò non costringere le tue composizioni tra le pagine, ma falle volare.»
«Ci penserò su.»
«Bene» feci qualche passo, congedandomi: «Poi mi dirai se ti è piaciuto il romanzo, d'accordo?».
«D'accordo.»
Mi avviai soddisfatta. Alfredo ne sarebbe stato felice.
«Signora...» nel suo tono avvertii una certa impellenza.
Mi voltai.
Livio scese i pochi gradini che lo separavano dalla strada e mi si avvicinò.
Quando mi fu accanto abbassò la voce: «Ho trovato la persona che state cercando».
Lo guardai senza capire: «Chi?».
«Marina Schipano.»

10

La religione dei numeri

Marina Schipano era una creatura delicata. La pelle bianca, le dita delle mani lunghe e fragili, il collo, quello di una dea minore. Quando sorrideva, non avveniva in un atto pieno, ma soltanto accennato. Come se le emozioni vive fossero un contraccolpo troppo duro per la coscienza. E un riso aperto, una lacerazione per un volto tanto minuto. Allora, meglio alludere, sfiorare, sussurrare. Ed esserci con piccoli gesti, piccoli passi, poche parole. In una realtà abbozzata dove tutto resta fuori e non fa male.

«Posso offrirvi un tè freddo?» le sue labbra articolarono lo stretto necessario.

«Certo, vi ringrazio» dissi seduta su una poltroncina a fiori. Gli stessi della veste indossata da Marina. Una stampa floreale dalle tonalità polverose. Sulle spalle teneva uno scialle che l'avviluppava, e le frange strisciavano sul pavimento mentre apriva il frigorifero e serviva una brocca ghiacciata nella quale si scorgevano galleggiare quarti di limone e foglie di menta.

«D'estate non bevo che questo.» Versò nei bicchieri.

Assaggiai la bevanda: «Deliziosa».

Si accomodò sulla poltroncina speculare alla mia e rimase a osservarmi. Abito e poltrona si plasmarono trasformando la donna in una testa con due braccia e due gambe. Forse così si sentiva dentro. Il corpo non serve. Gli organi interni sono superflui. Bastano gli arti a contatto con la superficie limitrofa e una faccia munita di occhi per non inciampare o perdere l'orientamento. Con lei capivo di poter essere autentica. Era scalza. La sua naturalezza mi conquistò.

«Lo avevate preso in prestito voi quel libro straniero...» dissi impacciata: «Fu Benedetta a dirmelo, ora non ricordo il titolo... e comunque non saprei nemmeno pronunciarlo...».

«*The Waste Land.*»

Dovetti avvicinarmi per udire ciò che diceva.

«Ecco, sì... m'incuriosì chissà perché.» Bevvi un altro sorso: «Dal momento che mai potrò leggerlo... figuriamoci... l'inglese io non lo parlo...». Emisi uno strano singulto: «Mi domandavo se potevate raccontarmi qualcosa a riguardo». Mi azzittii in attesa.

Più la guardavo e più la sua figura mi sembrava avvolta da un fruscio inesorabile che appannava la voce, i lineamenti. Forse anche il battito cardiaco.

«Lo ha scritto Thomas Stearns Eliot. Vive in Inghilterra. È uno dei loro più grandi poeti.»

Avissi leggerlo u giovane Livio Caruso... apprima pirò ci voli l'inglese.

«Cosa significa il titolo?»

«La terra desolata.»

La nuca scattò indietro di riflesso: «Un titolo importante...».

«È un poemetto che trasuda struggimento e lacrime.»

La maniera che aveva di esprimersi m'incantava.

«"Dal suo palco che è la scrittura, egli conduce uno spettacolo da lanterna magica".» Il timbro aereo aleggiò nella stanza: «Il libro preferito da mia madre. Un'inglese maritata con un siciliano» balenò un nuovo fuggevole sorriso: «Se avete piacere possiamo organizzare delle sedute di studio. Lo leggiamo insieme e ve lo traduco a poco a poco».

La bocca mi si aprì allo stesso modo di un bambino quando cade addormentato. Anni prima avrei accettato inginocchiandomi ai suoi piedi, saltando per la gioia e ringraziando il Dio nel quale non credo.

«È un'offerta generosa che mi commuove...» risposi in fermento: «Ma sto per farmi monaca».

Lei mi guardò e di colpo quella patina, quella cipria che investiva la sua presenza, si sgretolò. Dal volto puro riverberarono mostri e grida d'orrore.

«Vi sentite bene?» chiesi.

Si aggrappò al bicchiere e ingollò tutto d'un fiato.

«Siete pallida.»

«Sto bene, grazie» si strinse lo scialle sulle spalle.

«Pure mia madre ebbe la medesima reazione, quando glielo confessai» cercai di fare ironia: «Riconosco che non è una scelta comune...».

«Non lo è» si scollò i capelli sudati di dosso: «"Io penso che stiamo nel vicolo dei topi, dove i morti hanno perso le loro ossa"».

La scrutai scossa.

«È una citazione di Eliot...» Mi esaminò incupita: «Suppongo abbiate ponderato a lungo la vostra decisione?».

«A lungo.»

«Anch'io volevo farmi monaca di clausura.»

Attanagliai le mani al bordo del tavolo: «Quando?».

«Una vita fa... ho cambiato nome da allora» all'improvviso parve una donna reale: «Fu uno sbaglio. Interruppi il postulato... grazie al cielo me ne accorsi abbastanza presto».

«Come avete fatto?»

«È stato mio fratello. Una notte arrivò in monastero svegliandoci di soprassalto. Bussava, tirava pietre, gridava indemoniato. Si è fatto strada fino al dormitorio e mi ha cattato fuori dal letto» vibrò: «Ho pianto di felicità».

«No... intendevo, come avete fatto a capire...»

Stette in silenzio per qualche istante. Poi prese tempo osservando attraverso il vetro della finestra. E il fruscio inesorabile tornò a impossessarsi di lei.

«Solo leggendo... T.S. Eliot.»

Mi sorressi il mento con le dita: «E cosa mi dite della Badessa Madre?».

«Non gradisce che le giovani leggano» quasi sibilò: «I libri sono riservati soltanto a chi dice lei».

La sua voce mi fece freddo.

«Tuttavia, il numero ventuno non mi ha mai abbandonato.»

La fissai, in un vicolo cieco.

«È il numero della perfezione, delle amicizie vere, delle azioni di coraggio...»

Che sta dicendo?

«Ma soprattutto, è la rappresentazione numerica di Dio... non ci siamo persi l'un l'altro» si appoggiò allo schienale: «Restiamo in stretto contatto». Scostandosi la scollatura mi mostrò un ciondolo con la forma del numero divino.

«Non pensate di averlo tradito?»

«Il mio cuore non l'ha fatto. È ciò che conta... Lui lo sa.»

Rientrata a casa mi chiusi in camera e mi confrontai in un duello diretto con il misterioso libro rosso.

Cosa mi devi dire che ancora non comprendo?

Fissai i numeri sul foglietto strappato con l'illusione di poter approdare a un qualche epilogo risolutivo.

«Vuoi che ti prepari una bevanda fresca?» Piera sopraggiunse alle mie spalle.

Sussultai colta di sorpresa: «Mamma, a te dice qualcosa il numero ventuno?».

«Beh, secondo alcuni scritti, Gesù apparve nello stesso giorno in ventun luoghi diversi della Palestina per confermare la sua resurrezione...» si avvicinò: «Aspetta, prendo la Bibbia».

Si assentò e ricomparve con il testo sacro. Lo aprii. Mia madre l'aveva consumato per davvero nel corso degli anni della mia lontananza.

«E Maria, dopo l'Ascensione di Cristo suo figlio, è rimasta in vita per ben ventuno anni.»

«Matri, ti si trasformata pi 'n teologa... cu u avirrissi immaginato mai!»

«Macari iu mi sunnu acculturata pi quantu haju potuto» disse umile.

Le scoccai un bacio rumoroso sulla guancia.

«Sono ventuno pure i capitoli del Vangelo secondo Giovanni» aggiunse.

Io presi a sfogliare.

Guardai mia madre e iniziai a contare invasata: «I nùmmiri di la Biniditta sunnu 1-2-5-3-1-2-6...».

M'interruppe: «Quali numeri?».

«I versetti... forse sono i versetti...»

Colta da un volubile eccitamento accelerai il movimento delle mani.

«Ma di quale libro?» m'arrestai e mi morsicai il labbro: «La Bibbia ne ha molti...».

Piera si sedette sul letto: «Che stai dicendo?».

«I numeri possono essere associati tra loro in modi diversi... capire come, è 'na lotteria...» Ripresi a consultare le pagine con più cautela: «Il numero 1 potrebbe indicare il primo libro, la Genesi... oppure il 12, il libro dodicesimo; il numero 2 potrebbe alludere al secondo libro, o il 25, al venticinquesimo, e così via. Il libro 5 o il libro 53; il libro 3 o il libro 31; e il libro 26 o il libro 6...» mi strofinai la fronte: «Troppe variabili... Qui mi ci perdo!».

Aprii la Genesi al versetto 1: «"In principio, creò Dio il cielo e la terra"...». Cercai il libro 12, versetto 12: «"Ma Elia rispose: 'Se sono un uomo di Dio, scenda fuoco dal cielo e divori te e i tuoi cinquanta'. E dal cielo scese del fuoco e divorò lui e i suoi cinquanta uomini"». Squadrai mia madre con l'affanno negli occhi: «Il libro 25...» scartabellai: «Al versetto 25, dice: "E l'assaggeranno quei che a lui appartengono"... Matri, nun jè a strada giusta, mu sentu». Chiusi la Bibbia nello sconforto: «Da chisti nùmmiri nun ci cavo fùora 'n ficu siccu».

«Scusami, ma u nùmmaru ventuno, unni jè finito?»

«Eh, vulissa saperlo puri iu a cùosa pò servire stu ventuno...» avvicinai la pagina di quaderno strappata. Lessi e rilessi la sequenza numerica fino allo sfinimento, finché all'improvviso qualcosa mi balenò nella mente. Un lampo fugace che mi provocò un formicolio diffuso.

E se li leggessi al contrario...

«Da destra verso sinistra... 1 2 5 3 1 2 6 diventerebbero: 6, 21, 35, 21...» sbattei le palpebre, sconnesse: «Il numero ventuno torna due volte!».

Piera molleggiò il capo, spersa.

Senza pensarci afferrai il libro rosso.

Mi soffermai a pagina 6: «"Allora io ti verrò a cavalcioni sulle spalle odiose e tutto il mondo s'inchinerà al mio strapotere. Forse io, che posso animare le immagini di cera, [...] e resuscitare i morti ridotti in cenere e preparare i filtri per ridestare la libidine"» lessi a voce alta.

Di seguito la pagina 21: «"Dio allora formò la prima donna, così come aveva formato Adamo, ma usando sedimenti e sudiciume invece di polvere pura"».

Le iridi correvano tra le parole, possedute da una febbre.

E ancora, pagina 35: «"La creò da principio, ma quando l'uomo la vide piena di saliva e di sangue se ne allontanò, tornò a crearla una seconda volta, come sta scritto: *Questa volta*. Questa è quella della prima volta"».

Infine, nuovamente pagina 21, la frase successiva: «"È la Dea triforme del Crocicchio che porta i viandanti fuori strada, e come Regina dei Fantasmi viaggia nella notte seguita dal suo orribile codazzo di spiriti"».

Piera mi scrutava intimorita: «Ma che so' 'ste frasi? Mi fannu vèniri i brividi».

«Non lo so, mamma... non lo so.» Rimasi in silenzio a riflettere.

Poi ripassai le pagine lette.

E una scossa mi pervase: «Le lettere dell'alfabeto...» la mia voce tremò quasi in delirio: «È il numero 21 la soluzione del rebus».

Indicai con l'indice le prime parole di ciascuna pagina esaminata: «Vedi, pagina 6 inizia con la parola *Allora*». Recuperai carta e penna e l'appuntai: «A pagina 21 c'è la parola *Dio*».

Continuai a scrivere: «A pagina 35, invece, *La;* e a pagina 21, la seconda frase incomincia con *È*... Capisci?».

«Figghia, mi stai facennu preoccupare.»

«A D L E, mamma...» le lacrime presero il sopravvento: «L'anagramma di Elda».

Piera balzò incredula davanti ai miei appunti: «Elda... vuoi dire che a Biniditta...».

Annuii come una sfinge: «La conosceva... jè stata idda a lassari rintra a cassetta di la pùosta u so messaggio ri aiuto».

Io e mia madre ci abbracciammo sopraffatte dall'emozione.

L'indizio lasciato dalla vecchia bibliotecaria prima di morire era rivolto a me.

Sfiorai il rosario al collo donatomi da mia madre.

Ciò significa che tra i quattro nomi scritti sulla pagina del quadernetto, è il mio che non doveva essere letto...

Piera mi strattonò con gli occhi spalancati: «La poveretta jè morta pi lasciarti chistu codice... nun tu scurdari».

La chiave è il libro rosso...

«È chiaro...» mormorai.

L'assassino non doveva venire a sapere chi lo aveva ricevuto in prestito... e quel qualcuno, nel caso specifico io, è in pericolo.

11
La ballerina bianca

Io sono divina, la signora del cielo, io esercito la signoria;
piccoli e grandi io strappo via dalla stabilità.
[...]
Quando entro in una rissa
Io sono donna che sa l'insulto.
[...]
Quando mi siedo alla porta della taverna
Io sono la cortigiana che conosce l'amore.
[...]
Io sono la migliore persona, con in seno un pugnale affilato.
[...]
Il mio aspetto nei cieli ispira soggezione,
al mio bagliore divino si conturbano i pesci nell'abisso.

Tirai fuori dal nascondiglio il libro rosso. Un'arma. Una condanna a morte. Qualcuno aveva perso la vita a causa di quel manoscritto senza nome. E la sottoscritta sarebbe potuta essere la prossima.

Perché?

Le parole mi frullavano in testa e lo sfogliai da cima a fondo per vedere se trovavo un altro messaggio in codice, un rigo sottolineato, una traccia. Nulla. Infastidita, mi alzai di botto e spalancai l'anta dell'armadio di camera mia.

«Mamma» chiamai a gran voce.

«Che c'è?» la udii rispondere da lontano.

«Vèni cca.» Rimasi immobile davanti ai vestiti appesi.

Piera sopraggiunse con un mazzetto di peperoncini piccanti in mano.

«Perché la divisa fascista è ancora qui dentro?» il tono si fece scuro.

Lei mi fissò e non disse nulla.

«Ora hanno esteso alle donne il diritto di voto, u sapevi? Ci hanno riconosciuto che nella lotta al nazifascismo abbiamo dato prova di "aver raggiunto maturità sufficiente"... pazzesco!» sorrisi con scherno.

Tornai con lo sguardo sull'armadio: «Allura, picchì nun l'hai bruciata? Nzemi ai tesserini, alle targhette, alle bandiere...».

Molleggiò le spalle: «Era 'n manera pi sentirti cchiù vicina».

In cima alla collina, appiccai il fuoco. Io e mia madre restammo a guardare le fiamme avvilupparsi tra loro in una danza che sapeva di nuovo. I miei occhi erano pieni di rabbia. Dovevo agire. Adesso. Subito. Ma ero incapace di capire in quale direzione. Le vampate puzzavano. E se solo avessi potuto, avrei arso per intero anche il monastero della Madonna della Catena. Per veder correre fuori quelle povere donne private del sole come uno sciame d'api impetuoso. Il tessuto della vecchia uniforme si consumò lento attraversando diversi stadi. Da cumulo arrostito a incendio lucente a cenere sterile.

«Potresti indossare u cilicio e diri a la monaca chi vvoi sacrificarti pi u nomu ri Diu» suggerì.

«Matri, va beni tuttu... ma nun sunnu mica 'na santa.»

«Fai u voto du digiunu, allura... putissi travagghiari.»

La guardai storto: «Ci vuole un'idea forte... che crei un legame saldo».

Piera annuì e pestò i piedi sull'avanzo cinereo incorporandolo alla terra.

«Chi ci volevi fari cu i peperoncini?» domandai.

«A caponata.»

Dopo il pranzo mi recai al cimitero e posizionai dei fiori di campo sulla tomba della signora Benedetta. I girasoli erano ormai appassiti. Li raccolsi con l'intenzione di buttarli via.

«Vi ringrazio» bisbigliai: «Se non fosse stato per voi, chissà che fine avrei fatto a questo punto...». Mi piegai e accarezzai la lapide fredda.

Lungo il vialetto di ghiaia, vidi avvicinarsi una donna distinta. Indossava un completo verde bottiglia, gonna al ginocchio e giacca abbottonata.

Mi tirai su in piedi e seguii con lo sguardo la sua passerella fino a che non mi fu davanti.

«Buongiorno.»

«Buondì» ricambiò discreta e posò anch'essa una piantina in memoria della defunta.

«Non mi riconoscete?» chiesi.

Mi studiò senza mettermi a fuoco. La sua figura era limpida come la ricordavo. Eppure qualcosa d'indefinito la scheggiava.

«Sono Ada La Rosa.»

Si aprì in un sorriso: «Ada...». Mi abbracciò con trasporto: «Che bella donna ti sei fatta».

«Grazie, maestra Macaluso» risposi goffa.

Aveva un taglio di capelli moderno, corti sopra le spalle. Non dimostrava più di quarantacinque anni. Da quando ero tornata in Sicilia, era la prima persona legata al mio passato, che davvero provavo piacere a rincontrare.

«Ahimè, non ho potuto presenziare alla processione. Mia sorella era indisposta e non me la sono sentita di lasciarla sola. D'altra parte è accaduto in modo tanto improvviso...»

«Un fatto orribile...»

«Era così piena di progetti, d'iniziative... pace all'anima sua... Ma raccontami di te.»

«Eh, è successo molto dall'ultima volta che mi avete ripreso in classe.»

«Già, so che vivevi tra i continentali» disse ammiccando.

«Sì, ma in seno, non ho mai smesso di essere una sicula intrisa d'orgoglio.»

«Buon sangue non mente.» Scoppiammo a ridere.

«Voi, insegnate ancora?»

«È la mia lotta quotidiana cercar di acculturare 'sto paese. Dei giorni va bene, dei giorni va male... non tutti hanno il cervello tuo, o quello di Elda.»

L'atmosfera cambiò.

«Mi è dispiaciuto...»

Abbassai gli occhi in cerca di un appiglio: «È un dolore che non si quieta».

«Io la ricordo nel fiore dei suoi anni. E la cosa mi rincuora.»

A me no.

«Maestra Macaluso...»

«Ormai, potresti chiamarmi Antonia.»

«Antonia... la morte della signora Benedetta mi ha molto turbato... tu cosa ne pensi?»

La sua fronte si aprì quasi fosse stata liberata da un grosso peso. Poi mi fissò, muta.

«Del suo omicidio, intendo.»

«Beh, è un fatto strano.»

«Assai.»

«Non mi stupisce...» si lasciò scappare.

«Che vuoi dire?» sbattei le palpebre.

«Non lo so... ma chi entra in contatto con quel monastero, ne paga le conseguenze.»

«Quali conseguenze?» provai una certa agitazione.

Lei non reagì. La salivazione scomparve e la mia bocca si tramutò in un pozzo secco.

«Sai, mia sorella fa la levatrice. Ha fatto nascere molti dei bambini di Castelbuono negli ultimi decenni. E con il fatto che le monache non si fanno visitare dai medici, ha prestato loro le sue competenze.»

«E cosa le è capitato?»

«Nulla... ma è cambiata. Si è fatta più silenziosa. E si guarda di continuo le spalle.»

«Antonia, abiti sempre vicino alla posta?»

«Sì» rispose spiazzata dalla domanda.

«Me la daresti una mano per una faccenda delicata?»

«Se posso, certamente.»

Misi sottobraccio i girasoli appassiti e insieme ci incamminammo verso l'uscita del camposanto.

Quella notte mi addormentai ancora una volta con il viso immerso nelle pagine del libro rosso. La mia ossessione. E un riecheggiare remoto di serpenti. Narcisi. Flauti. Demoni. L'incontro con la donna che era stata la mia maestra di scuola mi aveva ispirato una strategia. Adesso ero pronta. E non mi restava che ripresentarmi là da dove mi ero allontanata sconfitta.

La rocca oscura s'inerpicava all'orizzonte. Pensai a una manta che sguazza negli abissi. Svelta percorsi la ripida salita, contando i passi, e presi a battere la mezzaluna rovesciata. La piccola inferriata a sportello si aprì.

«Cosa posso fare per voi, cara?» La monachella parlò con il tono di una cantilena prestabilita.

«Sono qui per un colloquio con la Madre Superiora.»

«La Badessa non riceve, oggi.»

«Ho qualcosa di urgente da recapitarle.» Sollevai un cilindro a cupola avvolto da un telo.

«Prego, consegnatemelo. Sarà mio riguardo...»

La interruppi: «Ascoltate, cara». Sottolineai il *cara* con una certa intolleranza. «È una questione del tutto privata, mi capite? Non posso rivelarvi oltre. Posso dirvi, però, che la consegna non può aspettare. E se dovessero esserci ostacoli alla buona riuscita della missione, sarete voi a pagarne le conseguenze» aggiunsi severa: «Agli occhi del Signore».

Il dubbio si dipanò sul volto della suorina idiota. Il primo varco fu superato. Percorremmo il selciato desolato in una sorta di déjà vu, e il medesimo lungo corridoio tirato a lucido. Nel chiostro, le monache si adoperavano silenziose nel lavoro a maglia.

Elda, dove sei?

La fortuna ci fece incontrare la Badessa Madre durante il percorso. Pareva turbata da un qualche pensiero.

«Cosa ci fate qui?» m'interrogò aspra.

«Ho cercato di...» tentò di giustificarsi la monachella.

«Suor Candida» la freddò: «La domanda non l'ho rivolta a voi, ma alla nostra gentile ospite».

Mortificata, indietreggiò di un passo.

«Madre, concedetemi l'occasione di porgervi un commiato appropriato. Ho sognato Gesù Cristo alcune notti fa, e credo di aver ritrovato la mia essenza.»

La Badessa lanciò un'occhiata al di là del porticato. Non riuscii ad afferrare la direzione del suo sguardo.

«Venite» accettò esasperata.

Entrammo in silenzio in ufficio. L'ordine era sempre pressoché maniacale.

«Ho un umile dono per voi, madre.» Indicai l'oggetto sotto il telo.

Lei lo osservò con un vago interesse. Piano lo scopersi. Una voliera al cui interno abitava un uccellino minuto.

Lo esaminò da vicino. Con il capo e il collo nero sembrava indossare il velo. Le ali screziate di grigio scuro e il petto bianco lo rendevano una creatura rara, tra realtà e finzione. Quasi fosse il frutto delle sapienti pennellate di un artista.

«È una ballerina bianca... ha la sua stessa grazia» sussurrai.

La Badessa ne fu deliziata. Sfiorò le sbarre con un tocco leggero delle unghie perfette.

«Pare donare pure a lui, l'abito religioso...»

Lei sorrise e posizionò la gabbia sull'ampio davanzale della finestra.

«Vedete, madre, volevo ringraziarvi per il tempo che mi avete dedicato durante il nostro precedente incontro.» Presi fiato: «Ho riflettuto a lungo sulle vostre parole, e ancora non so se il Signore abbia in serbo per me il privilegio di una vita monacale...».

«... però?» mi anticipò astuta.

«Vorrei chiedervi un ultimo, grande favore.»

«Di cosa si tratta?»

Azzardai un contatto stringendole le mani nelle mie. Erano dure. Vidi sul suo volto un senso di stupore.

«Madre, sento forte la necessità di rivelarvi un recondito segreto, prima di congedarmi... se mi è permesso.»

La Badessa inclinò il viso alla maniera di un animale in ascolto: «Parlate». Si sedette e m'invitò a fare lo stesso.

All'improvviso la porta dell'ufficio si aprì e la monachella si palesò con uno sguardo spaurito.

«Cosa è successo?» domandò la Madre Superiora.

La suorina stette muta. Imbalsamata. Infine le labbra si mossero in una farneticazione confusa.

«Scusatemi» l'espressione tirata: «Torno subito». Planò verso la porta e la richiuse alle sue spalle.

Mi guardai intorno. Mai avrei sperato capitasse una simile opportunità. In punta di piedi mi diressi verso la scrivania. Cercai di aprire i cassetti ma erano chiusi a chiave. Sfogliai qualche libro allineato sugli scaffali. Rovistai nel cestino della spazzatura. Scovai una scatoletta d'avorio appoggiata in un antro della parete. Un correre di passi risuonò al di là del legno di abete rosso. Mi precipitai di nuovo a sedere e restai in ascolto. La corsa rotolò lontana lungo il corridoio. Poi ancora silenzio. Spiai attraverso il buco della serratura. Non riuscii a vedere oltre il pavimento di cotto antico. Azzardai un riavvicinamento, scoperchiai il piccolo scrigno e vi trovai un mucchietto di quadratini irregolari di un colore lattiginoso.

Cosa sono?

Ne raccolsi uno e lo alzai verso la luce che filtrava dalla vetrata.

Ma... sono denti...

Sistemai la scatola al suo posto e non mi sganciai più dalla sedia. I piedi oscillarono insofferenti. Le lancette dell'orologio a muro scoccavano i secondi come fucilate in una foresta.

Il segreto. Pensa al segreto, Ada.

Anche la ballerina bianca si agitò in quella sua culla di detenzione. Con gli occhietti che assomigliavano a pupille umane e il becco sottile quanto la punta di una stilografica.

«Banali incidenti di percorso.» La Badessa Madre ricomparve con le gote arrossate e una patina di sudore che lambiva il bordo sinistro del velo.

«Dove eravamo rimaste?» Posizionò la sedia accanto alla mia e si asciugò la fronte con un fazzoletto immacolato.

«La rivelazione, madre...»

«Bene, procedete.»

Una forte contrazione mi premette tra le gambe: «È accaduto molto tempo fa...». Strozzai le parole nell'intento di trattenere il dolore: «Quando la corruzione terrena ancora non aveva compromesso il mio corpo». Piegai il dorso in avanti. Avvertii del sangue colarmi dietro un ginocchio.

Camurrìa... ùora chi fazzu?

Mi sembrò di tornare ragazzina. Quando l'increscioso incidente era capitato alla scuola di avviamento professionale, sotto gli occhi di tutti.

Strinsi le gambe: «È una confessione che mai ebbi l'ardire di raccontare». Le guance divamparono e smisi di parlare.

«Non temete, il vostro segreto è al sicuro nella casa di Dio...» m'incoraggiò.

Una goccia scarlatta si allargò sul pavimento.

La Badessa la scorse e si bloccò.

Balbettai: «Scusatemi, mi ha colto di sorpresa...». Sedevo immobile con i glutei contratti.

«Oh, Maria benedetta» si alzò frastornata senza sapere cosa fare.

Era curiosa la poca confidenza che avevano le religiose con le faccende femminili.

«Forse è meglio che vada...»

«No, no... se fossero questi i problemi» disse tirando fuori dalla tasca una chiave: «Dove li ho messi?». Cercò in diversi cassetti e finalmente mi consegnò del cotone e una garza.

Voltandosi: «Io non guardo. Sistematevi».

Svelta m'infilai il fagotto nelle mutande, pulii la seduta con un fazzoletto e sfregai la goccia a terra con la suola della scarpa.

«Grazie... ho fatto.»

Si risedette: «Cosa vi turba tanto da scatenare una reazione, mi pare, inaspettata?».

«In anticipo sui tempi, in effetti» chiusi le palpebre e mi feci forza: «Sono stata abusata, madre».

Indietreggiò la schiena, sommessa.

«Da un prete. Avevo nove anni.»

Ci fu un lungo silenzio.

«Una tale denuncia mi amareggia, cara» s'incurvò e spostò la voliera sulla scrivania: «L'innocenza è una qualità da preservare. A ogni costo». Osservò l'uccellino con compassione: «Andate avanti».

«Da quel giorno non sono stata più la piccola Ada. Ero diventata una bambina cresciuta. Adulta in un modo innaturale» mi strinsi sulle spalle: «Mio padre lo aveva capito, ma ne ignorava il motivo. So che ne fu tormentato... e io non seppi aiutarlo.

«Non seppi aiutare nemmeno la mia migliore amica» il labbro superiore si contorse in un fremito: «Ebbe in sorte la mia stessa disgrazia. Il mostro si prese anche lei. È da allora che ho iniziato a sentirmi inutile».

Scosse il capo: «Siete tutt'oggi amiche?».

«È morta, madre» il mio sguardo vibrò: «Non ce l'ha fatta a sopravvivere alla violenza... assomigliava tanto a questa creatura delicata». Mi rivolsi alla ballerina bianca: «E io non mi perdono».

«La vostra fu una sofferenza condivisa» sfiorò il rosario che mi penzolava dal collo: «Come si chiamava?».

«Anna... Anna Saragò» deglutii il terrore.

Attese qualche istante prima di esprimersi: «Siete stata vittima voi, quanto lei».

«Credo fu il tanto dolore a negarmi la maternità» confessai annientata.

Lo penso davvero... nun jè 'na missa pi scena.

«Le creature si sono tenute lontane da un luogo profanato» sorrisi spenta.

La sua fronte si esasperò.

«Di figli non ne sono venuti. Ma di bambini ne ho fatti nascere.»

Beccati questa! E adesso che mi dici, cara Badessa?

«Sia lodato il Signore. Quali bambini?»

Eh... vorrei saperlo pure io di che bambino parla Elda, nel suo messaggio.

«In guerra feci la crocerossina. E mi capitarono un maschietto e due gemelline» mi tamponai gli occhi: «Come si faceva, me lo insegnò Renata, la governante di mio marito».

La monaca mi scrutava ora con maggior riguardo. Quasi avessi acquistato valore.

«Fu un mestiere, quello, che mi riempì di fede...»

«Nei momenti più bui, la vita sa regalarci uno sprazzo di luce. Sono gli insegnamenti di Dio.»

E sa regalarci anche l'ingegno...

«È arrivato il momento di salutarvi, madre.» Mi alzai e facendomi il segno della croce le consegnai un foglio di carta: «In attesa che il Signore mi riveli la sua volontà, se mai voleste farmi la grazia di alcune preghiere mi potete scrivere a questo indirizzo. Ne sarei felice».

Una volta fuori gridai per i campi dove nessuno poteva sentirmi.

12
Rosario detto Sariddu

Alfredo è stato il mio unico uomo.

Bugia.

C'è stato anche don Carlo.

Quello non era un uomo. Era 'n vìecchiu porco.

È vero.

Alfredo è stato il mio unico uomo.

Le contrazioni nel basso ventre stavano aumentando. Fin da ragazzina ne avevo sofferto una volta al mese, tanto da rimanere allettata per i primi due giorni. E con gli anni, non erano migliorate. La lunga camminata non aiutava, di strada ne mancava prima di arrivare al bagghiu. Ogni passo si ripercuoteva sul corpo offendendolo, mentre il vento mi confondeva frusciandomi negli orecchi. Dovevo resistere. Presi una scorciatoia e m'inoltrai ai piedi di grosse querce e antichi arvulu cruci cruci, i nostri abeti dei Nebrodi. Li chiamiamo così per via della chioma a capanna e i rametti disposti a croce. L'aria turbinava sul grano acceso e ruvido. Io guardavo il cielo senza consolazione. A tratti mi sembrava di levitare dal terreno. Non perché mi sentissi leggera. Ma perché il dolore s'impossessava di me per intero fino a farmi scomparire. E non esisteva che lui. Soltanto lui. Al posto mio.

Accadde nel modo più scontato. Tre uomini mi aggredirono alle spalle. I rumori della natura erano troppo presenti. E non ebbi il tempo di accorgermene che mi furono addosso. Una mano mi afferrò per una caviglia facendomi cadere. Gridai in preda al panico.

«Arrusa, zìttuti!» un marcantonio tarchiato mi tirò un ceffone e mi strappò la camicetta.

Io mi dimenavo con l'orrore negli occhi. Quello barbuto si sbottonava i calzoni. Un terzo massiccio e peloso, mi si sfregava contro: «Veni cca!» digrignò a denti stretti.

Emanava un odore di muffa e fogna.

«Lassami! Lassami iri!» implorai urlando.

In un attimo la vita vira dalla parte opposta. Ti opprime con tutte le sue armi. E tu nun ci po' fari nenti. Era accaduto a Elda quel pomeriggio tardo nel bosco di agrifogli giganti. Era accaduto a me, nel retro di un pagliaio, con le palpebre strizzate e il sentore bruciante di strappo.

La faccia del prete pedofilo mi si materializzò davanti quasi fosse vero.

«Tu sei nata peccatrice.»

«Carogna!» sbraitai.

«Prega Ada! Non ti meriti che questo. Prega!»

«Dio» gridai viola in volto. Le vene del collo parevano grondare sangue: «Tu non esisti!». Scalciai indemoniata.

L'uomo massiccio si voltò verso i compagni di razzie: «Chista jè calda, calda» ghignò.

«Dai, ficcaglielo! Chi duoppu tocca a nuatri!» schiamazzarono come faine.

Il verme mi sollevò la gonna. Le lacrime si fecero largo sul mio viso trasfigurato. I rami degli alberi s'incupirono. Gli aghi di pino a forma di croce mi caddero sopra stilettandomi la pelle senza pena.

E così sia, bastardi!

Una vanga colpì la nuca del mio assalitore che cadde tramortito nel fango. Sbarrai gli occhi.

Un ragazzotto si accanì svelto contro il barbuto che lottò

evitando il badile: «Sariddu!» gridò cercando di stenderlo: «Spicciati! A unni si?».

Ma il tizio tarchiato intervenne e gli sferrò una pugnalata nel fianco. Il giovane si accasciò sanguinante. Io mi rialzai e cercai di fuggire. Il barbuto mi ripigliò. Gli mozzicai un avambraccio, lui gridò, caricò un pugno, ma prima che mi colpisse uno sparo riecheggiò nella vallata. Le nuvole sembravano correre a una velocità sovrannaturale. Poco lontano, un uomo alto e abbronzato brandiva un fucile. Anche i miei aggressori erano armati. Non abbastanza veloci, però. E in una manciata di secondi finirono spacciati.

«Presto, dobbiamo medicarlo» disse il mio salvatore senza nemmeno guardarmi. Si caricò il compagno ferito sulle spalle e si avviò a passo spedito.

«È un taglio bello lungo... grazie al cielo il coltello ti ha preso di striscio» considerai tamponandogli il fianco con una garza imbevuta d'alcol. Il giovanotto stava sdraiato a petto nudo su una stuoia che Piera aveva sistemato nel fienile. Si lasciava fasciare mentre il mio eroe, che si era presentato come Rosario, detto Sariddu, rimaneva in piedi a braccia conserte. Mia madre lo sbirciava di quando in quando, quasi affascinata da una tale altezza. Dalla vicinanza di un uomo tanto vigoroso.

«Grazzi pi l'aiuto chi aviti datu a mia figghia.» Servì del caffè corretto.

«Duviri, signura» rispose sorseggiandolo.

Sorressi il capo al picciuottu e lo feci bere a sua volta.

Il vento continuava nel proprio incessante turbinio. Pure in cortile la polvere si alzava dal suolo lasciando impronte visibili nell'aria, e nelle nostre bocche un sapore terroso.

«E dunque, come ti chiami?» domandai all'infermo porgendogli una camicia pulita che era stata di mio padre.

«Tindaro.» Infilò un braccio nella manica.

«Ci siamo già incontrati, se non sbaglio...»

Sorrise malandro mentre si abbottonava.

«Chi cos'è chista storia?» s'intromise Rosario.

Tindaro s'incupì.

«Mi frati jè in cerca ri 'na lezione... beh chidda di stamattina, mi pare adeguata» scosse la testa: «'Na coltellata gli ci vuleva».

Sono fratelli...

«Nun fici nenti ri mali. Mi chiese soltanto 'na sicarìetta...» era il picciuottu che avevo incontrato tempo fa, mentre andavo in biblioteca.

Un silenzio spesso calò nella stanza. Piera raccattò le tazzine sporche e si avviò verso la cucina.

«Potete restare qui fino a che u carusu non si riprende» guardai fugace Rosario: «Dopo quello che è successo non è il caso di farvi vedere in giro».

I due annuirono.

«La farina non ci manca...» esclamò Sariddu. Vidi i tratti del suo viso ammorbidirsi: «Stasira, pizza pi tutti».

Il forno a legna fumava nel nostro cortile. Le mie guance erano arrossate per via del calore. Improvvisammo un banchetto insperato per l'epoca storica che stavamo vivendo e la bontà del cibo fu una benedizione.

«Si 'n cuoco formidabile» mi complimentai con Rosario.

«Quannu ci sarà a pace, e raggranellerò i soldi necessari... vulissa ràpiri 'n ristoranti sulu miu» disse fiero: «Vogghiu fari u cuoco... macàri a Parigi».

«Ah, beh...» Piera alzò le mani spazientita. «Di dove siete?»

«Un paese vicino a Palermo... di questi tempi però siamo parecchio in giro.»

Lei dondolò il capo e inarcò un sopracciglio: «A la facci di la povera genti chi mori ri fami!».

«Mamma!» la redarguii in difficoltà. Ce l'aveva con i prezzi che crescono per colpa di chi vende di contrabbando. Ma loro, come mi confidarono poi, al momento erano più che altro bracconieri.

Uòra si a pigghia cu u governo, uòra cu cu si arrangia comu può... valla a capìri!

Rosario si fece serio quanto lo fu prima di cena. Tindaro s'incamminò lento e si ritirò nel fienile.

«Signora, noi siamo nati contadini. E abbiamo subito l'ingiustizia dell'ammasso obbligatorio» si sedette sul muretto di pietra: «Mia madre l'ho vista morire piegata nei campi a fare raccolto. E cosa si sono inventati 'sti disgraziati dello Stato?».

Lo ascoltammo ammutolite.

«La umiliarono strappandole via u sacchettino ri grano chi avìa colto spiga pi spiga duoppu a mietitura. E allura, a giustizia unni'è?»

«Scusate... non sapevo di vostra madre...» si rassettò la gonna mesta: «Buonanotte». Entrò in cucina e spense la luce.

Io e Rosario restammo soli. Le stelle puntellavano l'oscurità che in campagna è tanta, e mi parvero cantare in coro.

«Non le porto rancore» mi sorrise.

«In guerra non ci sono buoni o cattivi. Si lotta per la sopravvivenza, ecco tutto.»

«È qui che vi sbagliate. I cattivi esistono sempre... i farabutti di oggi ne sono la prova.»

«Quelli sono porci. E di porci ce ne sono troppi.»

«Tre in meno...»

«Già... tre in meno.»

Un silente senso di colpa s'insinuò nella coscienza. In fondo erano esseri umani.

Lo credi davvero?

«Non meritavano di vivere.»

Nemmeno don Carlo...

«Soltanto Dio dovrebbe avere il diritto di disporre dell'esistenza altrui... è ciò che ci insegnano. La scuola e la vita sono due cose diverse.» Mi coprii le spalle con uno scialle che scivolò a terra.

Lui lo raccolse e nel restituirmelo mi sfiorò una mano: «Il corpo di una donna è sacro».

Un'onda calda si propagò dentro di me. La brezza si acquietò. L'incursione improvvisa di un uomo nei miei piani mi agitava. Sapevo che quella sarebbe stata una lunga notte.

«Se avete bisogno di qualcosa, non esitate a chiamarci.»

«Grazie.»

«A domani.» Entrai in casa e mi sentii i suoi occhi puntati addosso.

Occhi che mi accompagnarono pure nel letto. Sola. Come la luna che non c'era e che forse rischiarava i cieli di un'altra città.

Mi svegliai all'alba. Di soprassalto e madida di sudore. Esaminai il cielo ombroso fuori dalla finestra e mi rigirai tra le lenzuola litigando con le foglie di granoturco. L'aria pesava e la brocca vuota non mi dissetava. Indossai la vestaglia, presi un asciugamano grande e andai a bere del latte in cucina. Dormivano ancora tutti.

M'inoltrai al di là del portone a piedi nudi, e raggiunsi il lavatoio. La luce del mattino irrorava ora le pendici di una coltre nebbiosa color lillà. E il canto di un fringuello riecheggiava nella vallata come una goccia che cade nel lago e inanella una catena infinita di cerchi concentrici. Lasciai cadere la gabbanella e immersi le gambe e poi il corpo intero nell'acqua fredda della vasca di pietra. Ebbi un brivido di gelo e delizia. A poco a poco mi abituai alla temperatura e rilassai le membra.

Mi piaceva l'odore dell'erba, verde pur essendo luglio inoltrato. Socchiusi le palpebre e restai in ascolto dei rumori della natura.

«Siete mattutina.» Dei passi si avvicinarono al muretto dietro cui si trovava il trogolo. Io mi ricomposi sorpresa, portandomi le gambe al petto per nascondere le trasparenze della sottoveste. Gli schizzi mi andarono in gola.

Tossii: «Pensavo steste dormendo».

Mi mostrò due conigli morti che teneva a penzoloni per le orecchie: «Stamattina, caccia. Sono le ore migliori».

«Ci state abituando troppo bene...»

«Il piacere non è mai troppo.» Mi guardò con interesse anche se cercò di non darlo a vedere.

Abbozzai un sorriso timido.

«Godetevi il vostro bagno. Ci vediamo dopo.» Si allontanò nella boscaglia.

Mi coprii il volto con le mani e soffocai una risata elettrica. Avvolta nel telo attraversai il vialetto e mi ritirai in camera.

Provai il desiderio di mettere in risalto la mia femminilità sopita. Indossai un abitino celeste a fiori e mi acconciai i capelli da un lato con un fermaglio a forma di rosa.

In cucina Piera sbucciava le patate: «U bell'uomo jè fùora. Sta scuoiando i bestiole».

Uscii in cortile. Con in pugno una mannaia, Rosario tagliava la carne a pezzi separandola dalle interiora.

«Con questi ci facciamo un bel piatto in umido» alzò lo sguardo e lo tenne per qualche istante sulla mia figura prima di riabbassarlo: «Vi piace?».

«Assai.»

«Lo devo marinare per almeno cinque, sei ore e far fare in pentola a lungo. Accusì perde u sapori selvatico e diventa morbido comu 'n pezzo ri pani.»

Comparve Tindaro assonnato.

«Come stai stamane?» Gli andai incontro.

«Nun cc'è mali...» sbadigliò senza coprirsi la bocca: «Poteva iri peggiu».

Afferrò uno sgabello e si sedette addossando la schiena al muro.

«Ti devo controllare la ferita.»

Si chiuse in una smorfia: «Più tardi, vi prego».

«Ci vorrebbero alloro e capperi, li tenete?» chiese Rosario.

«Li vado a raccogliere e torno.» Corsi verso gli ulivi e svoltai lungo la parte laterale del nostro bagghiu. In lontananza scorsi due uomini dell'Arma dei carabinieri. Trasalii. Svelta tornai sui miei passi.

«Nascondetevi, presto!» incitai i due fratelli a bassa voce: «Ci stanno i carabinieri... spicciatevi!».

Mamma udì il baccano e ci raggiunse: «Che sta succedendo?».

«Matri, mi raccomando reggi u jocu.»

Sariddu sorresse Tindaro sotto braccio, entrarono nel fienile e s'infilarono sotto le coperte dietro le balle di fieno.

«Fate silenzio» rassettai le stuoie e nascosi gli oggetti che rendevano evidente la presenza di ospiti.

Piera prese la postazione della mannaia e del coniglio macellato. Io iniziai a spazzare a terra.

«Con permesso» squittì il carabiniere giovane al seguito del brigadiere.

«Bon jornu» mia madre accomodò la carne in una ciotola: «A cosa devo la vostra visita, brigadiere?». Si sciacquò via lo sporco in una bacinella d'acqua.

«Si tratta di una faccenda spinosa...»

«Vi fazzu 'n bel cafè?» lo interruppe tesa.

Mi avvicinai aggrappandomi alla scopa.

«No, Piera. Grazie.»

«Volete dei fichi d'india o del latte fresco, magari?» incalzai.

«Vi ringrazio ma abbiamo poco tempo. Stiamo indagando su un delitto» ribadì lui.

Io e mia madre ci lanciammo un'occhiata di sottecchi, dritte come statuine.

«L'omicidio della bibliotecaria, La Barbera Benedetta» precisò il carabiniere.

La nostra tensione si allentò. I fratelli non erano ricercati.

Spero che nella notte, i tre maledetti se li siano divorati i lupi!

«Povera donna... sì... presenziammo al suo funerale.»

«Già... vi partecipò tutto il paese» dissi qualcosa per riempire il silenzio.

«È a voi che vorrei fare alcune domande» si rivolse a me il brigadiere.

«Certo.» L'inquietudine si riaccese sulle mie spalle e la scopa mi cadde dalle mani.

Piera la raccolse agile e la poggiò contro la palma nana: «Non vorrete mica stare lì impalati... prego, entrate» fece strada e ci sedemmo in cucina.

«Ci risulta che la signora in questione tenesse un registro dei prestiti delle opere di proprietà della biblioteca» si fermò in una sospensione sospetta.

Lo fissai e non fiatai.

Non vorrà... non il libro rosso...

«Risulta pure a voi?» indagò con gli occhi.

«Non saprei...»

«Frequentavate la biblioteca?»

Esitai prima di rispondere: «Sì...».

«Ma non c'è il vostro nome nell'elenco...»

«Beh, il registro serve per i prestiti» mi morsi il labbro.

«Dunque non avete preso alcun libro dal servizio comunale?»

Opposi un fermo diniego: «Leggevo là... non ho portato a casa nulla. Perché me lo chiedete?».

«Stiamo interrogando coloro che bazzicavano quel luogo antecedentemente all'omicidio. E nessuno ha fatto a meno di scegliere la lettura a domicilio.»

M'indurii: «Non siamo tutti uguali, brigadiere».

Mia madre tirò un colpo di tosse per smorzare le divergenze.

«Fu Donna Rapidda a informarmi riguardo alla vostra frequentazione, sapete... mi sarei aspettato che vi presentaste spontaneamente come hanno fatto gli altri. Che so, per lasciare una testimonianza, qualcosa d'insolito che vi è capitato di vedere, o un dettaglio utile alle indagini...»

«L'uccisione della signora ha rammaricato l'intera comunità» s'inserì Piera: «Ada cosa c'entra con 'sta storia? Vogghiu diri, chista leggeva. Chi mali cc'è?».

«L'assassino non può essere uno di noi» proseguii con veemenza.

«Lo spero, ma è compito nostro scoprirlo.»

«È ridicolo!» scalpitai sulla sedia: «Pensare che un compaesano possa aver commesso un tale delitto... no, è stato qualcuno di fuori, non ho dubbi. E voi dovete trovarlo».

«Cosa vi rende tanto sicura?» si pettinò il baffo con la punta delle dita.

«La signora Benedetta era una persona rispettata in città. Quale movente potrebbe mai avere uno del posto?» scossi il capo infervorata: «Non è logico, non vi pare?».

«Mi dispiace contraddirvi, ma chi arriva a uccidere spesso non si confronta con la logica...»

«Dite?» poggiai i gomiti sul tavolo: «Io penso, invece, che questo particolare assassinio sia premeditato. Anche se ora non se ne conoscono i principi».

Mi osservò con uno sguardo nuovo: «Interessante punto di vista...».

«Potrebbe confrontarsi con la vostra informatrice, Donna Rapidda... magari» aggiunsi piccata.

Il brigadiere sorrise amaro: «Mi risulta, a proposito, che un libro lo avete portato a casa, al contrario di quanto mi avete riferito poco fa...».

Chi strega, a Rapidda.

«Sì, la Bibbia» risposi decisa: «Ma si tratta di un omaggio della signora Benedetta, non di un prestito».

Mia madre si alzò, si diresse verso l'alcova e tornò con il libro sacro.

«No, mamma, è la copia vecchia. Scusate, torno subito» mi assentai per recarmi in camera.

Sono stata previdente.

Afferrai una Bibbia nuova nuova.

E Antonia ha fatto il resto.

Me l'aveva infatti comprata su commissione la maestra Macaluso.

Tornai al cospetto del brigadiere e del carabiniere silenzioso con un certo trionfo.

«Eccola qui» gliela porsi.

S'infilò gli occhiali e la esaminò. Nei suoi occhi lessi lampante l'imminente ritirata.

«Bene» si alzò in piedi.

Lo stesso fece il giovane in divisa.

«Vi ringrazio e scusate per il disturbo.»

«Se ci dovessero essere novità, vi prego di metterci al corrente. Desideriamo giustizia per la povera signora Benedetta.»

«Sarà nostra premura» chinò il capo.

«Grazie, brigadiere.» Piera gli strinse la mano.

«Arrivederci» si congedò il carabiniere.

Tindaro e Sariddu stavano ancora rintanati.

«Venite fuori» riposizionai le stuoie e gli oggetti occultati: «Jè tuttu a posto».

I due ricomparvero arruffati e accaldati. Tindaro s'incurvò dolorante. La fasciatura presentava macchie di sangue vivo.

«È ora di dare un'occhiata a quella ferita.»

Annuì e mi lasciò fare. Il taglio si era riaperto. Ma non aveva fatto infezione. Lo disinfettai e gli applicai una benda pulita. Lasciammo il ragazzo riposare per un po'.

Rosario si fasciò in un grembiule troppo piccolo per la sua statura e si mise al lavoro in cucina. Raccolsi alloro e capperi mentre mia madre gli portò cipolla, sedano e carote dall'orto.

«Iniziamo con la passata di pomodoro» diede istruzioni per la sua ricetta segreta.

Piera ne aprì una bottiglia e la versò nel tegame con il soffritto di verdure già caldo.

Lui lo sfumò con dell'aceto. Il vino in casa mancava. Scolò la marinatura, infarinò la carne e l'amalgamò con le patate già sbucciate e tagliate a cubetti.

«Sarrà pronto giusto pi cena.» Si leccò un dito sporco di sugo.

La casa fu inondata da un profumo ardente. E io mi ritrovai a pensare al piacere di cui parlava Rosario all'alba. Senza alcun dubbio, mai l'avevo sperimentato. La sola idea mi terrorizzò. Mi chiusi in camera fino all'imbrunire e mi tolsi il vestito grazioso optando per un paio di calzoni scuri.

Qualcuno bussò alla porta.

«Chi è?» domandai sospesa.

«Sono io» disse Rosario.

Svelta la aprii con un gesto brusco.

Squadrò i miei pantaloni e mi sorrise: «La cena è pronta».

Ci dirigemmo insieme verso il cortile. Avvertivo forte il peso del silenzio e della sua vicinanza. Lui mi sbirciava di quando in quando, fugace.

«Ada...» si fermò in corridoio: «Mi concedete qualche minuto?».

L'odore del cibo caldo m'inebriava. E prima che dicesse qualunque cosa, avvicinai le mie labbra alle sue e lo baciai. Mi piacque il suo sapore.

Piera aveva apparecchiato il tavolo all'aperto. L'aria era invitante quanto l'aroma del coniglio in umido. Gli ospiti si sedettero dopo di noi, con cavalleria. Al primo boccone mia madre ebbe un sussulto.

«Matri, stai bonu?» mi preoccupai che il cibo le fosse andato di traverso.

I suoi occhi si fecero liquidi e grandi come il cielo sopra le nostre teste.

Si accostò il tovagliolo alla bocca.

«Grazie...» non riuscì a contenere la commozione: «Siete un dono di Dio».

Erano anni che non gustava un piatto di tale sostanza.

«Jè nu piaciri, signura» rispose fiero Sariddu.

«Vorrei tuo padre fosse qui...» mi sfiorò una mano.

Ricambiai il gesto: «Lo vorrei anch'io».

Annuì pervasa dai ricordi.

«E uòra, allegria!» si riprese distendendo l'atmosfera.

«Ci vinemu tutti, ri corsa, quannu aprirai u vostru ristoranti» mi complimentai.

«Già... ma adesso pensa a goderti 'sta cena, figghia. Apprima ri trasiri pi monasteru.»

Un gelo funesto calò all'improvviso. Tindaro si scordò di masticare. Rosario perse il suo smalto e vacillò sulla sedia. Mi guardava con lo stesso turbamento di un uomo tradito.

13
Il giuramento di Stige

I giorni correvano. Le settimane passavano. L'estate stava giungendo al termine. Eppure, dal monastero della Madonna della Catena, nessuna comunicazione.

Avevo fallito. Ancora una volta. Mi vedevo costretta a chiedere rinforzi. I doni e le rivelazioni non erano serviti con la Badessa Madre. Nemmeno i denari la tentavano. Strano, con la politica funzionavano sempre. Il tempo era scaduto.

«Matri, vaio do' sindaco» dissi caparbia infilandomi la giacchetta di seta.

Lungo la strada marciavo agguerrita. Mi serviva per fare scorta di coraggio e trovare il vigore di esporre le mie motivazioni nella maniera più convincente. Alcuni soldati alleati della Southern Legion mi squadrarono al mio passaggio. Indossavano uniformi un po' sgualcite. Uno di loro fumava tenendo stretto il mozzicone tra il pollice e l'indice. Inalò pure il filtro e poi lo gettò al suolo. Mi diedi un contegno e imboccai la Salita Cappuccini, ero su via Sant'Agostino quando mi udii chiamare.

«Ada, aspetta!» era la voce di Antonia.

Mi voltai e la vidi affrettarsi con il consueto completo di gonna e giacca abbottonata e i capelli al vento. Quasi volessero cercare una libertà che il contegno imposto al resto del corpo non consentiva.

«È arrivata, Ada... è arrivata!»

La guardai e sentii le gambe molli.

Ficcò una mano nella tasca e la tirò fuori: «Il postino te l'avrebbe recapitata domani, ma ho voluto anticiparlo... stavo venendo da te».

Restai a fissare la busta, immobile. E da lontano avvertii un vortice nero piombarmi addosso.

«Vieni» la presi sottobraccio.

Ci sedemmo in campagna sotto un grosso castagno, accanto a una fonte. Le montagne si ergevano all'orizzonte come una corona rovesciata sulla testa del cielo. Sulla busta era scritto il mio nome da sposata, «Ada Castelli». Ero felice di poter condividere un momento tanto importante.

«Prima che tu legga, vorrei confessarmi con te, Ada.»

«Beh, non sono un prete...» ironizzai.

«In chiesa non ne ho mai avuto la forza. Forse è per via della paura di sentirmi giudicare da un altro uomo. In fondo loro... sono tutti uomini.»

Mi colpì la fragilità che vidi trapelare dal suo volto. E il timbro della voce aveva qualcosa che conoscevo bene. Un vibrato che rivela un danno insanabile.

Le strinsi una spalla. «Sono qui per ascoltarti senza pregiudizio... e anche se quelle» accennai al lavacro: «Non sono le acque del fiume infernale, e io non sono Stige, ti giuro che terrò la bocca chiusa».

«Hai letto le *Metamorfosi* di Ovidio...»

Annuii abbozzando un sorriso.

Lei ricambiò e si raccolse in silenzio per alcuni istanti.

«Il 9 luglio del '43, lo sai quello che è successo. Sono sbarcati gli Alleati e si è pensato che da noi la guerra fosse finita. Sappiamo che non andò così. I soldati sono diminuiti, ma tuttora, presidiano l'isola» si fermò a riordinare i pensieri: «Il termine *goumiers* ti dice niente?».

Non ne avevo idea.

«È una parola francese... sono i militari marocchini dell'esercito francese, ce n'erano a centinaia quando sono sbarcati a Licata... Dovevano impadronirsi della città assieme all'armata del generale Patton.»

Mi piaceva il suo modo di parlare, fin dai tempi della scuola. Non mi aveva mai fatto sentire inadeguata.

«Mia zia mi nascose nel pozzo. Credeva che per via dell'età, non l'avrebbero presa... Invece...» la voce si strozzò: «Povera donna, tornò da me piegata dal dolore, e non so con quale forza riuscì a farmi uscire di là». La disperazione s'impossessò del suo sguardo.

Io contrassi le mani sudate sul vestito quasi volessero trapassarlo in cerca di una via di fuga.

«Da queste parti non se ne videro tanti... Fummo sfortunate» si pulì il naso che colava: «Era un gruppetto osceno. La tennero chiusa in casa per tre giorni. Io giù nel pozzo. Impotente e vigliacca. Senza cibo né acqua. Accovacciata tra i miei escrementi. In attesa.

«Il terzo giorno pensai fosse morta. E se non fossi riuscita a uscire dal pozzo...» scosse la testa: «Eppure la voce non mi usciva per gridare. Per chiedere aiuto. Mi consumai le unghie cercando di scalare quelle pareti melmose». Si nascose il viso tra le ginocchia: «Mia zia morì d'infezione. Io sono qua. Non so bene il perché...».

Ci abbracciammo tra le lacrime.

«Molte delle donne a cui capitò in sorte la violenza furono ripudiate dai mariti...»

«L'ignoranza è il nostro male...» strinsi le braccia al petto.

Restammo in silenzio a lungo. Alla deriva. Sommerse dalla natura rigogliosa delle Madonie.

«Non lo sa nessuno. Zia non lo volle dire nemmeno al dottore.»

«E tu, neppure al prete...»

«A nessuno» ripeté.

Mi sdraiai sull'erba. Antonia fece lo stesso. Per un momento mi parve di avere accanto Elda. La mia amica perduta. Immersa nella pozza sulfurea e cullata dal frinire dei grilli.

Le toccai una mano.

«Tu credi esista la consolazione?» domandò piano.

La luce che trapelava tra le foglie irradiò i nostri volti.

«Non sempre.»

«Lo penso anch'io.»

«Ma un nuovo inizio sì, Antonia. Arriva immancabilmente.»

Raccolse la busta che nel frattempo si era incagliata nella gramigna: «Il tuo, è giunto adesso?». Me la porse.

Sfilai la lettera della Badessa.

I miei occhi scorsero rapidi tra le parole: «Non dice molto. Mi convocano per il postulato il 3 ottobre... anticipare non è possibile. Devono ospitare delle monache provenienti da un altro monastero e non ci sarebbe posto dove farmi alloggiare».

Manca un mese, accidenti.

«Infine chiude con un passo della Bibbia. "Beato chi legge e chi ascolta le parole di questa profezia e osserva ciò ch'è scritto in essa. Il tempo infatti è vicino".»

«Ada, devo dirtelo.»

«Dimmi.»

«Se pensi che le tue motivazioni siano valide per una scelta tanto drastica, rifletticì ancora. Non voglio che tu commetta un errore irreversibile» mi guardò con fermezza: «Elda, lo ha fatto. E solo Dio sa se ne è valsa la pena... ora che nessuno può chiederle cosa ha provato davvero durante i lunghi anni di clausura».

Mi aggrappai ai fili d'erba stretti tra le dita.

«Mia sorella sta molto male, Ada.»

La levatrice... hanno perso la levatrice...

«Non so quanto tempo le avanza... e il pensiero che a breve te ne andrai pure tu...»

«Antonia cara... ci manterremo in contatto, non temere. La rocca dista soltanto pochi chilometri» cercai di rassicurarla: «Capisco le tue remore. Penserei lo stesso al posto tuo. Ma il tempo è vicino, come ha scritto la Badessa» strappai i fili d'erba e in mano non mi restò che un pugno di terra: «Presto arriverà il giorno in cui io ti potrò spiegare. E tu potrai capire».

11 aprile 1931

Cara Elda,

è giunta la primavera e sono mesi che non ricevo tue notizie. Stai bene? Vorrei sapere in che modo procede la tua esperienza in convento, condividere i nostri avvenimenti, e sostenerti nelle difficoltà... se ne hai. Il tuo silenzio mi spaventa, devo essere sincera. Non è mai trascorso un periodo tanto prolungato senza che ci parlassimo. In tutta la nostra vita. Se ci pensi è strano, vero? Eppure è proprio così.

Ma dimmi, i tuoi genitori sono venuti a trovarti? Se non fossi lontana, verrei le volte che ti sarebbero concesse, lo sai. Sarei lì, al tuo fianco. E non per farti sentire la nostalgia del mondo che c'è fuori. Ma per strapparti qualche risata. Ho chiesto a Renata di prodigarsi nella sua torta migliore. Vorrei spedirtela per omaggiare la tua vestizione. Lo so... doveva essere una sorpresa... eh, non ho resistito alla voglia di confessartelo. Perdonami.

Ecco, amica mia, adesso non so come dirtelo... preferirei farlo a voce, che so, mentre arrostiamo delle castagne, magari. Anche se non è stagione, e a me manca l'autunno solo per questo. Insomma, la questione è che la prima notte di nozze – dovette attendere a lungo – alla fine c'è stata. Era inevitabile. D'altronde, Alfredo è mio marito. E io sono sua moglie. Così, è successo che sono rimasta incinta. Ho provato delle emozioni uniche e il mio corpo era quasi invincibile. Davvero una sensazione strana. L'unico pensiero, immaginati, è stato che avrei voluto presentartela o presentartelo, non appena fosse nato. Tuttavia, mi rattrista comunicarti che due settimane fa ho perduto la creatura. Non ho avuto alcuna avvisaglia. Una sera mi sono accasciata in bagno e il sangue ha sancito la fine di tutto. Alfredo l'ho visto parecchio amareggiato. E Renata ha smesso di cucinare dolci per un po'. Forse tu che conosci Dio meglio di quanto ne sappia io, potresti spiegarmi dove è finita quella vita acerba che si è spenta troppo in fretta. Che mi è colata fuori dalle gambe senza nemmeno farmi provare dolore. Doveva èssiri 'n animo gentile, nun credi? Piera non sa nulla. Non voglio che si dispiaccia, visto che siamo ai due capi dell'Italia. Chissà quando riuscirò a rincontrare pure lei... ti confesso che la nostra Sicilia mi chiama a sé di continuo. Nei sogni, nelle foto che vedo sui giornali, nell'accento di qualche forestiero che passa per la strada. Criu chi chista cùosa ma porterò arrìeri pi sempri. È un richiamo ancestrale. E non ci posso fare molto.

Ti mando un abbraccio in attesa di una tua risposta tempestiva. Presto ci sarà il grande giorno della cerimonia... mi raccomando, raccontami come ti stai preparando all'evento. Voglio sapere tutto.

Tua Ada

Tornata a casa mostrai la convocazione ufficiale a mia madre, che era nell'orto a seminare.

«Il 3 ottobre...»

«Già... mi pare d'impazzire.»

«Su, uòra hai 'na certezza. Sai chi entrerai pi quel benedetto monastero... sperando chi nun fussi maledetto.»

«Matri, accussì, nun mi aiuti!» la fulminai.

«Il fatto resta...»

La interrogai con lo sguardo.

«Abbiamo scoperto chi fu a lasciare la carta di Elda. Però non c'è servito a capire... siamo punto e a capo. Che vuol dire il suo messaggio?»

M'inginocchiai e affondai le mani nella terra. Le zucchine erano mature: «A poveretta jè morta apprima pi potermelo rivelare...».

Piera conficcò la piccola pala e mi puntò il dito sul petto: «Tu si a mea unica figghia, Ada. Iu ti permetto chista folle impresa picchì haju amato Elda quantu te, te l'ho già rittu... ma sappi 'na cosa...» si diede una spinta con le spalle per accentuare l'enfasi della sua intenzione: «Nuatri nun possiamo immaginare i cose chi succedono dà rintra, e pi chistu, dobbiamo fin d'ora escogitare un'uscita d'emergenza, mi spiego?».

«Mamma, non esistono uscite d'emergenza in un convento di monache di clausura...»

«Tu la devi trovare.»

La squadrai, in bilico: «Una volta entrata non si torna indietro».

«Ho capito... stabiliamo un codice... come ha fatto Elda» abbassò la voce e si guardò intorno anche se non si vedeva nessuno per chilometri.

«Brava, e allura jè chiddu camu a fari. Metterci al lavoro per stilare un alfabeto nostro e invisibile agli occhi della Badessa. Che controllerà ogni missiva...»

«Sìenza alcun dubbio» poi s'immobilizzò: «E se nun ti permettessero ri scriviri?».

Un brivido sobbollì lungo i nervi della mia schiena: «Questo non è possibile. Lo sai che c'è stato uno scambio reciproco per anni tra me ed Elda».

«Sì, per un istante, però, prova a pensare all'impensabile.»

Mi lasciai cadere tra gli ortaggi: «Matri, iu nun vogghiu pinsari all'impensabile. Picchì se l'impensabile dovesse esistere pi davvero, putìa venir dichiarata morta puri io».

Piera impallidì.

Dialogai con il cielo quella sera. La luna piena era bassa e gialla. Screziata come una buccia d'arancia.

Mi vien voglia di mozzicarti.

La grande notizia della giornata non mi faceva prendere sonno e la confessione di Antonia mi inquietava. Immersi un asciugamano nel lavabo e lo inzuppai con la brocca dell'acqua. Lo strizzai alla meglio, tamponai il collo e il resto del corpo. Trionfai sulla calura per un po'. E in un lampo fu il giorno seguente. Le notti si esaurivano svelte lasciandomi addosso una strana stanchezza. Le ore diurne, invece, non passavano mai. Le settimane trascorrevano lente, cariche di ansie e di pensieri. E di Rosario, non avevo saputo più nulla.

Così, preparai in largo anticipo una valigia modesta. Calze e magliette di lana da tenere sotto la veste durante l'inverno, una spessa coperta, carta e inchiostro per scrivere, e un vasetto di marmellata alle prugne. Ogni sera, spegnevo la luce e la fissavo. Scura e rettangolare. Accantonata in un angolo della stanza. In attesa quanto me. Era il solo bagaglio che mi sarei portata là dentro, per un tempo indefinito. Come sarei riuscita a superare gli ostacoli di una fede perduta e di un abito che non mi apparteneva? Quanto avrei impiegato per fare luce sulle sorti di Elda? Quali risorse avremmo trovato per scappare e tornare libere, insieme, una volta per tutte?

A un tratto qualcosa sbatté sul vetro della finestra chiusa. Non fu un rumore violento, forse un grosso insetto. Lo ignorai. Mi allungai verso la lampada pronta ad arrendermi a un'altra nottata di patemi e interrogativi, ma il suono si ripeté. In un balzo, mi alzai dal letto e m'affacciai. D'improvviso parve fosse ancora estate. Sariddu mi sorrideva con il cappello in mano. Era tornato.

Aprii la finestra. «Buonasera» dissi pervasa di meraviglia.

«Ero combattuto... non ho resistito» la sua voce fu allo stesso modo timida e salda: «Potete perdonare l'ora tarda?».

Richiusi la finestra, brusca. Tergiversai sgambettando sul posto in preda all'agitazione. Mi spruzzai del profumo e corsi giù per le scale.

Al suo cospetto le parole non mi uscirono di bocca.

Il suo volto cambiò: «Non andare, Ada». Aveva smesso di darmi del voi.

Feci un passo indietro. Offesa. Da tanto coraggio. Quello che era mancato a me con Elda.

«Resta.» Nel suo sguardo vidi la verità.

Eccola, di nuovo. La rabbia. Dentro di me, non se n'era mai andata.

In quell'istante avrei voluto affondare. E ballare la danza degli abissi. Senza respirare. Sola. Al rallentatore. Per modellare e poi vanificare il movimento perfetto di un corpo che galleggia e si contrae. Avvolto dall'acqua al posto della pelle. Mentre i capelli pulsano, le bollicine di ossigeno si dissolvono, le braccia volano e non ci sono contraccolpi.

«Sei bella, Ada» pesò l'intenzione con serietà.

Io lo respingevo. Il suo desiderio. Il suo grido di libertà. Ma la pelle decisa a non annegare chiedeva di più. Voleva sentire. Voleva vivere. Voleva tutto.

«Grazie Rosario, per avermelo detto...» serrai le mani dietro la schiena: «Però è meglio che vai».

«Lo so, ci conosciamo così poco... e non ho il diritto di...»

«Non ce l'hai» fui gelida.

Lui vacillò. Ma non desistette: «Quando ti ho vista tra gli alberi, e ho fermato quegli schifosi... ho sentito di appartenerti. E viceversa. Tu eri mia, anche se non lo sei. E non ci dormo la notte». Scosse il capo: «Non dormo al pensiero che vuoi farti monaca».

«Il monastero è più forte, Rosario. Di me. Di te. Forse pure del volere di Dio.»

La fronte gli s'increspò: «Cùosa dici?». Si avvicinò: «Cùosa ti spaventa, Ada? Da cu stai scappannu?».

La sua intuizione mi straziò tanto che gli diedi le spalle.

Ci fu un lungo silenzio.

«Scusami... ho detto assai. Haju sbagghiatu...»

«No, non hai sbagliato» piano mi volsi verso di lui: «Ma la mia scelta non cambia».

Ci guardammo. Sembrava un rovo pronto ad ardere.

«Va bene, Ada. Ti rispetto» indietreggiò investendomi del suo sguardo ferito e s'incamminò per il viale alberato.

Addio Sariddu. Sì, Sariddu, vai.

La sua figura si perdeva nel buio compatto e i passi si facevano distanti. Rimasi lì dove mi aveva lasciato.

Ho conosciuto il danno troppo presto, Rosario. Come faccio ad accettare una pelle diversa da quella che mi ha trincerata in me stessa fino a oggi? Presto lo farà la grata della clausura.

Non capivo perché restassi là, inerte. Aggrappata al suono di un calpestio lontano.

Tu te ne stai andando. Io ho fatto lo stesso, anni fa. Sposandomi un forestiero e consacrando Elda alla scelta che ha interrotto ogni sua speranza.

I miei piedi affondarono e marcirono nella terra.

Ora tocco il fondo.

Buttai fuori un respiro pesante che parve un rifiuto.

Non si torna indietro.

Mi morsicai il labbro.

È ciò che si crede... è ciò in cui ho sempre creduto.

«Rosario!» Mi misi a correre veloce. Con la consapevolezza di un condannato: «Aspetta, Rosario!».

I passi si fermarono.

«Ada...»

Sfrecciai mossa da una strana eccitazione. Lo vidi. Era vicino. Mi strinse. Le sue braccia furono solide. Raccolse il mio volto tra le mani e questa volta fu lui a baciarmi. Non respirai.

Trasporto.

Attesa.

Forza.

Dolcezza.

Paura.

E finalmente, piacere.

14
Il bosco di agrifogli giganti

La Matrice Vecchia era stata risanata. Don Carmine tornò a celebrare la messa. Io disertai. Sempre.

«Buongiorno, padre» feci capolino in un orario defilato.

«Oh, fanciulla... sei ricomparsa...» disse mentre accendeva un cero accanto all'altare.

Mi avvicinai. Il ticchettio delle mie scarpe risuonò nella navata.

«Comu jè andata cu u miraculu?»

«Per i miracoli non c'è fretta, padre» sorrisi: «Piuttosto, vulissa parlarti pi privato».

Subito spense il fiammifero e ci dirigemmo nel presbiterio perché non fossimo disturbati.

«Ho riflettuto a lungo su ciò che ci siamo detti...»

«Brava carusa» le sue guance si gonfiarono di orgoglio.

«La mia vita sta per prendere una nuova direzione. Impegnativa ma necessaria... sono pronta, tuttavia gradirei la tua benedizione. E che tu fossi testimone.»

«Di cosa?»

«Del mio voto.»

«Uh... pi chiddu basta u Signori.»

«Lo so, ma vorrei farlo con te presente.»

«Bene, dunque.» Tirò fuori il rosario dalla tasca e l'attorcigliò a una mano: «Fallo anche tu» indicò quello che tenevo intorno al collo.

Io obbedii. Lui sussurrò un salmo e rimase in ascolto.

«Il mio voto, padre... è ritrovare Dio.»

Don Carmine sbalordì. Il suo silenzio fu prolungato. Mi sentii improvvisamente scomoda. E un formicolio mi pervase.

«Cara... questo non può essere un voto...»

Lo ascoltai in difficoltà.

«Si fa voto di castità, per esempio. Voto di preghiera quotidiana, voto di rinuncia a qualcosa a cui si tiene molto...» scosse il capo e si sedette su una panca a due posti: «Come puoi pensare che ritrovare Dio possa essere un voto... Dio è la ricompensa, Ada».

I miei occhi si riempirono di lacrime.

Don Carmine mi guardò svuotato: «Dai, vèni cca. Siediti vicinu a mia».

A piccoli passi lo raggiunsi e mi afflosciai sul legno.

«Perdonami, padre. Non volevo offendere la tua chiesa.»

«È un controsenso sottoporti a giuramento se non credi a chi ti stai rivolgendo, affinché la tua richiesta venga ascoltata» strinse al petto il rosario: «Ada, devi spiegarmi meglio, se vuoi che capisca...».

Ancora una volta don Carmine era riuscito a sorprendermi.

Mi asciugai il viso e condensai la mia determinazione: «Mettiamo che molto tempo addietro subii un grave torto, padre... e che da allora, persi la fede...».

«Continua.»

«Ecco, ho pensato che...» cercai il miglior modo per esprimermi: «Se Lui potesse aiutarmi in una certa missione... sarei felice di tornare fervida credente». Accennai una piccola pausa: «Lo sono stata, in passato. Posso esserlo di nuovo».

«Uhm... » si raccolse appoggiando due dita sulle labbra e il pollice sotto il mento.

Lo guardavo e pensavo, grazie al cielo i preti non sono tutti uguali.

Incrociò le gambe: «Ti andrebbe di interpellare qualcun altro?».

Ecco, mi merito il benservito.

«Ho capito, padre. Ti prego di scusarmi per il disturbo...» feci per alzarmi.

«Ma no, Ada... unni stai iennu?» si aprì in un sorriso: «Mi jè venuta 'n'idea...».

Sollevai la schiena, sull'attenti.

«Intendevo la Madonna... se ti va di appellarti alla Madonna.»

Sbattei le palpebre, ripetutamente.

«È una donna, come te. Inoltre è compassionevole e credo possa chiudere un occhio.»

«Chi vvoi riri?»

«Chiedi a lei il dono della fede. E impegnati in un sacrificio in virtù della tua promessa.»

Mi morsicai il labbro.

Glielo dico o non glielo dico?

«Padre, a breve entrerò in monastero... quello sulla rocca.»

Il parroco si agitò e il rosario gli cadde dalle mani. Lo raccolsi, lo baciai e glielo posai sul grembo.

«Questo è il mio sacrificio per ritrovare il Signore.»

Don Carmine mi strinse un braccio, commosso.

«Rinunci alla vita per come la conosci...»

«In nome di qualcosa di più grande» vibrai.

«Ne hai sentito la mancanza, vero?»

«Di chi?»

«Sempre lei, Ada. La fede.»

Era una domanda molto personale: «Sì, padre... anche se per troppo tempo non l'ho voluto ammettere».

Annuì.

«Quando non credi, nemmeno l'amore sembra riuscire a colmare il vuoto di tale mancanza. Presente e futuro perdono di valore e di scopo. E la speranza è un ricordo.»

«C'è grande tristezza in ciò che dici.»

«Con la fede, quel giorno, ho perso pure me stessa, padre.»

Abbassò il capo: «E poi, Elda».

Il formicolio tornò: «Già... spero di ritrovarla».

«Insieme al tuo credo.»

«Sarebbe bello.»

«Abbi fiducia nella Vergine Immacolata. Ti saprà ascoltare.»

«Lo farò.»

«Pregherò pi tia ogni jornu.»

«Che la Madonna mi sia amica, padre.»

Mi benedì con il segno della croce sulla fronte.

«Non violerò la mia parola. È una promessa.»

Tornando a casa ripensai alla notte trascorsa nel fienile insieme a Sariddu. Ora che il destino mi offriva in dono l'esperienza dell'amore, ero costretta a rinnegarla.

«Sai, sono stato uno sbandato» aveva sussurrato baciandomi la schiena nuda.

«Nel '42, mia madre ne accolse uno in segreto, qui in casa. Si presentò ferito e stava morendo per il freddo.»

«Fu un inverno micidiale quello del '42. Lo ricordo bene. Una mattina, tra i bombardamenti, persi lo scarpone e rischiai che mi si congelasse il piede. Cercai di rimediare con degli stracci e vecchi giornali... non servirono a molto, e quando le dita si ripresero... bruciarono come un'ustione.»

Mi tornò alla mente il fischio della bomba che aveva rischiato di colpirmi, in città.

«Vidi la morte in faccia... e mi si accese dentro una spia di allarme.»

La mia è perennemente accesa...

«Non fu facile, sai... ci credevo nei valori della patria, nei doveri dell'esercito. Volevo vincere e fare giustizia. Dopo, però...»

«Non devi sentirti in colpa» dissi seria: «I grandi hanno giocato con le vostre vite, con le risorse del Paese... chiedere è giusto. Eccedere non lo è mai».

«Ho avuto paura di fallire in trincea... sono stato un debole.»

«No, anzi, hai avuto il fegato di ribellarti. Di disertare.»

«La vergogna è un sentimento difficile da abbattere» sorrise triste.

Lo baciai. Rosario mi piaceva. Assai. Non lo avevo previsto.

«Ho sentito dire... che quelle monache ne hanno ospitati di diversi...»

Subito mi scostai e lo fissai dritto negli occhi: «Chi stai dicennu?».

«È così... non so se per denaro o per compassione... ma u ficiru.»

«Ma... è illegale... cioè, la clausura non consente alcun rapporto tra suore e uomini...»

«Magari li facevano stare in una zona separata... il monastero è grande, no?»

«Sì, jè grande» risposi turbata.

Un soldato sbandato... forse che il bambino di Elda...

Mi voltai, le ginocchia contro il petto.

Rosario mi avvolse tra le sue braccia: «Che c'è?».

Mi contemplava quasi fossi una divinità remota. Adoravo sentirmi addosso il suo odore. Non ne ero sorpresa. Con mio marito succedeva il contrario. Il bisogno di lavarmi sopraggiungeva impellente.

Aspettami, Rosario. Aspetta il necessario affinché ritrovi Elda... perché vale lo stesso per me, pur non potendotelo confessare. Io sono tua. Tua fin dal primo istante.

«Ci sono cose che ti vorrei dire... è complicato.»

«Non temermi, Ada» mi strinse a sé.

«Una cara amica si fece monaca in quel convento.»

«Quanto tempo fa?»

«Entrò l'estate del 1930. Mi ero appena sposata.»

«Quindici anni di clausura... camurrìa, sono tanti!»

«Eravamo come sorelle.»

«E lei lo sa che vuoi... se lo vuoi ancora... entrare là dentro pure tu?»

«Me lo sarei augurato... ma è morta un anno fa.»

Mi guardò mortificato: «Mi dispiace, Ada».

«Dispiace molto anche a me.»

Piera bolliva le verdure dell'orto e la cucina pareva una pozza di vapore corposo.

«Mamma, haju parlarti» mi sedetti intorno al tavolo.

Mia madre spense i fornelli e si mise accanto a me.

Posai il libro rosso: «U viri chistu?».

Lo fissò.
«Lo presi pi prestito pi biblioteca...»
Subito si coprì la bocca con lo strofinaccio che aveva in mano.
«Nuddu u sapi, e nuddu dovrà mai sapiri.»
Mi ascoltò concentrata.
«A Biniditta è riuscita a mantenere a facenna riservata... e 'n mutivu cc'è» mi avvicinai e scandii bene le parole: «Qualcuno sta cercando chistu libbru... nun deve trovarlo. Pi nessuna raggiuni!».
Dondolò la testa su e giù. Sembrò una bambina. Poi lo scrutò a lungo.
«Ma chi testo jè?» cominciò a sfogliarlo: «Cùosa c'ha ri tantu 'mpurtanti?».
I suoi occhi si fermarono su una pagina e iniziarono a scorrere: «"Lei va di casa in casa; perché la porta non l'arresta, la sbarra non la respinge; ma essa striscia come un serpente sotto la porta; essa s'insinua quanto l'aria fra le commessure dei battenti. Essa strappa la sposa dalle braccia dello sposo; essa toglie il bambino dal petto del padre, essa caccia l'uomo dalla casa della sua famiglia"» lo richiuse repentina e mi lanciò un'occhiata: «Ri chi sta parrannu?».
«U vulissi sapiri puri iu...» afferrai il libro e lo ficcai sotto la sottana.
Piera si fece il segno della croce.
«Mamma, lo devi tenere nascosto sempre. Mi hai capito?»
Annuì impallidita.
«E mentre sarò via, leggilo più che puoi. Studialo. Magari riesci a venirne a capo meglio di me.» Ci alzammo: «Vieni, troviamogli il giusto nascondiglio».
Ci dirigemmo al secondo piano.
«E se scopro qualcosa, in che modo te lo dico?»
«Con il nostro alfabeto segreto... nun tu scurdari.»

L'orizzonte si estendeva terso e frizzante. Le montagne s'innalzavano irradiate dalla luce di un autunno clemente. Era giunto il momento. Sapevo sarebbe arrivato, prima o tardi.
Dopo venticinque anni di assenza, m'incamminai lungo il

sentiero sterrato e varcai il confine del bosco di agrifogli giganti. Tra faggi monumentali e meli selvatici, avanzavo infondendo a ogni passo la gravità delle grandi occasioni. Antiche grida riecheggiarono tra le fronde degli alberi che corteggiavano il cielo.

«Ada, vieni a prendermi se ci riesci!» si sgolava Elda mentre la rincorrevo tra il muschio e le foglie.

«Elda, ci sono le mandorle... portiamole a casa.»

Il bosco. U nnostru voscu violato. Il bosco teatro di gioia e deturpazione. Qui ristagna il nostro peccato originale. Latente su corpi ormai cresciuti e mozzati. Perché ci manca un pezzo, anche se non si vede. È la dote dell'innocenza che ci è stata strappata. Così, ci si sente sempre un po' indietro. Poveri storpi senza menomazione. Già, l'invalidità interiore la vedono in pochi: soltanto chi ha il coraggio di accettare l'orrore e la condanna di quello stesso orrore. Sono strade parallele. L'una non può esistere in mancanza dell'altra. Noi lo sappiamo bene. Abbiamo intrapreso vie lontane ma equivalenti. Pur non incontrandosi mai, fanno parte del medesimo binario. La rotaia della sopravvivenza. Sulla quale si scorre privi di clamore e di chimere.

Amica mia cara, qualsiasi antro mi ricorda chi eravamo un tempo. È stato bello, sei d'accordo? Per quanto è durato. D'altronde ogni cosa finisce. E poi rincomincia daccapo. Presto affronterò un nuovo inizio. I presupposti non sono dei migliori, ma sono certa che ne varrà la pena. So che tu mi stai aspettando. So che confidi nel mio aiuto imminente. E non disperare. Resisti. Pianta i piedi a terra e insisti nella resistenza. Lo chiamano, vivere. Lo so, siamo tentate entrambe a pensarla diversamente. Eppure io e te la stiamo aspettando la stagione della sorpresa, l'opportunità del ravvedimento. Per credere, infine, nella bellezza dimenticata del bosco che insieme abbiamo abbandonato.

Oggi torno sui miei passi, disattendo il patto e osservo con gli occhi dei miei anni la tomba del carnefice con la tonaca. Qui e ora, sono pronta a voltare pagina e a impegnarmi su di un cumulo di radici.

«Io ti troverò Elda, lo giuro!» gridai a pieni polmoni.

La mia voce riecheggiò lacera.

«E ti tirerò fuori da quella prigione.» Mi piegai sulle ginocchia che non reggevano l'emozione.

Non sono il tipo che infrange le promesse.

Elda ha vissuto quindici anni chiusa in un monastero. Vittima ancora una volta della Chiesa. E adesso merita redenzione. Perché è vero che nella vita ci si salva da soli. Se l'universo, però, contribuisce al compimento dell'impossibile, allora... beh... è tutto più facile.

15
Un nuovo inizio

I cespugli salvagente che punteggiavano la distesa di grano dorato, in autunno, erano rossi come grumi di sangue. La terra spoglia si lasciava lambire da un'aria fredda che sapeva di solitudine. E io attraversavo la vallata dominata dalla rocca a strapiombo riponendo la mia vita nelle mani di un Dio lontano.

Un drappello di monache era schierato alle spalle della Badessa Madre che mi sorrideva.

«Benvenuta, cara» disse.

La suorina minuta addetta all'ingresso le stava accanto come un fido servitore, ma non mostrava troppa confidenza.

Era strano. Entrare nel monastero della Madonna della Catena mi fece sentire una traditrice reiterata. Abbandonavo la mia isola, la Sicilia, una seconda volta. Perché nonostante distasse appena pochi chilometri da Castelbuono, mi sembrò di entrare in una regione straniera.

«Queste saranno le vostre compagne, d'ora in avanti» si voltò accennando alle religiose: «La convivenza non è sempre facile... è qualcosa da conquistare. E ha i suoi lati positivi».

Saranno state una dozzina, a colpo d'occhio. Donne adulte che non arrivavano alla quarantina. Due soltanto apparivano piuttosto mature. Quella sull'estrema destra aveva una corporatura massiccia, la pelle olivastra e grossi piedi chiusi negli scarponcini neri. Sull'estremità sinistra, quasi a voler contenere il gruppo in un recinto nel recinto – le mura che ci circondavano – vigilava una suora magra e rugosa. Un accenno di gobba le incurvava il tratto superiore della schiena e le braccia sottili pendevano contro la veste simili a due ramoscelli rinsecchiti.

Chi di voi è suor Aurora?

«Non dovrete mai rivelare il vostro nome di nascita. Sarò la sola a esserne a conoscenza. Qui vestiamo una nuova identità che è l'unica possibile, d'ora in avanti...» Mi squadrò: «Suor Candida l'avete già conosciuta... suor Fioretta...». La monaca massiccia tracciò un passo avanti e tornò al proprio posto. «Suor Agostina» continuò l'appello a una a una: «Suor Clarissa; suor Evangelica; suor Lucia; suor Vittoria; suor Celeste; suor Epifania; suor Caterina; suor Salvatrice; suor Domenica; e infine suor Maria Addolorata».

La vecchia mi scrutò ma non batté ciglio. Parve diventare più alta.

«Grazie per avermi accolto nella casa del Signore» abbozzai un debole sorriso.

«Alcune sono qui da molti anni, altre stanno ancora imparando... con il tempo imparerete pure voi.» Incrociò le mani eleganti sulla gonna.

Suor Aurora non c'è...

Suor Vittoria, suor Caterina e suor Salvatrice portavano il velo bianco. Erano novizie. Colsi nei loro sguardi curiosità e paura. Le stesse che provavo anch'io.

«Qua vige la regola del silenzio e di orari ferrei» mi esaminò altera: «"Per te il silenzio è lode" dice un salmo. E la lode è un suono che non fa rumore».

Annuii.

«La disciplina è un bene per i cuori deboli. Ve ne accorgerete presto...» proseguì: «E ognuna di noi ha un ruolo ben preciso. C'è chi si occupa della cucina, dell'orto, dei lavori inerenti il governo della casa, dell'amministrazione economica, dei canti, delle nostre api...».

«Api?» la interruppi.

«Certamente» mi squadrò stupita: «Abbiamo delle arnie preziose. Il miele è una delle incredibili gioie che ci ha voluto concedere Dio, quando concepì il creato».

Cosa faccio se suor Aurora non c'è?

Nel petto iniziò a premere una fitta prolungata. E l'angoscia prese a strisciare tra i labirinti bui della ragione.

«Nei giorni a venire capiremo quale occupazione affidarvi. Sono sicura che qualsiasi essa sia, il Signore vi riterrà all'altezza.»

Abbassai il capo e sbirciai le consorelle. Suor Evangelica conservava una certa briosità negli occhi, nonostante il pallore che le accomunava. Si avvide della mia attenzione e accennò un sorriso amichevole. Mi sentii rincuorata.

«Ora è giunto il momento di familiarizzare con i luoghi che abiterete.» Fece un cenno alla vecchia ossuta: «Suor Maria Addolorata...».

La donna si tese in ascolto.

«Sarà vostro il compito introdurla nella sua nuova vita.»

La monaca si staccò dal gruppo e mi si avvicinò senza guardarmi.

«Sapete in che modo procedere.»

Lei annuì devota.

«Non ho nulla da aggiungere» disse la Badessa.

«"Perché Egli parla e tutto è fatto, comanda e tutto esiste"» recitarono all'unisono.

Quel coro improvviso mi turbò.

Che diavolo significa?

Svelte si dispersero scomparendo al di là delle molte porte che si affacciavano al chiostro. Io e suor Maria Addolorata restammo sole. Il cielo era di un bianco trasparente. Un muro invalicabile sopra la mia testa. Le volte irradiate di una luce flebile.

La religiosa s'incamminò decisa. Non parlò. Non mi aspettò. Mi affrettai e la raggiunsi, stando a distanza. I passi risuonavano fuori misura come le ombre capaci d'ingrandire la realtà. Il suo respiro m'infastidiva. Sembrava quello di un animale ferito.

E poi soltanto silenzio. Fui sopraffatta dal silenzio. Il corridoio si distendeva a doppio angolo retto a formare un quadrato attorno alla corte. Sul lato nord si trovava il sedile della lectio, luogo in cui le monache si esercitavano nella lettura delle Sacre Scritture e, accanto, la chiesa. Sul lato sud, il calefactorium, la sola stanza riscaldata dell'intero monastero, il refettorio e la cucina. A est, la biblioteca, la sala capitolare, la sagrestia, e un'ampia rampa che portava al dormitorio del piano superiore. A ovest, il magazzino con le riserve delle provviste, l'alloggio della Badessa, e l'infermeria. La vecchia si diresse verso le scale e salì. Sotto la veste potevo intuire muscoli secchi e nervosi.

«Dove stiamo andando?» sibilai.

«Dice la Regola, stia ognuna nella propria cella meditando *die ac nocte* la legge del Signore e vegliando in orazione» rispose brusca.

Ero determinata eppure furiosa con me stessa. Cosa ci facevo là dentro, emarginata in un purgatorio ostile? Mi morsicai il labbro e strinsi i pugni fino a far sbiancare le nocche. Lo avevo fatto anche quando avevo rivisto il mio amato baglio dopo quindici anni. Allora era stato per la forte emozione. Adesso si trattava di rabbia. Un'insofferenza bruciante che mi procurava una repulsione fisica nei confronti di tutto ciò che mi circondava. E sfociava in una sorta di pigrizia ostinata che mi avrebbe voluta veder regredire per sempre nel grembo materno.

Le pareti s'innalzavano scure. Sentivo su di me la muffa e la sporcizia incastonate tra una lastra di pietra e l'altra. Le ragnatele sul soffitto pendevano negli angoli. L'umidità mi entrava nelle ossa.

La vecchia estrasse dalla tasca una grossa chiave: «Entrate e non fate rumore».

Scalpitai. O meglio, la mia indole mi avrebbe portata a scalpitare. Ma Elda, l'obiettivo finale, valeva più dell'orgoglio. Perciò mi forzai a non controbattere.

Entrai piano guardandomi intorno. Lo spazio si presentò spoglio e contenuto. Un piccolo tavolino di legno, la Bibbia, una candela, un letto stretto addossato al muro, il crocifisso, e una finestra incastonata nella muratura in una sorta di conca ovale. L'unico elemento accogliente della stanza, mi fece pensare, chissà perché, a una culla.

All'improvviso udii chiudersi l'inferriata alle mie spalle. La serratura si animò e la vecchia scomparve. Svelta, lasciai cadere la valigia a cui ero rimasta ancorata e incollai il volto alle sbarre. Con la coda dell'occhio la vidi allontanarsi come uno spirito cupo. Faceva un gran freddo e i denti presero a battermi fuori controllo. Perseguitata dal rigore del silenzio, non osavo gridare, chiedere, chiamare. Restai per qualche attimo immobile. Una detenuta dell'anima.

E adesso che succede?

Mi sedetti sulla branda dura, priva di materasso. Appoggiate sulle doghe di ferro c'erano due stuoie di lana cotta e nemmeno un guanciale. Scrutai la valigia riversa sul pavimento e ringraziai il cielo che contenesse una coperta pesante. Mi ci avvolsi. Odorava di casa. Mi parai davanti al vetro della grata metallica. Lo sguardo poteva esplorare la vallata orlata di montagne color giallo ocra, le chiome degli alberi intinte di scarlatto, e le rocce cosparse qua e là come briciole o falsi indizi di chissà quale sconosciuto percorso. Mi parvero un ammonimento. Tu, viandante straniero, ricorda, in Sicilia, sotto sotto, la terra è tosta e non perdona.

Già... il perdono...

Immaginai i rumori assopiti tipici della stagione. Le castagne che cadono tra le foglie secche, l'incedere leggero di un animale selvatico che si prepara al letargo, il fruscio decadente di una natura a riposo. Tornai al mio bagaglio. Piano lo svuotai dei pochi averi concessi dall'esperienza claustrale, nascosi la marmellata tra i calzini e chiusi la porta di legno massiccio dietro cui era l'inferriata. La camera sembrò rimpicciolire.

Perché mi hai costretta qua dentro, santo Dio?

Saltellai, camminai avanti e indietro. Tentai di velocizzare la circolazione del sangue per riscaldarmi, invano. In compenso, lo stomaco iniziò a lamentare un certo appetito.

Mi affacciai nuovamente alla finestra e, questa volta, la aprii. Un vento corposo s'incanalò nell'antro ovoidale smuovendomi i capelli. Con le due mani esaminai la resistenza della grata, controllai la presenza di eventuali chiodi da svellere, perlustrai la facciata del monastero cercando una futura via di fuga.

Nulla. Era una fortezza inespugnabile. Per lo meno da questo versante. Mi sdraiai supina sul letto. Il ferro premeva contro le ossa. Fissai il soffitto.

«Secondo te cosa faremo da grandi?» aveva chiesto Elda un pomeriggio in cui ce ne stavamo stese sui sacchi di fagioli nella cantina di suo padre.

Don Carlo non aveva ancora infranto la spensieratezza della nostra giovane età, e quel giorno avevamo deciso di concederci un assaggio della vita degli adulti. Bere vino tanto da intontirci e tingerci la lingua di rosso.

«Sarò una cacciatrice nelle terre dell'Africa occidentale» avevo risposto con le gote vermiglie.

«Dico sul serio» aveva ribattuto severa.

Mi ero azzittita osservando i mattoni a vista sopra le nostre teste.

«Credo che... ecco...» prendendo coraggio: «Mi piacerebbe custodire i sogni delle persone e far sì che non se li dimentichino».

Elda aveva sorriso: «Lo sapevo».

«Che cosa?»

«Che saremo amiche per sempre» aveva bevuto un sorso dalla bottiglia. Poi me l'aveva passata.

«Pure io già lo sapevo.»

Un rivolo bruno era uscito dal fiasco scendendomi sul collo e impregnando d'alcol una ciocca compatta.

«E dove li metteresti?» aveva domandato.

«I sogni?»

Aveva annuito.

«In un luogo lontano ma anche vicino» avevo bisbigliato con il fare del mistero.

Elda aveva stretto gli occhi a fessura accennando una smorfia: «Mi stai facennu fissa?».

«Non ci penso proprio» avevo ridacchiato spavalda.

«E allura?» strattonandomi goffa: «Eddove?». I quattordici gradi del vinello avevano acuito la sua impazienza.

Ci eravamo guardate da vicino. Come due felini che si annusano e si riconoscono. E, repentine, quasi fossimo state l'una l'immagine riflessa dell'altra, avevamo sollevato l'indice della destra picchiettandocelo sulla tempia.

«Qui dentro» avevamo sussurrato all'unisono.

La strana alchimia che ci accomunava aveva sorpreso noi per prime, e ci eravamo abbandonate a una fragorosa risata. Avevo assaggiato un legume crudo per sputarlo subito dopo, disgustata. Un topolino color avorio era sgattaiolato tra i barili. Avevo tentato di centrarlo con una manciata di fagioli secchi, fallendo per via della vista ormai offuscata.

«Me la fai una promessa?» aveva chiesto Elda con la sua voce cristallina.

«Adoro le promesse, lo sai.»

«Se un giorno, fra molto tempo, dovessi scordare il mio sogno, ci sarai tu a ricordarmelo?»

Avevo provato una fitta al petto e le parole non mi erano uscite di bocca. Eravamo troppo acerbe per cogliere a pieno ciò che ci stavamo dicendo. Eppure, nello scantinato caldo che odorava di polvere e tannino, l'istinto aveva sopperito a qualsiasi tipo di comprensione scatenando in me una reazione fisica immediata.

«Te lo prometto, Elda» mi ero scostata un grumo di riccioli spettinati: «Adesso, però, dimmi qual è il tuo sogno».

Lei aveva sospirato inclinando il viso. Ero certa si trattasse di qualcosa d'importante.

«Sperare di non dimenticarlo mai.»

Il suono di una campanella lontana mi destò di soprassalto. Lanciai un'occhiata ai quattro lati della camera riprendendo coscienza di dove mi trovassi.

Che ore si saranno fatte?

La campana proseguì per alcuni rintocchi. Mi alzai svelta. La bocca impastata dal sonno e la mascella indolenzita. Porta e inferriata si aprirono.

«È l'ora del pranzo» mi sorrise suor Evangelica ergendosi in tutta la sua statura.

«Grazie» abbozzai rassettandomi alla meglio.

«Oh cielo...» esclamò squadrandomi dal basso verso l'alto: «Ma non ti hanno dato da cambiarti?».

Mi strinsi nelle spalle e scossi la testa.

«Aspettami un momento» uscì in un balzo.

Osai qualche passo e la spiai correre lungo il corridoio, fino in fondo, dove attraversò una porta che non potevo vedere. Nell'attesa ripiegai la coperta e mi allacciai la stringa di uno scarponcino. Uno spiffero d'aria gelida s'insinuava dall'infisso malridotto. Nelle lunghe notti silenziose non sarebbe stato un ospite gradito. Suor Evangelica ricomparve con lenzuola, guanciale, e la veste che avrei dovuto indossare.

M'illuminai: «Grazie per il cuscino...».

«Io senza, proprio non ci riesco a stare. Soffro di un terribile torcicollo.»

Mi aiutò a sistemare il letto.

«Adesso vestiti, ti attendo fuori» e aggiunse: «Dobbiamo fare in fretta. La Badessa non tollera i ritardi».

Fui rapida. Non tanto per l'orario, quanto per il grande freddo. Mi spogliai degli abiti civili e mi tuffai a capofitto nella scomoda realtà che avevo cercato. Il tessuto pungeva a tratti, sulla schiena e sulle spalle. Forse a causa delle cuciture grossolane. Era nero con la vita segnata da un sottile laccio di corda. Mi sentii nuda.

«Eccomi» la raggiunsi.

Lei fece un cenno con il capo e insieme ci incamminammo. Il refettorio profumava di verdure e menta. Lo stomaco mugugnò ancora. Le religiose erano sedute sulle panche intorno a due grandi tavoli rettangolari.

Suor Celeste leggeva in mezzo alla stanza: «"Sono imputridite e marcite le mie piaghe per la mia stoltezza. Misero io sono e curvo sino all'estremo, tutto il dì me ne vo contristato"...».

La sua voce si propagava nel silenzio. Fasci di luce fendevano l'aria attraverso finestroni alti. Suor Evangelica m'indicò il posto e facendo uno strappo alla regola, mi parlò.

«Ricorda, una dieta controllata aiuta a dominare il flusso dei pensieri» bisbigliò e si diresse verso la tavola vicina.

Mi sedetti compita accanto a suor Vittoria e a suor Salvatrice. Cinte dai voluminosi veli bianchi non si arrischiarono a distogliere lo sguardo dai propri piatti.

«"I miei lombi son pieni di fiamme, e non v'è sanità nella mia carne. Son battuto e fiaccato oltre modo, ruggisco per il gemito del mio cuore"...» continuava suor Celeste.

Mi guardai intorno di sottecchi. Non una monaca osava il contatto visivo con me o con una consorella. Mangiavano composte come statuine di porcellana. E il minimo azzardo avrebbe corrotto la sospensione perfetta in cui sembravano essere immerse. Sole con loro stesse e unite a Dio soltanto. Ciò che m'inquietò, tuttavia, quella prima volta nel refettorio del monastero, furono i teschi. Ai due poli opposti della tavola poggiavano due crani ossei intatti, lucidi quasi qualcuno li avesse cosparsi di cera. Nessuna pareva esserne turbata. Io lo fui. Perché il messaggio era lampante: con il cibo scampiamo alla morte ogni giorno. La morte, però, vigila e attende la tua ora.

Assaggiai la zuppa. Non molto calda, ma saporita. Certo, ne avrei apprezzate altre tre porzioni. Seppi accontentarmi. La guerra mi aveva bene addestrata.

«"Giacché l'iniquità mia io confesso, e m'angustio per il mio peccato"...» le parole di suor Celeste risuonavano monotone.

Provavo a non ascoltare e mi concentrai sul lieve tintinnio che producevano i cucchiai a contatto con le scodelle.

Come fanno a vivere giornate uguali, senza brio... fino alla fine?

Scossi la testa tra un boccone e un sorso d'acqua.

In che modo ci è riuscita Elda, in tutti questi anni?

La Badessa Madre alzava il capo di quando in quando a controllare. Poi lo riabbassava e si alimentava con lentezza. I gomiti stretti ai fianchi, la schiena dritta, il tovagliolo posato sul grembo. Il rigore della sua buona educazione non consentiva margini d'errore.

Forse è una nobile ripudiata dalla famiglia? Una di troppo con la quale dover spartire l'eredità...

Tornai sul piatto e rallentai i bocconi cercando di illudermi che la zuppa fosse abbondante. Lo stesso faceva suor Caterina, seduta di fronte a me. Ci scambiammo un sorriso d'intesa fugace. Doveva avere suppergiù la mia età.

Cosa l'ha spinta a entrare qua dentro?

«"Non m'abbandonare, Signore: Dio mio, non t'allontanar da me. Accorri in mio aiuto, o Signore, Dio della mia salvezza"» suor Celeste si azzittì per qualche istante vagliando un nuovo salmo tra le pagine.

All'improvviso l'espressione di suor Caterina mutò. Divenne scura in volto, di un colore livido che mai avevo veduto. Un rivolo di minestra le sgorgò dall'angolo della bocca e gli occhi si ribaltarono all'indietro mossi da piccole scosse delle palpebre. Spasmi violenti e asimmetrici la fecero sussultare, il piatto le si ribaltò addosso, e in un tonfo cadde sul pavimento. Un brusio concitato si levò nella sala.

La Madre Superiora corse verso la donna, gridando: «Non toccatela, non toccatela». S'inginocchiò in evidente agitazione.

«Madre, mettiamola in posizione fetale» dissi avvicinandomi.

Suor Caterina si contorceva ancora.

«Non è la prima volta. Dura poco... poi si riprende...»

«Dobbiamo girarla. Adesso!» insistetti.

Un nugolo di monache ci si radunò attorno.

«Svelta» ordinò la Badessa a Fioretta, accorsa dalla cucina.

A fatica la prendemmo per le braccia, la suora massiccia per le gambe e la posizionammo su un fianco. Le ficcai le dita in bocca e la liberai dai resti di cibo e dal vomito che le impedivano il respiro. Suor Caterina perdurò nelle convulsioni con i muscoli tesi e la mandibola stretta quanto una tagliola.

«Non è mai durata tanto...» considerò la Badessa.

«È una crisi epilettica. Non possiamo fare molto.»

Il corpo di suor Caterina smise di dibattersi brusco. La pelle del viso tornò rosea e gli occhi si riaprirono. Mi fissò frastornata.

«Ciao suor Caterina» le sorrisi accarezzandole le gote: «Bentornata».

Lei aprì la bocca e s'inumidì le labbra perlustrando le figure affacciate sopra la sua testa.

«Occorre misurarle la temperatura» affermai.

«Suor Epifania, portate un termometro, presto» tuonò la Badessa.

La religiosa annuì e si allontanò. Suor Fioretta aiutò suor

Caterina a rialzarsi e a mettersi sulla panca. Le sedetti accanto. Le mani erano umide di sudore.

«Come vi sentite ora, cara?» chiese la Badessa.

«Bene, madre» rispose con un filo di voce: «Non ricordo cosa sia successo». Mi interrogò con una nittitazione accelerata.

«Hai avuto una crisi convulsiva... ne soffri da molto?»

«Alcuni anni» deglutì a fatica: «Anche se sono peggiorate...».

Suor Epifania riapparve con il termometro. La novizia se lo mise sotto l'ascella.

«Febbre non ne ha» lo esaminai dopo una manciata di minuti: «Ma il battito è lento. Ipoglicemia. Non so quale sia il tipo di alimentazione qui...». Scrutai la Madre Superiora che resse lo sguardo.

Le monache invece lo abbassarono.

«... ma ha bisogno di zuccheri. In abbondanza.»

«Provvederemo» si pronunciò la Badessa.

«Adesso, madre.»

Lei parve raggelarsi per un tempo indefinito. Infine si voltò verso suor Fioretta e la istruì con un cenno deciso. La monaca si frugò in tasca e mentre si allontanava vidi comparire una chiave.

«Bene, sorelle, non c'è niente da guardare. Tornate ai vostri posti » percepii una certa insofferenza.

Le donne obbedirono. Ci fu chi rimase a capo chino, chi terminò le ultime cucchiaiate di zuppa ormai fredda, chi restò vigile con l'attenzione rivolta alla porta della cucina finché ne uscì suor Fioretta che marciò verso la poverella con un grosso barattolo bianco. Giunta davanti a suor Caterina, lo aprì e vi immerse un mestolo di legno. Nel silenzio, il picchiettare dei granelli zuccherini rovesciati in un bicchiere intonò un suono di pura allegria. Suor Caterina sembrò ipnotizzata e agì per istinto intrappolando sotto il polpastrello dell'indice qualche granulo sfuggito sul tavolo. Rapida se lo portò alla bocca e arrossì non appena si accorse dell'espressione severa della Badessa. Versai dell'acqua e miscelai lo zucchero con il manico del cucchiaio.

«Bevi» le porsi il bicchiere.

Suor Caterina lo impugnò con le due mani, come fanno i bambini e, inaspettatamente, non ebbe la stessa foga dimostrata per quei pochi frammenti rubati. Lo avvicinò, anzi, con una certa solennità. Lo osservò a lungo. Si fece il segno della croce, e solo allora lo sfiorò con il labbro superiore.

Da quanto non mangiava dello zucchero?

Bevve a piccoli sorsi, strizzando le palpebre e facendo ristagnare a lungo il liquido dolce prima di deglutirlo. Quando le riaprì apparve oltremodo rinvigorita. E non riusciva a mascherare un sorriso persistente.

Con la coda dell'occhio scorsi suor Epifania piangere. La vidi di profilo, seduta alla tavola accanto, con i palmi giunti in segno di preghiera.

«Ne dovrà assumere almeno due porzioni, tre volte al giorno, madre... se vogliamo scongiurare una nuova crisi» informai la Madre Superiora.

«Bene...» affermò pacata. Poi si rivolse alla donna: «L'importante è che vi sentiate meglio».

Il suono di una campanella sancì la fine del pranzo.

«"Perché Egli parla e tutto è fatto, comanda e tutto esiste"» recitarono in coro le monache. Si alzarono e in fila indiana uscirono dal refettorio.

E adesso dove si va?

La Badessa aspettò di trovarsi sola con me nella stanza ormai vuota. A parte suor Celeste che sparecchiava e ammucchiava le stoviglie sporche su un carrellino di legno e ottone.

«Il vostro nuovo nome sarà suor Grazia.»

Annuii.

«Spero vi piaccia e vi faccia percepire la vicinanza di Dio.»

«Certo, madre. Grazie.» Mi congedai con scarsa eloquenza e imboccai il lungo corridoio incerta su dove dirigermi.

Le altre si erano volatilizzate. Proseguii alla cieca per alcuni metri e venni affiancata da suor Maria Addolorata. Presa alla sprovvista, non riuscii a contenere un accenno di spavento. Lei non se ne curò.

«Andiamo» disse perentoria.

Ora tenni il passo e non rimasi indietro. Ci avviammo verso l'ala est e salimmo nuovamente le scale. Ci fermammo davanti alla mia cella.

Ancora qui dentro?

La suora girò con vigore la chiave nella serratura dell'inferriata. Aprì la porta di legno e m'indicò di entrare.

«Perché mi tenete chiusa in camera?» ostentai sicurezza.

Mi guardò per qualche istante, forse sorpresa dalla mia intraprendenza.

«Sono gli ordini» rispose secca.

Richiuse le sbarre e se ne andò.

«Cosa farò per il resto del tempo? Sono entrata in monastero per dare un contributo alla gloria del Signore!» gridai.

«E allora prega» parlò senza voltarsi.

Mentre camminava, non emetteva rumori. Sembrava levitare sul pavimento. Sbattei la porta in un gesto di stizza.

Beh, Ada... come primo giorno non c'è da lamentarsi!

Il botto riecheggiò nel silenzio.

Perché la Badessa mi tiene sotto controllo? Possibile abbia già scoperto la verità sul mio conto?

Frugai tra le calze e agguantai il vasetto di marmellata alle prugne.

«Tanto vale mangiarsela subito...» Il tappo scoccò.

Non vorrei che me la sottraessero, dal momento che nulla di dolce pare sia concesso.

Mi riempii la bocca e svuotai mezzo barattolo. Fui soddisfatta.

La giornata trascorse in totale solitudine fino a sera. Il freddo persistette insopportabile. Nessuno si palesò nelle vicinanze della mia cella. Dalla finestra incastonata nella pietra vidi la luna tingere di argento la campagna circostante. Mi sgranchii i muscoli e riaprii la porta massiccia. Afferrai le sbarre e perlustrai il passaggio. Vuoto.

Dove sono andate a finire tutte quante?

Mollai la presa e mi annusai le dita. Sapevano di metallo sporco. Mi piazzai sul letto e fissai il soffitto. Avevo ancora appetito.

Ho capito che la lotta contro la fame sarà una bella battaglia, qua dentro.

Uno strano tintinnio attirò la mia attenzione. Proveniva dal corridoio. Sollevai il busto e restai in attesa per qualche secondo. Non sopraggiunse nessuno. Qualcosa mi parve luccicare sul pavimento illuminato dalla fioca luce delle candele a muro. Con un guizzo mi avvicinai all'inferriata.

Cos'è?

Mi accovacciai a terra.

Un bottone prezioso?

Dapprima mi guardai attorno.

Qualcuno l'ha perduto per errore o l'ha lasciato di proposito?

Poi sporsi un braccio, tendendolo fino a farmi male, ma non riuscii a raggiungere l'oggetto luccicante. Svelta girai lo sguardo per la stanza in cerca di una soluzione. Scandagliai la valigia, le doghe in ferro, i pochi indumenti. Infine fissai la parete. E Dio accorse in mio aiuto.

Il crocifisso.

Salii sul letto, lo liberai dal chiodo e lo allungai attraverso le sbarre. Strisciando il Cristo in croce sul pavimento avvicinai a piccoli colpi l'affarino, che lentamente prese forma.

È una moneta... d'oro.

Afferrai il quattrino e chiusi la porta di legno. Lo avvicinai alla candela accesa appoggiata sul tavolo e un fremito mi colse.

Su un lato era inciso il numero ventuno. Trattenni il fiato. Sul lato opposto vidi raffigurata una civetta.

La stessa del rosario che indossava don Carlo il giorno in cui aveva perso la vita per mano mia.

16
La formatrice

Quella notte dormii sopraffatta da un sonno febbrile. Sudai nonostante la bassa temperatura e i muscoli indolenziti parevano un groviglio di stracci. La moneta l'avevo riposta al sicuro, per quanto potesse esserlo nel monastero in cui mi ritrovavo ad abitare. Come luogo segreto, una cavità dietro al crocifisso, a contatto con la parete.

Che la provvidenza mi assista.

Alle 5.30 sentii bussare con due colpi secchi delle nocche. Lo stesso suono si ripeté sulle porte delle celle adiacenti alla mia, e lungo l'intero corridoio. Si trattava di suor Epifania, l'addetta alla sveglia quotidiana di noi consorelle. Spalancai gli occhi intorpidita dal freddo e sbirciai il cielo ancora buio. Mi trascinai fuori dalla coperta e m'infilai la veste nera. Una forte impellenza di urinare mi premette in mezzo alle gambe. La vescica tanto gonfia e dura sembrava una borsa di acqua calda.

Ecco, ci vorrebbe proprio la borsa dell'acqua calda in 'sto gelo maledetto!

Infilai gli scarponcini e aprii la porta. L'inferriata era chiusa a chiave.

Non ce la faccio...

Iniziai a considerare la reale possibilità di non resistere e farmela addosso. Valutai persino l'idea di usare il barattolo mezzo pieno di marmellata alle prugne, quando, all'improvviso, comparve davanti a me la Badessa.

«Buongiorno, suor Grazia» infilò la chiave nella serratura e aprì le sbarre: «Spero abbiate dormito bene».

«Sì, madre, molto bene» mentii cercando di mascherare l'urgenza.

Un bagno. Datemi un bagno...

«Vi informo che il consiglio ha deciso. Sarete responsabile dell'infermeria.»

Lo immaginavo...

La guardai sbattendo le palpebre: «Ma io non sono...».

M'interruppe: «Sappiamo che non siete un medico, certo. Tuttavia avete agito in maniera molto capace ieri con suor Caterina. E soprattutto, non avete mostrato panico. È un ottimo inizio».

Irrigidii le cosce e inclinai leggermente il busto in avanti.

«Con un po' di studio diventerete un'infermiera perfetta. Le basi le avete già imparate in guerra, no?»

Annuii.

«Tra poco incontrerete la vostra formatrice.»

«Formatrice?»

«Sì, la suora maestra che ha cura delle nuove arrivate. Dall'ingresso fino alla professione definitiva dei voti.»

Il cuore prese a battere in modo irregolare. E la pressione sulla vescica gonfia scomparve per incanto.

La mia voce suonò spezzata: «Come si chiama?».

«Lo vedrete, è una monaca di grande esperienza...»

Il sudore mi si condensò nel solco sottonasale.

«Il suo nome è suor Aurora.»

Suor Aurora... ha detto suor Aurora!

Avrei voluto gridare.

«Ora sbrigatevi, ci sono le lodi nel coro della chiesa» si allontanò.

Io chiusi le palpebre e avvertii ogni cellula del mio corpo scoppiare.

Quando uscii dal bagno vidi suor Aurora in attesa nel corridoio. Occhi grandi, guance coperte da una leggera peluria bionda, e sotto l'abito monacale un seno abbondante, lo s'intuiva. Pareva aver superato i cinquanta da un po'. Mi venne voglia di abbracciarla. Non lo feci, per ovvie ragioni.

«Mi dicevano che eri bella...» mi sorrise sincera: «Una siciliana atipica».

Mi strinsi nelle spalle fissando il volto della donna che tante volte Elda aveva citato nelle sue lettere. Quanto avrei desiderato dirle tutto. Chiederle la verità sulla sorte della mia amica perduta. Pianificare una strategia e una via di fuga. Ma non era il momento. Non poteva ancora esserlo. La fretta non aiuta mai.

«Andiamo... avremo molte ore da trascorrere insieme.»

La seguii.

«L'hai già vista?»

Chi, per l'anima di Dio?!

Dovevo aver assunto una strana espressione, perché suor Aurora si fermò e mi posò una mano sulla spalla.

«Ti senti bene?»

«Sì... è stato un piccolo giramento di testa» minimizzai evasiva: «Forse per via dell'orario. Non sono solita svegliarmi tanto presto».

«Poco male, ti ci abituerai alla svelta.» Proseguimmo giù per le scale: «Dicevo, ti hanno già portata nella nostra piccola basilica?».

«No.»

«E cosa ti hanno mostrato durante l'arco dell'intera giornata?»

«Non molto, per la verità.»

«Uhm... capisco» cercò di dissimulare il suo disappunto: «Beh, oggi recupereremo. La recita delle lodi ti piacerà, ne sono sicura». Il petto si alzò e si abbassò per un'enfasi di gioia: «È il momento in cui il canto dell'uomo si unisce con quello della natura».

Raggiungemmo l'ala nord passando davanti al sedile della lectio.

«Siediti qui» m'indicò la panca in legno pregiato: «C'è il rito della lavanda dei piedi».

Obbedii e mi tolsi gli scarponcini.

«Lo so, è una pratica che può sembrare antiquata...» sorrise: «I monaci vi si sottoponevano nel Medioevo... ma a noi piace omaggiare il ricordo del gesto di Gesù verso gli apostoli prima dell'ultima cena». Avvicinò una tinozza e un boccale di ceramica.

Immersi i piedi scalzi nell'acqua.

«"Notte, tenebre e nebbia, fuggite: entra la luce, viene Cristo Signore"» recitò investendomi del getto freddo per tre volte. «Sai, quest'ala del convento guarda a mezzogiorno, il punto in cui il sole è più alto, e tarda a svanire quando si fa sera. Il nord rappresenta la virtù dell'amore di Dio... nulla è casuale in un monastero.»

L'ascoltai asciugandomi i piedi con una pezza.

«Lo fate ogni mattina?»

«Solo il sabato» rispose rigorosa appiattendo il labbro superiore: «Adesso andiamo. Totale silenzio, mi raccomando».

Le suore erano disposte contro gli inginocchiatoi allineati lungo la navata centrale. Alcune tenevano le mani giunte all'altezza dello stomaco, altre vi ci accostavano il mento e sussurravano qualcosa con le palpebre socchiuse.

«"Salvami, o Dio, perché sono penetrate le acque sino all'anima mia; e sono immerso nel fango profondo e non c'è un punto d'appoggio"...» recitò suor Clarissa vicino all'altare.

La struttura a croce latina aveva tre navate imponenti delimitate da due lunghe file di pilastri di tufo calcareo sui quali poggiavano archi ogivali. L'abside brillava di pregevoli mosaici d'influenza bizantina, e un grande rosone lasciava filtrare il chiarore esterno che si spandeva in filamenti preziosi. Il fondo era schermato da una grata intarsiata in legno che dal pavimento raggiungeva il soffitto. Là venivano accolti ospiti e parenti durante le cerimonie di vestizione delle novizie. La Badessa mi salutò con un cenno del capo impercettibile, che ricambiai. La osservai meglio e mi accorsi che era l'unica tra le monache a non condividere quel pallore che, lo sapevo, presto avrebbe contagiato anche me. La sua pelle, nonostante l'età, sembrava fresca di rugiada.

Io e suor Aurora ci posizionammo in terza fila accanto a suor Domenica e suor Agostina. Al salmo introduttivo seguirono il Gloria al Padre e l'Alleluia. Un inno, un cantico dell'Antico Testamento, un'antifona, il Padre Nostro, e un'orazione conclusiva. Assistetti all'intera celebrazione goffamente. La mia poca confidenza con la preghiera denotava quanto fossi arrugginita.

Mentre ci accingevamo al congedo finale ripensai all'omelia di suor Clarissa appena ascoltata. «Care sorelle, nei momenti bui rievocate l'ascensione che vi ha spinto a prendere i voti perpetui. Perché soltanto con la memoria della vostra scelta, potrete perseverare nell'impegno quotidiano, senza remore e senza indugio.»

Funziona davvero così? Voglio dire, per una religiosa convinta, basta credere per non vacillare?

«Ora, suor Grazia mettiti comoda» bisbigliò suor Aurora: «Resteremo in meditazione per un'oretta, poi verrà celebrata la Santa Messa, e finalmente sarà il momento della colazione» strizzò l'occhio.

Non tutti hanno scordato un po' d'ironia qua dentro...

Durante il raccoglimento, il cervello mi si affollò di sollecitazioni contrastanti. Ricordai il fervore dell'infanzia, allora che la fede irrorava ogni parte di me con una tale potenza da farmi sentire leggera. All'epoca, potevo dire di averlo sperimentato, l'assoluto di cui parlavano adesso tra queste mura. Una cieca esaltazione del divino nella totale incoscienza del tempo, delle cose, della precarietà della vita. E insieme rammentai la rabbia che era giunta in seguito, quando l'avevo persa. Quando ero stata depredata delle mie acerbe certezze e non avevo più saputo riconoscermi come creatura degna d'amore.

Chi sarei oggi se non avessi incontrato don Carlo?

Il sacerdote che arrivò per la funzione, don Giovanni Battista, era dotato di una figura insolitamente possente, capelli nero corvino, e un neo marcato gli risaltava sullo zigomo destro. Il suo era uno sguardo torbido e magnetico.

«Il Signore ci benedica, ci preservi da ogni male e ci conduca alla vita eterna» disse.

«Amen» rispondemmo in coro.

Alle otto e un quarto ci sedemmo a tavola per gustare del caffè annacquato e un tozzo di pane integrale. Una campana suonò quindici minuti più tardi.

«Vieni» m'invitò suor Aurora: «Fino all'Ora sesta abbiamo del tempo tutto per noi».

La prima tappa fu la cucina adiacente al refettorio.

«L'ala sud, dalla quale si guarda alla notte, simboleggia il disprezzo del mondo.»

«Le suore disprezzano un luogo creato da Dio?»

Suor Fioretta stava svuotando il carrello e immergendo i piatti nel lavabo colmo d'acqua e sapone. Le mani erano rosse per il freddo e il grembiule che indossava sopra la veste scura mostrava aloni giallognoli di unto e sbaffi di carbone.

«No, suor Grazia. Ciò che rifuggiamo non è il mondo, è la vita mondana. C'è una grossa differenza.»

Sul tavolo centrale erano sparsi rimasugli di verdure dell'orto lavate e tagliate a pezzi per la zuppa del pranzo. Per il resto, la stanza appariva in ordine. Quasi in disuso. La suora massiccia non si curò della nostra visita. Continuò la propria routine, impassibile. Soltanto quando ci accingemmo a uscire la vidi scrutarmi gli scarponcini con una certa bramosia.

«La fuga mundi in realtà non è il contemptus mundi, cioè il disprezzo del mondo, per l'appunto. Noi ci distacchiamo dal mondo per ritrovarlo attraverso l'ospitalità.»

«Ci sono ospiti qui?» sondai con un trillo della voce che non riuscii a controllare.

Sorrise: «Noi inseguiamo Cristo per ricevere Cristo, suor Grazia. Seguirlo ci trascina fuori dal mondo, è così; ma il mondo torna a noi attraverso le postulanti in cerca dell'essenziale. La conversione a Dio».

Ci dirigemmo verso il calefactorium. Un grosso camino aperto sui quattro lati riscaldava l'ambiente raccolto. Non ne avevo mai veduto uno simile. Quattro colonne sostenevano la base della canna fumaria, e, al centro, su un'ampia lastra di pietra sferica, ardevano tocchi di legno in fiamme. Non so perché, mi venne in mente Cleopatra. La immaginai stesa al caldo su cuscini ricamati nelle sere d'intemperie. Mi scappò una risata.

«Che c'è?» domandò curiosa suor Aurora.

«Oh...» mi ricomposi. «Nulla, un ricordo lontano» mi tolsi dall'impaccio.

«Se ne occupa suor Fioretta, di tenerlo acceso» osservò il fuoco vivace: «E guai a chi lo tocca. Anni addietro, la domenica, si benediceva con l'acqua santa».

«E non si fa più?»

«In quaresima.»

Fissammo la fiammata in silenzio. Non mi pareva vero, poter godere di un tepore insperato.

«Faccio un po' di confusione, sai...»

«Riguardo a?»

«La faccenda delle Ore...»

Fu contenta di rispondere: «Dunque, i momenti di preghiera sono sette» mi mise alla prova: «Lo sai il perché?».

Presa in contropiede rimasi muta per qualche istante. Poi scossi il capo.

«La Sacra Scrittura, bella... Si parte da zero con te...» mi rimproverò bonariamente sgranando gli occhi: «La Sacra Scrittura, suor Grazia, dice "sette volte al giorno io ti do lode"... perciò si inizia con le lodi, lo abbiamo visto, si procede con la preghiera dell'Ora terza, cioè delle nove del mattino; la preghiera dell'Ora sesta, alle dodici; e la preghiera dell'Ora nona alle tre del pomeriggio... mi sono spiegata?».

«Sì» ascoltai attenta.

«Costituiscono le recite dell'Ora media. Infine si prosegue con il vespro e la compieta. E prima che tu me lo chieda, la compieta è l'ultima preghiera che precede il riposo notturno.»

Le sorrisi.

«A ogni modo, lodi e vespro sono i cardini della liturgia delle Ore.»

Ci accingemmo a entrare nella sala capitolare, nell'ala orientale del monastero. Volte a stella intagliavano il soffitto di un movimento sopraffino. I raggi mattutini filtravano attraverso un rosone centrale ai lati del quale due finestre con vetrate figurative trasformavano lo spazio in uno scrigno policromo di luce. Al di sotto troneggiavano dei sedili intarsiati, e alle estremità della stanza erano addossate alle pareti delle panche di legno rosso.

«Quello grande è riservato alla Badessa. L'altro, lo occupa suor Clarissa, l'addetta alle letture» precisò.

Mi sistemai sulla panca a destra e sospirai: «Si respira grazia, qua dentro...».

«Già... per chi ancora la sa riconoscere» disse senza pesarne l'intenzione.

Cosa nasconde questo convento?

Mi morsi il labbro.

Sembra conoscerlo a fondo...

«Qui hanno sede le assemblee delle monache, si elegge la nuova Badessa quando quella in carica viene a mancare, si consultano i capitoli della Regola, ci si raduna per la compieta.»

«È tanto che vivi in clausura?» cambiai ragionamento.

Si sedette accanto a me.

«Sai, non ricordo molto della vita fuori...» volse la testa verso i riflessi dorati.

I suoi occhioni buoni, lo sono per davvero?

«Il lato est, dove sorge il sole, ci fa riflettere sul suo opposto, il tramonto e rappresenta la virtù del disdegno di sé. Tienilo bene a mente, l'autocritica è il mezzo attraverso il quale migliorarsi.»

Quando suor Aurora parlava, emanava un luccichio non visibile ma udibile. Come se, nel formulare le parole, la lingua, a contatto con i denti e la saliva, provocasse piccoli schiocchi tra una sillaba e l'altra. Mi piaceva la sua erre moscia. Mi trasmetteva una sensazione di pacatezza. Così osai.

«Hai mai avuto una preferita?»

Lei mi freddò con uno sguardo di fuoco.

«Non esistono preferibili agli occhi del Signore.»

«Preferibili forse no, ma preferite sì...»

Sto esagerando?

Si alzò di scatto e si chiuse come un bruco che rifiuta di trasformarsi in farfalla.

«Andiamo» lanciò un'occhiata all'orologio a muro: «Se vogliamo dedicarci al lavoro dobbiamo far presto, non manca molto al pranzo». Uscimmo dalla grazia e ripiombammo nei toni cupi a cui faticavo ad abituarmi.

Passammo nei pressi della sagrestia ma non entrammo. E finalmente giungemmo davanti al luogo che m'interessava maggiormente. La biblioteca.

«No, bella. Non è il momento. Magari dopo» abbozzò sfuggente affrettandosi lungo il corridoio.

Camurrìa!

Aprì una porta: «Ecco l'infermeria».

Di male in peggio...

La stanza era lunga e stretta. Poco illuminata. La più infelice dell'intero monastero.

O almeno così pensavo...

«Da oggi diventerà la tua seconda casa.» Fece segno di accomodarmi.

Accennai qualche passo. Mi s'irrigidirono le labbra.

Serrò le mani e mi scrutò: «Ci sono testi accademici, medicinali, disinfettanti, utensili professionali, garze... dovrebbe esserci tutto l'occorrente».

Continuai a contemplare lo spazio intorno a me. Assente.

«Ti vedo scontenta... c'è qualcosa che non va?»

Accidenti, quando imparerò a mascherare le emozioni?

«No, suor Aurora...» dissimulai: «Spero solo di non deludere le aspettative di un tale ruolo».

«Se si mostra impegno, non si delude mai» mi rassicurò: «E poi, l'ovest, è il versante del tramonto e dell'amore verso il prossimo. Qui si opera la carità nei confronti di chi soffre e si rivolge la mente verso il suo opposto, il sole che albeggerà. Un nuovo giorno è sempre una vittoria divina».

Curiosai dentro l'armadietto bianco a quattro ante. Boccette scure di varie misure erano allineate in ordine decrescente di grandezza. Su ognuna, un'etichetta con delle iniziali.

«Cosa sono?»

«Per quelle ti devi consultare con suor Salvatrice. È l'esperta di erbe medicali, infusi, tinture madri...»

«Ne posso aprire una?»

«Certo, bella» acconsentì compiaciuta dal mio entusiasmo.

Presi una tra le ultime della fila. Stappai il tappo di sughero e avvicinai il naso. Un intenso odore di radice invase le mie narici. Gettai indietro la testa e strizzai le palpebre.

Suor Aurora scoppiò a ridere: «È forte, vero?».

Annuii unendomi alla risata. Riposi la pozione e mi dedicai all'anta successiva. Mi paralizzai. Strani strumenti di tortura composti da catene, cinghie di cuoio e pungiglioni di ferro erano disposti sul ripiano. Li fissai immobile, d'impeto richiusi l'armadio e mi voltai verso di lei. Ci esaminammo in silenzio. Presi a balbettare senza riuscire a concludere parole di senso compiuto.

Mi si avvicinò. Io indietreggiai.

«Suor Grazia... non devi essere spaventata» avanzò ancora.

Continuai a sottrarmi al suo passo.

«La penitenza fa parte della Regola del monastero.» Lo pronunciò con un tono convincente, eppure abbassò il capo.

«Non dovrebbe essere il Dio onnipotente, l'unico a dover stabilire le sue punizioni?» dissi attanagliandomi la veste tra le mani.

«Vedi... è difficile comprenderlo per chi non è entrato a pieno nella mentalità della clausura... la penitenza, in realtà, non è una punizione impartita da altri» corrugò la fronte: «È un pratica autoinflitta per compassione...».

La interruppi con la voce in oscillazione: «Non è vero». Inalai un profondo respiro quasi stessi per immergermi sott'acqua: «Io non ci credo! È una scusa priva di senso. Dio non vorrebbe vedere soffrire i suoi figli...».

«Gesù è morto in croce.»

«E di sofferenza nella vita ce n'è abbastanza... non è sufficiente? La si deve provocare di proposito?» vibrai.

«Bella» guardò verso la porta: «Abbassa la voce». Mi strinse i polsi con la supplica negli occhi: «Non farti sentire da orecchie indiscrete, te ne prego» e aggiunse: «Non potrei difenderti».

La sincerità della sua affermazione stabilizzò il mio stato d'animo alterato, quietandolo.

Si è esposta, a parlarmi in questo modo...

«Solo il Signore ti è amico. Non te lo scordare» sussurrò a denti stretti.

Deglutii a fatica. Immaginai gli orrendi abusi subiti da Elda nel corso degli anni. Le ingiustizie, la solitudine, l'inclemenza.

«Perché?» domandai senza crollare.

Vidi lo sconcerto nel suo sguardo.

«Perché alla penitenza non si preferisce un atto d'amore?» incalzai.

«Bella, la tua è una lotta persa in partenza.»

Il freddo tornò a pungermi le ossa.

«Per noi monache, la penitenza è un atto d'amore. È la più alta dimostrazione d'amore che possiamo dedicare a Dio.»

Ingoiai il magone. «È così?» chiesi smarrita.

«È così.»

In silenzio uscimmo dall'infermeria. Da quelle pareti impregnate di dolore. La campana dell'Ora sesta suonò il suo richiamo ineluttabile. E come carcerate migrammo verso il refettorio.

Nel pomeriggio saltai la ricreazione e mi fu permesso di meditare in isolamento nella mia cella. Non feci altro che divorarmi le viscere per l'intollerabile senso d'impotenza che mi pervadeva.

Possibile che suor Aurora non abbia fatto niente per aiutare Elda?

Camminai avanti e indietro.

Perché non si è mai ribellata a un sistema malato?

Mi sedetti sul letto con la testa tra le gambe.

Cosa glielo ha impedito? Cosa ha temuto e teme da così tanti anni?

M'inginocchiai davanti alla finestra che portava in grembo una culla.

Elda, Elda... aiutami a capire...

Chiusi gli occhi.

30 maggio 1931

Cara Ada,
domani è il giorno tanto atteso. Il giorno della vestizione. Della cerimonia. Del velo bianco. Mi sposo, amica mia. Evviva. I preparativi incalzano e c'è fermento... lo stesso che si diffonde per una nascita. E il monastero sembra tramutarsi in un cuore pulsante.

Per volere della Badessa, una consorella ha faticato le ultime dieci notti, per produrre le candele necessarie a illuminare l'intera chiesa. Ci tiene molto. E noi novizie siamo pronte per essere accompagnate nel coltivare le virtù umane e cristiane. Per venir introdotte in un impegnativo cammino di perfezione attraverso l'orazione e il rinnegamento di sé. E per lasciarci guidare alla contemplazione del mistero della salvezza. È un'emozione difficile da descrivere a parole. Ne sono elettrizzata. Già...

A volte penso al tuo matrimonio. Eri bellissima. Ti ho trovata coraggiosa, sai. Non avrei mai saputo pronunciare la promessa eterna per un uomo di questa terra. Non so perché te lo dissi in quel momento. Nei pochi attimi prima che ti avviassi all'altare. Annunciarti il mio desiderio di clausura in una circostanza tanto inopportuna... non avrei dovuto. Non c'erano molte spiegazioni da dare. Dettagli su cui riflettere. La mia decisione fu cristallina quanto il tuo sguardo incrinato.

Mi hai fissato silenziosa. Ho osservato i fiorellini che t'acconciai sui capelli uno per uno. Ti sei sentita tradita. Posso affermarlo con certezza, perché mi sono sentita tradita pure io. Ma la nostra non è una partita a chi vince. È la vita. E solo con il tempo si arriva a capire che con la vita non si può scherzare. Con lei bisogna fare sul serio.

Il rischio è perdere se stessi.

Il capoverso e lo spazio bianco stanno a indicare che ho impiegato un po' a riprendere a scrivere. Non amo essere dura con te... significa esserlo con me stessa. A ogni modo, devo dirtelo. In questa lettera: d'ora in avanti, non levigare le ruvidezze che incontrerai. È un consiglio per il futuro. Ti sarà utile. Io lo so bene. Ruvida, la vita, lo sarà con me da domani a finire. E allora non ne avrò la forza, caso mai, per rammentartelo. Perciò lo faccio adesso. Prima del grande giorno. Prima della promessa. Perché tu, la giovane quasi sposa, non hai detto nulla in quel momento appena prima dell'anello nuziale. Quando potevamo cambiare, quando le frontiere del destino erano permeabili. Tu nulla. Stavi zitta e basta. Così, nella nostra gara d'orgoglio e cocciutaggine, sei passata in vantaggio. E io ho dimenticato il mio sogno. Chissà se invece avessi parlato. Ma in fondo è stata la grazia. Perché domani mi sposo, amica cara. Domani mi vesto di bianco. Alleluia. Il cielo canta. I ruscelli si animano di luce. Da domani l'aria non avrà lo stesso sapore che ha oggi. E tu sarai lontana. Ancora. Spesso canto la nostra canzone, ricordi, *jusu nta fosso, jusu nta fosso iu cado... e anche si nun mi pigghi, u mari rimane sempri azzurru...* Suor Aurora l'ascolta e dice sempre: «Quando il corpo ti abbandona, l'anima accorre in aiuto». In effetti è ciò che è successo a me. L'ho lasciato nel bosco, mi sono trasformata in particelle senza peso. Il corpo non sente più alcun torto.

Domani accolgo il Signore. Domani divento sua sposa. La Sposa del Signore.

Elda

«Jusu nta fosso, jusu nta fosso iu cado... e anche si nun mi pigghi, u mari rimane sempri azzurru...» canticchiai a voce bassa.

Mi manchi Elda, non sai quanto...

Avvertii una presenza alle mie spalle e mi voltai. Suor Aurora m'attendeva al di là dell'inferriata.

Mi avrà sentita?

Suonò la campanella dell'Ora nona. Era tempo di pregare.

«Va un po' meglio?»

«Certo» chiusi la cella e mi strofinai le mani per scongiurare il freddo indagando il suo volto in cerca di indizi.

Né io né lei imbastimmo alcun discorso. Ci accodammo nel coro della chiesa e ci raccogliemmo in preghiera. Io finsi di farlo.

«“Celebrate il Signore, perch’è buono, perché in eterno è la sua misericordia!”» recitò suor Clarissa.

Le monache sussurravano parole sacre e impercettibili con gli occhi socchiusi.

«Suor Aurora...» bisbigliai.

«Dimmi» mi lanciò un’occhiata.

«Devo andare al bagno.»

«Oh cielo, vai, bella.»

«Grazie.»

«Non ti perdi, vero?» aggiunse.

Scossi il capo sicura e uscii dalla chiesa. Come un’ombra mi avviai lungo il corridoio.

Non mi perdo...

Raggiunsi l’ala orientale del monastero.

Non mi perdo affatto...

E invece la moltitudine di porte mi confuse la testa. Esitai e mi guardai intorno.

Qual è quella giusta?

Sfiorai una maniglia e una scossa mi attraversò il corpo. L’abbassai con decisione e aprii. Mi ritrovai nella sala capitolare. Vuota. Feci qualche passo, mi morsicai il labbro e ripetei l’azione su di un’altra maniglia. La porta era chiusa a chiave.

Dov’è?

Curiosai nella sagrestia e tentai ancora. Tutte serrate.

A biblioteca, unni jè?

Tornai alla seconda maniglia. Mi chinai e cercai di sbirciare dal buco della serratura. Fu allora che pensai la mia vita si sarebbe trasformata in una caduta libera verso l’inferno. Perché la porta si spalancò all’improvviso e apparve l’onnipresente. La Badessa Madre.

La biblioteca l’avevo trovata.

17
Uno, due... sette

L'ufficio della Badessa era impeccabile come lo ricordavo dal nostro ultimo colloquio. I vetri della finestra lustri, il pavimento ben lucidato, il legno della scrivania che profumava di cera. Nel vedermi, la ballerina bianca cinguettò soave. Lo interpretai come un atto di fedeltà nei miei confronti. In qualche modo mi aveva riconosciuta.

«Cosa stavate cercando?» iniziò l'inquisizione.

Strinse lo sguardo e il naso aquilino parve il pungiglione di un'ape. La differenza era che, dopo la puntura, l'uncino resta conficcato nella ferita e l'ape muore. Lei no.

«Dovevo andare al bagno, madre.»

«Capisco...» mi squadrò: «E non vi è sembrato strano che la porta di un bagno fosse inaccessibile?».

«No... per la verità ho pensato fosse occupato...»

Rimase in silenzio.

«Eppure avete insistito nel cercare di aprirla...» controbatté.

Già...

«Ecco, vedete, ho temuto di non farcela a trattenermi...» finsi una sana vergogna.

Suor Aurora entrò con fare discreto e si sedette sulla sedia accanto alla mia.

«Perché l'avete lasciata vagare per i corridoi senza una vostra supervisione?» chiese la Badessa, coriacea.

«Mi scuso per aver sottovalutato la circostanza, madre. Eravamo raccolte in preghiera e suor Grazia ha manifestato un'urgenza. Così ho creduto di...»

La interruppe: «Conoscete a fondo le regole di questo monastero...».

«Certo ma...»

«Non ci sono ma, suor Aurora. Non ammetto eccezioni. A una postulante non è permesso aggirarsi da sola. Nemmeno se si tratta di andare al bagno.»

La guardai ammutolita. Anche la ballerina bianca la fissò immobile con il becco rivolto verso l'alto in segno di smarrimento.

«Sì, madre» rispose la consorella, arresa.

«Vi avviso, suor Grazia. Non perseverate nell'errore o ci saranno conseguenze.»

L'inverno investì la mia esile figura.

«Non accadrà, Badessa Madre» si affrettò suor Aurora.

Si alzò e ci congedò: «Per ora, possono bastare dieci rosari e sette flagelli».

Io sbarrai gli occhi.

«È stato mio l'errore... punite me» protestò l'altra.

«L'inizio...» la Madre Superiora sfogò un ghigno appena accennato: «La miccia dell'errore va spenta subito. Sul nascere». E aggiunse: «Sarà suor Maria Addolorata a occuparsi della faccenda. Riferiteglielo».

Uscimmo dalla stanza turbate.

Suor Aurora chinò il capo: «"Perché Egli parla e tutto è fatto, comanda e tutto esiste"».

La Badessa si serrò nel proprio ufficio.

La formatrice mi prese sottobraccio e m'incitò a reagire: «Non ci pensare adesso, o ti andrà di traverso la cena...». C'incamminammo.

«Troppo tardi.» Un forte senso di nausea mi offuscò la mente. E il pasto, seppure leggero, mi si piantò sullo stomaco.

Sette...

«Coraggio, ora c'è la ricreazione di fine giornata. È l'occasione per poter socializzare con le consorelle.»

«Dove ci si raduna?»

Sette flagelli...

«D'estate nel chiostro. D'inverno in una stanza accanto al calefactorium.»

«Non me l'hai mostrata oggi...»

«Il monastero è una dimensione da scoprire a piccole dosi, bella...» mi sorrise.

Il suo petto fiorente emanava calore. Eppure non seppi trarne ristoro.

«Cosa significa quella frase?»

Sembrò non cogliere la domanda.

«La frase che ripetete sempre... perché Egli parla e tutto è...»

«... fatto, comanda e tutto esiste...» lasciò la presa.

Mi sentii sola come un detrito nella voragine di un delta.

«Fa parte della Regola» disse seria.

Increspai la fronte: «Uhm... vale a dire?».

«Non essere ingorda, suor Grazia» la sua espressione perse la consueta pacatezza: «Ti basti sapere che è una sorta di promemoria per il rigore dell'obbedienza».

Smisi di respirare.

Flagelli. Flagelli.

E non parlai più.

La stanza risentiva del tepore del grande fuoco nell'aula adiacente. La temperatura meno inclemente distendeva i lineamenti delle monache. Sedici il numero esatto, compresa me, suor Aurora, ed esclusa la Badessa. Suor Fioretta e suor Lucia, l'addetta all'orto, discutevano sulla conservazione delle verdure. Era curioso ascoltare le loro voci. Per la prima volta, dal mio arrivo, le invalicabili barriere del silenzio venivano profanate. Suor Agostina, la lavandaia, e suor Epifania, l'esperta dei rammendi, oltre che l'incaricata della sveglia mattutina, disquisivano sulla qualità dei tessuti. Suor Candida, la portinaia, suor Maria Addolorata, l'amministratrice dei conti, e suor Clarissa, di cui avevo ascoltato le letture sacre, e fabbricatrice di candele, si divertivano in un passatempo infantile. Battevano le mani a ritmo e incrociavano le braccia incontrando a turno i palmi delle compagne. Mi colpì vedere un carattere tanto austero lasciarsi andare a un gioco puerile, quasi ridicolo. Quando rideva, il viso di suor Maria Addolorata pareva trasformarsi in una maschera spessa. Di cartapesta. Pennellata in modo grossolano. Mi lanciò un'occhiata fugace. Non seppi interpretarla. Era un ammonimento? Un invito a partecipare? La ignorai e mi diressi verso suor Lucia.

Coltiva ciò che mangiamo... magari abbiamo qualcosa in comune.

Ripassavo a mente la frase con cui esordire, quando scorsi da vicino la sua dentatura.

Oh, bontà divina...

Sembrava che i denti li avesse immersi nel catrame. Abbassai lo sguardo, certa di non saper gestire l'imbarazzo e deviai con prontezza. Suor Evangelica e suor Celeste confabulavano su canti e letture. Suor Aurora si accostò a suor Domenica che osservava la scena da spettatrice. Mi avvicinai alle novizie. Suor Vittoria, suor Caterina e suor Salvatrice m'accolsero sorridenti.

«Abbiamo saputo che sei la nuova responsabile dell'infermeria» disse suor Salvatrice.

Il lungo collo fuoriusciva dall'abito religioso come fosse un dipinto.

Annuii: «Cosa c'è nella pozione dal forte odore di radice? Suor Aurora mi ha mostrato le tue ricette medicali».

«Me ne sono appassionata fin da bambina... adoro il potere delle piante» mi fissò con occhi intelligenti: «Se stava in una boccetta grande, si trattava di cardo santo e tanaceto. In quella più piccola, invece, non può essere che la genziana. Si usa solo la radice perché fusto e fiori sono molto velenosi. Ha l'odore intenso della terra».

«Era senz'altro la genziana.»

«A ogni modo, la mia pianta officinale preferita è il dittamo. Ce lo portò dalla Grecia un pellegrino amico del sacerdote Battista. È ottimo per i problemi dello stomaco, i reumatismi e le infezioni batteriche. Il profumo agrumato, poi, è una delizia» e aggiunse: «Si dice che sotto gli effetti dei suoi effluivi si vedano gli spiriti...».

Scrutai i volti delle tre donne, uno a uno: «Voi ci credete agli spiriti?» esorcizzai la domanda con una risata.

«Io sì» confessò suor Caterina: «E se ne accorgono pure gli animali...».

«Che vuoi dire?»

«Quando raccolgo le uova all'alba, e mungo la nostra capra nel fienile, accade a volte che si paralizzi con le sue pupille fisse che mi spaventano... e inizia a tremare.»

L'ascoltavo perplessa.

«Le galline prendono ad agitarsi indemoniate e si strappano le piume... mi guardo attorno ma non vedo nulla» arroccò le braccia al petto: «Così penso, devono essere gli spiriti maligni. È l'unica spiegazione».

«E tu, suor Vittoria?» chiesi.

Molleggiò le spalle: «Iu nun me ni fazzu troppe ri storie rientra a tìesta. Pulisco ogni agnuni ri staiu cummìentu. E ri spiriti nun ni haju visti mai» rispose concreta.

Mi piacquero la sua schiettezza e il dialetto. Quanto mi mancavano le chiacchiere con mia madre. Aveva una corporatura minuta, ben salda. Era una di quelle femmine che non si flettono al vento ma resistono.

«I rumori chi si sentunu pi certi orari... chiddi sì, sunnu strani...» aggiunse quasi confessandolo a se stessa.

Le sue parole, inaspettate, m'investirono di sospetto.

Di che rumori parla? Cosa ha sentito nelle ore buie?

Non osai approfondire. Non lo fece nessuna di noi. Per un tempo indefinito restammo in silenzio.

Fu suor Salvatrice a riaccendere il discorso: «Un giorno ti mostro il mio laboratorio, se ti va...».

«Con piacere. Me la sono sempre cavata con l'orto... di piante medicali e spezie non me ne intendo.»

«Spesso preparo decotti e unguenti per la Badessa... devo farteli provare» abbassò la voce: «A patto che sia il nostro segreto... è molto gelosa delle mie miscele».

M'irrigidii.

«Farò richiesta di averti come assistente... la natura regala grandi emozioni» si accese.

La sua passione in qualche modo mi rassicurò. Anche in un convento in cui morivano persone che in realtà non erano morte per davvero era possibile coltivare virtù ed empatia.

«Cosa ti ha portato qui?» indagò suor Caterina.

Cercai la risposta giusta.

«Che domanda... chi vuoi che l'abbia condotta tra queste mura?» s'intromise suor Salvatrice con la sua irruenza.

«Beh, la fede non è una motivazione scontata...» replicò.

Cosa ha portato te? Mi pare non sia stata la chiamata divina...

«Per quanto mi riguarda, Lui mi ha scelta. Io ho solo detto il mio sì. Pò nun èssiri giusta a scelta ri Diu?» si pronunciò suor Vittoria. Solida e tersa.

«Credo mi abbia guidato la necessità di ritrovare chi ho perduto. Persone care che soltanto il Signore può restituirmi» dissi.

Suor Caterina annuì silenziosa.

Suor Candida, suor Clarissa e suor Maria Addolorata smisero il gioco e accalorate si sedettero su una panchetta. Suor Lucia, suor Epifania, suor Fioretta e suor Agostina si unirono nella medesima conversazione. Suor Aurora e suor Domenica passeggiavano per la stanza.

«Sapere che il lavoro si fonde con la spiritualità al fine di glorificare Dio mi riempie di gioia» si esaltò suor Salvatrice: «Lavoro e preghiera sono inseparabili. Il lavoro è preghiera, la preghiera è lavoro. L'uno dà impulso all'altra e viceversa». Gesticolò con le mani da alchimista: «Consacrando le nostre giornate e conferendo la sacralità nelle semplici attività manuali, affinché ciò che facciamo abbia un valore intrinsecamente religioso. E il materiale diventa trascendente. In un gesto».

Fui affascinata dalla sua visione filosofica sull'esistenza claustrale.

Tanto da scordare il contesto: «E la biblioteca? Immagino la lettura sia un'abitudine tenuta in alta considerazione nel monastero...».

Le novizie restarono impassibili. Fisse in un mutismo innaturale.

«Per la verità...» si schiarì la voce: «L'ingresso in biblioteca non è permesso» accennò suor Caterina.

Le due compagne la squadrarono incerte.

«In che senso?»

«La Badessa Madre e la suora maestra sunnu i soli ad avervi libero accesso» aggiunse suor Vittoria: «Ma jè a Badessa a decidere quali libri possano èssiri letti».

«Non è concesso a tutte leggere...» proseguì suor Caterina incurvando le spalle.

Lo diceva Marina Schipano...

«Alcune di noi, un libro, non lo hanno mai visto.»

«L'unica, però, a intrattenersi a lungo con la Badessa Madre nella stanza della cultura, così l'ho soprannominata...» ci stringemmo intorno a lei: «è suor Maria Addolorata» sibilò suor Salvatrice.

«Soddisfatta del primo aperto colloquio con le vostre consorelle?» sbucò all'improvviso suor Candida.

Prese in contropiede, disperdemmo in un balzo il nucleo che eravamo andate piano piano a formare.

Abbozzai un sorriso tirato: «È un conforto poter fare la loro conoscenza».

Lei investigò tra le mie parole con lo sguardo untuoso.

«Sono state ospitali?»

«Caritatevoli quanto Dio comanda» risposi.

Annuì tirando su naso e mento. Mi ricordò certi ratti di campagna quando sentono odore di cibo.

«Ho molto da imparare... e il sostegno che mi offriranno sarà per me prezioso.»

«Uhm...» fece una smorfia: «Imparate, allora, che il silenzio va abitato».

«Le ore di ricreazione sono dedicate alla socialità, mi pare di aver capito... sbaglio?»

«No... ma non fate troppo chiasso per nulla» si voltò brusca e si allontanò.

Suor Caterina soffocò una risata. Suor Salvatrice la guardò di sottecchi.

«Bisogna stari attenti a 'na comu chidda... sunnu i peggiori» commentò suor Vittoria.

Dopo la lectio divina e la compieta ci ritirammo nelle nostre celle. Non mi misi a letto. Sapevo che il momento doveva arrivare. Rimasi seduta sulla sedia in attesa. E il fatto non tardò. Verso le ventidue, comparvero davanti alla mia porta suor Aurora e la maschera, ovvero suor Maria Addolorata. In mano teneva le cinghie oscene che mi avevano costernato in infermeria, riposte nell'armadietto bianco.

«Sei pronta?» chiese suor Aurora.

Non ho alternative...

Mi alzai: «Cosa devo fare?».

Mi si avvicinò e sbottonò i bottoncini sul retro della tonaca: «Togliti la maglia di lana».

Obbedii muta.

La vecchia attorcigliò la cinta di cuoio butterata di spunzoni di ferro: «Piegati e appoggiati sul materasso».

Mi posizionai con la schiena nuda e chiusi gli occhi. L'impatto con la pelle fu spietato. La scudisciata urtò il corpo emanando il verso di uno strappo. Rapido e bruciante.

Uno...

Contrassi gli addominali e strinsi i pugni.

Due.

Digrignai i denti irrigidendo il collo.

Tre, quattro, cinque...

Esalai un verso cavernoso. La voce non sembrava la mia. Era un suono estraneo che non riconoscevo.

Suor Aurora mi sostenne il braccio. Io cercai di non pensare al dolore. Il modo migliore che seppi trovare fu perlustrare la sregolatezza della trama che i fili di lana, impressi sulla coperta confezionata da mia madre durante le sere d'inverno, tratteggiavano fantasiosi.

Sei.

Percepii qualcosa di umido colarmi lungo la spina dorsale.

La monaca ossuta prese un tempo prima di flagellarmi il dorso per l'ultima volta.

Sette.

Gambe e braccia cedettero facendomi crollare sul pavimento.

«Ce l'hai fatta, è finita...» sussurrò suor Aurora.

Mi aggrappai alla sua figura e perdurai nel buio senza riaprire le palpebre.

La notte trascorse lenta. Mi stesi prona sul letto per via delle ferite e percepii il freddo più di sempre. La solitudine, immensa. L'alba giunse troppo in fretta. Il cervello macinava concetti e deduzioni dandomi il tormento e negandomi un armistizio.

Suor Epifania bussò puntuale alle 5.30. Mi vestii lenta. Il tessuto dell'abito si attaccava alle piccole piaghe aperte servendomi un amaro risveglio. Raggiunsi il coro della chiesa. Scorsi occhiate omertose. Nessuno giudicava. Nessuno insorgeva.

Terminate le lodi, mi si accostò suor Aurora: «Vai in infermeria. Ti attende suor Salvatrice. Noi due c'incontriamo all'ingresso del monastero».

Non posi domande. La porta era aperta. L'esperta di intrugli armeggiava su di una distesa di erbe sparpagliate sul tavolo. Emanavano un odore selvatico.

«Entra, entra» m'invitò continuando a operare sulla poltiglia aromatica.

Mi avvicinai al piano di lavoro.

«Ho bisogno della zona interessata scoperta. Inizia a spogliarti.»

Mi colpì la disinvoltura con cui lo disse. Mi sarei aspettata la stessa pudicizia manifestata dalla Badessa.

«Cosa sono?»

Mi denudai la parte superiore tenendo la maglia di lana appoggiata al petto.

«Hanno proprietà cicatrizzanti. Salvia, erba della Madonna, borragine e olio di iperico.»

«Pare una pozione...» ironizzai.

«Vedrai se non ho ragione.»

Mi feci seria: «L'hai già dovuta sperimentare?».

Abbassò lo sguardo e non rispose. Mi voltai e lasciai che mi medicasse. Mi spalmò la schiena dapprima con l'olio, poi la lenì con un impacco di erbe racchiuso nelle garze e mi fasciò il busto in modo da mantenerlo a stretto contatto con la pelle offesa.

«Un paio di giorni e sarai nuova» mi sorrise.

«Te ne sono grata...»

«Sii grata al Signore. Lui vede. Tutto.»

Suor Aurora mi attendeva intirizzita con le mani in tasca. Il vento le animava il velo sulla testa e i bordi della veste monacale.

«Lo vuoi sapere il trucco?» la raggiunsi.

«Quale trucco?» chiese.

«Per non far alzare il vestito quando fischia la tramontana.»

«Dimmi un po'.» C'incamminammo.

«Le monete.»

«Le monete... che vuoi dire?»

«Occorre cucirle dentro l'orlo, così l'abito non vola.»

Mi guardò deliziata. «Devo farlo sapere a suor Epifania...» scoppiò a ridere: «È una rivoluzione!».

Intorno al monastero la forza della natura prendeva spazio vigorosa. Alberi e cespugli ravvivavano il piccolo declivio che ci condusse a sud, dove Dio, per citare le parole della Badessa, ci concedeva una delle più incredibili gioie del suo creato.

«Questo è il regno di suor Domenica.»

Una ventina di arnie erano disposte a schiera sotto un grande faggio. La monaca apicultrice non indossava alcuna protezione e muoveva il corpo e le dita con una lentezza quasi onirica.

«Restiamo in disparte per non disturbarla» suggerì suor Aurora: «Sta controllando che i telai siano ancora colmi di miele, altrimenti le poverelle muoiono di fame durante l'inverno».

Il ronzio si faceva sentire a tratti al contrario di ciò che accade nella bella stagione. E fu un bene, perché quando si diffonde nei prati in fiore mi trasmette da sempre una strana avversione. Immagino l'ape regina trafiggere le sorelle per la supremazia del regno e la pelle mi si accappona pervasa di brividi.

«Osservala attentamente. Le api non la pungono... lei sa come agire. Conosce il loro codice.»

«Cosa ne fate di quello raccolto?»

«Lo vendiamo per il sostentamento del monastero... Pitagora lo chiamava l'elisir di lunga vita.»

«Non è concesso alle monache mangiare una parte della produzione?»

«Solo i giorni di festa... a Natale, per esempio.»

«Suor Caterina ne avrebbe bisogno... per via delle sue crisi...»

Mi fissò impensierita: «Vedrò di fare il possibile... magari con l'aiuto di suor Salvatrice».

La interrogai con lo sguardo.

«Ha il permesso di maneggiarlo in quantità.»

«Come mai?»

«Per volere della Badessa... lo hai visto anche tu quanto è brava la ragazza con la preparazione d'impacchi e miscele galeniche.»

L'ascoltai riluttante. Suor Domenica richiuse il bugno, ci salutò con un cenno del capo e si mise a ritinteggiarlo.

«Fino a qualche tempo fa, usavamo i fasceddi, arnie villiche costruite con stecche di ferula e rivestite di argilla all'esterno per isolare termicamente l'alveare» spiegò con entusiasmo: «Ma le api morivano a ogni raccolta. È stata suor Domenica a battersi per il favo mobile. Si ottengono, oltretutto, ben due raccolte di miele in un anno!».

Certo è una tortura non poterlo neppure assaggiare... una volta in cella, finisco l'avanzo di marmellata alle prugne.

«Sai, Suor Domenica non parla...»

«Eh, la regola del silenzio... l'ho capito che...»

«Non parla perché non può parlare» continuò nonostante la mia interruzione.

Assunsi un'espressione interrogativa.

«Nessuno ha udito la sua voce da quando vive con noi...»

Assorta, osservai la monaca apicultrice. Aveva grossi occhi sporgenti e la fronte alta, quasi volesse raccogliervi i pensieri del mondo.

«Manco una parola?» chiesi.

«Nemmeno una.»

Il vento le tormentava la tonaca nera che si disperdeva nell'aria come una chiazza d'inchiostro e subito si ricomponeva attratta dal corpo.

«Per le cose importanti, scrive. Perciò le è concesso tenere carta e penna.»

«Non è permesso nemmeno scrivere, qui dentro?»

Attenta... pensa a ciò che dici.

Strinsi i denti.

Devo nascondere la scorta riposta in valigia...

«Quando si ha la necessità di mettersi in contatto con i propri familiari. La Badessa supervisiona sempre la corrispondenza destinata all'esterno.»

Eh, questo già lo sapevo.

«Ma le orecchie le funzionano?»

«Altroché. Non le sfugge nulla.»

«Ci è nata, muta?»

«Chi può dirlo...»

La osservai ancora. Pennellava la superficie legnosa con una vernice scarlatta che ben s'integrava con i colori dell'autunno. A tratti le compariva sul volto un leggero sorriso o inarcava le sopracciglia come se stesse intrattenendo un dialogo interiore con l'oggetto ai suoi piedi o con chissà quale creatura sconosciuta.

«Andiamo, torniamo dentro» disse suor Aurora.

Ci avviammo verso le mura imponenti e la poesia di suor Domenica si dissolse rapida quanto il profumo del miele. Non c'erano, all'interno del monastero, molti più gradi che all'esterno. Soltanto il vento ci veniva risparmiato. Lungo il corridoio incrociammo il passaggio di suor Fioretta e suor Lucia che trasportavano due grosse ceste colme di verdura appena raccolta. Suor Aurora si fece il segno della croce. Le altre ricambiarono il gesto e ci oltrepassarono.

«So che ti farà piacere.»

«Beh, sì... zucchine, patate, e melanzane... una caponata alla siciliana sarebbe un pasto ristoratore per fronteggiare il freddo...»

«No, non intendevo...» emanò una leggera risata: «Mi riferivo alla biblioteca». Mi lanciò un'occhiata, certa di aver alterato il mio stato d'animo. Che in effetti mutò.

Puntai lo sguardo dritto verso la meta. Sull'attenti. In evidente ebollizione.

Troppo facile...

Suor Aurora procedeva imperturbabile.

Perché adesso?

Armeggiò nella veste.

È un'imboscata?

Le tasche dell'abito monacale assomigliano a un pozzo senza fondo. Quando c'infili dentro una mano, non sai mai se ne verrà più fuori. In effetti, la formatrice impiegò del tempo a farla riemergere insieme a una grossa chiave dorata.

Se solo la vendessero, si potrebbero sfamare a dovere le monachelle impallidite di 'sto carcere cattolico... inclusa me.

La porta si aprì. Un'alta volta ad arco ci accolse in un ambiente dall'atmosfera rarefatta. Le pareti foderate di libri antichi attutivano i rumori e il soffitto affrescato con le tonalità del bronzo e del rame pareva posarsi sulle nostre teste come uno spegnitoio su di un lume acceso.

«Hic est» esordì in latino la mia accompagnatrice.

Le sorrisi circospetta.

E ora che faccio? Tramortisco la suora buona e mi metto alla ricerca di un indizio che possa rivelarmi dove si trovi Elda? Non essere ridicola...

Al centro troneggiava un tavolo quadrato dalle gambe possenti con accanto una sedia. Ai quattro angoli della stanza erano posizionati grossi mappamondi in pelle sostenuti da piedistalli di ottone lucente. E due scale a chiocciola permettevano l'accesso ai piccoli soppalchi laterali. Guardai su. I volumi non si contavano per quanto erano numerosi.

«Sembrano infiniti, vero?»

Annuii.

Girò attorno al tavolo, scrutandomi. Poi si fermò: «Cosa vorresti leggere?».

Iniziano le domande scomode...

«Mah... una vita non basta per tutti i libri che si dovrebbero conoscere.»

«Cercavi qualcosa di specifico nella biblioteca?»

La temperatura del corpo s'impennò. O forse calò drasticamente.

«Avevo bisogno del bagno, l'ho già detto alla Badessa...»

«Certo, certo... non mi riferivo a quello. Durante il nostro primo giro del convento ho notato che ti interessava questo luogo.»

«Beh, sì... amo la lettura...» mi diressi verso un mappamondo fingendo di volerlo consultare.

Lei non proseguì nell'interrogazione. E quel silenzio mi allarmò più delle parole. Con le dita feci ruotare la sfera di cuoio. Il leggero fruscio provocato dal movimento stemperò la tensione.

«Potresti iniziare documentandoti sull'anatomia umana» suggerì all'improvviso salendo sulla scala di sinistra: «Una buona infermiera deve conoscerla a menadito».

La osservai mentre cercava tra gli scaffali.

«È un testo semplice ma molto accurato» afferrò un tomo dalla copertina color oliva e ridiscese.

Lo appoggiò sul tavolo e lo sfogliò: «Vedi, spiega con grande precisione gli organi e le rispettive funzioni». Si soffermò su una figura stilizzata in bianco e nero: «Studialo con amore e dedizione». Me lo consegnò.

Invece di ringraziare e tacere, m'arrischiai in acque torbide.

Il tempo stringe. Elda, Elda, Elda.

«La casa del Signore dovrebbe essere un sacrario di cultura» dissi pigiandomi il libro al petto: «Perché non possiamo avervi libero accesso?».

Piano, suor Aurora mi si accostò.

Mai prima di allora mi ficcò gli occhi sulla faccia, da vicino: «Le risposte che cerchi non sono qua dentro».

Mi si gelò il sangue.

La trappola, lo sapevo... è una trappola.

«Di cosa state parlando?» farfugliai.

Lei perdurò muta con lo sguardo fisso su di me. A lungo.

«Suor Aurora, non capisco...» vibrai.

«"Jusu nta fosso, jusu nta fosso iu cado... e anche si nun mi pigghi, u mari rimane sempri azzurru"...» intonò con la voce sottile: «Quando il corpo ti abbandona, l'anima accorre in aiuto... Ada».

Trasecolai.

Mi aveva riconosciuto.

18
L'inferma

«Vi occuperete di una monaca molto malata. Per il momento è suor Lucia ad accudirla. Le porta da mangiare, provvede ai bisogni primari, fa la veglia quando serve. Ma nel corso dei mesi diventerete voi la responsabile della sua salute» disse la Badessa seduta al di là della scrivania incerata.

C'è un'altra monaca nel convento?

Annuii dritta a mo' di stecchino.

«La poverella non ha bisogno di un medico?» azzardai.

Chi è?

«Non dovrete che seguire gli insegnamenti di suor Lucia...»

Si tratta forse di Elda?

«La bontà del Signore è meglio di qualsiasi dottore» aggiunse con la fronte tersa.

Lo spero. Lo spero. Lo spero...

«Grazie madre, per la fiducia.»

Fece un cenno con il capo: «Ora andate. Mettetevi al lavoro».

«"Perché Egli parla e tutto è fatto, comanda e tutto esiste."» Uscii dal suo ufficio.

Corsi verso l'ala orientale del monastero. Suor Vittoria lavava il pavimento inginocchiata con una pezza stretta tra le mani.

«Passa do' chiostro si nun vvoi sciddicari» mi sorrise.

Immerse lo straccio nella bacinella e lo strizzò con una stretta vigorosa.

«Mi ci manca solo di scivolare...» ridacchiai complice attraversando il cortile: «Sunnu pi ritardu».

Entrai in sagrestia trattenendo il fiato. Suor Evangelica cantava in latino davanti alle consorelle raggruppate in due blocchi, soprani e contralti. Senza interrompersi, m'indicò il primo gruppo. Suor Candida mi fornì il testo gregoriano e, leggendo, presi a intonare gli stessi versi delle mie compagne. La stanza foderata di armadi a cassapanca intarsiati fissava il proprio centro nel grosso crocifisso appeso alla parete. Suor Clarissa suonava il pianoforte muovendo le labbra e inarcando le sopracciglia a ogni nota acuta. Suor Maria Addolorata, suor Caterina, e suor Domenica ascoltavano sedute su una panca. Lo scricchiolio del legno si faceva sentire se accennavano un movimento o cambiavano la posizione delle gambe. Ma non era di disturbo, perché le vibrazioni provocate dai salmi si diffondevano potenti dentro e fuori di noi. Quasi facessimo parte di un nucleo compatto.

In qualche modo, diventavamo chi ci stava accanto. Entravamo e uscivamo dai nostri rispettivi corpi come un unicum che fremeva di vita in una maniera che mai avevo sperimentato. Suor Agostina spiccava per timbro e talento, ma fu suor Evangelica a colpirmi. Non si sforzava, non affaticava le corde vocali. Eppure la melodia che le usciva dalla bocca illuminava il profondo della mia coscienza, tanto da mostrarmi la giovane offesa che ero stata e che perdurava in me. Ne fui turbata.

Suor Lucia spuntò e attese che i nostri sguardi s'incrociassero. Mi fece segno di avvicinarmi.

«Devi venire con me.»

«Adesso?» domandai, frastornata dalle emozioni suscitate dal canto.

«Sì, adesso.»

Suor Evangelica abbozzò il suo assenso, io obbedii.

Quando parlava, suor Lucia articolava lo stretto necessario. E non sorrideva per nessuna ragione. Provava un certo pudore a mostrare la dentatura. Per le frasi più complesse, però, le riusciva difficile mascherare lo scempio nero che le pendeva dalle gengive. Cercavo di farci l'abitudine.

Ci dirigemmo verso il lato opposto del convento trasportando una cesta colma coperta da un telo bianco. Ne ero incuriosita ma non lo diedi a vedere. Oltrepassammo l'ufficio della Badessa ed entrammo per una porta chiusa rigorosamente a chiave che non avevo mai notato. Salimmo una scaletta a chiocciola in ferro battuto per poi attraversare un nuovo varco che conduceva ai solai.

L'aria odorava di chiuso e al passaggio la polvere si animava come piccoli banchi di nebbia fluida. Mi venne da tossire. Il pavimento in legno tarlato crepitava sotto il nostro peso e la luce filtrava flebile dai lucernari.

«È quella là in fondo» disse la mia accompagnatrice riferendosi all'ultimo alloggio.

Posammo il grosso paniere, lei cavò dalla tasca un mazzo con cinque chiavi e ne infilò una nella serratura.

«Tu stai qui per ora» mi squadrò: «Non ti avvicinare».

La guardai delusa e sentii le spalle cadermi a strapiombo sul petto.

Voglio incontrare Elda...

«Stiamo bene, oggi?» s'infilò nella stanza luminosa.

«Non riesco a dormire con troppa luce» una voce si profuse bassa e roca.

«I raggi del sole sono ricchi di vitamina D. E tu ne hai bisogno» replicò suor Lucia con pazienza: «Cambiamo un po' l'aria. Rimani coperta».

Non ressi alla morsa della curiosità e mi affacciai guardinga.

La donna era sdraiata su un fianco. Non vidi che la sua schiena.

«Volevo avvisarti che da oggi ci sarà con me una nuova sorella ad accudirti.» Aprì l'abbaino con l'ausilio di un'asta recuperata in uno sgabuzzino rigorosamente munito di lucchetto.

Prima che suor Lucia ricomparisse tornai al mio posto, appiattii il bacino contro il muro e accennai un sorriso di circostanza maldestro.

«Che fai lì impettita?» si piegò sul canestro: «Dammi una mano».

Insieme lo sollevammo ed entrammo. L'inferma restava raggomitolata sotto alle lenzuola e portava una garza di lino a coprire il volto. Non riuscivo a staccarle gli occhi di dosso.

Elda, siamo così vicine...

Appoggiammo i viveri sul tavolo e il viso mi si riempì di meraviglia. Formaggio fresco, un boccale di latte di capra, due pagnotte di pane, frutta cotta nel miele, tre uova e un tegame di minestrone e legumi. Ingoiai la saliva in eccesso che andò a ristagnare tra lingua e palato. Forse dal '39 non vedevo una tale quantità di cibo tutto in una volta.

Quasi quasi mi do malata pure io...

Provai una strisciante insofferenza.

«Ti sei raccolta in preghiera dopo le lodi mattutine?» le chiese suor Lucia.

Non udii risposta.

«Dovrai mangiare da sola, oggi. Abbiamo molte cose da sbrigare.» Si avvicinò al suo capezzale con il boccale di latte.

«Il sacerdote non è riuscito a passare per i sacramenti. Verrà più tardi.»

Ancora silenzio.

«Intanto bevi... e mastica piano. Non avanzare nulla, mi raccomando.»

Mah, ce ne andiamo di già?

«Torniamo nel pomeriggio per la ginnastica.»

Sbattei le palpebre, abbacinata.

La ginnastica?

Suor Lucia richiuse la porta a chiave e ripercorremmo il corridoio a ritroso. Per un lungo tratto di strada non parlai.

«Solo questo dovevo fare?» indagai.

«Sì» rispose secca.

«Avevo inteso, dalla Badessa, che avrei...»

M'interruppe: «A tempo debito, suor Grazia, non ti preoccupare. Oggi mi aiuterai nell'orto. Le verdure giovani vanno a lei. Sono ricche di vitamine. Deve rimettersi in forze».

Ne presi atto. Ma non mollai.

«Di che ginnastica si tratta?» cercai le parole: «Voglio dire... una persona che non è in salute...».

«Le faccio soltanto un po' di mobilizzazione. A stare troppo sdraiati vengono le piaghe o ti si atrofizzano i muscoli.»

«Capisco e... di cosa soffre?» incalzai.

Mi lanciò un'occhiata: «Uhm, non me ne intendo... lo sa la Badessa. I nomi difficili non li ricordo».

Fa la vaga...

Mi passò alcune casse vuote riposte in un piccolo magazzino di legno: «È proprio una cara ragazza».

Il semenzaio si trovava a sud, nel terreno adiacente alla cucina. Si estendeva rigoglioso per una ventina di metri.

«Non immaginavo fosse tanto grande.»

«È il mio orgoglio» gonfiò il torace: «Ci ha tenute in vita nei momenti difficili... sono tante le bocche da sfamare».

Di certo l'inferma mangia per quattro...

«Hai confidenza con la terra?»

«Me la cavo.»

Le rape emanavano un odore inconfondibile.

Orecchiette, salsiccia e cime di rape...

«Con 'ste dita delicate... occupati della bieta; io penso al cavolo nero.» Mi fornì un coltello affilato.

Broccoli, lattuga, finocchi, carciofi e porri coloravano il campo di un verde brillante. Iniziai a tagliare curandomi di non recidere le radici. Lei usò forbici seghettate per le foglie spesse e carnose.

«È sempre suor Fioretta che cucina per la consorella malata?» chiesi ammucchiando la verdura nella cassa.

«Sì, io supervisiono, però. Mi assicuro che gli ingredienti selezionati vengano cotti in pentole separate, scelgo la frutta, faccio lo yogurt con il latte appena munto da suor Caterina.»

«È davvero caritatevole il modo che avete, qui in monastero, di accudire i meno fortunati...»

«"Poiché l'esercizio del corpo è utile a poco, ma la pietà è utile a tutto; avendo promessa di vita, sì della vita presente, sì della futura"» citò dalla Bibbia.

«Parole sante» dissi alzando gli occhi al cielo senza farmi vedere.

«Finita la raccolta, dobbiamo piantare cipolle e legumi così saranno pronti in primavera.»

Strappai dell'erba infestante. «Mi domandavo... visto il mio ruolo nell'infermeria e per impratichirmi sulle necessità per il futuro...» la presi alla larga: «Di medicine, non ne assume?».

«Chi?»

«La povera inferma» la guardai stranita: «Non le hanno prescritto una terapia?».

«Questa è la terapia» indicò l'orto: «I frutti della terra sono la sola medicina».

Finsi una debole accondiscendenza.

«Ma... cos'ha la febbre, per caso?» non mi diedi per vinta.

Una lumaca strisciava in bilico su una foglia di carciofo.

«No... e comunque, in tal caso, si fanno impacchi d'alcol o salassi.»

La raccolsi per il guscio e la riposi sul terreno.

«Mettila qui.» Tra le casse di legno afferrò una piccola ciotola e me l'avvicinò: «Vedi se ne trovi altre. Sono un toccasana... tra una quindicina di giorni andranno in letargo». Ubbidii e la infilai all'interno del contenitore.

«Ha problemi respiratori, tosse o reumatismi, allora?» continuai.

Scosse la testa.

«Ho capito... si tratta di un brutto male...»

Suor Lucia increspò il labbro superiore. Stava perdendo la pazienza?

«Suor Grazia... la sorella ha bisogno di riposo» sospirò: «A volte i dolori della mente sono peggiori delle pene del corpo».

Non sarà mica... esaurimento?

«Vuoi dire che...»

Annuì solenne.

Oh, Elda mia...

Mi portai una mano sul viso e del fango granuloso mi sporcò la pelle.

Ha perduto il senno...

«Non ti allarmare...»

Ha perduto il suo bambino.

«È una cosa passeggera, vedrai.»

Ha perduto anche se stessa.

«Come fai a dirlo?»

«La conosco da un po', ormai. È una fase. E Dio vigila sul suo destino.»

Rimasi in trance per un tempo indefinito. Poi agguantai qualche lumaca dispersa tra gli ortaggi e le ammonticchiai nella scodella.

«Gliele cuciniamo per cena. Bollite con porri e prezzemolo» sorrise e tardò a coprirsi la bocca.

Non fu un bel vedere.

Dopo la preghiera collettiva dell'Ora nona, suor Aurora e io ci ritirammo nella sala capitolare per lo studio.

«Ti ho portato due nuovi testi. Un prontuario e una raccolta di rimedi antichi. Ti sarà concesso studiare... ne va del bene della comunità.» Li appoggiò sulla panca e si sedette.

La scrutai in piedi con il giudizio negli occhi.

«Cos'hai?»

Sgranai le palpebre e in un guizzo mi precipitai al suo fianco: «Suor Aurora, tu sai chi sono...». La mia voce suonò gutturale.

«Sì, Ada» disse seria.

«Shh... non pronunciare il mio nome» mi strinsi il volto tra le mani: «Ho paura... e tu adesso devi rivelarmi dove si trova Elda».

La monaca mi fissò austera. Serrò le labbra e dilatò le narici per un tempo impercettibile: «Abbi fede, bella».

«Io l'ho persa la fede!» m'infervorai.

Ecco, l'ho detto a Piera, e l'ho detto pure a lei!

«Hai la mia vita in pugno, lo sai. Ti basterebbe denunciarmi alla Badessa e finirei in un burrone per davvero...»

«Non lo farei mai» lo sguardo le si fece triste.

«E allora perché non l'hai aiutata? Quindici anni sono passati da quando è entrata qua dentro.»

Il suo viso si crucciò ricordando una prugna secca.

«Rispondimi» le scossi le spalle fino a farla lacrimare.

Tirò su con il naso.

«Perché l'hanno dichiarata morta?» perseverai.

«Non correre, te ne prego. È complicato. Ci sono cose che sei tenuta a sapere. Ma non tutto e subito...» cercò di riprendersi.

«Dimmi la verità...»

«È di assoluta importanza che ti protegga, Ada. Bisogna agire nell'ombra, ed essere molto astuti.»

«Di che parli?» Mi sedetti in allerta.

«La Badessa ha le sue informatrici, lo avrai capito.»

Annuii: «Chi sono le più pericolose?».

«Tutte» sussurrò: «Ma suor Candida, suor Maria Addolorata, e suor Clarissa sono le peggiori».

Un brivido mi percorse da capo a piedi, e in quel frangente percepii per empatia il dolore della suora maestra. Le raccolsi le mani tra le mie. Erano morbide. Le strinsi in affanno.

«Che c'è che non puoi confessare, suor Aurora? Fammelo capire... anche senza parole» la supplicai.

«Ti fidi di me?»

«Credo di sì...»

«E allora lo vedrai con i tuoi occhi.»

«Cosa?» m'incupii: «Non ti seguo...».

«Tu governi l'infermeria. Tu ti occupi di certe faccende. Nessun passo falso.»

Sentii il vuoto raffreddarmi il petto.

«Che stai dicendo?» chiesi persa.

«Presto. Presto capirai. Ora non insistere... ti scoprirebbero» s'incurvò su se stessa: «Te lo leggerebbero in faccia».

Chiusi le palpebre, sconfortata. Con le fauci secche e i muscoli stanchi.

«Questo me lo devi dire, però. Adesso» la guardai dura: «Lei è viva, vero?».

Sul volto della monaca parvero trascorrere in un istante mille inverni: «Sì».

«Lassù, nel solaio?»

Disse ancora una volta, sì.

L'indomani, la messa iniziò con qualche minuto di anticipo. Io e la formatrice eravamo in piedi al nostro posto usuale. Terza fila a destra. Il sacerdote Battista s'inchinò e baciò l'altare. Oscillò in aria il turibolo e l'incenso si spanse offuscando la sua figura.

«Nel nome del Padre, del Figliuolo e dello Spirito Santo.»

«Amen» pronunciammo in coro.

Si schiarì la gola con il viso fisso sul messale, il calice coperto dal corporale ben inamidato, e la patena appoggiata sul marmo. La capigliatura folta era domata da una brillantina poco adatta a un uomo di Chiesa.

«Confesso a Dio onnipotente e a voi, sorelle, che ho molto peccato in pensieri, opere e omissioni, per mia colpa, mia colpa, mia grandissima colpa...» volse il suo sguardo canceroso sopra le nostre teste. Indifferente.

La sua orazione riecheggiò nel silenzio tra le navate della basilica. Aveva una voce insolita. Profonda ma allo stesso tempo acuta, capace di insinuartisi dentro come un tarlo. Di quando in quando stringeva i denti e la mascella si gonfiava per poi tornare normale. E la bocca severa manteneva un'espressione di invetriata compiacenza. Quasi fosse immortale, lì sul piedistallo, davanti a tutte quelle pie donne in ascolto. Non avrei gradito trovarmelo di fronte all'improvviso in una strada deserta.

«Che il Signore abbia misericordia di noi, perdoni i nostri peccati e ci conduca alla vita eterna» continuò.

Scorsi suor Caterina osservarlo con trasporto. Teneva le labbra socchiuse e il petto proteso all'infuori. Per la prima volta la vidi femmina, non novizia. E in un convento di clausura non è cosa buona e giusta.

Non lo è affatto.

M'accigliai.

Non tanto per un personale giudizio morale, non sono il tipo.

La sbirciai di soppiatto.

Ma perché vedo il pericolo. E lei manco se lo immaginava.

«Care sorelle, oggi siamo qui riunite per arricchirci degli insegnamenti del Signore e crescere con l'aiuto della Santa Provvidenza» introdusse la predica quotidiana: «L'inverno è alle porte, e noi dobbiamo accoglierlo. Saranno mesi di rinuncia e alta sopportazione delle fatiche che questa stagione reca con sé. Perciò preghiamo». Si raccolse in silenzio.

Chiudiamo gli occhi e invochiamo la pietà del solito Dio. Che non c'è.

«Se Dio ci abituò a un tozzo di pane, ne avremo mezzo» continuò: «Se Dio ci concesse una scodella di minestra, sapremo quanto ne basta per essere a lui grati della vita che ci ha donato con tanto amore e misericordia».

Un fremito alle gambe sgretolò la compostezza di suor Celeste. Suor Agostina non riuscì a trattenere un colpo di tosse che le sgorgò dallo stomaco. Vuoto.

Saremo pelle e ossa, bontà divina...

Io ascoltavo con una certa riluttanza. Niente di nuovo per un sacerdote che parla, in un convento di clausura, dell'ennesimo sacrificio. Ma in modo del tutto inaspettato, la sua omelia cambiò presto. E imboccò una direzione vertiginosa.

«Ebbene sappiate, mie care sorelle, dobbiamo imparare a conoscere una differenza abissale. Tra ciò che è bene e ciò che è male. Vedete, per il volere superiore, la carne non si mangia. Si consuma.»

Che dice?

«E mai potremo privare del giusto nutrimento le creature del Signore. Per essere dobbiamo immolarci. Perdere per avere.»

La Badessa ascoltava rapita accennando un sì con il capo e muovendo nervosa un piede. Le novizie si guardarono incerte. A metà tra il confuso e lo scandalizzato. Incrociai i loro sguardi pervasa da un inquietante presentimento.

«Non dimentichiamolo, monache della Madonna della Catena. Noi siamo creature del Cristo redentore. E siamo qui per obbedire ai suoi servigi. Perciò adoriamo la penitenza e lasciamoci consumare dall'Onnipotente» piano aprì il corporale, lo distese sull'altare e spolverò i contenitori sacri con il purificatoio.

«Nelle mattinate fredde, è il libro della Genesi, versetto ventidue, con il sacrificio di Isacco, a soccorrerci. "Dopo accadute queste cose, Dio mise a prova Abramo, e gli disse: 'Abramo, Abramo!'. Questi rispose: 'Eccomi!'. Gli disse Iddio: 'Prendi l'unico figlio tuo diletto, Isacco; va' nella Terra della visione, ed ivi offrilo in olocausto su quello di quei monti che io ti mostrerò'"» ci scrutò grave.

Restammo immobili, tramutate in marmo dal suo fervore.

«L'acqua unita al vino sia segno della nostra unione...» versò il vino nel calice e imbastì di ostie la patena: «Benedetto sei tu, Signore, Dio dell'universo». Sollevò gli oggetti verso l'alto.

Operava con gesti calibrati, regolari. Fermo nella convinzione di essere un eletto.

Si lavò in un catino al lato dell'altare: «Lavami, Signore, da ogni colpa, purificami da ogni peccato» pronunciò tra sé e sé.

Seguivamo il rito della Santa Messa in un sommesso silenzio. Il sermone ci aveva turbate. Suor Vittoria si era fatta compatta nella sua piccola statura. Suor Evangelica fissava davanti a sé con occhi vitrei. Suor Maria Addolorata sembrò smettere di respirare.

Lui si genuflesse in adorazione e masticò: «Prendete e mangiatene tutti; questo è il mio Corpo offerto in sacrificio per voi». Bevve e si pulì con un tovagliolo benedetto: «Prendete e bevetene tutti; questo è il calice del mio Sangue... Fate questo in memoria di me». Spezzò un'ostia e ne fece cadere un frammento nel vino: «Il Corpo e il Sangue di Cristo, uniti in questo calice, siano per noi cibo di vita eterna».

Scese i gradini e si fermò ai piedi dell'altare, all'imboccatura della navata centrale. Ci mettemmo in fila, il capo chino, i palmi giunti in segno di preghiera. Suor Fioretta, nella sua robustezza, si protese sicura, con il fare di chi sventra pure i confini del cielo. Il sacerdote le ficcò in gola il sacramento senza neppure guardarla in faccia.

«Il corpo di Cristo» sibilò.

«Amen» farfugliò contorcendosi in una smorfia.

Probabilmente l'ostia le s'incollò nell'ultimo tratto del palato e non riuscì a deglutire. Suor Caterina avrebbe voluto arrivare per prima, ma si accontentò della seconda posizione. Sbatté le palpebre animando le ciglia lunghe come un'ammaliatrice di serpenti e si lasciò nutrire dal pastore. Io tardai a incolonnarmi, perciò riuscivo a osservarle una a una. Suor Domenica aprì le fauci giusto il necessario. Voleva fare in fretta e non appena l'ebbe ricevuta, l'avviluppò dentro di sé alla maniera di un rettile selvatico e si allontanò. Suor Lucia appiattì il labbro superiore fino a coprire l'intera arcata dentale. Lo stesso fece con quello sottostante. Parve vecchia più dei suoi anni. Infine arrivò il mio turno.

La sua mano profumava di sandalo e mirra e per un momento mi scordai dove fossi. Agli inizi della guerra, un amico di Alfredo gliene aveva portato una boccetta dall'India. Era l'essenza del paradiso. Sapeva di un misto di tante cose. Il sudore di una pelle pulita, la freschezza di un campo vergine, il legno aromatizzato dove s'invecchia il whisky di qualità. L'avevo consumata quasi per intero.

Il Battista avvicinò la delicata sfoglia color avorio stretta tra indice e pollice. Indugiò per qualche secondo, interminabile, e mi esaminò a fondo. Le sue iridi accese erano un vortice che risucchia. Ressi l'affronto anche se faceva male. Lui colse la sfida e finalmente mi concesse la comunione sfiorandomi il mento con il dorso delle dita. Tornando al mio posto in preda al ribrezzo, lanciai un'occhiata a suor Aurora. Lei sapeva. Lei aveva visto.

Suor Lucia mi braccò all'uscita del refettorio.

«Dobbiamo salire.»

Entrammo in cucina. Suor Fioretta riordinava le stoviglie pulite e asciugava i piatti appena lavati.

«Cos'è?» indicai una poltiglia giallastra.

«Pappa reale» esclamò trionfante mentre la centellinava in una piccola ampolla di vetro.

«Un grammo al giorno è la dose ottimale.» La inserì nella cesta delle prelibatezze.

Suor Fioretta sfornò una teglia di mele caramellate e gliela consegnò.

Suor Lucia la coprì con un panno e me la appoggiò tra il braccio e il torace: «Lì non ci sta, portala tu».

Il profumo che esalava mi rese la peggiore delle peccatrici. Fui tentata di azzardare una ruberia, ma non si presentò l'occasione. La monaca guardiana non smetteva di sorvegliarmi.

«C'è pure lui» disse.

«Chi?»

«Il sacerdote Battista...» rispose scocciata per la mia disattenzione: «Già ti avevo menzionato le sue visite, no?».

Le mele arrostite... loro mi hanno distratta.

«Certo, che sbadata!»

E lentamente il progetto di degustazione segreta evaporò. Raggiungemmo il piano superiore oltrepassando le diverse serrature. Da una parte tenevo il manico della cesta, dall'altra la casseruola proibita.

«Suor Lucia, avrei una domanda da farti...»

«Che vuoi sapere?» replicò pragmatica.

«Il velo...» cercai le parole: «Perché l'inferma tiene la faccia coperta?».

«È per via dell'incidente.»

«Quale incidente?» balbettai.

«La poveretta ha quasi perso un occhio...»

Un dolore grave mi colpì il petto e non ressi il peso degli approvvigionamenti. Inciampai su me stessa. Frutta e formaggio rotolarono nel corridoio. Il bicchiere si ruppe. Riuscii a salvare le mele prelibate.

«Santo cielo, cos'hai al posto delle mani, pasta sfoglia?»

Impiegai del tempo a ricompormi. Elda sfigurata, non potevo sopportarlo.

«Sono mortificata... non so come possa essere successo...» farneticai.

«Dai, su. Raccogli in fretta che facciamo tardi.»

Viste le circostanze, sarebbe potuta andare peggio. Raccattai gli ultimi pezzi e ci avvicinammo alla stanza della suora malata. Appoggiandomi un momento alla parete, mi mancavano le forze, notai sulla vernice della porta piccole macchie purpuree ormai seccate. Suor Lucia tirò fuori dalla tasca il mazzo tintinnante e senza indugio agguantò la chiave giusta.

Aprire e chiudere...

Il legno fendette l'aria.

Chiudere e aprire...

La donna era inginocchiata sul pavimento. Il sacerdote la

sormontava. Lei gli baciava i piedi attraverso il velo di garza e non smise nemmeno quando fummo entrate.

«Ora basta» le ordinò cupo.

La monaca si arrestò e si mise a sedere sul bordo del letto. Un seno turgido e prosperoso spiccava dalla camicia da notte. L'intera figura rivelava la morbidezza delle sue forme. Noi appoggiammo le provviste sul tavolo e restammo immobili in un angolo.

«Sei pronta a ricevere il corpo di Cristo?» continuò il prete.

Annuì piano, poi, finalmente volse lo sguardo verso di me.

Sono io Elda, sono io... mi hai riconosciuta?

Sentii il mio corpo sollevarsi sulla punta delle dita. Quasi volessi raggiungerla volando. Per non fare rumore. Perché nessuno mi vedesse da lassù. Invece mi mantenni inchiodata a terra, incapace di agire. Il sacerdote scansò i lembi della veletta per liberarle il viso e procedere con la comunione. Ma ecco che lei gli sferrò un'unghiata su una guancia emettendo un grugnito da animale ferito e mi diede le spalle. Faticai a trattenere le lacrime.

Non ti vergognare di me, amica mia... qualsiasi cosa ti abbiano fatto.

L'uomo si tamponò con un fazzoletto. Nel suo sguardo vidi una furia brutale, ma anche una certa accondiscendenza.

Afferrò l'ostia e le si accostò con cautela: «Posso?».

Lei accennò un leggero assenso con il capo. Lui portò a termine il sacramento e la benedisse con il segno della croce.

Quella notte immaginai gli sfregi inflitti al volto di Elda e non presi sonno. Sapevo che niente e nessuno ormai poteva dividerci ancora. Ma la strada per la libertà non si dimostrava un avversario arrendevole. E soprattutto, cominciavo a sospettare che il vero ostacolo fosse lui. Il Battista dagli occhi oscuri.

Devo scrivere a Piera.

Mi alzai alla svelta e frugai nella valigia.

Occorre avvisarla. Elda è qui!

Subito mi guardai alle spalle. Non si palesò nessuno in quei pochi metri quadrati. Eppure ebbi la sensazione di essere spiata. Tornai sul bagaglio e proseguii la ricerca. Delle mie scorte di carta e penna non vi era traccia.

Nemmeno della marmellata alle prugne.

19
La vera identità della suora malata

A volte pensavo alla morte.

È facile farlo, rinchiusi qua dentro...

Capitava spesso di notte, quando la solitudine e il vuoto mi smangiavano la coscienza e ogni cosa sembrava insormontabile. Un'impresa eroica dai risvolti funesti. Alcune sere prima, avevo udito uno strano campanello suonare lontano. Ripetutamente. Mi ero svegliata e avevo curiosato attraverso l'inferriata, lungo il corridoio. Dei passi concitati si erano sovrapposti da qualche parte che non potevo vedere, forse al piano di sopra, non ci avrei messo la mano sul fuoco. Poi era tornata la quiete. Nel freddo, tra mille interrogativi, mi ero rimessa a letto con le palpebre chiuse ma restando sveglia. Era stato allora che l'avevo immaginata come una creatura di luce. Le avevo aperto le sbarre della mia cella, era entrata, si era seduta ai piedi del materasso, e con una voce soave aveva detto: «Io ci sono. Sono venuta per accompagnarti nei tuoi ultimi giorni».

Mi ero sentita subito sollevata. Dopotutto, mi concedeva un educato preavviso. Un gesto generoso da parte della morte, avevo pensato. Senza fretta mi lasciava il tempo di prendere confidenza con l'idea del trapasso, e non esserne troppo spaventata.

Già mi stava simpatica...

Mi piaceva lasciarmi accudire. Un po' di attenzione rinvigorisce, avevo detto a me stessa. I giorni in sua compagnia erano passati lenti. L'avevo scoperta fare esperienza dell'esserci, delle percezioni sensoriali quali l'odore dei luoghi, la morbidezza della coperta di mamma, il tepore della candela. Si era persino emozionata ascoltandomi cantare la canzone mia e di Elda. Avevamo ballato insieme – si era mostrata impacciata nel disporre di un corpo in carne e ossa – e le avevo fatto spazio sulla stuoia di lana per insegnarle a dormire. Infine avevamo dialogato sul concetto della speranza.

Molto amichevole.

Poi avevo aperto gli occhi. Mi ero guardata intorno. Lei non c'era più. Così avevo capito. Se solo la morte si concedesse davvero di assaggiare un pezzetto delle nostre esistenze, si dimenticherebbe degli eterni abissi bui. Dei millenni in cui la parola fine ha dettato legge. O quantomeno, farebbe finta di dimenticarsene. E sceglierebbe per quanto possibile questa dimensione. Quella degli uomini e delle donne. Unica e imperfetta. Precaria e sconvolgente.

Perciò aveva scelto di andarsene senza salutare. Perché lo sapeva. Se avesse indugiato a sperimentare quel che prova un essere umano nell'arco di un'intera esistenza, avrebbe faticato a staccarsene. È ciò che capita a noi. Avevo sorriso mentre il cuore mi si scatenava fuori dal petto.

L'idea che la morte sia in qualche modo sedotta dalla vita è un pensiero che mi strugge.

«Non voglio morire... non è ancora tempo» avevo mormorato.

Buonanotte.

«Madre, vorrei chiedervi una gentile concessione» dissi a gambe strette al cospetto della Badessa che dava da mangiare all'uccellino bianco e nero.

«Ditemi» richiuse la gabbietta e sistemò il mangime su una mensola.

«Avrei piacere a inviare una lettera a mia madre...»

Il suo sguardo s'inclinò.

«Vedete, siamo così legate, e vorrei poter condividere con lei la gioia che provo per questa mia scelta di vita» e aggiunsi: «Abitare la casa del Signore è una grande sorpresa. Non immaginavo fosse un'esperienza tanto formativa e illuminante».

Il volto le si ammorbidì

«Certo, cara. È un tuo diritto.» Aprì un cassetto con la chiave che teneva in tasca e appoggiò sulla scrivania un piccolo plico di fogli intonsi.

Le sorrisi in allerta. Fui stupita dalla sua generosità, visto il furto tra i miei effetti personali. Allungai le mani.

Con un gesto secco mi bloccò: «Uno può bastare, vero?». Il tono suonò come un'imposizione.

«Sì, è sufficiente... grazie» abbassai il capo.

«Qui hai l'inchiostro» mi fornì una stilografica: «La stanza della scrittura è a tua disposizione». Indicò la porta alle mie spalle. Sembrava l'anta di un armadio.

La stanza della scrittura?

Restai impalata immersa nelle mie riflessioni.

«Vai, cara» mi sollecitò sbrigativa.

«"Perché Egli parla e tutto è fatto, comanda e tutto esiste"» accennai un inchino e mi ritirai.

La camera era una sorta di ampio sgabuzzino vuoto. Soltanto un banco e una sedia simili a quelli della scuola troneggiavano al centro. Tre passi incerti e mi sedetti.

Cara mamma, ho trovato Elda. È viva per davvero. La tengono rinchiusa in un solaio e dicono sia molto malata... eh, come fazzu a scriverlo?

Oscillai la penna tra le dita.

Il codice, devo usare il nostro codice.

«11 novembre 1945» vergai sulla pagina, sussurrando tra me e me: «Cara mamma, stai bene? Le settimane lontano da casa sono volate, ma soprattutto, a essersi innalzata verso la grazia di Dio, è la mia anima. Ne sono felice».

Le solite stronzate per iniziare.

«Ricordi la ballerina bianca di cui omaggiai la Badessa?»

Ballerina bianca uguale Elda.

«L'ho ritrovata qui in monastero, al riparo nella sua voliera...»

Voliera uguale prigionia.

«È accudita nei migliori dei modi. È fortunata.»

Il cibo non le manca. A me sì.

«Anche se spesso la vedo addormentata e vorrei sentirla cantare.»

Dormire uguale malattia.

«Forse è per via dell'inverno imminente. In primavera si animerà.»

Primavera uguale fuga.

«La biblioteca è bellissima. Piena di libri di ogni genere. Me l'ha mostrata suor Aurora, la monaca formatrice.»

Bello uguale proibito.

«Mi ha fornito molti libri di anatomia e medicina. Il mio ruolo qui è suora infermiera, ne sono orgogliosa.»

Fornire libri, uguale sa chi sono. È dalla mia parte.

«E ogni momento che ho a disposizione, lo sfrutto studiando... con la benedizione di Dio.»

Studiare uguale escogitare un piano.

«Per il momento è tutto. Spero tu sia in salute e che ti prenda cura di te.»

Prendersi cura di sé uguale venire in visita al monastero.

«Gesù Cristo sia con il tuo spirito. Un caro abbraccio, suor Grazia. Questo è il nuovo nome che mi hanno dato.»

Rilessi febbrilmente le parole appena scritte.

Piera dovrebbe riceverla in un paio di giorni...

Piegai il foglio in quattro.

E adesso che si fa?

Rientrai nell'ufficio della Badessa che attendeva con le braccia conserte.

«Siete stata rapida» puntò la carta.

Mi strinsi nelle spalle: «Era giusto un saluto...». Gliela porsi.

La Madre Superiora la infilò in una busta.

«Non la leggete?» finsi stupore.

Colta di sorpresa, la monaca storse il labbro superiore: «Beh... ecco, non osavo...».

«Ora, per me, rappresentate un genitore acquisito. Nulla posso dire alla donna che mi ha messo al mondo che non dobbiate sapere pure voi.» I miei occhi vibrarono.

La Badessa si addossò allo schienale della sedia e lo sguardo le si fece più aperto.

«Bene...» si schiarì la voce.

Dispiegò la lettera e la lesse in silenzio.

«Che tua madre sia benedetta dal Signore...» annuì compiaciuta dal testo. Lo ripiegò e lo imbustò. «Sarà mia premura fargliela recapitare.»

Sorrisi.

Lo spero.

Le macchie sulla vernice della porta dove alloggiava la suora malata continuavano a darmi l'impressione di sangue rappreso.

È davvero così?

Suor Lucia e io entrammo nella stanza cariche di una grossa bacinella d'acqua bollente e asciugamani puliti. L'aria era guasta. Il secchio accanto al letto colmo di vomito emanava un terribile odore di rancido. Lo afferrai svelta e lo abbandonai in corridoio.

«Come ti senti, stamane?» chiese la mia accompagnatrice aprendo il lucernario con la spranga di ferro.

La consorella di cui non osavo chiedere il nome era rannicchiata tra le coperte. Il viso velato dalla garza. Mugugnò.

«Su, tirati in piedi. Oggi ti devi lavare un po'...» suor Lucia arieggiò la trapunta.

L'inferma restò immobile.

«Non vorrai mica fare brutte figure con la nostra cara amica...» accennò a me: «Suor Grazia è nuova, lo sai. Diamole il buon esempio».

Si mise a sedere, flemmatica.

«Hai pure l'acqua calda... non è una concessione da poco. Dovresti essere grata alla Badessa Madre.»

«Aspettati veleno dall'acqua stagnante...» disse ruvida.

Suor Lucia sbiancò e mi lanciò un'occhiata carica d'imbarazzo.

«Non dire stupidaggini...» avvicinammo il catino: «Partiamo dai piedi. Mettili dentro, vedrai, il tepore ti farà bene».

Obbedì. Aveva delle piaghe nella piega posteriore delle ginocchia. Io e la monaca immergemmo una pezza, la strizzammo e sfregammo una gamba per ciascuna. Da quanto tempo non sentivo il calore sulle mani. Ci era permesso lavarci soltanto con acqua fredda e sapone di Marsiglia.

«Ora pensaci tu, cara... non possiamo toccarti oltre.»

La donna si tamponò le ascelle, il collo e le parti intime senza togliersi la camicia da notte.

Alle monache di questo monastero è vietato guardare il proprio corpo, persino durante l'igiene personale... che follia... siamo tornate al Medioevo!

«Su, asciugati» suor Lucia le diede un telo. «Portami una veste pulita» mi ordinò poi indicando l'armadio.

Svelta aprii le ante. Ne erano impilate tre, una sopra l'altra. Arraffai la prima.

Non lo sopporto più tutto 'sto nero!

La poverella si vestì. Noi due ci voltammo di spalle.

La porta si spalancò all'improvviso.

«Devi venire subito» si affacciò suor Celeste pallida in volto.

«Che succede?» domandò suor Lucia.

«C'è stato un furto...»

La monaca sgranò gli occhi: «Un furto?».

Dondolò la testa: «In cucina».

«Beh...» ci rifletté su: «Lo vedi anche tu, sono occupata. Che se la veda suor Fioretta, adesso non posso».

«Ma si tratta delle tue scorte...» aggiunse con un filo di voce.

Suor Lucia ingoiò l'aria e s'irrigidì. L'asciugamano cadde.

«Cosa?» chiese con un'apprensione a mio parere esagerata: «Cosa hanno preso?».

«Frutta e... pappa reale.»

Si fece il segno della croce e si affrettò a uscire dalla stanza: «Continua tu, suor Grazia. Falle muovere i muscoli. E non andartene fino a che non torno».

Annuii seria.

Le due suore scomparvero al di là della porta che si richiuse con un tonfo.

Siamo rimaste sole...

Il cuore iniziò a pulsare in modo irregolare.

Da dove comincio? Parlo io o faccio parlare lei?

Continuavo a inumidirmi le labbra, quasi avessi dialogato per ore e fossi priva di salivazione. La sorella si piegò e raccolse i teli bagnati sparsi sul pavimento.

«No, non ti stancare...» M'inginocchiai e agii rapida.

La suora tornò a sedersi sul letto. Stese le gambe e appoggiò la schiena accomodando il cuscino alla parete.

«Da qui vedo la luna» sussurrò volgendo il capo verso la finestra.

«Dev'essere bella...» mi accostai al materasso.

Possibile che non abbia capito?

«Come va, adesso? Voglio dire, provi dolore o c'è qualcosa che ti disturba?»

In fondo non sono molto cambiata...

Molleggiò le spalle: «Ho spesso la nausea...».

«Però hai anche appetito...»

Annuì.

«È importante per guarire. Vedrai, presto starai meglio.»

«Già... ma ogni volta ricomincia tutto daccapo.»

Aggrottai la fronte: «Che vuoi dire?».

Restò in silenzio. Ci guardammo mute.

«La nausea... poi torna sempre.»

Parlava così piano che stentavo a sentirla.

«Il dottore, che dice?»

Si scompose in una risata disperata e scivolò sotto le coperte.

«Il dottore sei tu» tornò nuovamente a sussurrare.

«Capisco...» risposi allibita. Il labbro inferiore iniziò a tremarmi.

I medici, nella mia isola fiera, erano uomini. E gli uomini non possono visitare una monaca di clausura.

«Da quanto tempo sei qui?»

«Nel monastero?»

«Intendevo... nel solaio.»

«Io sommo le lune. Ormai ho perso il conto.»

Mi si strinse il cuore: «Facciamo un po' di esercizi?» mi alzai in difficoltà.

Abbozzò un sì incerto.

«Prima, se sei d'accordo, ti medico le ferite dietro le ginocchia.» Aprii la mia valigetta del pronto soccorso appoggiata sul tavolo, ed estrassi una pomata galenica preparata da suor Salvatrice.

Forse è vero... ha davvero perso la ragione?

«Riesci a metterti a pancia in giù?»

Si girò prona sul letto.

«È un unguento nuovo... molto lenitivo» lo spalmai sulle piaghe arrossate.

«Mi piace il suo odore... sa di libertà.»

Riposi il flaconcino e mi concessi qualche attimo per riprendermi dalla forte emozione.

Ada... coraggio, parlale. Chissà quando ricapiterà un'altra occasione.

«Ti starai chiedendo perché porto questa garza, vero?»

Fu lei ad affrontare il discorso.

«Non sono pazza...»

Le sorrisi.

«Per me è un filtro nei confronti del mondo. Prendo quello che serve. Il resto lo lascio fuori» attorcigliò tra le dita un lembo del lenzuolo: «Sai, ho il volto deformato».

Ecco, la verità affiora... confidati Elda, io ci sono.

«L'ho fatto per fargli un dispetto...»

«A chi?»

«A lui...»

La guardai in attesa.

«Il sacerdote Battista... lo so che non sono la sua preferita... perciò ho afferrato la candela e me la sono ficcata nell'occhio. Non ho nemmeno avvertito dolore.»

Le strinsi le mani.

Non ce la faccio...

«Si è sentito in colpa... da allora è gentile. E posso fare ciò che voglio.»

«Perché sussurri?» le domandai.

«Non mi piace udire la mia voce.»

«Come mai?»

«Così mi sembra di non esistere. E se non esisto, niente è vero...»

Mi avvicinai: «Amica mia... sai chi sono?».

Scosse il capo.

«Sono Ada! Sono io... mi riconosci?» dissi in lacrime.

«No... dovrei?» chiese persa.

Mi portai una mano alla bocca, sconvolta.

Cosa ti hanno fatto?

«Ascoltami, cara... posso alzarti il velo?»

«Non è un bel vedere.»

«Sono sicura che nemmeno si nota la cicatrice...»

«Qui di specchi non ce ne sono... ma lo percepisco con le dita... la pelle si è raggrinzita.»

«Vuoi sia il tuo specchio?» mi feci più vicina: «Non lo dico a nessuno».

Rimase impassibile per qualche istante. Poi con un tocco leggero lo sollevò.

Sobbalzai.

Tu...

Demoni, ratti e pipistrelli parvero intessere una ragnatela di morte davanti al mio sguardo.

La tua faccia...

La donna si ricoprì mortificata.

Tu non sei Elda!

20
La cospirazione del silenzio

Fummo riunite in una stanza che non conoscevo. Si estendeva sul lato est del convento, né al piano terra, né al piano superiore. Stava sospesa nel mezzo. E l'enorme vetrata che si apriva sulla parete laterale s'affacciava sul ripido dirupo. Non mancava nessuna all'appello, nemmeno suor Candida che trascorreva le sue giornate nel bugigattolo della portineria. Certo, l'inferma non era presente. Ora sapevo il suo nome: suor Pia. Ma quella era un'altra storia.

«Lo saprete, ormai, ieri mattina si è verificato un fatto increscioso» esordì la Badessa Madre camminando su e giù: «Alcuni prodotti riservati alla nostra cara malata furono rubati, e adesso è giunta l'ora della verità». Ci scrutò severa.

Noi restammo in fila, appiccicate. Sotto esame.

Chi è stata?

La Badessa indagava con lo sguardo insinuante cercando di carpire ogni minima oscillazione emotiva sui nostri volti.

«Ricordate la virtù del disdegno di sé?» chiese.

Chi avrebbe il coraggio di infrangere le regole?

«Il Signore ci rammenta, da quassù» indicò la finestra: «Che la natura può essere meravigliosa, ma anche spietata».

Suor Vittoria, forse? No... ha un carattere forte. Non si met-

terebbe in pericolo per così poco. E poi è una novizia. Non oserebbe.

«E la magnificenza del suo potere incombe su di noi.»

Magari suor Caterina? Pure lei è una novizia, però è qui come me, per obbligo, non per genuina vocazione. E in effetti, lei munge la capra, raccoglie le uova... è furba. Ha modi migliori per farsi uno spuntino senza essere beccata.

«Sulle nostre scelte, e sulle conseguenze che ne derivano.»

E se fosse suor Epifania? Si sveglia prima di tutte... e hai voglia a fartela passare, la fame che ti viene...

«Questo è il luogo in cui il peggio di noi è denunciato per ricevere clemenza. Qui analizziamo i nostri istinti sopiti e le vergogne inconfessate. Perché più disdegniamo ciò che siamo o che abbiamo commesso, più la bontà divina accoglie la nostra anima perduta» esalò un respiro profondo e incrociò le mani sul grembo.

Qualcuna infossava il collo nelle spalle. Un paio strinsero il pugno dietro il bacino. Suor Fioretta fissava le stringhe slacciate del suo stivaletto.

Un lungo silenzio si propagò avverso.

«La ladra faccia un passo avanti» sbraitò la Badessa all'improvviso.

Mai l'avevo sentita alzare la voce così. Suor Agostina iniziò a singhiozzare.

«Eccolo il Diavolo infiltrato...» frusciò la voce, in esaltazione: «Inizia ad affiorare...». Si avvicinò: «Piangi per i tuoi peccati?».

«Sì» squittì tra le lacrime.

«Inginocchiati» le ordinò con un brusco gesto del braccio.

La monaca obbedì incurvando la schiena e rintanando le dita sotto le cosce: «Perdono madre... perdono» farfugliò in preda alla disperazione: «Non sono stata io... non sono stata io».

«Cosa?» spalancò gli occhi.

Per un istante ci diede le spalle. Pareva un parafulmine appena investito dalla scarica elettrica. Quando si voltò, ebbi paura.

«Siete in punizione. Nessuna esclusa!» sentenziò: «Suor Fioretta si occuperà delle flagellazioni. E voi, suor Maria Addolorata, le infliggerete a suor Fioretta».

«Quante, madre?» chiese la vecchia.

«Trentatré, gli anni di Cristo.»

Fu allora che accadde l'impensabile.

Che fai?

Suor Evangelica iniziò a cantare.

Non farlo...

La Badessa si congelò.

«Mamma del cielo Vergine Santa, fa' che ami ogni vicino come se fosse Gesù bambino... al Cuor Divino stringimi Tu, come stringevi a te Gesù...» la sua voce si diffuse fulgida.

Le monache si strinsero tra loro. Pedine sovrapposte di un'unica scacchiera.

«E l'onda sonora a Satana ostil, esulta e onora la Vergine umil... Ave, Ave, Ave Maria» continuò.

«Basta!» gridò la Badessa.

Suor Evangelica non smise di intonare le note del canto mariano. Il suo era un deliberato atto di protesta.

«Silenzio!» strillò fino a distorcere il suono che usciva dalle sue corde vocali.

«Ave, Ave, Ave Maria...» perseverò.

La Madre Superiora le si lanciò addosso e le strappò il velo con le unghie: «Devi smetterla» intimò a denti stretti.

Eppure la monaca, che si era immolata per le proprie compagne, trovò la forza di proseguire nel suo folle dissenso.

«Suor Fioretta» le rivolse uno sguardo atroce: «Fuori!».

La donna si affrettò ad afferrare suor Evangelica per le braccia e a trascinarla via. Quando la porta si richiuse, il suo canto di libertà persistette. Se solo avessimo avuto il coraggio di ribellarci tutte. Tutte insieme. Forse tanto dolore non si sarebbe perpetuato. La Badessa si ricompose. Le sue guance, tuttavia, avvampate per la collera, non si scolorirono. Fece qualche passo sommesso. Si diede un tono. Si fermò davanti all'ampia vetrata.

«Potete andare, ora» disse distendendo le parole.

Impiegammo del tempo per capire se stesse dicendo sul serio, o se si trattasse di un tranello.

«Su... tornate alle vostre attività» si voltò verso lo spettacolare panorama.

«"Perché Egli parla e tutto è fatto, comanda e tutto esiste"» sussurrammo piano.

In silenzio ci accodammo all'uscita e, come ratti, fuggimmo di soppiatto prendendo ognuna una direzione diversa. Di suor Evangelica non si seppe nulla per un mese e mezzo. Nessuna osò chiedere cosa le fosse capitato. Molte di noi lo sapevano, ma io ancora lo ignoravo. Le uniche a non capire, insieme a me, erano le novizie. Con suor Salvatrice, suor Vittoria, e suor Caterina, nei pochi momenti di dialogo a noi concessi, disquisimmo sulle sue sorti. Perché la poveretta non cantò più dal giorno del suo ritorno, e i polpastrelli rimasero fasciati a lungo.

L'ora di meditazione personale la trascorsi sdraiata nella mia cella con lo sguardo sbarrato sul soffitto, anche se avrei preferito riposare. Ripensai alla violenza con cui la Badessa Madre si era accanita contro di noi. Alla rabbia inesplosa che custodiva segreta dentro di sé, e che per la prima volta si era manifestata in mia presenza. Le flagellazioni già le avevo sperimentate, è vero. Ma la voce stridula, l'isterismo dei gesti, la furia sulle guance, mi avevano impressionato in modo irreversibile. Da qui non si tornava indietro. E la situazione non poteva che peggiorare.

Ci pensavo da un po'. In seguito al furto, l'impulso di controllare dietro il crocifisso appeso sopra il letto mi ossessionava. Ma temevo di essere colta in flagrante, perciò non osavo agire. Immaginavo un foro nascosto della parete. O qualcuno sempre pronto a spiare attraverso il buco della serratura. Tuttavia, mi inginocchiai sulla stuoia, alzai le braccia ed esaminai il compensato. Mi aprii in un sorriso di sollievo. La moneta d'oro era lì. Lo considerai un successo. Riposizionai la croce sul chiodo e restai seduta con le mani in mano.

Devo scoprire chi ha voluto farmela trovare... ormai ne sono convinta. Non è stata una casualità. Nessuno l'ha persa per errore.

Suor Lucia mi diede l'incombenza di raccogliere le castagne per arrostirle nel grande camino. Le avremmo portate a suor Pia per cena. Uscii sull'ampio selciato e mi diressi verso i castagni dalla chioma rosseggiante. Posai il cesto di canapa a terra e iniziai la raccolta dei ricci schiusi. Mi piaceva stare a contatto con la natura. Il maestrale soffiava ruvido sulle fronde degli alberi. In lontananza scorsi suor Aurora rastrellare le foglie secche che si dibattevano quanto una folla in sommossa nel declivio a sud del monastero. Feci scorrere lo sguardo tutto attorno. Eravamo sole. Mi sembrò il momento giusto per affrontare il discorso.

«Perché mi hai mentito?» sibilai feroce.

«Sto dando una mano a suor Domenica... vuoi contribuire?» disse evitando di guardarmi.

La sua indifferenza m'innervosì.

«Mi hai sentito?» la privai del rastrello: «Rispondimi».

«Io non ti ho mentito.» Le sue pupille si mossero nervose.

«Ho visto il volto dell'inferma, suor Pia... non è lei...» puntai l'attrezzo a terra.

«Certo che non lo è» ribatté severa.

Smisi di respirare e allentai la presa del forcone che cadde al suolo.

«Vuoi dire che...» mi avvicinai in scompiglio: «Pure Elda è...».

«Shhh...» mi azzittì: «Sappi che mai ti mentirei». Mi sistemò il velo smosso dal vento: «È nel luogo che sai. Non posso dire altro. Perciò, non demordere».

«Ma... come faccio a raggiungerla senza il tuo aiuto?»

«Il mio aiuto ce l'hai eccome. E presto, il naturale corso della vita ti presenterà l'occasione per ritrovarla. Dammi ascolto e abbi fede.»

Mi tormentai la fronte crucciata.

«Non agitarti troppo, però. Resta nell'ombra...» raccolse il rastrello e me lo ficcò in mano: «Il lavoro aiuta i cattivi pensieri... ad andarsene».

Ne impugnò uno per sé e insieme ci dedicammo al fogliame in silenzio.

«Ho scritto a mia madre» la informai.

Si fermò: «E cosa ha detto la Badessa?».

«Mi ha chiusa nella stanza della scrittura. Percepivo la sua attesa al di là della porta...» sorrisi: «Gliel'ho fatta leggere».

«Lo avrebbe fatto comunque, lo sai.»

«Certo, a maggior ragione.»

«Mossa arguta» riprese a radunare le foglie.

«Adesso sa quello che deve sapere... mia mamma, intendo.»

Annuì: «Sei stata prudente?».

«La prudenza ha soltanto un occhio. Il senno di poi ne ha tanti...»

Mi fissò assorta.

«È Goethe... ho letto qualcosa nei mesi scorsi, su consiglio di un'amica.»

Annuì nuovamente: «Non tutto il necessario, però...».

Rimasi di stucco.

Che voleva dire, tra le righe?

«Fai in modo che riaccada. Tu, sola con la poveretta rinchiusa» parlò piano.

L'indizio mi colse di sorpresa. E il corpo intero divampò in una sorta di frenesia implosa.

«Vuoi che...» mi morsi la lingua: «Perché?».

«Fa' che si fidi di te» continuò: «E scoprirai il suo segreto».

«Il suo segreto?»

«Va' da lei.»

«Suor Aurora... mi farai impazzire» alzai lo sguardo al cielo.

«Beh, in tema di aforismi... La follia è di chi vede lontano.»

Terminata la preghiera comunitaria dell'Ora nona, vidi suor Candida aggirarsi per i corridoi. Mi squadrò fugace ed entrò nell'ufficio della Madre Superiora. Pochi istanti dopo, uscì e sgattaiolò verso il portone principale.

Qualcosa bolle in pentola?

Mi recai in infermeria. Suor Celeste si era tagliata un dito apparecchiando per la cena.

«La ferita è profonda...» l'avvertii esaminandola: «Bisogna darti qualche punto».

Acconsentì distorcendo il labbro in una smorfia. Maneggiai

del filo di seta cercando di mascherare l'agitazione come meglio potevo. Disinfettai e procedetti a ricongiungere i lembi della pelle. Lei si tese stringendo un grumo di tessuto con la mano libera, strizzò le palpebre ma non emise alcun lamento. Le sue lentiggini si sparpagliavano graziose. Le potei osservare da vicino mentre operavo. Le punteggiavano il viso quasi fossero frammenti di coriandoli al caramello. E le ciglia bionde profilavano il bulbo oculare, simili a un pizzo intorno a una bomboniera.

«Andiamo» si palesò suor Maria Addolorata.

Io e suor Celeste ci guardammo.

«A chi ti riferisci?» chiesi.

«A te» rispose laconica.

Fasciai rapida il dito della monaca e chiusi la stanza a chiave. Seguii la vecchia in silenzio.

Stavolta, dove stiamo andando?

M'imbronciai.

Sembra traghettarmi in giro come fa Caronte, sul fiume infernale...

L'ennesima porta che non conoscevo si aprì. Nel parlatorio vidi una figura al di là delle grate. Portava una veletta da vedova davanti alla faccia.

«Mamma!» esclamai sopraffatta dall'emozione, correndole incontro.

Il divisorio che ci separava partiva dal soffitto e terminava su una consolle in legno. Nessuno sbocco. Le piccole fessure trasformavano il suo volto in una sorta di puzzle. Aveva i capelli raccolti e la borsetta appoggiata sul grembo. Avrei voluto abbracciarla. Si alzò e avvicinò le mani alla griglia di ferro.

«Stai bene, amore mio?» disse.

Brava, ti sei attenuta agli accordi presi prima che entrassi qui dentro. Così velata sarà difficile riconoscerti e collegare te, e di conseguenza me, a Elda...

Le sorrisi. Mi studiava attenta come quando ero tornata al bagghiu apparendole lo spettro di me stessa. La impressionava vedermi indossare l'abito monacale. Il suo sguardo si poggiava di continuo sul velo. Probabilmente rappresentava qualcosa di inconcepibile ai suoi occhi. Che superava le rassicurazioni della ragione. Perché una cosa è sapere che avevo strumentalizzato la vocazione. Un'altra era trovarmi di nero vestita da capo a piedi.

Non sono monaca per davvero... ricordalo.

Suor Maria Addolorata restò appollaiata ai margini della stanza per tutto il tempo. Dovevamo stare in guardia e non parlare a sproposito. Ci accostammo per quanto possibile.

«Ti ho portato questa» aprì la sacca e tirò fuori una teglia impacchettata: «È una torta salata. Spinaci e ricotta». Ne tagliò una piccola fetta: «Mangia».

Inumidii le labbra ripetutamente. La fame si faceva sentire.

«Meglio condividerla più tardi con le mie compagne...» mi trattenni senza troppa convinzione.

«Cìertu, u resto a spartirai cu iddi, ma uòra manna giù almìenu 'n pizzuddu» mi passò la porzione attraverso una delle feritoie della grata. La misi in bocca con voracità e me ne infischiai delle conseguenze. Se anche la strega avesse fatto la spia, non era il momento di pensarci. Chiusi le palpebre e assaporai il gusto intenso della cucina di mia madre. Mi scese una lacrima di gioia. Piera scalpitò sulla sedia.

«Signora...» si rivolse goffa a suor Maria Addolorata: «Ne volete un poco? È buona...».

L'ultimo boccone mi andò di traverso. Non sospettavo una simile mossa. La monaca stette in silenzio per qualche istante, spiazzata. Mi voltai.

«Vi ringrazio molto. Sarò felice di assaggiarla insieme alle nostre consorelle.»

La sua gentilezza mi stupì. Mia madre accennò un sì con la testa e ricoprì la tortiera con il panno.

«Raccontami di te, figghia.»

«Le giornate trascorrono in pace...»

Palle, palle, palle... lo sai pure tu.

C'eravamo capite.

«Sariddu, don Carmine, Annabella... ti mandano i loro saluti.»

Annabella uguale Antonia.

La nostalgia per la mia vera vita si riaccese bruciante.

«Ha un messaggio per te, Annabella...» rimarcò la parola.

Mi tirai su di botto.

«Dice che ha trovato delle lettere di sua sorella...»

La levatrice defunta...

Mi acquattai davanti al divisorio.

«Consiglia di trascorrere più ore in chiesa... perché in chiesa troverai l'illuminazione.»

«In chiesa?» ripetei corrugando la fronte.

Chiesa uguale chiesa...

«Sì, proprio in chiesa.»

Qui c'è la basilica del monastero...

«Che cristiana esemplare... ha ragione, seguirò con piacere il suo suggerimento...»

Che ci sarà mai? Non ho visto nulla d'interessante... di certo, Elda non è lì. È lassù, da qualche parte nel solaio. Su questo non ci sono ormai dubbi.

«Anche se, nel convento, la voce del Signore la si percepisce in ogni luogo.»

Palle, palle e ancora palle.

Ci scambiammo un altro sguardo d'intesa.

«Beh, pure io ho delle novità...» dissi.

Novità uguale indizi.

«Lo immagino.»

E adesso pi chi manera glielo spiego?

«Dormo in una cella tutta per me. Ho un letto caldo, un grande crocifisso e la finestra si affaccia sull'intera vallata. Mi piace la semplicità della nostra esistenza.»

Piera mi fissò come a dire, vai al punto.

«Ricordi il sogno che ti raccontai tempo fa?»

Sogno uguale Civetta di Minerva.

Mia madre annuì e si drizzò sulla sedia con la bocca socchiusa.

«Ecco, la novità è che il sogno si è ripetuto, di nuovo...»

Parafrasando: l'indizio è che la Civetta di Minerva è tornata... insomma, la moneta d'oro non era prevista nel nostro codice...

«Uhm...» mugugnò: «Mi sembra di capire che è una buona cosa...».

«Molto. Lo sai, è di buon auspicio. È grazie a quel sogno che ho trovato la mia strada qua, in convento.»

«Già... u sacciu.»

«Ma dimmi, il tuo rapporto con la preghiera è tuttora presente? La Bibbia è al suo solito posto?»

Bibbia uguale libro rosso.

«Sul mio comodino, tranquilla. La leggo ogni sera.»

Comodino uguale nascondiglio.

«Tu la conosci bene la parola di Dio... mi aiuta a sentirti vicina...»

La interrogai inarcando un sopracciglio. Accennò un no con il capo.

Ho capito, nessuna scoperta.

Suor Maria Addolorata si schiarì la voce con un colpo di tosse: «Il tempo della visita è terminato».

Io e mia madre ci alzammo in piedi. Fu uno strappo. Per entrambe.

«Di' a Sariddu di tenersi pronto per la primavera...»

Sariddu dovrà aspettarmi nel luogo stabilito dove lo incontrerò quando sarò fuggita da qui.

«Non vede l'ora... stammi beni, figghia mea.»

«Restiamo in contatto» la voce tremò.

«Sempre, non temere.»

I rigidi mesi invernali trascorsero lenti. Il nuovo anno non fu una benedizione ma ragione di angoscia, dal momento che presto sarebbe arrivato il giorno della mia vestizione. Avevo auspicato di risolvere più rapidamente la questione del ritrovamento di Elda. E in chiesa, nonostante il messaggio di Antonia, non riuscivo a trovare alcun indizio.

La corrispondenza tra me e Piera continuò nei limiti del possibile. Il nostro codice iniziava a mostrare la corda. Ero stanca di fingere. E avvertivo un gran bisogno di confidarmi in maniera autentica. Con le novizie avevo stretto una solidale amicizia. Suor Aurora mi aiutava a non perdere le speranze. E il monastero lo conoscevo come le mie tasche. O almeno così credevo.

Suor Pia era seduta sul pavimento. Agitava le braccia su e giù inalando ed espirando rumorosamente.

«Che fai lì a terra?» chiese suor Lucia.

Insieme posammo le provviste sul tavolo.

Sprizzava una gioia insolita.

«Esercizi di respirazione. Ormai è tempo di farli» spiegò senza smettere.

Teneva la garza legata dietro la testa in modo da mantenere soltanto gli occhi al coperto. L'incarnato roseo la faceva sembrare più giovane.

Uscita da 'sta prigione, voglio farla pure io la cura ricostituente alla pappa reale.

«Beh, mi pare una buona abitudine» l'assecondai: «Certo, potrebbe giovarti anche stare un po' all'aria aperta, magari fare delle passeggiate intorno al monastero, che dici, suor Lucia?».

La monaca mi strizzò un braccio e le unghie affondarono nella carne. «Non metterle in capa strane idee» mormorò a denti stretti: «Al contrario, deve stare qui tranquilla, vero?». La guardò: «Al riparo dai pericoli del mondo».

La sorella annuì mesta.

«Il tuo corpo è sacro... e nulla interverrà a compromettere la tua salute.»

E il corpo di noi disgraziate, invece?

«Su, rimettiti a letto» la invitò versando del latte in una grossa tazza di terracotta.

Suor Pia faticò a rialzarsi. Mi avvicinai e l'accompagnai tra le lenzuola.

«I fiori stanno già sbocciando, là fuori?» domandò bevendo.

«Non ancora. Ma i rami degli alberi sono colmi di gemme» risposi cercando di renderla partecipe: «Quando germoglieranno, ti porterò un mazzo profumato da tenere in camera, se hai piacere...».

«Grazie, sei gentile» mi strinse una mano quasi fosse in cerca di un appiglio. Mi sentii impotente.

Si stese e fissò il soffitto. Mi parve di rispecchiarmi in lei.

«Sai, oggi si è mosso!» si confidò con un gorgoglio ilare nella voce.

«Che cosa si è mosso?»

«Lui...»

Si sta forse riferendo al sacerdote Battista?

Si accarezzò il ventre e mi sorrise: «Secondo me è un maschio».

Un forte conato mi tolse il respiro.

«L'ho capito dall'impeto con cui si è finalmente fatto sentire.»

Lanciai un'occhiata vertiginosa a suor Lucia che sbiancò.

«Una madre lo capisce sempre... è l'unica capace di un tale miracolo» dissi mascherando malessere e turbamento.

Un'altra monaca gravida... non è possibile...

«Tu hai figli?»

Indugiai qualche istante, scioccata dalla rivelazione: «No...».

Stellina, non sei malata. Sei soltanto incinta...

«Per me è il quarto» dichiarò con leggerezza.

Sta dicendo la verità?

«Ora basta chiacchiere inutili, mangia» intervenne brusca suor Lucia.

«Potete perdonarmi un momento?» sibilai con un filo di voce: «Ho bisogno del bagno» mentii.

«Sai dov'è?» chiese suor Lucia.

In effetti non lo sapevo.

«Lo trovo» farfugliai uscendo dalla stanza in preda all'orrore.

In corridoio mi accasciai a terra e scoppiai in un pianto turbolento. Non potevo credere a ciò che avevo appena appreso. Elda ha perso il suo bambino. Suor Pia ne ha avuti addirittura tre.

Ma tutti dentro al monastero o nella sua precedente vita?

Mi rialzai in piedi.

A Elda è capitato di certo qui dentro.

Cercai di ragionare in modo lucido nonostante le circostanze.

E a quanto sembra, non solo a lei...

Mi guardai intorno. C'erano quattro porte. Mi attaccai alle maniglie, lo stesso feci quella volta in cerca della biblioteca.

Elda sarà rinchiusa al di là di una di queste? Deve esserlo, per forza!

«Camurrìa» sbottai: «Sono chiuse a chiave!».

Mi fermai. Il sudore condensato sotto il naso varcò i confini del labbro superiore entrandomi in bocca. E le mani tremanti non riuscivano a stare al loro posto.

Torna in te, Ada. Rimetti piede in quella camera come se nulla fosse, e fai il tuo lavoro. È fondamentale che suor Lucia non lanci alcun allarme.

M'incamminai.

Di me si possono fidare. È il risultato da ottenere. Soprattutto agli occhi della Badessa.

Varcai l'uscio.

«Allora, l'appetito c'è...» mi rivolsi all'inferma che inferma non era affatto.

Mugugnò masticando gli ultimi bocconi.

Guardai la scodella quasi vuota: «Va alla grande, mi pare...». Sorrisi verso suor Lucia che ancora mi studiava con sospetto.

Infilai i piatti sporchi nella cesta e me la caricai su un fianco: «Quando vuoi, la frutta è sul tavolo, per lo spuntino pomeridiano. Ci vediamo più tardi» conclusi decisa dirigendomi verso la porta.

Suor Lucia mi seguì, sorpresa dalla mia disinvoltura. Fui io a parlare per prima.

«Non nego il mio disappunto nello scoprire di essere stata presa in giro per tutto questo tempo... le bugie non mi piacciono. Dal momento che ci troviamo nella casa del Dio onnipotente, però, voglio credere che tu e la Badessa lo abbiate fatto per una buona ragione...» La monaca tentò di prendere la parola ma non glielo permisi: «E comunque, sono felice di poter condividere con te l'attesa di un così dolce avvento. La nascita di una nuova creatura è sempre un dono divino...».

«Sia lodato il Signore.»

E aggiunsi: «Ora non serve pensare a cosa le sia capitato al di fuori delle sacre mura. Di certo, molto dolore... ma qui in convento, con le nostre cure, è finalmente protetta».

Lo sguardo di suor Lucia si schiarì abbandonando imminenti previsioni di burrasca. Tuttavia perdurarono la rigidità delle spalle e una smorfia tesa della bocca.

Al vespro, non resistetti. Invece di consumare nella mia cella l'ora di preghiera personale che precedeva la cena, mi recai in chiesa. Pur non essendo il primo tentativo, mi ostinavo a cercare l'indizio su cui tanto si era raccomandata mia madre attraverso il messaggio di Antonia. Se anche mi avessero scoperta, cosa mai avrebbero potuto dire davanti al fervido desiderio di isolarmi nel luogo più caro al Signore? Perciò, approfittando del ritiro delle monache m'intrufolai tra le navate deserte.

Tutta sola, mi sembrarono più imponenti di quanto le ricordassi in compagnia delle consorelle. E i miei passi si amplificavano come quelli di un esercito in postazione d'attacco. Sorrisi. Mi sentii tornare bambina, quando il bosco di agrifogli giganti si animava e assieme a Elda udivamo rumori che non esistevano. Indagai tra le iscrizioni sulle pareti e sulle colonne, sotto gli inginocchiatoi, nel confessionale, intorno all'altare, sul Cristo in croce.

«Che ci fai qui?»

Trasalii. Mi voltai. Era suor Aurora.

«Mi hanno detto che in chiesa avrei trovato le risposte che cerco.»

«Chi è stato?»

Tergiversai titubante.

«Se vuoi che ti aiuti, devi dirmi da chi proviene l'informazione. È di vitale importanza» si avvicinò.

«Quando venne in visita tempo fa... mia madre.»

«Oh cielo... siamo perdute!» si stropicciò il volto tra le mani.

«Che dici?»

«Suor Maria Addolorata, ricordi? È una tra le peggiori...»

La interruppi: «Abbiamo un codice... ci siamo scambiate messaggi senza dire nulla di compromettente».

Emise un verso tra il sollevato e l'incredulo.

«Non sai quanto ci siamo esercitate prima che entrassi in monastero.»

Si fece il segno della croce.

«Pur non avendo studiato, Piera è una donna intelligente. Da ragazza, le ho insegnato a leggere e a scrivere. Imparava alla svelta. E non si è smentita durante il nostro incontro. Non ha sbagliato un colpo.»

Scaricata la tensione, suor Aurora mi abbracciò in uno slancio.

«Non è la chiesa giusta, bella.»

Sgranai gli occhi.

«Ascoltami, Ada» abbassò la voce: «È arrivato il momento».

«Il momento per cosa?» una scossa mi pervase gli arti inferiori.

«Troviamoci domani notte, alle due, davanti alla stanza di mezzo.»

«Quella con l'ampia vetrata dove è successo...»

«Esatto.»

«Ma come faccio a uscire dalla mia cella? È chiusa a chiave.»

«Lo so. Farò in modo di aprirti. Passerò dopo la compieta, una volta che vi sarete ritirate tutte per il grande silenzio. Perciò non ti allarmare se sentirai armeggiare alla tua porta, intesi?»

Annuii.

«"La speranza differita affligge l'animo, è albero della vita un desiderio raggiunto"...» mi sorrise: «Ti devo portare in un posto».

21
La cappella palatina

Il silentium magnum, così lo definiva suor Aurora, si profuse durante le lunghe ore che separavano la notte dall'alba. L'impazienza per l'attesa del nostro incontro furtivo mi consumava. Perciò mi forzai a chiudere gli occhi e il sonno mi liberò dalle sollecitazioni dei miei pensieri.

Un grido cavernoso echeggiò tra le mura del convento. Sperai fermamente che non fosse già l'ora di alzarsi. Controllai l'orario su una piccola sveglia che Piera aveva inserito all'ultimo nella mia scarna valigia. Era da poco passata la mezzanotte. Mi alzai in un balzo ma, tanto per cambiare, in corridoio non comparve nessuno. Le grida continuarono a ripetizione finché non ne giunse una viscerale e prolungata. Infine tutto tacque. Lo strano lamento di una gatta in calore parve controbattere a tanto baccano. E ancora, fui divorata dal grande silenzio.

Più che un gatto sembra un bambino che piange...

Pensai

«Un bambino...» raggelai.

Camminai avanti e indietro.

«È nato... è nato un bambino!»

Possibile che non mi chiamino in soccorso? Dopotutto ho preso il posto della levatrice defunta...

Il moto acuì la mia agitazione.

Non sarà stata mica vittima di un omicidio, come la povera signora Benedetta?

Nella mia testa assurde congetture trovarono le fondamenta di una solida plausibilità.

Un lento avvelenamento, magari?

D'altronde dovevo aspettarmi soltanto il peggio da un monastero in cui le monache di clausura portavano in grembo creature pronte a nascere.

Suor Pia è appena entrata nel quinto mese. Non può essere...

«E se non è lei...» m'inginocchiai con le mani a coprirmi la bocca aperta in un grido afono e disperato.

È Elda...

Dondolai il busto allo stesso modo di una bussola che ha perso la rotta.

Suor Aurora dice che è tenuta nascosta nel solaio...

Picchiai i pugni a terra.

Ha partorito un altro bambino? Qui dentro... di nuovo?

Mi rialzai in preda a una tale rabbia che la vista mi si tinse di nero. Un nero che investiva ogni cosa, colava, e appiccicava quanto la pece. L'istinto mi avrebbe indotto a gridare, a ribellarmi. La ragione mi obbligò all'apatia. E mi tornarono in mente le parole della formatrice: «"Presto, il naturale corso della vita ti presenterà l'occasione per ritrovarla. Dammi ascolto e abbi fede"... Certo, il tempo della gestazione... a questo si riferiva. Avrei dovuto capirlo...».

Eppure, ancora, Elda e io non c'eravamo incontrate.

La giornata fu scandita dalle Ore liturgiche e dalle cure a suor Pia.

«Oggi è un buon momento per farlo...» mi si avvicinò suor Salvatrice durante la pausa ricreativa.

Non può aver orecchiato il colloquio tra me e suor Aurora...

La interrogai con lo sguardo.

«Per darmi una mano in laboratorio.»

«Ah, certo...» mi aprii in un sorriso ambivalente.

L'officina si trovava all'estremità del lato ovest, quello dell'infermeria e dell'alloggio della Badessa. La stanza aveva una forma ovoidale. Sembrava una gemma incastonata all'interno delle mura del monastero. Al centro troneggiava un tavolo in marmo rosa e tutt'attorno credenze e mobiletti seguivano le pareti irregolari. Su di essi piantine, ampolle e boccette di ogni fattura. Due piccole finestre rotonde illuminavano i vasi appesi al soffitto che scendevano sospesi a diverse altezze, profumando l'ambiente con erbe officinali e spezie.

«Ecco dove trascorro i miei pomeriggi» esordì fiera.

La sua accoglienza mi conquistò: «È grazie a persone come te che il convento è in grado di rendersi indipendente dal mondo esterno...». Osservai ogni dettaglio: «Non manca proprio niente».

«Con lo studio della natura si trova sempre la soluzione, o quasi.»

«Da dove è nato il tuo interesse per l'aspetto medicale e curativo delle piante?»

«Avrei voluto diventare medico... ma soldi per studiare non ce n'erano. Così, in campagna, ho imparato da autodidatta.»

«Mostrami le tue formule...» mi accostai al banco.

Da uno sportellino, tirò fuori due contenitori ermetici e delle garze di cotone: «Oggi mi aiuterai a filtrare la tintura madre di propoli che ho preparato una decina di giorni fa. Questa scorta arriva dalla raccolta di ottobre. Tra qualche settimana, suor Domenica mi fornirà quella primaverile».

«Che devo fare?»

«Io verso, tu tieni teso il tessuto.»

Posizionai la maglia sopra la ciotola e suor Salvatrice vi rovesciò sopra il liquido amarognolo.

«In che modo si ottiene?»

«Con scaglie sbriciolate e alcol alimentare di gradazione superiore ai settanta gradi. Serve per una più alta estrazione dei principi attivi del propoli.»

La ascoltavo con interesse.

«Ora lo conserviamo qua dentro» mi consegnò una bottiglia scura: «Bisogna evitare che stia a contatto con fonti di luce».

La medesima operazione la ripetemmo con il secondo contenitore ermetico.

«Ci basterà per la bella stagione» decretò chiudendolo.

«Hai sentito nulla stanotte?» inquisii con ponderata leggerezza.

«Ho dormito che parevo un angelo» appoggiò i macerati in un angolo poco illuminato: «Suor Vittoria, sì però. Mi ha detto che un gatto in amore l'ha svegliata verso la mezzanotte e non è riuscita a riprendere sonno. Perché me lo chiedi?».

«A me è successo lo stesso... sonno turbato.»

«Può capitare, sai... io non ho ancora familiarizzato con i rumori del monastero. Credo che non mi ci abituerò mai. È troppo grande, e se penso a dove abitavo prima...»

«Già...»

«Ti faccio provare un prodotto raro...» con una chiave aprì il lucchetto della credenza principale.

Seguii i suoi movimenti incuriosita.

«In quel piccolo piano cottura ho fatto pastorizzare il latte di capra, così dura a lungo» indicò due fuochi e un fornelletto a ridosso della finestra. «Il miele me lo fornisce suor Domenica... razionato, ovviamente. Ogni tanto capita pure la sacra sacrissima pappa reale» ridacchiò cercando la mia complicità: «E il propoli, lo hai visto, non manca». Mi mostrò un cofanetto in avorio.

«Cos'è?»

«Un unguento dalle proprietà benefiche, miracolose.» Ci infilò dentro una spatolina e me lo spalmò sul viso.

«Che buon odore...» chiusi gli occhi.

Mi sembrò di essere attorniata da fiori e biscotti.

Se lo cosparse in faccia a sua volta: «Te ne accennai mesi fa... quando non ci sono contingenze, mi occupo della sua pelle...».

«Ti riferisci alla Badessa?» mi allertai.

Annuì. «Ne ha un'attenzione morbosa... lo avrai notato quanto è curata. Rispetto al nostro pallido incarnato, il suo pare quello fresco di una quindicenne» si lasciò andare in tono confidenziale: «Questa è la preparazione che predilige. Se ne ricopre il volto e mantiene l'impacco per la notte intera... non mi stupirei se si venisse a scoprire che è stata proprio lei...».

«A fare cosa?» sussurrai.

«A commettere il fatto...»

Sbattei le palpebre: «Il furto?».

Mi guardò in modo eloquente.

«Ne sarebbe capace?» indagai incredula.

«Io dico di sì...» azzardò con il mistero nella voce.

In una frazione di tempo che non seppi quantificare, mi sentii in pericolo.

«Per carità, suor Salvatrice, toglimi subito di dosso 'sta poltiglia...» cercai una spugna o qualcosa di simile.

«Non ti preoccupare, adesso è a colloquio con il sacerdote Battista... stai tranquilla.»

«Svelta, per carità...» la implorai con urgenza.

«Come vuoi, ma è un peccato sprecarla...» si avvicinò con un canovaccio umido.

«Ci sono dei pacchi per te in portineria» apparve squittendo suor Candida.

Afferrai il panno voltandomi di spalle e mi pulii lesta. Suor Salvatrice restò immobile davanti allo sguardo accusatorio della monachella pettegola.

«La nostra cara esperta di erbe officinali ha voluto testare gli effetti della sua nuova pozione» mi atteggiai a una certa convinzione: «E siamo onorate di poter affermare che il risultato è eccellente. La Badessa Madre ne sarà fiera».

Suor Candida si concesse un sorrisetto stridulo e scomparve. La novizia si accasciò sulla sedia.

«Perdonami, suor Grazia...» si scusò mortificata strofinandosi con la pezza.

«Non hai fatto nulla di male...»

«Sono stata una stupida a non pensare alle conseguenze... in questo monastero ci sono sempre. E non tardano nel piombarti addosso.»

Le sue parole riecheggiarono nel silenzio come una profezia infausta.

Le ore successive le trascorremmo in punizione nella stanza di mezzo. Suor Fioretta e suor Maria Addolorata ci fecero indossare il cilicio a pelle nuda e ci somministrarono trentatré colpi di nerbo. Poi ci ordinarono la pratica del bacio al pavimento. E la lingua iniziò a sanguinare.

Non posso latitare... ho appuntamento con suor Aurora. Stanotte. Alle due in punto.

«Dici che ci faranno uscire da qui?» la interpellai.

«I tempi loro sono tempi biblici» la voce ammaccata dalla sofferenza fisica si percepiva appena.

«Che vuoi dire?» ribattei alterata.

«Quello che ho detto.»

Il silenzio ci separò nuovamente quasi fossimo due naufraghe scampate alla tempesta.

Che tempismo... farsi rinchiudere proprio nel momento della svolta...

Il buio scese sulla vallata e andò ad annerire il panorama mozzafiato che entrava dall'ampia vetrata.

«Cosa pensi della tua vestizione?» domandò suor Salvatrice. «Mancano pochi giorni... la primavera è vicina.»

«Credo sarà una primavera fredda» spostai una gamba e avvertii un dolore profondo all'altezza del costato: «Senza amore ma con la speranza nella giustizia divina».

Ci avevano legato braccia e gambe a dei ganci inchiodati alle pareti opposte. Parevamo grumi fecali abbandonati sul ciglio della strada.

«Venir delusi da un ignorante, è qualcosa che si accetta perché egli non sa, non conosce, è avulso da ogni tipo d'insegnamento. Quando, però, sono le persone che si professano fedeli ai precetti del Signore a comportarsi in modo poco caritatevole, mi sembra che ogni tentativo per migliorare noi stessi e ciò che ci circonda sia un inutile sforzo. Ridicolo e disumano» continuai.

«Pensavo che indossare il velo mi avrebbe elevato verso il cielo... mi sento pesante, invece. Amo Dio. Eppure non condivido una disciplina coatta.»

Mi addolorò il suo sconforto. Una suora sconfitta che non

vedeva ripagato il sacrificio e il senso di assoluta abnegazione verso l'Onnipotente che l'aveva chiamata.

«Perché non te ne vai?» osai il quesito più difficile.

«Credo ancora nella vita che ho scelto. Ho smesso di credere nell'umanità che ne fa parte. Non basta per mollare.»

La sua affermazione mi colpì nel vivo. Io avevo perduto la fede a causa degli uomini che la rappresentavano, don Carlo primo tra tutti. Suor Salvatrice al contrario resisteva. La rispettai.

«Ce la farai a prendere sonno?» chiesi.

«Finché riuscirai a dormire, non dovrai aver paura.»

La sua risposta mi raggelò.

La notte si espanse come un elastico che tira. Quando si sarebbe spezzato?

«Ehi... Suor Grazia...»

Perdurai nello stato d'incoscienza.

«Suor Grazia, mi senti?» bisbigliò.

Rinvenni di soprassalto.

«Svelta, dobbiamo andare...» suor Aurora mi slegò con maestria.

«E se ci vede?» accennai a suor Salvatrice.

«È una novizia... non vedrà nulla... vieni» mi accompagnò fuori dalla stanza.

La formatrice mi sostenne per un braccio. Le flagellazioni avevano minato la mia agilità.

«Cerca di accelerare il passo, bella.»

Spronai il corpo a reagire pur non essendo abituata al dolore fisico, che mi spaventava. C'incamminammo lungo il corridoio che si affacciava sull'atrio e ci fermammo dinanzi a una porta che conoscevo bene. Entrammo di soppiatto.

Lo sapevo che la biblioteca era fondamentale in questa faccenda.

La monaca mi si parò davanti e mi strinse le spalle: «Ada, d'ora in avanti le cose cambieranno. Niente sarà uguale a prima. Sei pronta? È una strada senza ritorno».

«Sì, suor Aurora» dissi priva di esitazioni.

Spostò il mappamondo posto sull'estrema destra, schiacciò

un bottoncino sul piedistallo in ottone e sulla parete di pietra comparve all'improvviso una serratura. La aprì facendo ruotare per sette volte una grossa chiave a forma triangolare, e oltrepassammo il varco che subito si richiuse. Accese un lume e mi fece strada. Percorremmo una galleria angusta che confluì nel lato ovest del monastero. Le mura che ci circondavano presentavano aloni di muffa scura e ragnatele sulle sommità ad arco.

«Ci siamo quasi...» m'incoraggiò.

Io faticavo a respirare. La cosa più probabile era qualche costola incrinata.

Giungemmo dinanzi a una nuova porta. Anch'essa schiusa dalla chiave a triangolo in seguito alle sette mandate. Uscimmo all'aria aperta. Uno spicchio di luna pendeva dal cielo come un amo sottile.

«Ecco il claustrum di ponente, bella» mi guardò fiera.

Non credevo ai miei occhi.

«Sai che significa?»

Scossi il capo.

«Vuol dire chiuso. Non ha sbocchi verso l'esterno e comunica soltanto con il cielo. Perciò ricorda a noi monache l'unico intento della vita: avere la mente fissa a Dio.»

«Assomiglia al chiostro...»

«Sì, ma è questo il vero cuore pulsante della nostra dimora.»

Il giardino, orlato da un colonnato bianco con volte a crociera, e pregevoli balaustre davanti alle finestre, ospitava una grande fontana marmorea seicentesca al centro.

«Dunque... è il posto segreto?»

«Diciamo che ne è l'anticamera.»

Varcammo l'ingresso principale. Suor Aurora mi condusse attraverso una stanza vuota, s'inchinò, mi benedisse con il segno della croce e dischiuse due grosse ante rosse intarsiate. Allora capii. E l'emozione mi trafisse le gambe. Mai avevo veduto tale grazia e bellezza.

La chiesa giusta... non si sbagliava la sorella defunta di Antonia...

Le pareti della cappella di Sant'Anna, dipinte d'oro zecchino, erano rivestite da stucchi preziosi raffiguranti angeli, putti, elementi floreali, mitologici e faunistici. I dettagli delle miniature animavano le mura creando una sorta d'illusione ottica di movimento e vivacità. E tanto bianco contaminato da riflessi dorati sembrava intonare *Alleluia*.

Suor Aurora parve aver confidenza con il luogo.

Impossibile scoprirlo da sé, se non mi ci avesse condotto lei.

«Perché nessuno può frequentarla liberamente?» chiesi intontita dalla sorpresa.

«*Nessuno* non è esatto, bella.»

«A chi è concesso?»

«Prova a indovinare?»

«Alla Badessa» risposi svelta.

«E poi?» incalzò.

«Immagino... a suor Maria Addolorata, suor Fioretta...»

«Quasi tutte» sibilò.

Sbarrai gli occhi.

«Sono le elette...»

«Le elette?» mi morsi il labbro.

Annuì. «Tranne le novizie, è chiaro» precisò: «Anche io ne faccio parte, certo, per più alti scopi...».

«E quando ci andate? Non mi sono accorta di nulla...»

«Spesso durante le ore di preghiera personale, mentre vi ritirate nelle vostre celle. O all'alba, prima della sveglia... vieni, non abbiamo molto tempo.»

Dietro all'altare le decorazioni incorniciavano un dipinto composto da due ali speculari a formare un grosso quadrato. Raffigurava la nascita del pianeta terra sospeso in una sorta di bolla sormontata da nuvole scure compenetrate da una scala di grigi a definire un cielo incerto e poco rassicurante.

«Leggi, bella.»

Mi avvicinai all'opera. In alto scorsi una scritta in latino: «Ipse dixit et fatta sunt. Ipse mandati et creata sunt».

«Ti suona familiare?»

La rilessi un paio di volte e sbiancai: «"Perché Egli parla e tutto è fatto, comanda e tutto esiste"» pronunciammo insieme.

«Già...» sospirò suor Aurora. «Ora capirai molte cose... aprilo» mi ordinò.

«Che cosa?»

«Il trittico...»

Non mi ero accorta che le due ali fossero mobili. E che nell'angolo in alto a sinistra, avvolto dall'oscurità, sedeva il Dio Padre con la Bibbia in mano. Protesi le braccia e le separai.

«È *Il giardino delle delizie* di Bosch, un pittore fiammingo, ne hai sentito parlare?»

Non ne avevo idea. La mia espressione fu piuttosto eloquente.

«Dal 1939 è custodito in un famoso museo di Madrid, in Spagna... ma pochi sanno che si tratta di una copia. L'originale è soltanto questo, perciò ritieniti una privilegiata.»

Il trittico illustrava, in un tripudio di forme e colori, il paradiso terreste, il giardino delle delizie, e l'inferno.

Una civetta, due civette, eccone una terza.

Il miei occhi si posarono bruschi sulle innumerevoli immagini dell'uccello notturno dislocate in più parti del dipinto. La prima era appollaiata all'interno di una fontana che assomigliava a un bulbo oculare a mo' di pupilla che scruta. La seconda, immersa nell'acqua, lasciava che un umano si aggrappasse a lei. L'ultima sormontava un frutto esotico da cui spuntavano le gambe di due figure danzanti. Mi colpì, nella raffigurazione dell'inferno, una scrofa con indosso il velo da suora nell'atto di amoreggiare con un uomo nudo.

«Horror vacui. Così è definita la tendenza a riempire in modo esagerato la superficie di dettagli... Bosch evoca un male innaturale... lo riesci a percepire?» chiese con la voce sottile.

«Sì... e qualcosa mi dice che non è solo un presentimento...»

Ci scambiammo un cenno d'intesa. «Allora, bella, ascoltami attentamente. Gli elementi su cui dovrai riflettere a lungo sono i seguenti: l'acqua, il pruno, l'occhio, la civetta, il serpente, le forme triangolari, il numero ventuno, la sirena, la scrofa, e lui, il personaggio in basso a destra, lo vedi?»

Il numero ventuno che torna...

Lo osservai sbucare fuori da una sorta di caverna nell'atto d'indicare una donna a lui vicina, il cui corpo è ricoperto da una sottile peluria e la bocca sigillata sembra custodire segreti. Mi colpì perché era l'unico, nel pannello centrale, a essere completamente vestito, e lo sguardo nero carbone esprimeva una forza disturbante, un senso di potere e di controllo.

«È Giovanni Battista. Ne ridiscuteremo presto.»

L'ascoltavo come chi impara una nuova lingua e s'impone di restare concentrato.

«Quella che vedi rappresentata è l'allegoria di ciò che accade qui nel convento...»

«Dove?» la interruppi.

«Nelle segrete, bella. Adesso lasciami continuare, però» parlava senza respirare. Oppressa dalla mole di dettagli da districare: «Dobbiamo salvare le nostre sorelle da lassù... per farlo, occorre interrompere il circolo vizioso di cui sono vittime».

Mi paralizzai.

«Ho avvertito delle grida la notte scorsa...»

«Sì, lo so.»

«C'è suor Pia, l'ho conosciuta. C'è Elda, me lo hai confermato... Le novizie hanno pensato fosse il lamento di un gatto... è nato un bambino, vero?»

S'irrigidì stringendosi su se stessa.

«Rispondimi.»

«Sì, Ada. È un maschietto.»

Mi portai una mano alla bocca e le lacrime scesero sfrenate.

«Elda è diventata di nuovo madre?»

«Non si tratta di lei.»

«Suor Aurora, mi vuoi spiegare che succede in questo maledetto monastero?»

Si rovesciò su una panca per il peso della confessione. Le sedetti accanto.

«Ce ne sono altre, Ada.»

La sogguardai dal basso verso l'alto: «Altre...».

«Monache imprigionate nel sottotetto» abbassò lo sguardo: «Il nascituro è di suor Concetta...».

«Quante sono?»

«Cinque... sono cinque. Tutte dichiarate morte e rinchiuse là sopra.»

Sedici sommato a cinque fa... ventuno...

Mi alzai incapace di controllare gli spasmi che mi stilettarono gli arti.

«Suor Pia, suor Concetta, suor Angela, suor Speranza, e la tua suor Annunziata che adesso si chiama suor Luce.»

È il vero numero delle suore che abitano il monastero...

«Hanno cambiato il nome claustrale una volta morte per il volere divino. È stata una decisione comune... per non fare confusione.»

M'inginocchiai al suo cospetto: «Il numero inciso sulla moneta d'oro... è ventuno».

Mi strattonò le spalle: «Sai dell'esistenza delle monete?».

«Qualcuno me l'ha fatta trovare davanti alla mia cella» risposi frastornata.

«L'hai tuttora con te?»

«L'ho nascosta in un luogo sicuro...» balbettai.

«No, no, no, Ada!» si passò le dita sul velo: «Devi disfartene subito...».

«È importante, credo sia una prova...» mi morsi il labbro.

«Certo che lo è, ma è troppo pericoloso.»

M'illuminai: «La darò a mia madre, durante la visita che precede la cerimonia».

Scosse il capo: «È un azzardo... tu non ti rendi conto...».

«È il momento di osare, suor Aurora. Anche tu lo hai fatto portandomi qui, stanotte.»

Congiunse i palmi e li alzò al cielo: «Che il Signore sia con noi».

«Dunque, ventuno, siamo noi... non sedici ma ventuno... farò in modo di informare Piera.»

«Fosse così semplice, bella. Quel numero significa molto di più... ora non posso parlartene, dobbiamo sbrigarci...»

«Voglio sapere come facciamo a liberarle» m'impuntai.

«Non è facile. Abbiamo atteso anni. Elda ti ha sempre descritta forte e ingegnosa... noi, però, non ci scontriamo solo contro la folle volontà di una Madre Superiora e di poche monache infervorate. Sono coinvolte le più alte gerarchie. E se non stiamo attente, ci aspetta la fine della nostra cara amica Benedetta.»

«E allora?»

«Con la fede...»

«Non ci posso credere!» alzai la voce spazientita: «Se non vi ha salvate fino a ora, ancora credete nell'aiuto di un Dio che non esiste?».

«Fai silenzio...» mi ammonì severa.

«Dillo alle ragazzine violentate nei granai. O a queste povere suore che invece di servire il Signore son costrette a prostituirsi per il piacere di un sacerdote maiale» singhiozzai.

«Calmati Ada, la rabbia non serve.»

«Lo disse pure Elda prima di entrare in clausura. Pensavo avesse ragione, in fondo. Mi sono del tutto ricreduta.»

«Smettila di dare sfogo al tuo furore, comprensibile, per altro, e dammi retta. Non c'è tempo. Qualcuno potrebbe arrivare. E ci conviene spicciarci» la lingua scoppiettò rumorosa tra i denti: «Dietro al dipinto c'è una grata. Lì è custodita la reliquia di sant'Anna... e l'unica, potente copia del libro».

«Un libro?»

«Sì... il libro della legge dei morti.»

Infossai il collo che sembrò ruzzolare giù per la colonna vertebrale.

«Poi comprenderai. La grata si apre soltanto con la chiave con cui siamo arrivate fin qui, dopo sette mandate. Non una di più, non una di meno. Occorre che te ne impossessi il giorno della tua fuga...» mi raccolse il viso tra le mani: «Distruggilo, Ada. E sporgi denuncia».

Annuii: «Qual è il piano?».

Al di fuori della cappella palatina, udimmo qualcosa sbattere.

«Stanno arrivando...» la mia voce oscillò.

«Presto, prendiamo la via segreta. Serve per le emergenze» spostò gli stucchi bianchi posti a chiusura di una nicchia a grandezza d'uomo e vidi un varco buio.

Mi c'infilò dentro, mi seguì, e richiuse il tutto. Da uno spiraglio scorgemmo la Badessa Madre, suor Maria Addolorata e suor Clarissa che varcavano l'ingresso. Ci allontanammo in punta di piedi e non appena fummo al sicuro, la formatrice riprese a parlare.

«Dobbiamo percorrere il cunicolo fino in fondo, non farti ingannare dalle deviazioni, ce ne sono diverse. Alla fine sbucheremo nel calefactorium. La porta del fuoco non viene mai chiusa a chiave.»

Mi sentivo al sicuro al fianco di suor Aurora.

«È stato un rischio... ti ringrazio. Rendermi partecipe dei misteri del...»

Si fermò: «I misteri non li hai visti... non pronunciarla questa parola».

Mi azzittii mesta.

Più so e meno capisco.

Una volta giunte davanti al grosso camino, i nostri volti furono illuminati dal bagliore caldo. Eravamo rincuorate dall'aver scampato il pericolo. Ma ancora dovevo tornare nella stanza di mezzo senza che nessuno mi vedesse.

Cosa avrei risposto a suor Salvatrice se mi avesse domandato che fine avevo fatto?

Mi venne d'istinto stringere la croce che portavo al collo. E quando sollevai lo sguardo verso suor Aurora, mi sentii mancare.

«Il tuo rosario...» arrancai le lettere sulla lingua.

La monaca si toccò il petto e sbiancò.

«L'hai perduto...»

Se è vero che la notte si espandeva come un elastico che tira, ebbene, in quell'istante, l'elastico si spezzò.

22
Incontri

Successe in modo concitato. Suor Lucia mi svegliò nella notte senza troppa maniera. Mi ficcò il velo in testa e mi condusse per le scale e il corridoio fino in solaio. Nella foga, il mazzo di chiavi le cadde dalle mani. Glielo raccolsi. Aprì una delle porte davanti a cui mi ero soffermata tempo prima sperando che Elda mi sentisse. Che mi lanciasse un segnale. Ora sapevo però che altre tre donne che non conoscevo erano rinchiuse in quel luogo remoto. Con la consapevolezza di essere ritenute morte dal resto del mondo, e che nessuno sarebbe venuto a cercarle.

Un angusto budello si distendeva dinanzi a noi. E fu proprio in una di quelle stanze con le travi a vista che avvenne il nostro agognato incontro. Dopo sedici anni di separazione. Elda fremeva sul letto chiazzato di sangue.

«Ha delle perdite...» m'informò suor Lucia: «Non è un buon segno».

Il suo ventre si ergeva gonfio appena.

«Tra la ventitreesima e la ventiquattresima settimana il bambino è formato. Scalcia, ma suor Luce ha dolori addominali...»

Rimasi immobile a fissare il volto dell'amica a me più cara. Aveva gli occhi cerchiati di un alone viola, le guance sciupate non a causa della malnutrizione, lividi sulle gambe, e capelli corti a chiazze.

Mi sorrise. Le mancavano due denti all'estremità destra dell'arcata superiore. Protese le braccia verso di me e ci stringemmo in un abbraccio che ebbe il sapore infinito della dolcezza e del dolore.

«Sei arrivata...» mi sussurrò all'orecchio stringendomi ancora.

«Sì... è la nuova infermiera» s'intromise suor Lucia.

«Sono qui, adesso... come ti senti?»

«Volevo che non nascesse, sai» si tastò la pancia: «Il primogenito me l'hanno portato via, il secondo è nato morto... anche a questo capiterebbe la stessa sorte...».

«Che dici, cara... suor Luce...»

Non devo chiamarla con il suo vero nome... nemmeno con quello da monaca ante mortem...

«La tua creatura starà bene, vedrai» l'accarezzai. Il viso era ruvido, cosparso di microscopiche escrescenze sotto pelle: «Ci penso io».

Suor Lucia posizionò un asciugamano sopra il lenzuolo sporco: «Il bambino è in pericolo?».

Santo Dio, io non sono un medico!

«I casi di sanguinamento durante il secondo trimestre possono attribuirsi a molteplici ragioni» mi morsicai il labbro in affanno: «Un distacco parziale della placenta dalle pareti uterine. Oppure la placenta previa, un fenomeno che non ne permette la normale distensione e potrebbe procurare, nei mesi a venire, la rottura prematura dell'intera placenta, appunto».

Si fece il segno della croce.

«Ma se il distacco è marginale... non deve temere per la salute sua e del nascituro. Basta non affaticarsi.»

«E in che modo si capisce?» domandò.

«Portandola in ospedale» dissi risoluta.

La suora scoppiò in una risata prorompente. Io sbattei le palpebre come carta straccia smossa dal vento.

«È escluso, lo sai.»

Chinai il capo: «Se le perdite abbandoneranno il colore rosso vivo e andranno a diminuire, ci sono buone probabilità di cicatrizzazione e che non sia il caso di un distacco massivo».

«Massivo?» abbozzò una smorfia.

«Esteso...»

«Allora preghiamo» affermò inginocchiandosi ai piedi del letto.

Mi lasciai cadere sul pavimento, afflitta. Afferrai la mano di Elda e la strinsi forte. Nel silenzio della notte il pianto di un neonato m'atterrì.

«Lo senti pure tu, vero?» chiese Elda.

Seppi soltanto annuire.

All'alba la luce filtrò flebile dal lucernario. Mi ritrovai al suolo raggomitolata su me stessa, mentre suor Lucia respirava pesante con la nuca appoggiata alla parete. Elda contemplava i raggi del sole con le dita intrecciate sul ventre e le labbra arrese in un lieve sorriso.

«Stai meglio?» mi avvicinai.

«I dolori se ne sono andati...» m'indicò di sederle accanto.

Anche a lei, il medesimo trattamento concesso a suor Pia, era riservato un letto a una piazza e mezza con un materasso accogliente.

«E il sangue?»

«Si è seccato. Nessuna nuova perdita.»

Che consolazione.

«Sei rimasta uguale» arricciò il naso: «Gli anni non ti hanno cambiata» mi sfiorò una ciocca di capelli.

Molleggiai le spalle: «Lo dicevo che saresti stata la più bella tra le monache».

Si massaggiò d'istinto la testa e si rannicchiò tra le lenzuola.

Ada... zìttiti 'na bona vùota.

Cambiai ragionamento: «Per mesi ho creduto di averti trovato...».

Mi guardò accigliata.

«Pensavo fossi Pia... la suora con la garza sul viso... Certo, non immaginavo ce ne fossero cinque rinchiuse quassù.»

Si mangiucchiò un'unghia: «Non ci fanno incontrare, a noi... le risorte». Emanò un ghigno soffocato per non fare troppo rumore: «Ci tengono in camere lontane. Perciò è difficile qualsiasi tipo di relazione».

L'ascoltavo. Pareva raccontare uno strano sogno. Uno di quelli che non ti lasciano tranquilla nemmeno quando hai gli occhi aperti.

«Non vogliono che sappiamo a che punto stiamo... riguardo alle gravidanze, intendo» si tastò l'addome: «Ma tanto lo capiamo lo stesso... per via dei piagnistei. Allora facciamo i conti. E non abbiamo bisogno che ce lo vengano a dire».

Sedici anni... io non avrei resistito.

«È un modo per tenere il tempo che passa. I bambini nascono suppergiù dopo nove mesi. Così ci regoliamo...»

Mi sarei fatta fuori, piuttosto.

«L'importante è non confondersi. Le giornate sembrano uguali qui dentro» si benedisse con il segno della croce: «Non dovrei dirlo...».

«Suor Pia conta le lune.»

Fissammo il lucernario. Le lessi nel pensiero.

«Il suo è più grande...» aggiunsi.

Riprese a mangiucchiarsi un'unghia.

«Che mi dici di lui?» ebbi l'ardire di domandare.

Non appena le parole mi uscirono di bocca mi pentii.

Le sue pupille si rimpicciolirono: «Iddu jè beddu comu 'n Diu e pericoloso cchiù di 'n diavolo».

Nella sua voce non riconobbi il desiderio innocente di una giovane in cerca del Signore. Non ritrovai la fermezza della fede con la quale era salita sull'altare in qualità di sposa di Dio. Vi s'insinuò qualcosa d'indefinito e volgare.

«Il nostro è un clan di schiave... e in quanto schiave, non attendiamo che le sue visite» mi puntò uno sguardo esplicito senza riserbo: «È la verità, anche se le altre non lo dicono».

«Iu haju incontrato sulu suor Pia...» precisai sommessa.

«Nu fa nenti. U farai presto» si sistemò su un fianco: «Suor Lucia, il sacerdote e la Badessa sono gli unici a possedere le chiavi delle nostre stanze. Lei ci porta i nutrienti, il Battista c'insemina, la Badessa ci ruba il frutto del suo seme».

Mi tirai indietro.

«Lo ha fatto con tutti quelli nati?» mormorai.

Annuì marziale.

«E dove li porta?» mi spinsi sull'orlo del precipizio.

Non rispose.

«Li danno in adozione per denaro?»

«Lo sapevo che ci saresti riuscita...» m'ignorò con disinvoltura: «Nessuna impresa è impossibile per te». Cambiò espressione.

«Avrei sperato di arrivare più in fretta» abbassai gli occhi che vibrarono per l'emozione.

«L'importante non è il quando...»

«A volte sì...» mi sentii in difetto: «Elda, confidati, ti prego. Ho scoperto... non molto per la verità... suor Aurora è prudente. Sa che non si presenteranno nuove occasioni per cercare di fuggire, perciò non vuole sbagliare».

«Mancano circa tre mesi al parto...»

«Fine giugno...»

«Deve accadere prima» disse seria.

Mi colpì la solidità della sua affermazione.

Si sporse verso di me e bisbigliò: «La iena maschio dopo sette anni divenne pipistrello; il pipistrello dopo sette anni divenne vampiro; il vampiro dopo sette anni divenne un'ortica; l'ortica dopo sette anni divenne un pruno; il pruno dopo sette anni divenne un demone».

Aggrottai la fronte ed ebbi la sensazione che qualcosa di scomodo mi si fosse piantato in gola.

Suor Lucia si destò sbadigliando con un ampio ruggito della bocca.

«Suor Luce è fuori pericolo» la informai: «La cura è tanto riposo».

Si alzò rassettandosi la veste stropicciata: «La Badessa ne sarà lieta».

«"Perché Egli parla e tutto è fatto, comanda e tutto esiste"» mormorò Elda.

«Andiamo, ci aspettano i preparativi per la tua cerimonia di domani» si avviò verso la porta.

«Già... domani è il grande giorno» sorrisi a Elda.

Lei non ricambiò.
«Torno presto.»
Mi salutò con la mano. In silenzio.

Il rosario di suor Aurora era stato ritrovato in biblioteca. Lo aveva raccolto la Badessa ma non poteva accusarla di nulla: la formatrice aveva il permesso di frequentare quella stanza. Eppure, attorno a lei si era creato pian piano un vuoto. E nello sguardo delle elette si era insinuato un morboso bisogno di caccia. Di inneggiare allo svelamento d'un colpevole. Di cantare vittoria. Così venivamo tenute separate. Si trovavano modi e scuse per eludere il tempo privato che eravamo solite condividere. E di discorsi in sospeso, tra me e la suora buona, ne restavano a iosa.

Rientrata nella mia cella, mi sdraiai sul letto e fissai il soffitto, ormai il mio passatempo prediletto. Le ore si sovrapponevano confuse e troppi quesiti mi affollavano la mente. Sette, sirena, civetta, pruno, demone, continuavano a portare scompiglio tra i miei pensieri. D'altronde, dopo lunghi mesi di attesa, due grandi eventi si erano manifestati abbastanza ravvicinati da procurarmi uno stato di totale agitazione. E in entrambi i casi, la visita alla cappella di Sant'Anna e l'incontro con Elda, permanevano parecchi enigmi.

Cara Elda... finalmente.

Da una parte, rincontrarla, era stato naturale. Sembrava trascorso meno di un giorno dalla nostra salita sulla rocca, tra ciottoli, muschio e vento.

Sette sono le mandate per aprire la grata nascosta dietro al dipinto di Bosch. Nel quadro è presente un pruno. Suor Aurora si è raccomandata di tenerlo a mente... Elda ha detto che il pruno si trasforma in demone... dopo sette anni.

Dall'altra, tutto appariva diverso. Io. Lei. La vita.

La civetta e il numero ventuno...

Standole accanto percepivo il dolore della sua anima. La guardavo e la sua immagine pareva offuscata da una patina, un drappo evanescente. Come quello sul volto di suor Pia. Una garza di protezione contro una realtà insostenibile. O il fruscio emanato dalla figura di Marina Schipano, la monaca mancata o, per meglio dire, la donna che aveva scampato i misteri...

A cosa si riferisce, suor Aurora, con la parola misteri?

Il mio corpo scalpitava. Soprattutto perché l'indomani la solenne cerimonia avrebbe sancito l'inizio del mio noviziato. La sveglia segnava le 14.15. Mi alzai e controllai in corridoio. Svelta, andai a spostare il crocifisso e imboscai la moneta nella tasca della veste monacale.

Gesù, è troppo profonda... e se non riesco a trovarla a tempo debito?

Scandagliai ogni possibile nascondiglio. Sotto al velo, subito dietro l'orecchio.

Camminando è facile che caschi.

Nello scarponcino.

Difficile da estrarre... potrei fingere uno strano prurito. Desterei però inutili attenzioni.

Nel reggipetto.

Figuriamoci... ad arrivarci.

Nella manica.

Sono proprio un asso... è larga a dismisura...

Nelle mutande.

Stesso problema del reggipetto.

Tirando le somme, il velo e la tasca rimanevano le opzioni migliori.

Prendi una decisione!

La tenevo stretta nel pugno, rivolta verso la finestra incastonata nella pietra.

«Posso?»

Sobbalzai e per poco non mi sfuggì di mano.

«Scusa se dobbiamo interrompere la meditazione personale, tuttavia oggi c'è ancora molto da fare...»

Nelle settimane precedenti, suor Epifania mi aveva preso le misure per confezionarmi l'abito da sposa, e la tunica disadorna di raso bianca sulla quale viene posta la veste monacale dell'imminente noviziato. Ora era venuta per le prove definitive. La invitai ad accomodarsi e nascosi la moneta all'interno della Bibbia appoggiata sul tavolo.

«Domattina, io, suor Aurora e le novizie ti aiuteremo a prepararti. Sarà tutto perfetto.» Posò i tessuti sul letto: «Emozionata?».

«Sì...»

Lo ero per motivi diversi da quelli che poteva immaginare, ma dissi il vero.

«Iniziamo dal vestito nuziale.»

Mi spogliai e infilai testa e braccia nella seta. Avevo scordato quanto fosse morbida. Sui polsini e sul petto decorazioni in pizzo ne impreziosivano la fattura, e un lungo velo in tulle mi coprì il capo.

«Suor Salvatrice sta elaborando la corona di fiori... vedrai, ti piacerà» lo affermò con una tale gioia che le gote le si accesero.

Sembra una donna tanto mite... difficile figurarsela come una delle elette. In effetti, pure suor Aurora lo è. Anzi finge di esserlo... altre monache agiscono nell'ombra?

Non c'erano specchi, eppure mi vidi riflessa nel suo sguardo fiero.

«Ti sta a pennello.»

«Non per niente hanno affidato a te ago e filo. Sei un'artista» la ringraziai sincera.

Le guance rosa divennero rosse, e gli occhi parvero scomparire negli zigomi rimpolpati dall'ampio sorriso.

«Domani diventerai la sposa del Signore.»

Annuii.

«E gli giurerai amore eterno...»

Mi feci il segno della croce.

Vestirmi di bianco mi conferì una certa elettricità. L'idea del perpetuo non mi aveva mai turbato nel profondo. Alfredo era morto in guerra, così aveva avuto fine la nostra unione. E quella che stavo per intraprendere con l'Onnipotente non iniziava con i migliori auspici di longevità. Tuttavia l'abbigliamento da cerimonia arrecava in sé un'energia intangibile capace di contaminarmi.

Di nuovo sposa...

I ricordi del mio bagghiu addobbato a festa riapparvero vi-

vidi. Le lampadine appese in giardino. La chiesetta decorata con grappoli di stelline di Gussone e rose di San Giovanni. L'aria mite che si respirava nel preludio d'estate.

Alfredo mi si era avvicinato. «Tua madre porta i pantaloni a casa tua... con quale ardore ti ha condotta fino all'altare. Credo tu abbia preso da lei» mi aveva sorriso.

«Lo so» avevo replicato brusca.

Se solo potessi tornare indietro, sarei più gentile.

«Pari una sposa che trasuda passione» suor Epifania lo esclamò con trasporto e subito precisò: «Una passione pura, è chiaro».

Mi scappò una risata che la monaca contraccambiò amichevole.

«Ahi...» in un guizzo mi tamponai il fianco sinistro.

«Che succede?» si preoccupò.

«Sento pungere...»

«Oh cielo...» s'inginocchiò tastando il tessuto: «Perdonami... non sia mai che mi sono dimenticata uno spillo da qualche parte...».

«Uh... tira...»

Rividi in lei la stessa apprensione di Piera. Da ragazza le si era stretto il cuore a lasciarmi partire per una terra lontana. Poi mi aveva ritrovata smagrita dalla guerra ma femmina più di quanto potesse rammentare. In realtà, erano il cilicio e le flagellazioni ad avermi segnata. Chissà se la consorella se ne rendeva conto.

«Eccolo» esultò estraendo un ago dalla stoffa: «L'età avanza e la vista si ritira... questo è il corso della vita». Lo infilzò sulla propria cinta di corda e restò a osservarmi.

«Bene» mi accarezzai il vestito: «È tutto pronto, direi».

Mi guardò ancora.

«Che c'è?»

«Ci sarebbe un interrogativo serio da porsi...»

La scrutai in sospensione. Di rado io e suor Epifania avevamo avuto occasione di conversare.

«In che modo possiamo contagiare gli altri dell'amore di Dio?»

Non seppi rispondere. Il suo quesito mi colse di sorpresa.

«Se ci pensi, l'amore divino si diffonde un po' per contagio» cercò le parole: «Un forte senso di attrazione fa sì che si provi ammirazione per qualcosa o qualcuno. Se ciò avviene, lo si segue. Si ha il desiderio di approfondirne la conoscenza».

Mi sedetti rapita.

«Ecco, spesso mi domando quanto noi rendiamo affascinante la figura del Signore.»

Mi morsi il labbro e riconobbi un sepolto interesse per la materia risvegliarsi piano nella mia coscienza.

«E quanto, al contrario, la ottenebriamo con regole, dettami, ordini e raffigurazioni che non esprimono la sua vera natura?»

L'ascoltai con rispetto. Era riuscita a catturare la mia attenzione.

La clausura dovrebbe accoglierci in un covo di pace e bontà che si propaga per la vallata. Ma di buono qua dentro, non c'è nulla.

«Pure tu ritieni che sia troppo, troppo spesso, quello che accade qui?»

Annuì sconfitta.

«Sovente si pensa che con le nostre azioni si possa eguagliare l'opera del Signore...» chinò la testa: «Il potere non è degli uomini. Il potere è soltanto di Dio. E ne dobbiamo gioire. In tal senso la nostra sudditanza ha ragion d'essere. Altrimenti diventa sterile. E si perde di vista l'obiettivo finale: l'amore per il prossimo e le sue imperfezioni».

Mi sentii improvvisamente stanca.

«Qual è, secondo te, il vero volto di Dio?» chiesi.

«Io credo...» si sfregò una mano sul braccio: «Credo sia la misericordia».

«E quanta ne dispensiamo nel monastero?» feci una pausa e aggiunsi: «Quanta verità del cielo condividiamo davvero?».

Grande tristezza si dipanò nel suo sguardo.

«Mai abbastanza, suor Grazia... ma considero un bene l'arrivo di nuove anime. Voi postulanti, nei limiti di ciò che è concesso, avete il dono di ristabilire gli equilibri.»

Nei limiti di ciò che è concesso?

«La vostra energia pura è una benedizione per noi che lo abitiamo da tempo.»

«Che vuoi dire?»

«Vedi, spesso avvicinarsi al Signore significa avvicinarsi anche al suo opposto...»

Aggrottai la fronte.

«Sono due facce della stessa moneta.»

La moneta...

«Intendi...» la mia voce traballò.

«Sì, il maligno.»

Il pruno che si trasforma in demone...

«E a volte ci s'imbroglia... si è convinti di aver scelto un lato, mentre è l'altro che stiamo guardando.»

Le sue parole mi turbarono.

«E come può accadere una simile confusione?»

Sospirò: «Egli è il portatore di luce... "il principe di questo mondo"».

Un fremito m'intrise la carne di terrore.

«Giovanni 12:31.»

È il Vangelo... è una frase che conosco...

«Egli è il portatore di luce...» mormorai tra me e me.

Luce...

«Viene chiamato astro mattutino, figliuol dell'aurora, se si preferisce.»

Mi alzai di scatto quasi la stuoia scottasse. Mi rivolsi alla finestra dando le spalle alla suora.

È stata Elda... adesso ricordo. La recitò a mamma durante l'ultima visita che precedette la cerimonia dei voti perpetui. Quando venne trascinata via a forza dal parlatorio e parve farneticare in delirio.

«Non farneticava...» mi ritrovai a pronunciarlo a voce alta, mio malgrado.

«Che dici, cara?»

Avìa 'na vùogghia color mulinciana arrieri l'orecchio. Spuntava fùora do' velo... aveva detto Piera.

Mi voltai e puntai lo sguardo sul collo della monaca.

Color melanzana...

«Hai... hai una macchia sul...» mi avventai indiscreta spostandole il velo.

Mentii. Volevo verificare se avesse o meno la voglia descritta.

Lei si ricompose, scossa.

Nulla...

«Perdonami, mi sembrava uno strano animale... o forse, non so cosa...» mi scusai impacciata.

«Non fa niente. Molto tempo fa ebbi la stessa reazione con suor Clarissa» ammiccò: «Non è visibile perché se la tiene sempre ben nascosta sotto al tessuto... ha una particolare voglia violacea sotto un orecchio e se ne vergogna».

Clarissa... già, una tra le peggiori...

Per togliermi dall'imbarazzo evaporai fuori dall'abito prezioso e mi rivestii con i capi soliti, da postulante.

«La tunica di raso non c'è bisogno di provarla. Si capisce a occhio nudo che va bene» sorrisi spenta.

Suor Epifania raccolse gli indumenti appoggiati sul letto.

«Una stiratina finale...» disse cordiale: «E sarà pronta per il grande giorno». Mi salutò con un cenno e scomparve.

Cosa mi è saltato in mente...

Guardai nuovamente l'orario.

Un impeto che non sono riuscita a domare.

Recuperai la moneta nascosta tra le pagine sacre e la ficcai in tasca.

Piera dovrebbe arrivare a breve.

Uscii dalla cella e con alcune consorelle mi avviai verso la basilica per la preghiera dell'Ora nona. Passando scorsi la porta del parlatorio aperta.

È già qui?

Mi affrettai a curiosare, ma al di là del divisorio non c'era mia madre con la veletta da vedova. Seduta in silenzio vidi Antonia.

È successo qualcosa?

Camminai grave verso la grata. Mi venne il singhiozzo.

23
La cerimonia della vestizione

«Voglio precisare che è un'eccezione, lo sai, vero?»

Annuii.

«Solo perché siamo indietro con i preparativi della cerimonia... e l'Ora nona solitamente non si salta.»

«Grazie, suor Maria Addolorata» mi avviai verso la grata.

«Aspetta» disse perentoria.

«Hai concluso i dieci giorni di esercizi spirituali?»

«Sì.»

«Prima tappa, deformata...» lasciò la parola in sospensione perché terminassi la frase.

«Riformare.»

«Seconda tappa, reformata...» continuò.

«Conformare.»

«Terza tappa...»

«Conformata confirmare e, quarta tappa, confirmata trasformare: "Io non muoio, entro nella vita".»

Fece un cenno con la mano: «Adesso vai».

Proseguii e mi sedetti davanti al divisorio.

La monaca chiuse la porta e si mummificò accanto alla parete.

Antonia portava uno scialle intorno alla testa. La fantasia a quadri verdi e arancioni le esaltava l'incarnato.

«Che è successo?» chiesi in apprensione: «Non che non mi faccia piacere vederti, però attendevo mia madre...».

«Pure lei ci teneva a essere qui oggi, ma...»

«Cosa?» traballai sulla sedia.

«Si è slogata una gamba... non sappiamo se riuscirà a presenziare domani...»

Le labbra mi si contrassero quasi fossero un puntaspilli trafitto dagli aghi.

«E come è successo?»

«Armeggiava in casa ed è scivolata» mi guardò mesta.

«Quella è agile quanto 'na gatta» mormorai perplessa.

«Così m'ha detto...»

Lanciai un'occhiata alla suora imbalsamata e tornai a fissare attraverso la griglia.

«Senti...» inclinai il capo: «Devi riferirle un messaggio da parte mia».

«Dimmi.»

«La ballerina bianca sta bene nella sua voliera, e ha fatto amicizia con alcuni esemplari della sua specie. Quattro di loro la vengono a trovare sul davanzale della finestra.»

Ballerina bianca uguale Elda, è sempre imprigionata. E ce sono altre quattro di monache dichiarate morte e tenute rinchiuse.

Antonia socchiuse la bocca. Parve un pesce in difetto d'aria.

«È l'uccellino che ho regalato alla Badessa... ci era affezionata. Vedrai, capirà.»

Deglutì goffa.

«Dille anche che non dormono più, anzi portano in grembo il frutto della vita.»

Non sono malate bensì incinte.

Infilai la mano nella tasca della tonaca.

Dov'è la monetina?

Frugai con discrezione.

Eccola.

Suor Maria Addolorata iniziò a tossire piegandosi su se stessa. Svelta approfittai dell'occasione e passai la moneta ad Antonia che la ficcò in borsa senza farsi vedere. La suora continuava a dimenarsi.

Mi alzai e la soccorsi: «Vuoi che ti vada a prendere un bicchiere d'acqua?».

Con la voce strozzata: «Ci penso io. Torno subito». Imboccò la porta e scomparve.

«Antonia, non ci posso credere che siamo sole» corsi a rimettermi seduta: «È importante, la moneta dalla a Piera e dille di nasconderla dove sa».

«Contaci.»

«Ascoltami, ho delle cose da chiederti e abbiamo poco tempo...» pareva mi stessi esercitando in uno scioglilingua, tanto parlai veloce.

Antonia accostò il volto al divisorio.

«Tu che hai studiato, sai dirmi cosa possono simboleggiare il serpente, Giovanni Battista, la sirena, la civetta, il triangolo, l'acqua, la scrofa, e il numero ventuno?» la interrogai con la disperazione negli occhi.

Immagazzinò i dati cercando di non domandarsi il perché delle mie richieste.

«Il serpente può essere metafora d'immortalità in quanto cambia pelle e si rigenera. È una delle rappresentazioni del diavolo, vedi nel paradiso terrestre. E "Vergini dal capo irto di serpi" sono le erinni descritte da Eschilo nelle *Eumenidi*.»

Le Eumenidi... *uno dei libri segnalati dalla signora Benedetta...*

«Circe, le sirene, Iside, Ecate... sono tutte figure femminili demoniache, sacerdotesse degli inferi» fece mente locale: «Le lamie, serve di Ecate, per l'appunto, erano spiriti maligni il cui nome deriva da *laimos*, cioè gola, quindi donna divorante. La Lamia corrisponde a un'antica dea libica che combacia con Atena-Minerva. E qui arriviamo alla sua effige, quella della civetta sapiente».

La Civetta di Minerva.

«Mi viene in mente pure Panfila, la maga delle *Metamorfosi* di Apuleio che, cospargendosi di un misterioso unguento, si trasforma in civetta. E poi c'è la strix, la strige, citata da Plinio, Ovidio, Plutarco. Un uccello del malaugurio da cui deriva il nome strega.»

È troppo... è troppo.

«Giovanni Battista, invece, il profeta che battezzò Gesù, ebbe come sua mortale nemica Erodiade, mamma della famosa Salomè che ne pretese la decapitazione. Quello che molti non sanno, però, è che il famoso personaggio di Erodiade viene affiancato all'immagine di Diana, la regina della notte e della luna nera. Sempre riconducibile alla terribile Ecate.»

«Vai avanti» la incitai molleggiando le gambe per l'agitazione.

«La scrofa, o il maiale, nella cultura greca e nel folclore di molti Paesi rappresenta l'incarnazione dello spirito del grano, perciò è intimamente legato a Demetra, la dea delle messi e genitrice di Persefone. Inoltre personifica l'archetipo della madre, della donna gravida che dà nutrimento, e del grande lutto per la perdita della prole» rifletté a lungo: «Se ci pensi, Persefone rispecchia due forme di esistenza al loro limite: da una parte la vita – presso Demetra – dall'altra la morte, presso il marito Ade, dio dell'Aldilà».

«Una visione del maschio piuttosto negativa...»

Annuì: «Ed ecco che le due figure si unificano. E la kore Persefone diventa l'Ecate infernale. Fu proprio Ecate ad avvisare Demetra del rapimento della figlia».

L'ascoltavo pervasa di sconcerto.

«E il *Faust*?»

«Non basterebbe un mese intero per parlartene» si strinse sulle spalle: «È un'opera complessa».

«Ricordi per caso cosa c'è scritto nel capitolo ventuno?»

Forse c'è un collegamento.

Scosse il capo: «Non a memoria... dovrei consultarlo».

Presi a dondolarmi avanti e indietro.

Mi puntò gli occhi addosso: «I simboli che mi chiedi sembrano stranamente connessi... mi fa venire i brividi». Increspò la fronte: «Di cosa si tratta, Ada?».

«È complicato da spiegare... la monaca sta per tornare. Continua, te ne prego, che significato hanno l'acqua e il triangolo?»

«Non saprei... il secondo mi fa pensare alle piramidi in Egitto. E l'acqua, all'emblema della fertilità. Non so dirti altro, mi spiace.»

«Hai già fatto molto, credimi.»

«Aspetta però...» parve illuminarsi: «Gli antichi egizi usavano la civetta nel loro alfabeto geroglifico, e la associavano alla parola morte».

Sì, questo lo sapevo...

Mi aggrappai alla grata: «Antonia, se Piera non ce la dovesse fare... mi accompagneresti tu all'altare?».

Il suo viso si animò: «È permesso?».

«Se il padre è defunto e non ci sono parenti maschi, sì...»

Mi sorrise: «Non sarai sola».

Sotto la supervisione di suor Lucia, misurai la febbre a Elda per escludere che ci fossero infezioni in corso.

«Trentasei e sei. La temperatura è nella norma.»

«Tutto è bene ciò che finisce bene» recitò a mo' di filastrocca la suora: «Dunque, suor Grazia, ora puoi andare da suor Pia per gli esercizi di mobilizzazione mentre mi occupo del letto e di dare una sistemata qui».

Io ed Elda ci scrutammo come due statuette di sale.

«Potresti cambiare le lenzuola domani?» domandò.

«Mah, sono ancora sporche e non...»

Riprese convincente mimando una voce sofferta: «Magari dopo, allora. Mi sento un po' debole e vorrei che mi facessi seguire dalle cure esperte di suor Grazia, vista l'emergenza della scorsa notte. Per oggi, suor Pia avrà modo di godere delle tue attenzioni...».

Suor Lucia restò impassibile per qualche istante poi desistette. «Non farla stancare mi raccomando. A tra poco» disse uscendo e chiudendoci dentro a chiave.

«Ada, in che cella ti hanno messa?» m'interrogò con urgenza.

«Nel corridoio del dormitorio perpendicolare alle scale, nella terza venendo da sinistra.»

«È una buona notizia.»

«Perché?»

«Era la mia, prima che mi rinchiudessero quassù. Se dovessi avere necessità, facci caso, sotto il tavolo c'è una pietra più piccola nel pavimento. Ci vuole un po' di forza, ma se riesci a sollevarla, ci troverai carta e inchiostro.»

«Così sei riuscita a scrivere il messaggio segreto che m'hai fatto recapitare al bagghiu?»

«Sì, me li ha forniti suor Domenica. Ci si può fidare.»

«E perché me lo dici?»

«Le cose potrebbero peggiorare con l'inizio del noviziato. E la Badessa non ti lascerà tanto libera di comunicare con i tuoi cari.»

«Non capita dopo i voti perenni?»

«Non qui... vedrai, opporrà resistenza. Lo stesso, avverrà per i colloqui. Improvvisamente sarai spesso indisposta, perciò cerca di avvisare Piera» mi fissò scura in volto: «A proposito, come sta? Nel corso degli anni le sue visite mi hanno molto rincuorato». Una malinconia straziante comparve sulle sue labbra.

«Sta bene, anche se ho saputo che si è slogata una gamba.»

«E la cerimonia?»

«Temo che non potrà presenziare...»

«Beh, falle riferire l'informazione, nun tu scurdari.»

La guardai commossa: «Tu prumettu».

Mi mostrò il ventre nudo.

Vi posai una mano sopra: «È morbido...».

Affiorò un sorriso che sapeva di primavera: «Capita tutte le volte... la pelle cambia. In meglio» e subito si rabbuiò.

Mi morsicai il labbro e ritrassi la mano. Lei si ricoprì.

«Una donna incinta non decide se diventare madre o no» abbassò lo sguardo: «È già madre. Non può farci nulla. E l'istinto è il motore della vita. Tuttavia, può scegliere se essere genitore di un bambino vivo o di un bambino morto. E se compie la seconda scelta, entra sotto le ali della morte».

Mi si gelò il sangue.

«Il fatto è che, in questo convento, non si tratta mai di una scelta. Si tratta sempre di un'imposizione. E il tuo corpo onnisciente e saggio si trasforma in una bara che respira. E mi sento morta pure io.»

«Non dirlo, Elda. Il tuo bambino non morirà. A molte donne accade ciò che hai vissuto tu...»

«Di certo a quelle rinchiuse quassù.»

«Non succederà ancora. Non succederà.»

Scosse la testa, sommersa da bui pensieri.

«So che non è facile... cerca di ricordare i prati rigogliosi, lo scirocco che fruscia, la marmellata alla manna. Trasmettigli la voglia di nascere per vivere.»

Si affossò sul cuscino: «Isaia 34:14. Ripeti» mi ordinò severa.

«Cosa?»

«È la Bibbia. Ripetilo.»

«Isaia 34:14.»

«Lì, farai conoscenza dell'invisibile fertilità della morte. Confronta il tuo testo con il libro sacro della Badessa, però. Ne ha una nuova versione che nessuno possiede. La Bibbia del futuro, la chiamano. Vi troverai molte risposte.»

«Perché non me le dai tu queste risposte?»

«Perché non ne ho la forza.»

«Amica mia, mi fai paura...»

«A ragion veduta.»

La basilica rifulgeva di candele. La luce del sole filtrava dai rosoni alti e il profumo materico dell'incenso fluttuava nella navata centrale. Il grosso portone antico si aprì solenne. E un lieve vociare si propagò al di là del divisorio intarsiato che separava gli invitati da un contatto diretto con la dimensione claustrale.

Apparii come una scultura remota in quell'abito immacolato di seta e tulle. La coroncina di zagare m'incorniciava il volto, i guanti velati di pizzo donavano un tocco di regalità ai miei gesti. Con la sinistra reggevo un bouquet di fiori d'arancio. A destra Piera mi stringeva poderosa. Ce l'aveva fatta. E per la seconda volta nelle nostre vite, chi l'avrebbe mai detto, mi accompagnava all'altare. Suor Epifania mi strizzò le guance perché sfoggiassero un colorito roseo e aiutò mia madre a posizionarsi con la stampella. Il vestito lungo oscillava smosso dal movimento sicuro delle gambe. A vent'anni avevo sposato un uomo perché volevo scappare dalla mia terra. Adesso affrontavo l'unione con Dio con la determinazione di una sacerdotessa in cerca di giustizia. Pronta a perlustrare labirinti e caverne pur di salvare Elda.

Le consorelle intonavano canti sacri. Suor Evangelica non aprì bocca. Nemmeno per l'occasione. Si limitò a dirigere il coro. Il sacerdote Battista mi attendeva in prossimità del grosso crocifisso dorato. Lanciai un'occhiata verso le grate, ma non riuscii a riconoscere nessuno.

Sariddu, ci sei?

«Chi conta, c'è» sussurrò mia madre leggendomi nel pensiero.

La passerella sembrava non finire mai. Nulla a che vedere con la piccola chiesetta di campagna del mio bagghiu. Lì avevo potuto decifrare senza margini di errore l'espressione che mutava sul viso di Alfredo, a mano a mano che mi avvicinavo. Qui, invece, l'uomo dagli occhi di tenebra pareva indossare una maschera. E m'inquietò più di sempre. Ma il bianco mi conferiva una certa forza.

Lo so, finirà presto.

Mi fermai davanti all'altare.

E comunque, quando uscirò da questo posto dimenticato da Dio, giuro che non indosserò il nero nemmeno per dovere.

«T'haju misu 'n pizzino 'ntra i fiori» mi bisbigliò in un orecchio Piera prima di staccarsi dall'abbraccio.

Ne presi atto e abbassai lo sguardo sul mazzo. Occorreva individuarlo per capire in che maniera agire. Suor Evangelica la sorresse e l'aiutò a sistemarsi sulla panca principale. M'inginocchiai sul gradino. I canti scemarono.

Devo farlo durante il passaggio tra le vesti... è l'unico modo.

Nel silenzio c'era qualcosa di opprimente. Il Battista e la Badessa mi raggiunsero.

«Benedico i presenti accorsi per un importante giorno di consacrazione. Nel nome del Padre, del Figliuolo e dello Spirito Santo» esordì il sacerdote.

Nella chiesa si profuse un Amen collettivo.

«Sorelle carissime, oggi ci siamo riunite per ringraziare il Signore del dono della nostra vocazione, e per festeggiare suor

Grazia che, al termine del suo postulato, ha maturato la volontà di diventare novizia» disse la Badessa.

Lui si sedette su di un trono di fronte a me.

«Cosa chiedi a Gesù Cristo?» domandò lei.

«Io, suor Grazia, spinta dall'amore divino e assistita dalla sua misericordia, chiedo di fare esperienza della vostra vita di sorelle dedite all'Onnipotente» la voce oscillò: «E che voi m'insegniate a contemplare il figlio di Dio incarnato, facendo voto di obbedienza, povertà e castità secondo la Regola di questo monastero».

Recitavo senza guardarli. Fissavo soltanto il mio bouquet di fiori di zagara con il terrore che l'uno o l'altra scorgesse il biglietto nascosto da mia madre, e che me lo sottraessero sancendo la mia fine.

«Vivendo nella carità, imitando il Cristo in preghiera sul monte, e offrendo a Dio un sacrificio perpetuo di orazione, aiutatemi sorelle a non sbagliare e a perseverare nella mia scelta fatta qui e adesso.»

«Dio, fonte di ogni santa aspirazione, ascolta con la bontà la supplica di costei, tua figlia, che desidera la clausura per servirti con maggior perfezione. Sostienila con la tua consolazione. E fai che la sua partecipazione all'esistenza comunitaria diventi a poco a poco più vera, comunione d'amore. Per Cristo nostro Signore.»

«Amen» il coro unanime rimbombò ancora.

«Dovrai rinunciare alla famiglia, alle emozioni dell'esperienza mondana, al profumo del bosco, del mare, del vento. Non potrai ridere o cantare a tuo piacere, ma l'obbedienza dovrà essere per te fondamento di libertà.»

«Non sono io ad aver scelto la clausura. È la clausura che ha scelto me... c'è chi è chiamato a parlare all'uomo di Dio, e chi è chiamato a parlare a Dio delle sofferenze dell'uomo» sospirai: «Appartengo con coscienza al cammino contemplativo».

Sentii il cuore tremarmi nel petto.

Il Battista si alzò: «Signore Gesù che ti sei fatto fratello assumendo la nostra natura umana diffondi del tuo Spirito il luogo di preghiera che abitiamo» lesse l'opuscolo che noi tutte tenevamo e mi squadrò da vicino.

Mentre la cerimonia si compiva ripensai agli insegnamenti di suor Aurora, che sul finire di uno di quei pomeriggi in cui si poteva ancora stare insieme nella sala capitolare mi formava sulle varie fasi del rito.

«Il vestito bianco ha un duplice significato» diceva. «Ricorda il costume ricevuto il dì del Battesimo, ma è anche, nella sua foggia da abito nuziale, un richiamo a quella mondanità a cui si rinuncia per dedicarsi completamente a Dio. Perciò sarà sostituito dalla tonaca della penitenza, simbolo di elezione, che all'inizio della liturgia verrà aspersa con l'acqua benedetta.»

Sola davanti all'altare e all'uomo che mi trasmetteva la sensazione di una brutta caduta, in qualche modo, mi rincuorava riascoltare a mente le sue parole. Mi dava l'impressione che la vera Ada stesse osservando il tutto da un sito sicuro e irraggiungibile.

«Suor Grazia, ravvivi con la tua conversione l'arco vitale iniziato con il Battesimo. Ricevi il sacro velo, segno della tua consacrazione a Cristo Signore, e conservalo privo di macchia perché tu sia riconosciuta come Vergine fatta chiesa, e sua sposa dedita in umiltà di cuore. Lui che ti attende per la vita eterna» continuò il sacerdote.

«Signore, tu hai detto, chi mi vuole seguire rinneghi se stesso. Prenda la sua croce ed entri per la porta stretta. Io sono entrata» dissi austera: «E ho scelto Dio, mio sposo».

Annuì con un lieve sorriso e con gli occhi sembrò perlustrare le parti buie del mio corpo. Uno strano magone foderò il cavo orale attraverso il quale la mia voce aveva risuonato.

Cosa mi sta succedendo?

La Badessa gli consegnò l'abbigliamento del noviziato. Il sacerdote lo benedisse. Appoggiai il mazzo di fiori sulle ginocchia, baciai la sua mano e gli indumenti.

«Ricevi, o figlia, il soave giorno di Cristo, questa veste uxoria in segno di ammenda e predestinazione fatta a immagine della Croce. Il Signore ti rivesta di sé perché tu possa divenire nuova creatura.»

«Il Signore è mia pozione di eredità; è mio calice.»

«Nel nome del Padre, del Figliuolo e dello Spirito Santo.»

«Amen» mormorai.

È il momento, Ada. Adesso.

Piano mi si avvicinarono suor Aurora, che mi tolse la coroncina dalla testa, e suor Epifania che dispiegò il vestimento. La Badessa si allungò verso il bouquet, ma prima che me lo sottraesse, mi ci avventai sopra.

«Addio, mondo. Lo dico in pace» ci affondai la faccia mimando un ultimo saluto e mi ficcai in bocca il biglietto agognato.

Tenni la bocca tanto serrata che pensai di perdere i denti, per lo sforzo.

È andata, nessuno se n'è accorto!

La formatrice sfilò il vestito da sposa. Sulla tunica disadorna di raso chiaro, suor Epifania collocò l'abito monacale intonso. Fu allora che agii rapida e, protetta dalla stoffa, passai il pizzino dalla bocca al reggipetto. Le pulsazioni accelerarono sensibilmente. Non svenni per miracolo. Mi legò il cingolo intorno ai fianchi.

La cintura, simbolo di forza, castità, e fedeltà, rappresenta la corda con cui Gesù venne legato alla colonna della flagellazione.

La Badessa mi sollevò il volto con un deciso tocco delle dita sul mento. Divaricò le forbici argentee e diede una sprezzante sforbiciata. Sentii il fuoco sulle guance e avrei voluto imprecare contro il Dio al quale stavo giurando perpetuo amore.

Il taglio dei capelli segna il distacco dal mondo e dalla vanità.

Non potevo osservarla mentre offendeva la mia femminilità. Eppure sapevo che la sua espressione trasudava ingordigia. A parte un colpo di tosse lontano, alle mie spalle, che riecheggiò per l'ampia navata, il silenzio perdurò durante l'intera funzione. Infinita. E quando fu conclusa provai un gran freddo alle orecchie.

La cuffia, il soggolo e la benda raffigurano la morte e la resurrezione di Cristo bendato, posto nel sepolcro e poi risorto.

Mi coprirono il capo ma il freddo non si placava. E a quel punto non sapevo più nemmeno di chi fossero le dita che mi toccavano. Se di suor Aurora, la mia unica ancora; di suor Epifania, vittima della propria fede; o della Badessa, l'eleganza di ghiaccio. Mi ritrovai impacchettata e scomoda. Mancava soltanto il velo bianco.

Il velo è segno di decoro e umiltà.

All'improvviso la riconobbi. C'erano affetto e delicatezza nei suoi gesti: la mia suora maestra. Alzai lo sguardo. Mi sorrise, me lo sistemò in testa e mi tese un braccio. Un fascio di luce irrorò la mia figura e tutt'attorno avvertii un calore umido dal profumo di rose selvatiche. Da bambina circondavano il mio baglio, con il loro colore ruvido e screziato. Ma dopo l'assalto di don Carlo si erano seccate. Papà le aveva estirpate con un arnese che serviva a liberare il terreno dalle radici morte. Gli avevo domandato cosa le aveva uccise. A natura jè assai sensibile, picciridda mea. Pò issiri qualcuno i avi offese, o semplicemente jè giunta a loro uòra. Avevo fissato i rami avvizziti ammucchiati da una parte e compreso cosa fosse la precarietà. Mio padre aveva caricato ciò che restava dei nostri fiori su una carriola e ci eravamo incamminati verso l'orto. Sai, a volte, pò succedere macari chi smettono ri vìveri picchì hannu pirdutu l'amore. Lo avevo guardato storto. Chi rici, patri? Jè accussì, credimi. Mi aveva assicurato. I piante amano allo stissu manera di li persone. E oggi, a loru storia d'amore si jè spezzata. Gli avemu voluto beni bastanti, secondo te? Avevo chiesto, e avvolgendomi le spalle con i suoi muscoli da uomo avvezzo alla fatica, aveva risposto: Iu criu ri sì.

Mi rialzai in piedi stordita.

A estinguersi, fu la mia storia d'amore con Dio... perciò le rose selvatiche morirono...

Una lacrima mi solcò la guancia.

Sei tu, Signore?

Il bagliore aumentò.

Sei tornato? O forse... sono io a essere tornata da te?

«Ricevi, o figlia, il rosario della beata Vergine Maria in segno di devozione.»

E ora ne ho due, insieme a quello di nonna nascosto sotto la tonaca.

Baciai la mano del Battista e il piccolo crocifisso.

Appendendomelo al collo proseguì: «Che ti insegni a disprezzare le cose del mondo e ad amare le cose celesti. Nel nome del Padre, del Figliuolo e dello Spirito Santo».

«Amen.»

«Ricevi, o figlia, la candela accesa...»

Il cero è il simbolo dello Spirito Santo che respinge le tenebre dell'errore e dell'ignoranza.

Baciai ancora la mano del Battista e il lungo lume acceso.

«Per unirti al coro delle vergini, e gioiosa va' incontro allo sposo.»

«Cristo ha posto un segno sulla mia fronte, perché non ami che lui. Amen» recitai sommessa.

«Ti consegno, mia sorella carissima, infine, la liturgia delle Ore e il libro della Regola di questo monastero.»

«Se gli facciamo posto, il Signore può grandi cose nella nostra piccolezza. Amen.»

Il nuovo nome manifesta l'alleanza che Dio stabilisce con la sua eletta... ma qui nessuno conosce chi sei stata. E come ti chiamarono i tuoi genitori. Perciò, per noi, sei fin da subito suor Grazia.

«Cara suor Grazia Immacolata Dell'Amore Divino, benvenuta nella casa del Signore» aggiunse la Badessa applaudendo rivolta verso la navata.

Uno scrosciare turbolento si propagò per la basilica in festa. Mi toccai il petto e percepii a contatto con la pelle la durezza della carta. Il pizzino, per il momento, rimaneva al sicuro. Lentamente la processione dei presenti al di là delle grate si esaurì attraverso il grande portone. E chi avrebbe magari potuto soccorrerci tutte, scomparve. Vidi tre sagome sostare davanti alla luce esterna. Piera la riconobbi dalla statura minuta e dalla veletta da vedova, che per l'occasione era di un colore diverso. Lui, spalle larghe e piglio sicuro, era di certo Sariddu. Quanto avrei desiderato riabbracciarlo. Accanto, scorsi la fedele Antonia. Li salutai con un cenno e mi voltai svelta dirigendomi verso la sagrestia. Non sopportavo l'idea che se ne andassero. E volevo custodire intatta, anche se ingannevole, quell'immagine di loro, pronti a salvarmi.

Nessuno ti salva, Ada. Ti devi salvare da sola...

«Già» sussurrai tra me e me percorrendo il corridoio.

Mai il motto di Alfredo fu tanto veritiero...

Ci radunammo nel chiostro. La giornata soleggiata ci regalava una temperatura soave. Il Battista s'intrattenne tra di noi parlottando con la Badessa Madre. Suor Caterina lo contemplava fugace, credendo di non essere vista. Avrei voluto redarguirla ma ero troppo scossa dal profumo delle rose selvatiche.

«Puoi venire, cara?» si avvicinò suor Lucia.

La squadrai perplessa e mi sistemai il velo. Un gesto al quale m'appigliai in cerca di protezione.

«Lo so, lo so che è la tua giornata speciale... non ci vorrà molto. Sarà una cosa veloce. Voglio presentarti le altre.»

Le altre...

D'istinto indietreggiai.

Nel solaio...

Quasi mi trovassi davanti a un esemplare di donna capace di sputare veleno. Proprio quanto le figure bizzarre del dipinto di Bosch. Annuii.

Prima o poi sapevo sarebbe arrivato il giorno.

Mi controllai nuovamente il petto e la seguii.

24
La morte della civetta

«C'è un gran silenzio qui, vero?» cercai di mascherare l'imbarazzo.

«Il silenzio è l'eco della voce del Signore.»

«E la parola è un sacrificio sonoro che dà origine alle cose...» risposi impulsiva.

«Il silenzio è anche decidere di arrivare alla soglia del mistero, dove il Signore mi chiede di togliere i calzari, e adorare» ribatté.

Con la citazione del mistero, decisi di zittirmi.

La prima, fu suor Speranza. Che bel nome, riflettei. È ciò che inizia a mancare a me, mi dissi subito dopo. I grandi occhi verdi mi osservavano quasi fossi una razza sconosciuta. Le dita erano quelle di una ragazzina, con le unghie smangiate e le cuticole infiammate. Se arrivava ai trent'anni, li aveva compiuti da poco. I capelli cortissimi le donavano. Assomigliava a un volpino ricettivo. Le piaceva parlare. Strana qualità per una monaca di clausura.

«Quando sei arrivata?» e scaltra, aggiunse: «Beh, sei una novizia... perciò, dai sei mesi a un anno, quindi... ». Ci meditò su: «Sei mesi. Ho indovinato?».

«Sono entrata lo scorso autunno.»

Sfoggiò un'aria soddisfatta: «Alle postulanti non è concesso venire quassù... nemmeno alle altre per la verità...».

Suor Lucia si schiarì la gola seduta sulla sedia accanto al tavolo con l'intento di dissuaderla dal chiacchierare. Io stavo ai piedi del letto.

«E tu?»

«Ho iniziato il noviziato un anno fa. E mi hanno spedito ai piani alti» sorrise con la bocca aperta.

Sta forse dicendo che vogliono rinchiudere pure me?

Mi paralizzai.

«Adesso basta scherzare, suor Speranza» intervenne la suora nutrice.

Così l'avevo battezzata. Mi faceva pensare a un'ape operaia che procura nutrimento alle regine addette alla procreazione. A loro va il cibo prezioso, la celletta migliore, le cure più attente.

Sono ancora in età fertile... è plausibile. Dannazione!

Le scrutai il ventre. Non mi parve gravida.

«In che modo trascorri le tue giornate?» chiesi.

«Nel monastero, il tempo è *kairos*, cara» s'intromise suor Lucia: «Non è *kronos*, dovresti saperlo. Ha una dimensione di grazia».

Suor Speranza abbassò il capo.

«Se solo sapeste quanto il tempo sia di Dio... non ci appartiene» suor Lucia intrecciò le mani sotto il mento appuntito: «E cosa c'è di meglio, secondo voi, che trascorrerlo in compagnia di chi l'ha creato?».

«Sia lodato Gesù nostro Signore» mormorò la ragazza.

«Era una domanda qualunque, giusto per fare conoscenza e rompere il ghiaccio» replicai mansueta.

«Beh, potresti raccontarle della tua cerimonia.»

Il profumo delle rose selvatiche...

«Mia madre mi ha accompagnata all'altare...»

«Davvero?» spalancò gli occhi.

Annuii: «Poi ci siamo riabbracciate e mi è sembrato di rinascere una seconda volta». Indugiai stropicciandomi la veste: «Mi capita spesso di ripensare a quel momento. Al grande trambusto che precede la vita...».

Le due suore mi fissarono mute.

«In effetti il pandemonio che ci aspetta dopo è di gran lunga più spaventoso del primo, scioccante contatto con l'aria fredda nei polmoni e il frastuono del pianto.»

Continuarono a guardarmi con il sospetto riservato agli eretici.

Rimettiti in carreggiata, Ada. Stai deragliando.

«Un'esperienza, a ogni modo, di assoluto accrescimento spirituale... la vestizione, intendo» recuperai: «Mi sento una creatura nuova ora. Perché la nostra esistenza è stata donata. E donare l'esistenza a Dio significa riceverla, autentica in spirito».

«Io voglio diventare così come mi ha pensato il Signore. Una brava cristiana» disse suor Speranza.

Il suo volto parve sbiadire.

«Ed è nella nostra debolezza che si manifesta la sua forza» la nutrice mi punse con il suo sguardo giudicante.

«Mi ha fatto piacere conoscerti, suor Grazia» la voce dolce della giovane vibrò: «Sappi che anche se stiamo lontane, separate le une dalle altre, in queste stanze... siamo molto vicine».

Mi venne un nodo in gola.

Non posso fuggire e liberare soltanto Elda...

«Ti ringrazio, suor Speranza... se hai bisogno di qualcosa... sono la nuova infermiera.»

Dovrebbero essere salvate tutte.

Percorremmo il budello fino all'ultima porta sull'estrema sinistra.

«Buon pomeriggio, suor Angela» esordì suor Lucia entrando.

La monaca ci dava le spalle, ritta davanti al crocifisso appeso alla parete opposta. Molleggiò le gambe in un piccolo inchino e si voltò. A differenza di suor Pia, Elda e suor Speranza, che indossavano una camicia da notte di lino, lei si presentò avvolta nel suo abito claustrale, con tanto di cingolo e velo nero, che tuttavia non mascherava il ventre gonfio. I tratti marcati del viso e della mandibola le conferivano un aspetto austero.

«Vi attendevo» mi guardò severa.

Era più matura di me e le mani erano irrorate di capillari violacei che sembravano ondeggiare come serpentelli lacustri.

«Mi hanno detto che ve ne intendete di bambini» non mi tolse le pupille di dosso: «Sono in là con gli anni, ma auspico che la mia creatura nasca in salute, qualsiasi destino il Signore gli abbia riservato».

«Sarà mia premura assistervi nel migliore dei modi che conosco.»

Suor Lucia chiuse la porta e si accomodò. Io e suor Angela rimanemmo in piedi. Due duellanti in guardia.

Peccato che siamo della stessa fazione... sono loro le bestie infernali.

«Quanti ne avete fatti nascere finora?» m'interrogò a bruciapelo.

«Un maschio e due gemelline» balbettai: «Durante la guerra».

Scosse la testa e si produsse in un andirivieni poco cortese. Poi si aggrappò alla pediera del letto in ferro battuto.

«Quella di prima non era medico, ma almeno levatrice...» si volse verso suor Lucia: «Perché lei?» chiese ruvida.

«Suor Angela, calmatevi adesso. Lo capisco, siete inquieta, ma non dovete dubitare della grazia del Signore. E nemmeno della nostra Madre Superiora.»

«Perché la Badessa ha compiuto una tale scelta?»

Me lo domando pure io...

«Di giovani dell'età giusta ce n'erano certamente altre...»

Cosa?

Sul mio viso si dipinse l'espressione del terrore.

In un guizzo, suor Lucia le si avvicinò e le afferrò un braccio. La presa fu poderosa. Lo dedussi dalla tensione delle ossa metacarpali ben definite contro la pelle tesa, e dalle dita che sbiancavano.

«La guerra è finita da poco... Suor Grazia ha avuto la chiamata» disse arcigna.

Non mi possono rinchiudere... si nu i piccirididdi cu li aiuta a cavarli fùora?

La monaca incinta si sedette riluttante su una sedia: «È scandaloso».

Lo è davvero...

Una suora segregata da anni in un solaio, abusata da un sacerdote peccatore, si preoccupava di mettere in discussione la mia scarsa esperienza. Non le importava che il frutto della sua sofferenza, cresciuto nel suo corpo e venuto al mondo tra le sue gambe, le sarebbe stato tolto per essere venduto. Denaro di cui non avrebbe beneficiato, per altro. Ora pareva contare soltanto il pregiudizio. La diffidenza. L'ingratitudine.

Nei miei confronti...

«Suor Angela, siete felice?»

Placò l'evidente dissenso per qualche istante e deglutì con una smorfia. Quasi si trattasse di una pasticca amara.

«Lo sono, nella grazia del Signore» si fece il segno della croce.

«Non sembra» la provocai.

«Beh, se è per questo, neppure voi.»

«Infatti, non lo sono.»

Lei se ne scandalizzò aprendo platealmente la bocca e cercando consenso nella nutrice.

«Come osate rinnegare l'ospitalità di Dio, nella sua casa?»

«Perché non mi spiegate entrambe che ci fanno tante suore incinte in un convento di clausura?» indagai rabbiosa.

Suor Lucia trasecolò.

Lo so, non è prudente... e me ne infischio.

«Perché le monache che abitano il solaio sembrano marchiate dallo stesso destino?» le scrutai e i miei occhi gettavano fiamme.

Nessuna risposta.

Di certo, facendomele incontrare tutte, la Badessa ha messo in conto una mia eventuale rivolta. Pertanto, che la gestiscano!

«Sono gravidanze da nascondere? Le loro famiglie vi hanno domandato clemenza o un aiuto per sottrarle alla vergogna del paese? È una menzogna il loro percorso spirituale compiuto qua dentro?»

Il silenzio pervase l'aria.

«Per età e per abbigliamento, voi avete pronunciato i voti solenni... e di norma chi prende una tale decisione non sceglie di diventare madre. Lo subisce.»

«Suor Grazia, lo sai bene, la Regola impone grande discrezione. Non usiamo chiedere alle nostre consorelle ciò che è stato della loro esistenza precedente all'esperienza claustrale, e nemmeno dettagli che potrebbero imbarazzarle» mi redarguì con i tratti del volto contratti: «Perciò, ignoreremo il tuo intervento e faremo finta che non sia mai avvenuto».

Annuii impotente.

«Spero vostro figlio goda di un futuro sereno.»

«Lo spero anch'io» la sua fierezza evaporò: «I nostri giorni sono scanditi dalla misericordia di Cristo. La notte è l'attesa della sua venuta; l'alba è Gesù, sole di giustizia, che nasce. E così via, per l'intera giornata. Nulla deve distoglierci dalla presenza del Signore. Per nessuna ragione».

«Vorrei poter fare di più.»

«Basterà quello per cui ti hanno voluta.»

Mi diressi verso l'uscita.

«E ricordate, suor Grazia, noi non siamo le sepolte di Dio, le alunne della morte. E questo monastero non è l'isola della rinuncia. Qui la vita palpita tra le vostre mani» mi scrutò con suo sguardo incisivo: «In Cristo, nostra speranza».

Quando la porta si aprì fu la prima cosa che vidi. Un fagotto abbozzolato sul suo petto. Di tanto in tanto emanava un gemito umido e ilare. Suor Concetta lo allattava sdraiata tra le coperte dell'ampio letto.

Eccolo, il piccolo nato...

La donna mi sorrise stanca. La stanza profumava di latte e calore.

M'inginocchiai al suo capezzale. «È bellissimo, qual è il suo nome?» chiesi emozionata.

Sollevò le sopracciglia: «Per ora voglio soltanto tenermelo stretto».

Povera anima.

«Siete perfetti insieme.»

Scosse il capo senza distogliere l'attenzione dal bambino: «Lui è perfetto».

Lo reggeva con maestria. Nessuna incertezza sulla postura delle braccia, della piccola testa molle, su come direzionare la poppata per evitare rigurgiti.

E lei, quanti figli ha perduto?

«Lascio aperto... vi gioverà un po' d'aria nuova» disse suor Lucia riferendosi alla porta.

«Sono figlia unica, sai... avrei adorato avere dei fratelli e prendermene cura» spezzai il silenzio: «Sono cresciuta con un'amica, però. Stessa età. Stesso colore dei capelli. Ci scambiavano per sorelle».

«Perché me lo racconti?»

«Non lo so...» sorrisi impacciata.

Ero sincera.

«A volte nella vita può accadere che arrivino legami inattesi. E fanno bene al cuore.»

«A volte capita. A me non è ancora successo» la sua voce sembrava un velo di seta che sfiora il cristallo.

«Ma tu hai una splendida creatura.»

«Già...» sussurrò con gli occhi liquidi: «Se potessi farla battezzare...».

«Il sacerdote non può occuparsi del sacramento?» chiesi.

Mi fissò con una certa urgenza, poi spostò lo sguardo su suor Lucia. Infine desistette. La tensione si sciolse e mi fece cenno di no.

«Io ascolto le parole di Dio» recitai: «E come ogni tenero amante non dirò a nessuno ciò che mi confida. Sono perle che cadono, l'acqua delle mie orazioni. E mi lavano il volto».

Avrà colto il mio messaggio di alleanza?

Mi guardò e parve un fiore che sboccia.

Ci scambiammo un'occhiata complice. Due donne sole ai confini del male.

«La primavera è tempo di grandi novità... abbi fede» continuai.

«Ne ho. Quando sono entrata in clausura, non ho rinunciato a qualcosa. Ho risposto a qualcuno. Alla chiamata di Dio. La nostra chiesa e il nostro monastero sono il corpo mistico di Cristo.»

È riuscita a non smarrire la fede... nonostante tutto.

Mi rialzai in piedi.

«Suor Lucia, passo a controllare suor Luce...» azzardai vaga.

«Non è necessario... ci sono andata poco fa, ti ringrazio.»

Camurrìa.

Accusai il colpo. Prima d'imboccare il corridoio porsi a suor Concetta un ultimo saluto.

Suor Lucia era già lontana.

«Il tuo bambino è il sole che illumina queste mura.»

Se lo strinse forte: «"Penso che stiamo nel vicolo dei topi, dove i morti hanno perso le loro ossa"».

È T.S. Eliot...

Mi raggelai e trattenni il respiro.

Terminata la compieta potevo finalmente tornare nella mia cella. La cerimonia, Sariddu confinato al di là delle grate, l'incontro con quelle monache disperate e allo stesso tempo così fervide di vita, mi avevano stremato. Costeggiai il chiostro, entrai in infermeria e mi concessi un rimedio per il dolore alla testa.

Bisogna che ne parli con suor Aurora... io ed Elda non possiamo fuggire e abbandonarle al loro destino... devono venire con noi.

Buttai giù una sorsata di liquido scuro e riavvitai la boccetta. Mi preparai a chiudere a chiave ma, raggiunta la soglia, mi rintanai all'interno della stanza e sbirciai senza essere vista. Una donna si congedava dall'ufficio della Badessa stazionandoci davanti per qualche momento. Mosse il capo ben acconciato e dal lieve guizzo della schiena parve ridere per qualcosa che non mi riuscì di udire. Indossava un lungo abito bordeaux decorato da un'arricciatura del tessuto sulle scapole. E le maniche erano strette ai polsi con una fila di bottoncini di raso del medesimo colore. Per la prima volta vedevo circolare nel monastero qualcuno che non appartenesse all'ordine.

Chi sarà mai?

Indugiai con il viso nascosto dallo stipite. Soltanto una porzione di occhio esaminava il curioso evento. La donna cambiò posizione. Potei scorgerla di profilo.

Nun ci pozzu credere!

Sgranai le palpebre. Fece un piccolo inchino e la mano della Madre Superiora le si poggiò benevola sulla spalla.

È la Rapidda...

Subito mi ritrassi con uno strano presentimento.

«Che ci fa qui?» mormorai.

Quando mi affacciai nuovamente sul corridoio, non c'era più. Volatilizzata nel nulla come una brutta idea. Che lascia il segno.

Mi avviai a passo spedito. Mi sdraiai sul letto e un formicolio diffuso s'impossessò delle mie gambe. A breve, suor Epifania sarebbe giunta a serrare l'inferriata per il silentium magnum. E fino all'alba seguente sarei rimasta indisturbata con i pensieri tumultuosi che mi sovraccaricavano la mente.

Sfogliai la Bibbia, al versetto indicatomi da Elda, Isaia 34:14.

«"Diaboliche e mostruose bestie vi faranno ritrovo, irsute fiere si risponderanno a vicenda. Venne ivi l'orco ad accovacciarsi e ha trovato il suo riposo"» lessi.

L'orco... è la civetta?

Frugai sotto la tunica di raso e recuperai il bigliettino di mia madre.

«Suor Grazia, mi senti?»

Una voce sussurrò oltre la porta chiusa. Infilai il foglietto in tasca e aprii il legno massiccio.

«Suor Aurora...» ci stringemmo le braccia attraverso le sbarre: «È stata una gioia saperti vicina durante la vestizione».

Mi sorrise tesa e si guardò attorno: «Domani, a ricreazione, definiamo il piano. Le nostre voci si confonderanno con quelle delle consorelle. Adesso è troppo rischioso. Il silenzio serba molte insidie».

«D'accordo.»

«È importante, bella. Deve accadere entro la notte del 29 aprile.»

«Perché?»

«Ti basti sapere questo. Dormi con la pace del Signore.»

«Aspetta» l'agganciai per la manica: «Sai dove la Badessa tiene la sua Bibbia del futuro?».

Un'ombra si adagiò sul suo viso.

«A volte è meglio non sapere... per non affondare nella tenebra...» inclinò la testa strizzando gli occhi.

«Come tutte voi, ormai, vago nella palude oscura. Dimmi...»

Indugiò per qualche istante in silenzio.
«La parola che cerchi è Lilith.»
La squadrai senza capire.
«"Bestie selvatiche s'incontreranno con iene, i satiri si chiameranno l'un l'altro; là si poserà anche Lilith e vi troverà tranquilla dimora"» sussurrò.
«Lilith... è l'orco che si accovaccia?»
Accennò un sì con il capo: «La civetta...» e si staccò dall'inferriata.
«Dobbiamo salvare le nostre consorelle, suor Aurora.»
«Ora devo andare. Ne parliamo domani.»
La formatrice si allontanò furtiva. Io mi avvolsi sotto la coperta, posizionai sulle ginocchia il lume acceso, e dispiegai il pizzino. La calligrafia di Antonia si distendeva minuziosa e ben comprensibile.

Cara amica,
ho fatto alcune ricerche. Il capitolo 21 del *Faust* sarebbe «Notte. Via dinanzi la porta di Ghita», ma non ho trovato nulla d'interessante per ciò che potrebbe esserti utile. Se escludi, però, i due prologhi dell'opera, ecco che il capitolo 21 diventa «La notte di Valpurga». Qui vengono citate civette, scrofe, e si discute su una certa Lilith, l'antica moglie di Adamo. Pare sia stata cacciata dal paradiso terreste perché non incline a sottomettersi ai voleri dell'uomo, e si sia recata ad abitare le coste del Mar Rosso. «Sta' in guardia dai suoi bei capelli, da quello splendore che solo la veste. Fai che abbia avvinto un giovane con quelli, e ce ne vuole prima che lo lasci». Così viene descritta. A ogni modo, la notte di Valpurga è un'antica celebrazione pagana della primavera officiata la notte tra il 30 aprile e il primo maggio. Spero di rivederti presto.

A.

«Santo cielo...» balbettai frastornata.
La Bibbia e il Faust *citano il medesimo personaggio...*
Spezzettai il biglietto e ne ingurgitai ogni traccia.
Fuggi entro la notte del 29 aprile... ha detto suor Aurora...

Mi morsi il labbro sporco d'inchiostro.

Isaia 34:14...

Fissai il vuoto.

Quanto fa 34 sommato a 14?

Contai.

Dà 48... e 4 più 8? Il risultato è 12.

Il lume cadde a terra. Lo raccolsi alla svelta e lasciai scivolarmi la coperta sulle spalle.

Da destra a sinistra, Ada...

«Come feci con i numeri scritti dalla signora Benedetta...» confabulai tra me e me.

Il 12 al rovescio... diventa 21.

Mi alzai e mi parai davanti alla finestra. L'aria pareva immobile, non un filo di vento lambiva i cespugli che rivestivano la rocca.

Lilith è il fulcro dell'abisso... lo è... Ma ora che so, la civetta corrisponde alla prima moglie di Adamo, cosa cambia? In che modo questo indizio può aiutarmi nel piano di salvataggio di Elda e delle donne rinchiuse nel solaio? Ammesso che vogliano essere salvate...

Mi sfregai i palmi sulla veste nuova.

Elda e suor Concetta sembrano sapere ciò che a me ancora sfugge... riguardo a suor Pia, non ne sono sicura. Suor Angela sa e non sa. Suor Speranza, invece, abita l'ignoranza. Perciò è integra e meno disperata. Lo stesso vale per le nostre novizie...

«Cos'altro devo scoprire?»

Lilith, Lilith...

M'infilai nel letto.

«Dopo sette anni la iena si trasformò in pipistrello... il pipistrello in vampiro; il vampiro in ortica; l'ortica in pruno... il pruno in demone.» Riflettei sulle parole di Elda.

Su Ada, cerca di dormire adesso.

«Presto, suor Aurora mi spiegherà quello che al momento resta in sospeso» sospirai.

Chiusi gli occhi e il sonno mi prese feroce. L'indomani non sentii il consueto bussare di suor Epifania per la sveglia mattutina. Mi destai per conto mio. Di soprassalto. Controllai la sveglia. Non sforai il rigore della tabella di marcia. Mi vestii alla rinfusa. Avevo una gran sete e le mani davano l'impressione d'investire la materia senza percepirne la consistenza. Il rosario del noviziato finì sul pavimento. Lo indossai accertandomi che la croce cadesse sul petto dal verso giusto. Aprii la porta in legno massiccio e le inferriate. Qualcosa mi fece sollevare lo sguardo. Una civetta trafitta da una croce era inchiodata, morta e grondante di sangue, sulla parete accanto all'ingresso della mia cella.

25
La danza delle api

«Aiuto!» gridai scendendo per le scale. «Aiuto!» ripetei in affanno.

La mia corsa ebbe lo stesso struggimento di certi incubi notturni. Eppure nessuno accorse. Nessuno si affacciò al corridoio. Il monastero era vuoto.

«C'è qualcuno?» la mia voce rimbombò nel silenzio.

Mi guardai attorno disorientata.

Com'è possibile?

Il laboratorio di suor Salvatrice, deserto. L'ufficio della Badessa chiuso. Il calefactorium, incustodito.

La fuga può davvero divenir realtà?

Mi morsi il labbro e mi diressi verso il portone principale. Varcai la soglia ad arco. Cibo, fu il mio primo pensiero. Dovevo stare in forze. Rifocillarmi e agire. Il secondo non poté che essere per Elda. Avrei portato da mangiare pure a lei. Uova di giornata e latte fresco di capra. Anche se alle gravide il nutrimento non scarseggiava affatto. E poi, in qualche modo, avrei sfondato porte e serrature.

Attraversai il selciato diretta a sud, verso il magazzino, il pollaio, le arnie. Fu allora che le vidi tutte. Riunite in cerchio con il volto rivolto a terra.

Che succede?

Suor Candida singhiozzava emettendo uno stridio rugginoso. Suor Domenica scuoteva il capo incredula. Suor Evangelica pareva una fontanella dismessa. Di quelle senza acqua e senza utilità. Mi avvicinai con la gravità dei momenti bui. Ogni passo era una picconata sulla colonna vertebrale. Dritta nel midollo. E ogni centimetro di prato mi faceva sentire più sola. Più debole. Più persa.

Ave Maria... Maria piena di Grazia... Ave Maria.

Barcollai.

Elda, Pia, Angela, Concetta, Speranza, sono nel solaio...

I piedi si mossero instabili.

Le novizie... sì, le vedo.

Sembravo un povero storpio.

Fioretta, Maria Addolorata, Epifania, Clarissa, Agostina, Lucia...

Inciampai ma non caddi.

Sono presenti...

Le palpebre sbatterono sconnesse.

Ne manca una...

Le gambe allampanate s'inchiodarono dolenti al suolo.

Una soltanto...

Se non è la fine del mondo, pensai, l'inferno eccolo qua.

Un ronzio acceso aleggiava su di noi. Non ricordo per quanto il mio corpo svuotato oscillò davanti al cadavere rivestito da una patina di miele che colava al suolo. Su di esso, la danza delle api operava in fermento attraverso vibrazioni, scatti, e un incessante lavorio delle ali. Alcune restavano immobili. Altre si muovevano al di sopra delle compagne. Distolsi lo sguardo inorridita.

«Suor Aurora è morta» biascicò suor Vittoria tra le lacrime.

E adesso lo siamo tutte.

Precipitai in avanti e il cielo si spense.

La febbre alta non mi lasciava. Inzuppavo il lenzuolo di sudore e urinavo in una bacinella di terracotta impregnando l'intera stanza di un tanfo acido. Di quando in quando, suor Salvatrice compariva e mi praticava impacchi d'alcol sulla fronte e sui polsi. Difficile rimettersi con un poco di zuppa scialba due volte al dì. So che la perquisivano per evitare qualsiasi alimento non consentito. E la mia degenza si prolungò per alcune settimane. Persi la veglia e il funerale. Non presenziai nemmeno alla sepoltura. Me ne rammaricai.

Chissà se la notizia è giunta, lassù, nel solaio?

Mi rigiravo nel letto e l'impressione era quella della terra umida che fa prudere la pelle. Tra scorie, vermi, radici.

Le radici sono tornate...

Il soffitto di pietra non bastava più. Avevo bisogno di luce. E di libertà.

La temperatura tornò lentamente nella norma. I dolori alle ossa e la debolezza rimasero.

Che giorno è?

Il pensiero, invece, fluiva lucido. Era ciò che contava.

«Quanto tempo è durata?» chiesi a suor Salvatrice.

Mi versò dell'acqua da bere: «Un po'...». Mi porse il bicchiere: «Non ci pensare. Abbiamo pregato per te». Mi diede una pacca d'incoraggiamento sulla spalla.

«Ho bisogno di sapere che giorno è oggi?» insistetti seria.

«È il 30 aprile.»

Il 30 aprile...

Una scia di brividi assillanti si accanì sulle mie membra come uno sciame di insetti inferociti. Gli stessi che avevano ucciso la suora maestra. Scossi il capo in affanno.

«Suor Grazia, cosa ti prende?» mi scrutò preoccupata.

Il tremito non cessò. Mi coprii il volto sotto la coperta.

«Lo so, immagino sia strano scoprirlo così» piano spostò il lembo del tessuto: «L'importante, però, è che ora stai bene e non hai avuto nessun brutto male».

Calmati. Ha capito fischi per fiaschi. Ti devi calmare, Ada.

Mi sollevai e finsi un evanescente giovamento: «Grazie per le tue parole di conforto...» abbozzai.

Il piano... qual è il piano? Il piano non ce l'ho, camurrìa!

Mi lavai alla buona in un catino. La comunità non si fidava

a lasciarmi andare al bagno per conto mio. Potevo scivolare, infortunarmi. Meglio non rischiare.

Sarà vero?

Riposizionai il cingolo in vita, mi strinsi il velo sulla nuca, indossai il crocifisso intorno al collo. Quello di nonna non lo toglievo mai. I gradini sembrarono ripidi e scivolosi più del consueto. Mi aggrappai salda al braccio della mia accudente.

«E dire che dovevo essere io la nuova infermiera...» dissi con ironia. Per mascherare la tensione.

«Lo sai, i malori capitano...» rispose gentile: «È una risorsa che ha il nostro organismo per recuperare le energie che ha speso in eccesso».

Ci accodammo allo stuolo di religiose dirette al refettorio cantando il De Profundis.

Come staranno Elda e il piccolo nato? Posso chiederglielo? Ma che dico... le novizie non sanno nulla di ciò che accade ai piani alti. Così li ha chiamati suor Speranza.

Nel ritrovarmi tra le consorelle, non ricevetti l'accoglienza che mi sarei immaginata. Qualcuna m'ignorava. Qualche altra mi osservava di sottecchi. Non dovevo venir trattata con riguardo, evidentemente erano queste le istruzioni della Badessa. D'altronde, non avevo alcun merito. Ero semplicemente guarita. E avevo sprecato tempo prezioso da dedicare al Signore. Intanto, però, il ricordo della civetta crocifissa davanti alla mia cella mi tormentava.

È un messaggio eloquente...

Suor Vittoria e suor Caterina mi sorrisero. Mi confortava saperle sedute al mio fianco, alla stessa tavola.

Chi tra le adepte nutriva sospetti nei miei confronti?

Suor Fioretta sopraggiunse con due grosse ceste colme di pagnotte e ne distribuì una per ciascuna.

E soprattutto, senza dettagli né alleate, in che modo programmo la fuga?

Ci raccogliemmo in preghiera e onorammo il pasto con il bacio al pane. Le vivande non erano cambiate. Zuppa di verdure e crusca di grano. Suor Celeste recitava la lettura giornaliera della Regola e la Madre Superiora succhiava dal cucchiaio controllandoci a vista. Mangiai a occhi bassi.

Perché ti hanno ammazzata, suor Aurora?

Il solo peso della posata si faceva sentire sulle dita prive di forze.

Mi posi la medesima domanda in seguito all'assassinio della signora Benedetta...

Un pezzo di patata mi andò di traverso. I colpi di tosse risuonarono nel silenzio intercalato dalla voce di suor Celeste. Ripresi a masticare.

Quali provvedimenti sono stati avviati? Voglio dire, hanno individuato il colpevole?

Terminata la brodaglia m'accanii su crosta e mollica. Non inzupparli era uno dei miei stratagemmi. Mi dava l'illusione di saziarmi maggiormente.

La Badessa si alzò. Le gambe della sedia stridettero sul pavimento.

«Scusate l'interruzione» incrociò le mani sul grembo: «Volevo informarvi che dopo la ricreazione ci riuniremo in sala capitolare per terminare la grande opera di umanità intrapresa dalla nostra cara estinta sorella».

A cosa si riferisce?

«"Perché Egli parla e tutto è fatto, comanda e tutto esiste"» recitammo ossequiose.

Lanciai un'occhiata alla monaca muta. Se ne avvide ma chinò il capo sul piatto.

Scrivere. Occorre scrivere.

La Badessa mi scrutò a lungo. Non mi piacque.

Userò carta e inchiostro custoditi nel nascondiglio che mi ha indicato Elda. E mi servirò di suor Domenica affinché faccia uscire il biglietto dal monastero.

Il chiostro era troppo affollato. Uscii a prendere un po' d'aria in solitudine. Suor Clarissa m'intercettò sull'ampio selciato.

Mi tengono sotto controllo...

«Che fai qui da sola?» domandò.

«Riflettevo sui meno fortunati.»

«Pensiero lodevole e caritatevole» parve compiaciuta.

«Mi è dispiaciuto... ecco, essere indisposta nell'ora del bisogno...»

«Suor Aurora ti veglia da lassù» rivolse il viso verso il cielo.

Già, lo spero...

«Che mi dici del fatto?» chiesi.

Mi fissò.

«Intendo, quello che le è accaduto...»

La polizia avrà aperto un'indagine.

Molleggiò le sopracciglia: «La poverina non ha retto».

«A cosa?»

«Al peso della tentazione.»

Sgranai gli occhi: «Non capisco».

«Si tratta di un incidente, è chiaro.»

«Un incidente?»

«Quando entriamo in clausura, facciamo voto di obbedienza, castità e povertà...»

«Certo, lo so» dissi spazientita.

«L'obbedienza è sempre il più ostico da rispettare. Ne avrai esperienza personale, immagino.»

La guardai torva.

«Stai insinuando che si è lasciata vincere dall'appetito e per questo è morta?» replicai infervorata.

«Non vedo altra spiegazione, viste le circostanze.»

«Vorrei ricordarti che fu suor Aurora a insegnarti ciò che sai. Ci ha formate tutte.»

«Perciò posso dire di conoscerla. Anni di convivenza... tu ci hai avuto a che fare soltanto per pochi mesi.»

«Mai mi permetterei d'infangare la sua memoria...»

«Qui nessuno infanga un bel niente!» replicò scocciata: «È morta ricoperta di miele... ne ha mangiato per quanto le è stato concesso dal Signore».

«È morta perché qualcuno l'ha uccisa» lo pronunciai e mi sentii sgretolare.

S'intirizzì come un baccalà sotto sale: «Ne riferirò alla Badessa Madre. Non gradirà».

Mi voltai e mi allontanai a passo spedito verso le arnie.

Ci sarà un indizio... una prova che le incastri!

«Che lo sappia!» gridai eversiva.

Un gorgo plaudente mi intorpidì le gambe e la testa iniziò a girare. Mi accovacciai sulle ginocchia.

«Suor Grazia...» suor Clarissa mi raggiunse.

Mi tastai la fronte. Non era calda.

«Sei ancora debole... non è il caso che te ne vada in giro senza dosare gli sforzi» mi aiutò a rialzarmi: «Ci vuole pazienza... e con la gloria del Signore riuscirai ad accettare il destino toccato alla nostra cara compagna».

Mi staccai dalla presa. Odiavo sentirmi le sue mani addosso. Con il vento, che sulla rocca era un flusso sempre presente, le si alzò il velo e la vidi. La voglia color melanzana dietro l'orecchio. M'infastidì più di quanto avrei immaginato.

«Perdere la suora maestra nel mezzo del percorso non è facile. Avrebbe desiderato il tempo di insegnarti molto altro...»

Puoi scommetterci.

«A volte il Signore ha piani che non riusciamo a comprendere. Tuttavia, dobbiamo rispettarli e amarli.»

«Mi manca» mi lasciai scappare.

Il cielo plumbeo sembrò rabbuiarsi di nubi in tumulto.

«Il concetto della fine, per noi, è diverso... Ed è nei momenti di dolore che occorre rammentarlo» c'incamminammo verso l'ingresso: «La sua anima è con Dio... non ti rallegra sapere che si è unita al proprio creatore, l'uomo a cui ha giurato amore per l'eternità?».

Assassine!

Mi zittii. Rientrammo in convento.

«Se moriamo con lui, vivremo con lui... Credimi, il pellegrinaggio di pace e serenità di suor Aurora è compiuto.»

Nel chiostro le religiose parlottavano e passeggiavano vicine. Mi affiancai alle novizie che mi accolsero con gesti affettuosi.

«Ti sei rimessa a pieno... ne sono tanto felice» mi festeggiò suor Caterina: «Suor Salvatrice si è premurata di farci avere ogni giorno tue notizie...».

«Pareva 'n bollettino ri guièrra» sorrise suor Vittoria.

«Le sue cure sono state la mia salvezza... ma ditemi, chi ha preso il posto della formatrice?»

«Nessuno...» accennò suor Caterina.

«Non ci posso credere.»

«La Badessa ha indetto diverse riunioni a porte chiuse in sala capitolare... per ora non ha comunicato alcun responso» disse suor Salvatrice.

«E voi?»

«Avemu studiato da suli. Aiutandoci a vicenda. Suor Salvatrice jè a cchiù acculturata... ci avi datu 'n mano quannu nun stava o to' capezzale» spiegò suor Vittoria.

«E il funerale?»

«Il sacerdote Battista ha celebrato messa, ci ha consacrate, ha benedetto il corpo e poi si è fatta la sepoltura...» m'informò suor Caterina.

«Dove?»

«Nel cimitero delle monache» rispose suor Salvatrice.

«E unni è?» aggrottai la fronte.

«A est, davanti alle vetrate della stanza di mezzo.»

«Non ho visto tombe o croci erette sul terreno...»

«Nun ci ni sunnu.»

«Eppure sono tutte là sotto. Sono le singole pietre a rammentarne i sepolcri» aggiunse suor Salvatrice.

«Però è successa una cosa...» abbozzò suor Caterina.

«Che cosa?» mi agitai.

Si guardò attorno e si strinse nelle spalle: «"Così è anche la risurrezione dei morti. Il corpo si semina corrutibilmente, risorge incorruttibile; si semina ignobile, risorge in gloria; si semina debole, risorge in forza; si semina corpo animale, risorge corpo spirituale" esordì il sacerdote».

L'ascoltai attenta.

«La bara fu posizionata per essere interrata. Ci riunimmo attorno al feretro e a mani giunte pregammo con fervore. Lui proseguì: "Non ti sdegnare contro i malvagi, né t'ingelosire di quei che fanno il male. Perché seccano prestamente come fieno, e come verdi erbe tosto appassiscono".» Indugiò per qualche attimo e riprese a raccontare: «Suor Fioretta e suor Evangelica si genuflessero, fecero il segno della croce e noi baciammo la cassa di legno grezzo».

«E poi?»

«Infine pronunciò queste ultime parole: "Per ascoltazione d'orecchi avevo udito di te, ma ora l'occhio mio ti vede. Perciò io accuso me stesso, fo penitenza nella polvere e nella cenere"... e all'improvviso...»

Serrai le dita sulla tonaca.

«Il coperchio si scardinò. Cadde a lato e...» suor Caterina si coprì il volto.

«Cosa è successo, per la carità divina?» esclamai in apnea.

«A poverina avìa l'ùocchi aperti...» mormorò suor Vittoria.

Trasalii.

«Quando venne raccolta e ripulita, suor Maria Addolorata le abbassò le palpebre... tuttavia... tornarono sbarrate.»

Ma ora l'occhio mio ti vede...

Rimasi immobile. Non seppi dire nulla di ragionevole. D'altronde, neanche quella narrazione lo era.

Suor Domenica mi si avvicinò e mi prese sottobraccio. Forse era mortificata per via delle sue api. Camminammo in silenzio.

«Tu sai chi sono?» chiesi ponderando l'impeto appena dimostrato dalla mia domanda.

Di lei mi posso fidare. Lo ha detto pure Elda.

La monaca annuì. Mi sentii meno sola.

«I sospetti su di me si sono fatti concreti?»

Annuì ancora. Mi morsi il labbro.

«Non ho molto tempo, vero?»

Mi squadrò con uno sguardo inequivocabile.

«Ho capito... comunque volevo dirti che non ci credo alla storia dell'incidente... suor Aurora, l'hanno ammazzata.»

Mi strinse con più forza direzionandomi verso i margini del chiostro.

«Ciò che mi manca da scoprire, è il perché... Tu lo sai?»

La monaca si coprì la bocca con la manica fingendo un colpo di tosse.

«"E fui morto, ed ecco son vivo per i secoli de' secoli, e ho le chiavi della morte e degli inferi"» disse piano.

Ha parlato...

La sua voce piena di cicatrici mi trafisse il petto. La fissai come chi scorge uno spettro maligno. Suor Domenica non era muta. Aveva semplicemente scelto di non dare corpo alle parole. Per lungo tempo.

«Nella tua cella. Cerca nella tua cella, Ada. Hai capito?»

Annuii pallida. Mi addossai a una colonna e respirai a bocca aperta.

26
La notte di Valpurga

«Ci è stata qualche elemosina, oggi?» domandò la donna di ghiaccio.

«Dal duca di Spano venti chili di farina. Dai Randazzo due monete d'oro. Dalla famiglia Scalia una scorta di zucchero, cerotti e alcol disinfettante» la informò suor Maria Addolorata consultando il registro dei conti di cui era l'amministratrice.

La Badessa annuì e si sedette sul trono intarsiato. Il rosone alle sue spalle la sovrastava come una strana aura dalle sfumature troppo accese.

Cerca. Cerca. Cerca.

Sul sedile accanto, suor Clarissa. Sulle sedie allineate, le elette, le novizie, e io.

Devo cercare nella mia cella!

«Vi ho riunite qui in sala capitolare, questo pomeriggio, per celebrare l'opera di suor Aurora» mi guardò: «Ora che suor Grazia è tornata in salute, possiamo condividere all'unisono il grande lavoro di dedizione e pazienza, e continuare a vivere nel ricordo di lei».

Suor Clarissa aprì una cassapanca e ne estrasse uno spesso telo ripiegato con cura.

«Eccola...» le ordinò con un cenno di stenderlo.

La monaca ubbidì.

«Voleva che fosse una sorpresa... per il prossimo autunno» proseguì: «Una trapunta per il fuoco... che ci accogliesse tutte a godere umilmente del tepore delle fiamme».

La sottrasse dalle mani di suor Clarissa. Si inclinò all'indietro per via del peso e ci scrutò con orgoglio.

Ma cosa? Cosa cercare?

L'impazienza mi logorava.

«Mettetevi in cerchio» sentenziò.

Posizionammo le seggiole come indicato.

La Badessa ne passò un lembo a suor Maria Addolorata, che ne porse un altro alla propria vicina, e così via fino a completare la ruota. La coperta era colore del cielo. E per un momento, ebbi l'impressione che suor Aurora ne avesse raccolto una porzione esclusiva per consegnarcela in dono.

«Adesso porteremo a termine insieme il suo capolavoro.»

Suor Clarissa distribuì ago e filo.

«È tempo di cucire.»

Ognuna ne inumidì una estremità sulla lingua e la infilò nella cruna. Quella opposta la bloccammo con un paio di piccoli nodi. Operammo laboriose sul tessuto a lungo. Non feci che pungermi il dito e pensare a cosa potesse contenere la mia cella che ancora ignoravo. Poi il silenzio venne spezzato dalla voce sovrana.

«È una creazione eccezionale, non credete?» chiese la Madre Superiora.

«Sì» rispondemmo in coro.

Me ni haju iri...

Si soffermò su di me. Ma non me ne accorsi: «Cosa ne pensate, voi... suor Grazia?».

Un lieve sussulto pervase le mie scapole sporgenti.

«Mi state ascoltando, cara?»

Annuii: «La nostra formatrice era un animo generoso...».

«Perciò il Signore l'ha richiamata a sé... lo ha fatto pure con Gesù Cristo, suo figlio.»

La guardai dal basso verso l'alto.

«Ho saputo che non la pensate allo stesso modo...» disse con l'insidia nella voce.

Infossai il collo.

«Credete che la nostra consorella sia stata vittima di un omicidio nella casa di Dio, nostro creatore?»

Sospiri sommessi si diffusero per la stanza. Tutte mi ficcarono addosso i loro sguardi. Lasciarono la presa e il cielo scivolò sul pavimento afflosciandovisi sopra.

«Suor Clarissa...» si rivolse alla fidata informatrice.

«Reverenda madre...» sibilò.

«"È morta perché qualcuno l'ha uccisa" le parole usate, corretto?»

«Corretto.»

«Potete spiegarmi, cara, da dove è nata l'idea malsana che ci sia un'assassina tra noi?» mi squadrò ancora.

Sulla schiena avvertii un rivolo di sudore aderire alla tonaca.

«Non intendevo...» balbettai remissiva.

«È peccato negare l'evidenza» mi sorrise algida.

«Magari è giunto dall'esterno...»

«Nessuno entra e nessuno esce da questo monastero.»

Parlò e sembrò distorcersi quanto un'allucinazione. O una strana creatura di un circo di frontiera. Un rigurgito acido sgorgò dalla gola e mi bruciò la lingua. Le religiose trattennero il fiato, immobili. Io rimpicciolii.

«Tiratela su» la Badessa indicò la trapunta.

Suor Candida la raccolse, la piegò svelta e l'appoggiò sulla cassapanca.

Mi si avvicinò attraversando il cerchio di sedie e mi si parò davanti: «Se dubiti di noi, dovremmo noi dubitare di te?».

Sbarrai gli occhi. Il gelo s'incrinò.

«No, madre» mi genuflessi ai suoi piedi: «Perdonate se ho peccato di superbia... ero accecata dal dolore della perdita e non so cosa dicevo...».

Restò per un tempo indefinito senza reagire. Poi indagò intorno.

«Che ne vogliamo fare di lei, sorelle?»

Silenzio.

«Voi, cosa credete vi possa capitare?»

La domanda mi turbò.

Sogghignò godendo del momento.

«Ti perdoniamo, spirito smarrito» mi posò una mano sul capo: «Tuttavia, zapperai l'orto in solitudine e ti occuperai del bucato dell'intera settimana».

Amen.

«Non quello del monastero» si chinò e m'afferrò il mento con le dita: «Bensì la biancheria che viene da fuori... ci pagano fior di quattrini... perciò sfrega bene ed elimina ogni macchia».

Rientrata in cella, le ginocchia tremavano e la bocca asciutta ardeva di terrore. Mi sedetti sul letto. La fuga era ormai un'impellenza. Gli occhi cominciarono a cercare intorno investendo gli oggetti di un'energia palpabile. Vagliai le fessure alle pareti, le gambe del tavolo – d'altronde, a casa, Piera vi aveva nascosto la sigaretta dello sbandato – le cuciture della stuoia di lana cotta, la coperta, la federa del cuscino, gli infissi della finestra, il crocifisso appeso. Sventolai la veste di ricambio, la sacca vuota, le pagine della Bibbia scuotendola verso il basso. Salii persino sulla sedia e controllai il soffitto foderato di ragnatele. C'erano soltanto quelle.

Qui non c'è un accidenti!

Crollai sul pavimento e piansi come una bambina.

Io ed Elda finiremo i nostri giorni in questo abisso...

Tra i singhiozzi mi lasciai consolare dalle lastre fredde.

«Già... ho peccato di superbia sovente, cara Badessa Madre» me la presi con me stessa.

Affidare le nostre vite a un ridicolo piano di evasione è stata una follia.

Mi sollevai sconfitta e mi soffiai il naso. Fu allora che, davanti al mio viso, apparve un invisibile filo organico alla cui estremità pendeva un ragnetto peloso. D'istinto me ne allontanai, ma rimasi a osservarlo. Alzai la testa. Di strada ne aveva fatta per arrivare fin lì. Nell'istante in cui si posò al suolo, la fibra evanescente scomparve e lui si diresse verso il tavolo.

«La pietra più piccola delle altre...» mormorai.

Gattonai seguendo la traiettoria dell'animaletto e la individuai.

Non mi resta che scrivere e chiedere aiuto all'esterno.

«Che stupida... suor Domenica si riferiva di certo a carta e penna» provai a infilare le unghie negli interstizi, per rimuoverla.

Feci svariati tentativi. Infine la sorpresa fu grande. All'interno della cavità scolpita nella roccia, non solo trovai foglio e inchiostro. Ma la via per l'anelata libertà.

Le contai: «Sette chiavi...».

Posso aprire ogni serratura.

Suor Aurora aveva avuto il tempo di organizzare tutto. Fornendomi quella della mia cella, della biblioteca, della grata nella cappella palatina, dei corridoi, del solaio, della stanza di Elda, del cancello principale, e del portone esterno.

Devo agire prima della mezzanotte.

L'imbrunire sembrò burlarsi di me. Tardò ad ammantare la vallata che per chilometri si distendeva buia mentre laggiù, in un tratto di terra lontana, luci impercettibili animavano Castelbuono e i paesini limitrofi. I lumi dell'ala est vennero spenti da suor Epifania sancendo l'inizio del silentium magnum. Attesi sotto la coperta il momento propizio ripassando i dettagli e la cronologia dei vari passaggi. Innanzitutto la stanza dei libri, poi raggiungere la cappella di Sant'Anna attraverso il tunnel segreto, e rubare il libro della legge dei morti. In seguito solaio, liberazione di Elda e percorso a ostacoli fino al portone esterno. Infilai gli scarponcini nella tasca sinistra, il mazzo nella destra, e lasciai il velo appeso alla pediera in ferro battuto. Non dovevo dare l'idea della fuggiasca. E men che meno fare rumore. Controllai che nessuno sopraggiungesse e oltrepassai l'inferriata. Temetti di crollare ancora. Sgattaiolai in corridoio pigiando il groviglio metallico sulla coscia in modo che aderisse al tessuto e non tintinnasse. Giunsi al pianterreno incolume nonostante l'oscurità e mi diressi verso la prima tappa.

Su, becca la chiave giusta!

Ebbi un'incertezza riguardo alla porta in questione. Ma si

trattò di secondi. Affrontai la serratura per individuarne il foro centrale e la sbloccai cercando di attutire il suono delle mandate con la manica della veste. In un lampo fui risucchiata all'interno della biblioteca. Il buio era assoluto. Andai a sbattere contro il tavolo. Orientandomi rispetto all'ingresso, localizzai il mappamondo. Maneggiai il piedistallo in ottone, pigiai il bottoncino dei miracoli e scandagliai ogni centimetro della parete davanti a me.

Eccola.

Ruotai la chiave a triangolo per sette volte e il varco si aprì. Sporsi un braccio come aveva fatto la suora maestra e intercettai il lume. Lo accesi, calzai gli scarponcini e mi avviai senza guardarmi indietro. La galleria assomigliava a un grosso lombrico informe.

«Lo devi distruggere il libro, Ada» sussurrai.

Così ha ordinato suor Aurora...

«E ora non cedere alle deviazioni. Sempre dritto» m'incoraggiai parlando nel vuoto.

Il mio piede affondò in una pozzanghera di fango e scivolai di peso a terra. La lucerna si spense. Il nero tornò a lambire la mia gracile figura.

Camurrìa!

Lo squittìo di un ratto mi fece rabbrividire. Eppure, il lamento che giunse alle mie orecchie mentre mi rialzavo, m'inquietò molto di più. E non fu che il preludio del peggiore dei presagi.

«È un bambino...»

Il pianto di un neonato.

Mi piegai e recuperai il lume insozzandomi le mani. Lo riaccesi e cercai di capire da dove provenisse.

È il piccolo nato di suor Concetta, o un'altra creatura in pericolo?

Imboccai un condotto laterale che scendeva.

E se poi perdo la rotta?

«Dio provvederà» mi sfuggì un sorriso carico di amarezza.

All'improvviso tornò il silenzio. Mi bloccai.

«Ti prego, vai avanti...» strinsi i pugni.

Il respiro s'assottigliò con la speranza di udire meglio.

Nulla.

«Ti trovo lo stesso» camminai decisa.

Non ebbi la percezione di quanta strada percorsi nel silenzio. So solo che il pianto riprese. E questa volta, il suono era vicino. Molto vicino.

Mi ritrovai in un cunicolo nelle segrete del monastero. Un luogo che mai avevo visitato. Le pareti di roccia non erano incrostate di sporcizia e muffa come quelle del tunnel. Ne sfiorai una. Pareva un lenzuolo lindo. Sette gruppi di sette fiaccole infisse in terra creavano coni luminosi che riverberavano sul soffitto. In fondo, degli scalini dai bordi consumati erano lambiti da una tenda chiusa. Scura e corposa.

Mi avvicinai piano. La mandibola serrata, il sudore sui palmi delle mani.

Un insolito vapore caldo mi avvolse. I gemiti del neonato continuavano. Negli orecchi, però, non avvertivo che il rimbombo del mio cuore che batteva anomalo.

Scostai il tendaggio. La scena che vidi mi sconvolse tanto che mi lasciai cadere al suolo. Senza grida né mancamenti, ma con un'angoscia bruciante che mi paralizzò tutta.

Strinsi il rosario al collo. Fu un gesto inconsulto al quale non seppi dare un significato. Accostai nuovamente il volto al velluto e mi lasciai trafiggere dalla visione.

La grotta era un covo cupo e ovale. Mi fece pensare al nido di un uccello predatore. Ceri neri deformati dalle fiamme ne delimitavano il perimetro irregolare. Dall'alto pendevano candelabri accesi di fattura barocca. Uomini incappucciati si distinguevano ai quattro punti cardinali. Immobili assistevano in silenzio.

Il sacerdote Battista sedeva su un trono rialzato. Teneva le gambe accavallate. Anche a quella distanza, ne percepii la forte carica erotica, molto più intensa nel contesto caldo e suggestivo della stanza. Le elette indossavano tonaca e velo scarlatti. Disposte in cerchio, ruotavano a piccoli passi in senso antiorario dando le spalle a un ampio altare centrale. A turno si fermavano davanti all'uomo e s'inginocchiavano al suo cospetto per il rito dell'omaggio. Lo riverivano con il bacio ai piedi e tornavano al proprio posto. Cercai con lo sguardo in ogni direzione.

Io ti sento, piccolo...

Non riuscii a scorgerne la posizione.

Dove ti hanno messo?

Certe monache avevano il viso scoperto. Riconobbi suor Clarissa, suor Lucia, suor Candida, suor Fioretta. Alcune portavano una maschera della Gorgone con denti lunghissimi. Non so dire chi fossero. Se persone esterne al convento o le consorelle di sempre. Non mi presi la briga nemmeno di contarle. La vista mi si offuscava a tratti per via del grave turbamento. E la lucidità della mia mente vacillava.

Le donne vestite di rosso intonarono una nenia vertiginosa che parve impregnare le pareti. E da un antro buio comparve la Badessa, la Grande Madre. Incedeva solenne sfoderando una fluente chioma d'argento a ornarle il petto. A ogni suora fornì una candela nera e le infiammò. Poco dopo, sopraggiunse suor Speranza cinta da un ampio mantello vermiglio e accompagnata da una figura mascherata. Il cerchio si aprì permettendo loro di salire all'altare.

«Bevi, cara» la invitò la Badessa porgendole un grosso calice dorato.

La ragazza lo scrutò con sospetto e obbedì.

«Ancora» fu esortata mentre la figura versava dell'altro vino nel bicchiere.

Suor Speranza bevve.

«Ora, l'ultimo» la incitò nuovamente.

Cosa vogliono farle?

Un insopportabile senso di nausea mi perforò la bocca dello stomaco. La suora barcollò, forse un leggero giramento di testa. La Madre Superiora la resse per un braccio e le appoggiò di nuovo il calice sulle labbra. Lei tracannò intontita. La maschera le sbottonò la mantella. La giovane rimase in piedi. Nuda. Il suo corpo venne cosparso di uno strano unguento misto a miele.

Il Battista si alzò. Le religiose ripresero a ruotare in senso inverso. Furono accesi i ceri posti alle estremità dell'altare e suor

Speranza fu stesa sul marmo. Il sacerdote raggiunse la novizia e gli uomini ai quattro angoli della grotta iniziarono a cantare un mantra sconosciuto. Il timbro baritonale e luttuoso si espanse per le segrete.

I misteri...

Rabbrividii. E infossai il collo.

Non... non ce la faccio...

Il Battista leccò la ragazza dalle caviglie fino in mezzo alle gambe, poi le strizzò i seni e la succhiò. Si scoprì il torace. I muscoli definiti dai chiaroscuri e la folta capigliatura che si ribellava alla brillantina lo trasformavano in un angelo tentatore. Con quel sorriso che faceva male e le mani forti che non mollavano la presa, era l'incarnazione del peccato. Suor Speranza gli corrispose un riso vago, vinta dalle sostanze assunte attraverso il vino. Lui la cavalcò, la voce degli uomini incappucciati si alzava. La litania delle monache s'intensificò. Gli ansimi del loro amplesso echeggiarono mentre il neonato si disperava da qualche parte che non riuscivo ancora a individuare.

Suor Speranza non era lucida. Protetta dall'alterazione sensoriale non sembrava capire cosa le stesse capitando. Ma soffrivo perché non sapevo in che modo salvarla. Né lei, né il bambino. Il Battista profuse il suo sperma, si staccò, si abbottonò e riabbassò la tonaca. La Badessa afferrò un'ampolla preziosa, ci affondò le dita dentro e coprì il corpo della suora di piccoli frammenti d'oro che aderirono alla pelle unta. Parve il simulacro di un antico sepolcro.

Quelle sono...

Aguzzai lo sguardo.

Monete...

Il cerchio si aprì. Calò il silenzio.

Monete con inciso il simbolo della Civetta di Minerva... la stessa trovata davanti alla mia cella. La stessa sul crocifisso di don Carlo.

Le elette si allinearono in prossimità del trono sul quale era tornato a sedersi il sacerdote. La statua animata si genuflesse ai suoi piedi.

«D'ora in avanti, tu sarai il corpo del portatore di luce, il principe di questo mondo...»

I presenti si fecero il segno della croce alla rovescia. Mi alzai svelta. Avvertii impellente il desiderio di scappare.

Siate dunque soggetti a Dio e resistete al diavolo, ed egli fuggirà da voi. Accostatevi a Dio ed Egli si accosterà a voi.

La maschera portò via suor Speranza, e dallo stesso antro buio da cui erano emerse la Badessa e la vittima acerba sbucò una donna che conoscevo. Una donna che mi aveva fissato come una bestia affamata.

La Rapidda...

Le mie gambe tremarono incagliate sullo scalino dal quale avrei voluto invece dileguarmi all'istante. In braccio cullava con cura il figlio di suor Concetta. Lo riconobbi dalla fitta peluria scura sulla testolina.

È lui, non ho dubbi.

Il coro delle elette ricominciò. Il bambino stava tranquillo, adesso. La signora lo pose sull'altare ripulito e ornato di monete. Il Battista, Donna Rapidda, la Badessa e una figura mascherata si ersero ai quattro lati dell'altare. Il cerchio si ricompattò e si mise a ruotare in senso antiorario. Questa volta non di spalle bensì con gli occhi puntati sulla creatura.

Ada, coraggio, fatti venire un'idea!

Il sacerdote bevve dal calice, l'offrì all'ospite e alla Madre Superiora. Lo fece passare in comunione tra le adepte. Poi si sporse sul piccolo nato e fendette l'aria riproducendo il segno della croce oscura.

«Il suo sangue si spanda su di noi e sui nostri figli» proclamò.

«"Perché Egli parla e tutto è fatto, comanda e tutto esiste"» recitarono all'unisono i presenti.

Il bimbo riattaccò a lamentarsi. E qualcosa di caldo e umido, all'improvviso, mi strisciò tra le gambe. Mi tastai la veste, mi ero appena urinata addosso. Mi trascinai giù dagli scalini in lacrime e con un lembo della tonaca cercai di cancellare le tracce di una spettatrice non prevista. Sfregai svelta, ma la chiazza del mio piscio era penetrata nella roccia porosa. Una scossa mi pervase le ossa. Mi bloccai e smisi di respirare.

Chi è?

Mi guardai attorno.

Sono dei passi?

Camminai rasentando i muri. Il lindore della pietra sembrava un faro acceso sul mio abito nero. Udii un tonfo sordo. Affrettai il passo.

Corri Ada, corri.

Qualcuno di molto determinato era deciso a catturarmi. Accelerai, anche se avrei fatto più rumore. Il rimbombo del mio scalpiccìo s'incuneò attraverso i cunicoli e le gallerie buie, venendone amplificato. Eppure avevo l'impressione di un certo vantaggio. E a un tratto, il pericolo svanì. Mi fermai a riprendere fiato. Accertai la vittoria e mi accorsi di un nuovo problema.

Mi sono persa!

Non avevo idea di dove fossi.

E adesso, come m'oriento?

Le segrete parevano senza fine. Dovevo al più presto ritrovare il tunnel che conduceva alla cappella palatina. Avanzai cauta cercando una traccia, un indizio che m'indicasse la direzione giusta. Ma ogni incubo nasconde il proprio labirinto. E io ci ero finita dentro in pieno. Avanzai ancora. Lo sporco aumentò. La muffa tra le intercapedini della roccia, pure. La polvere che aleggiava stantia mi graffiò la gola, l'umidità m'impregnò l'abito monacale.

Sarà da questa parte?

Continuai per qualche metro e m'affacciai a un condotto che svoltava verso sinistra.

O forse da quell'altra?

Esaminai il versante opposto. Una strettoia richiamò la mia attenzione. Non sembrava molto ampia, e il soffitto basso la faceva assomigliare a una sorta di ponte coperto. L'attraversai circospetta voltandomi spesso per verificare che nessuno comparisse alle mie spalle. Non appena lo ebbi superato, l'aria mutò. Un fetore insalubre mi violò il respiro. Mi fermai riluttante coprendomi il naso con un lembo del velo e direzionando la lucerna su ogni lato. La striscia luminosa rimbalzava isterica e pareva una mosca quando si schianta sul vetro della finestra e non trova una via d'uscita. Davanti a me una schiera di cadaveri in putrefazione. Posizionati su delle specie di troni scavati nella pietra, dotata di un apposito foro al di sotto della seduta, scolavano i liquidi della decomposizione purificando i corpi delle defunte monache.

Che posto è?

Aggrottai la fronte e rincarai la dose di tessuto alle narici. Indossavano la veste nera ma non esibivano null'altro che la cavità dei loro scheletri.

Una scritta incisa sulla parete strillava: MEMENTO, HOMO, QUIA PULVIS ES, ET IN PULVEREM REVERTERIS.

... polvere sei e in polvere ritornerai.

Ingoiai un bolo di saliva. Sapeva di marcio.

È il presagio della mia fine?

La vista riprese ad appannarsi.

Torna indietro, Ada.

I batteri li sentivo sguazzare dentro ai miei occhi, corrodendoli da dentro.

Vattene!

Proseguii addentrandomi nel putridarium. Tenevo il lume alto a illuminare la stanza costellata di teschi. La morte possiede qualcosa d'irresistibile. Fu così che non me ne accorsi in un primo momento. Inciampai su una massa dura ma poco compatta. Avvertii la mia scarna muscolatura scricchiolare. Abbassai lo sguardo e subito indietreggiai con un balzo. Con giudizio, come bambole ordinate con assurdo criterio, giacevano i corpicini dei neonati rubati alle madri.

M'accartocciai su me stessa.

Li ammazzano tutti!

Le lacrime mi colarono sul volto.

Disgraziati!

Mi avvicinai alla macabra infilata e guardai meglio.

Non ce le hanno...

Scossi il capo in agonia.

Dove sono?

Cercai forsennata in preda al delirio.

La barricata cadde.
Non è vero...
Due piedi. Due gambe. Due braccia.
Mi rialzai con il desiderio di uccidere.
«Bastardi!» strinsi i denti.
Ai bambini avevano mozzato le manine.

27
I bambini non muoiono

«Secondo te perché dobbiamo per forza crescere?» chiesi arrampicandomi su un castagno monumentale.

Elda se ne stava sdraiata su un grosso ramo gibboso, a spezzettare frammenti di foglie e fiori.

«Così vanno le cose. Non possiamo deciderlo. Si cresce e basta. C'è il tempo per essere bambini e il tempo per essere grandi.»

«Sì, ma prova a immaginare... se non crescessimo mai? Se restassimo con i nostri dieci anni per sempre, tu che faresti?» m'accoccolai accanto a lei.

La corteccia ruvida mi grattava la pelle nel punto in cui la maglietta si era sollevata. Sfiorai con il dito le profonde screpolature longitudinali. Anche se di colore bruno, assomigliavano alle vene sulle mie mani.

«Non è possibile.»

«U sacciu, pirò pensa si u fussi...» insistetti.

«Forse sarissi a cùosa migliore» disse guardando il cielo.

«A me non piacerebbe.»

«Perché?»

«Voglio sapere cosa succede dopo.»

«Ada, faremo ciò che ci tocca.»

«E come lo sai?»

«Non serve molta immaginazione.»

«Io invece ni tegnu tanta ri fantasia... non vogghiu pinsalla a modo tuo» incrociai le braccia.

«Beh, non devi. Te l'ho già detto.»

«Infatti» risposi piccata.

Restammo in silenzio per un po'.

«Ti ricordi nonna Filomena?»

Scossi appena il capo e persistetti nella mia posa offesa.

«Nelle ultime settimane non si reggeva in piedi. Dovevo accompagnarla al bagno. E i denti le erano caduti come il mangime per le galline.»

Mi misi a sedere a cavalcioni sul ramo. Elda si tirò su e dondolò le gambe.

«Non ci vogghiu finiri pi 'na cascia» le s'incrinò la voce.

Socchiusi le labbra.

«Non lo sopporterei.»

«Che vai a pensare... Siamo ancora piccole.»

«Mi sembra che passi tutto in un attimo» abbassò la testa: «Se non crescessimo, non moriremmo mai».

«Perché lo dici?»

Volse lo sguardo su di me e in un lampo si accese: «I bambini non muoiono».

Mi corrugai in una smorfia: «E questo chi te l'ha detto?».

Il labirinto proseguiva. E della via che scelsi d'intraprendere non avrei serbato memoria. Quando raggiunsi la cappella palatina ero lurida, con il volto tumefatto dal pianto. Oltrepassai la porta rossa di legno intarsiato e strinsi al petto il prezioso mazzo di chiavi.

Ci siamo!

Avanzai solenne tra gli stucchi e l'oro. Mi fermai davanti alla sfera di Bosch e la contemplai per alcuni secondi. Pareva più cristallina rispetto a quanto ricordassi. Anche le nubi tumultuose, non altro che batuffoli di cotone sporco. Aprii il trittico e *Il giardino delle delizie* si mostrò nel suo ardito splendore. Sorprendendomi ancora con la carovana di figure terrene e sovrannaturali che si mescolavano promiscue. Cercai di spostare i pannelli. Suor Aurora non mi aveva spiegato in che modo faceva spuntare la grata. Sapevo soltanto che si trovava dietro al dipinto. Mi avvicinai sfiorandone i margini. Forse esisteva un pulsante segreto uguale a quello sul piedistallo del mappamondo in biblioteca. O una leva, un gancio, un qualche meccanismo.

«Accidenti!»

Mi scagliai sull'altare.

Magari qui trovo la soluzione.

Lo esaminai su ogni lato. Indagai la superficie in marmo, le rientranze laterali, la base su cui poggiava. Niente.

Fai in fretta.

Presi a camminare avanti e indietro: «Ragiona, ragiona, ragiona!».

Mi guardai attorno consumata dall'agitazione. I putti e gli ornamenti floreali alle pareti si trasformarono in un groviglio scomodo che non sapevo decifrare. I dettagli erano troppi. Qualsiasi foglia o ghirlanda di bacche sarebbe potuta essere un plausibile bottone d'accesso. Ma non potevo certo mettermi a tastare le decorazioni dell'intera cappella. Non avevo tante ore a disposizione. Ritornai al cospetto dell'opera e la fissai con rabbia.

Pensa alla loro maniera, Ada.

Sospirai tesa: «Entra nel cervello delle elette».

Scandagliai le immagini vivaci. Mi soffermai sulla prima ala rettangolare di sinistra. E la civetta fece il resto.

Toccala.

Allungai un dito e pigiai l'uccello notturno appollaiato all'interno della fontana rosa. Trattenni il respiro e rimasi in attesa. Mollai la tensione sulle spalle e mi sgonfiai. Nulla mutò.

«Camurrìa!» sfregai le mani sulla veste.

Ripetei il gesto aggiungendo le due civette del riquadro centrale. Il suono di un ingranaggio si azionò. Piano il trittico si spostò a mo' di un sipario, e la grata scura comparve. Svelta impugnai la chiave a triangolo.

Sette volte...

Contai le mandate e lo sportello si sbloccò. Mi c'infilai fino al busto. L'interno foderato da un drappo di velluto rosso non era molto grande. Giusto lo spazio per custodire un libro. Un libro che, ahimè, al momento mancava.

Non è possibile...

Indietreggiai con un macigno che mi premeva sul capo.

Sono rovinata.

Coprii naso e bocca tra le mani, respirai a boccate profonde e mi concentrai per scongiurare lo svenimento. Me lo aveva insegnato Alfredo la volta in cui mi ero tagliata il polso con un apriscatole e il sangue era zampillato copioso.

Qual è il piano B?

«Non ce l'ho un piano B...» dissi tra me e me.

Inforcai la chiave, serrai la grata, riposizionai il dipinto al suo posto, pronta a sgattaiolare via il più in fretta possibile. Ma qualcuno già attendeva alle mie spalle.

«Ti ho trovata, finalmente.»

Mi voltai. Vidi suor Maria Addolorata e mi si chiuse lo stomaco.

La maschera rugosa si aprì in un sorriso ambiguo.

Rovinata. Adesso lo sono per davvero.

28
Lilith

«Hai il passo veloce...» si avvicinò.

Rimasi muta al di là dell'altare.

«Ti ho cercato per tutte le segrete. Se ti fossi lasciata trovare, avremmo fatto prima.»

A mano a mano che avanzava, mi ritraevo spostandomi intorno all'altare. Lei scattava a destra, io a sinistra. Lei girava da un lato, io dalla parte opposta. Dopo averlo circumnavigato a più riprese, tentai la fuga cercando di raggiungere la nicchia che si apriva sul varco segreto. Sarebbe stato facile seminarla una volta imboccata la galleria buia. Ma suor Maria Addolorata con un balzo m'afferrò per il velo e mi tirò all'indietro. Lo schianto al suolo non fu dei migliori. La colonna vertebrale vibrò, senza troppa carne ad attutire il colpo. Avevo perso molti chili dall'autunno precedente.

«Ascoltami, Ada...»

Conosce il mio nome...

«Sapevo che saresti giunta in monastero.»

Ha fatto la spia? Le altre lo sanno?

«Benedetta si è confidata con me.»

Mi rialzai in piedi e mi misi sulla difensiva.

«Sei stata tu a ucciderla» l'accusai.

«Cosa dici... eravamo care amiche.»

«Hai ammazzato anche suor Aurora!»

«Non mi stai ascoltando...» scosse il capo: «Io non ho ucciso nessuno!».

«E dovrei crederti?» ribattei.

«Sono l'unica insospettabile, capisci?»

La guardai storto.

«Una delle monache di fiducia della Badessa. Nessuno avrebbe sollevato dubbi su di me. E Benedetta ne era ben conscia. Per anni ha frequentato il convento facendo entrare e uscire testi di ogni genere.»

Iniziai a darle retta. Pur mantenendo una certa distanza.

«Mi ha raccontato del forte legame tra te ed Elda, e mi ha reso partecipe del messaggio recapitato a casa tua. Desiderava con fervore denunciare i crimini di cui era venuta a conoscenza.»

«Quando arrivai, come mi riconosceste?»

«Dalla descrizione che mi aveva dato. Diceva che eri diversa dalle donne siciliane. E tu lo sei.»

«Non è abbastanza» replicai sospettosa.

«Non abbiamo tempo, Ada. Il rito terminerà presto. E loro torneranno qui. A riporre il libro della legge dei morti.»

Barcollai. Aveva ragione.

«Ricordi la moneta?» chiese.

Le puntai gli occhi addosso e non parlai.

«La moneta con la Civetta di Minerva» precisò.

«Sì...» mormorai colta di sorpresa.

«La lasciai io davanti alla tua cella.»

«Tu...»

Annuì.

Non sta mentendo...

«Sei sempre stata dalla mia parte...»

Ripensai alla torta agli spinaci che avevo mangiato senza che fosse notificato alla Badessa; al codice segreto tra me e Piera che qualche sospetto poteva destarlo; all'impercettibile esitazione che aveva avuto nell'infliggermi il settimo flagello, quella volta, nella mia cella in compagnia di suor Aurora; all'espressione sofferente che le si era disegnata sul volto, in chiesa, durante l'assurdo sermone del Battista. Infine, a quando aveva lasciato me e Antonia sole a colloquio.

«La crisi di tosse che avesti in parlatorio, era una messa in scena?»

Annuì ancora.

Abbandonai ogni remora: «Come ho fatto a non capire?» dissi assorta.

«Sono l'insospettabile...»

Ci scambiammo uno sguardo complice.

«Cosa c'è nel libro che devo distruggere?» chiesi pragmatica.

«Le invocazioni e gli inni rituali praticati ogni anno nella notte di Valpurga.»

«Ho sentito un rumore e mi sono inoltrata per le segrete...» la voce vibrò: «Lì ho scoperto una moltitudine di scheletri. Erano bambini». Ingoiai il magone.

La monaca chinò il capo e le palpebre indugiarono abbassate per un tempo prolungato, più del consueto.

«Tutto ebbe inizio durante la prima grande guerra» si passò due dita sulle tempie quasi a volersi togliere un peso dalla coscienza.

Tanto addietro?

«Allora, ero già monaca da un pezzo. Ero entrata molto giovane. E si pativa la fame. La Badessa dell'epoca, una donna troppo debole per sopportare le avversità e troppo miope per immaginare una scappatoia, non trovò di meglio che venderci ai soldati. Per cibo, oro, beni di contrabbando. A rischio, la sopravvivenza della nostra comunità» gesticolava appena, con la mano desta al livello delle anche: «Qualcuna tra noi, naturalmente, restò gravida. Così s'iniziò a vendere i bambini per denaro. Sai, alle famiglie che non riuscivano a concepirne. E la cosa continuò. Nonostante la fine del conflitto».

«Che c'entra questa storia con il rito nella cava sotterranea?»

«Dicevano che i bambini che arrivavano dal monastero erano malati. Si vociferò che fossero anemici. Con i muscoli atrofizzati. Che non avessero voglia di vivere.»

L'ascoltavo angosciata.

«La vecchia Badessa venne a mancare. Il sacerdote fu colto

da demenza senile e sostituito dal giovane Battista. Ebbe da subito degli adepti tra alcuni preti della comunità.»

Don Carlo...

«Inoltre, lo avrai notato, è un uomo di bella presenza. Alcune di noi se ne invaghirono.»

«E la nuova Madre Superiora?»

«La Badessa che conosci...» sospirò: «Nel 1930 aveva quarant'anni. Era una tra le più adulte, a parte me che sono maggiore di almeno una decade. La votarono all'unanimità. E l'immediata intesa tra lei e il sacerdote sfociò presto in ciò a cui hai assistito poco fa».

La fissai sghemba.

«Sai come lo chiamano?»

Scossi il capo.

«Intelletto lucente.»

«Che vuol dire?»

«Ha vissuto in Spagna a lungo, nell'immenso monastero di Escorial in cui si è formato. Grazie alla sua intercessione, il dipinto di Bosch è giunto in questo convento e non ne è mai uscito. Nonostante si creda sia custodito in un prestigioso museo di Madrid.»

«Quindi?»

«Avvicinati» mi fece un cenno.

M'accostai al trittico.

«Osserva attentamente gli uomini dalle gambe rovesciate, la capanna rossa al centro, le montagne in lontananza, la foggia stilizzata delle molteplici fontane... sono tutte rappresentazioni del triangolo. E pure il grande libro che vai cercando.

«Ebbene, colui che ha la mente di luce possiede la chiave di lettura del mondo esoterico. Il mondo di Lilith.»

«La prima moglie di Adamo.»

«E molto altro.»

«Cos'altro?»

«La risposta te la danno le allegorie di Bosch» si strinse su se stessa: «Tanto per iniziare, dall'acqua».

«Espressione di fecondità...»

«La fertilità della morte.»

«L'invisibile fertilità della morte...» queste le parole di Elda.

La temperatura del mio corpo si abbassò di colpo.

«Guarda le diverse fonti a sfera. Sembrano occhi che scrutano. Sono finestre immerse attraverso le quali la prima moglie, cacciata dal paradiso terrestre, vi fa ritorno illecitamente. E spia Adamo ed Eva tramite la pupilla vigile della civetta-Lilith» indicò senza stendere il braccio, quasi temesse toccarla: «Anche il laghetto della parte centrale, lo vedi, circondato dal prato, ricorda un bulbo oculare gigante. Beh, è l'elemento prediletto dal demone. È il suo rifugio elettivo. E l'intera opera di Bosch ne è permeata. Con mari, laghi, stagni, e sorgenti celate nei boschi».

Aspettati veleno dall'acqua stagnante... lo aveva detto suor Pia, quella volta, con i piedi in ammollo nella bacinella calda...

Più le scrutavo, e più le figure a olio parevano animarsi, ridere e danzare davanti ai nostri volti.

«E il pruno?» domandai.

«Il pruno è l'albero su cui si attorciglia il serpente-Lilith ai margini del primo pannello. E lassù, in cielo, uno stormo di uccelli neri vola mimando le fattezze di una lunga serpe.»

... il pruno dopo sette anni divenne demone.

«Così vale per la sirena, la scrofa, il numero ventuno...» dissi: «E Giovanni Battista è il sacerdote del suo culto, sbaglio?».

Fece cenno di no: «Il culto della luna nera... da qualche secolo, gli astronomi hanno scoperto l'esistenza di un secondo satellite del pianeta terra. Cupo quanto lo stige degli antichi». Inspirò: «Ebbene, non è un'ombra. È un astro errante. Capace di infliggere il suo potere su noi».

L'ascoltai turbata.

«Il Battista c'è nel dipinto. Lo hai riconosciuto.»

«Me lo mostrò suor Aurora la notte in cui tu, suor Clarissa e la Badessa, per poco, non ci scoprivate.»

«Non sono riuscita a salvarla» si rammaricò.

«Nemmeno la signora Benedetta...» accennai spigolosa.

Non replicò.

Perché l'ho detto?

La gobba che le incurvava la schiena sembrò ingrandirsi.

«Perdonami. Non volevo essere scorretta. Non hai colpe. Gli unici responsabili sono i loro assassini» la fissai severa: «Dimmi chi sono».

Esitò: «Non lo so, Ada. Posso solo immaginare».

«Chi credi sia stato?»

«Non lo dico. Non ne ho le prove.»

«Se le avessi avute, probabilmente a quest'ora saresti morta pure tu.»

«Quando uscirai da qui e potrai denunciare, i responsabili saranno puniti. Dalla giustizia degli uomini, oltre che da quella divina.»

Smisi d'insistere.

«Riprogrammerò il furto del libro e la fuga mia e di Elda per domani sera. Una cosa, però, me la devi rivelare. Senza filtri.»

«Va bene» accettò abbattuta.

«Che hanno fatto al bambino?»

Sì, farà male.

Non rispose.

«Il bambino del rito» incalzai.

Stette ancora in silenzio.

«"D'uno scudo ti circonderà la sua fedeltà. Non temerai gli spaventi notturni, né la freccia volante di giorno, non la peste vagolante nelle tenebre, né l'assalto del demonio meridiano".»

Mi coprii il viso con le mani.

Il pipistrello dopo sette anni divenne...

«Vampiro» sussurrai in un pianto sommesso.

La monaca mi strinse le braccia cercando di darmi conforto.

La donna divorante... la mangiatrice di sangue.

«La partoriente si trasforma in Lilith. Il Battista in Asmodeo, suo sposo» spiegò piano: «Cibarsi della carne sacra del nascituro è come divinizzare i propri corpi con il sacramento diretto del demone».

Il ribrezzo mi pervase.

«Salva Elda e la sua creatura. In seconda battuta, salverai noi tutte.»

«Voglio portarvi con me» singhiozzai.

«Non ce la faremmo. Verremmo scoperte e gli sforzi di anni sarebbero vanificati» disse convincente: «E poi... io non le ho le altre chiavi, Ada. Ho solo quelle necessarie a voi due».

Accettalo. Niente di meglio è possibile per il momento.

Guardò l'orologio a muro: «È ora di andare».

Mi diressi verso il passaggio segreto. Lei azionò il dipinto.

«Che fai?»

«Tra un attimo soltanto.» Aprì la grata. «Non ti sei accorta di nulla?» domandò riferendosi al drappo rosso al suo interno.

La vecchia strattonò il panno scarlatto. Lo spazio a disposizione era troppo ampio per un unico libro. Tanto da contenere un nuovo indicibile cimitero di ossa.

Le manuzzelle.

Chiusi gli occhi e respirai piccoli fiotti d'aria.

«Devi prenderne una.»

«Cosa?» spalancai le palpebre.

«Una di quelle manine, te la devi portare con te. Fuori di qua.»

Vacillai.

«Usala come prova, Ada.»

29
Le amiche inseparabili

Il cielo del mattino era cupo. Quasi fosse consapevole della nottata appena trascorsa e volesse denunciarla al mondo.

Povero cielo... povera rocca Ficuzza.

Il sonno si era preso gioco di me per le poche ore che mi separavano dai rintocchi della campana e dalla sveglia di suor Epifania. Avevo nascosto il mazzo di chiavi e i piccoli arti sottratti alla grata nell'incavo della pavimentazione e per sfinimento mi ero lasciata investire dal torpore. Quando riaprii le palpebre sperai di non trovarmi nella cella solitaria di un monastero di clausura, ma in una città straniera. Il più possibile lontana dalle sue creature maligne. Il tanfo del putridarium me lo portavo ancora addosso. Aveva impregnato il tessuto della veste e del velo. Anche il colore ne pareva contaminato. Torbido. Untuoso. Un pozzo nero. Aggredito dall'incessante lavorio di quegli stessi batteri che si cibavano della carne dei corpi in decomposizione.

È giunto il tempo.

Sfregai il tessuto sulla pietra delle pareti. Spalancai la finestra e sbattei il velo all'aria perché si rinfrescasse almeno in parte.

Questa notte, io ed Elda, ce ne andremo da qui!

Mi sciacquai il viso nella tinozza che suor Salvatrice aveva utilizzato per farmi urinare durante le settimane di degenza. Adesso era piena d'acqua e la cosa non mi disturbava. In fondo, siamo composti da liquami e umori che scorrono e ristagnano al di sotto della pelle. Prima che avvizzisca, si assottigli quanto pergamena, e si consumi lasciando posto ad altro.

Finiscila di pensare ai cadaveri!

Attesi l'apertura dell'inferriata. Non udii il consueto scatto delle mandate, così la strattonai energica.

Che significa?

Il battito cardiaco accelerò.

Perché stamane non le hanno sbloccate?

Vi premetti sopra il volto per esplorare il corridoio con la maggior visuale possibile.

E le lodi nel coro della chiesa? Il raccoglimento personale, la Santa Messa, la preghiera comunitaria dell'Ora terza... che succede?

Nessun passo leggero. Nessun fruscio dell'abito monacale che struscia sul pavimento. Nessun sospiro o colpo di tosse sommesso.

Pure le altre sono chiuse nelle loro celle?

Tirai un calcio contro le sbarre.

Cosa si sono inventate?

La vidi con la coda dell'occhio e subito mi animai.

«Suor Epifania...» la chiamai senza alzare la voce.

La monaca si avvicinò trafelata con un sacco di biancheria da rammendare.

«Che c'è?» chiese gentile.

Indicai l'inferriata: «Perché è ancora chiusa?».

Mi guardò sorpresa: «Davvero non lo sai?».

«Dovrei?»

«Il primo maggio si digiuna e si medita in solitudine per l'intera giornata. È la festa della Madonna della Catena.»

Il digiuno dice... vogliono stare leggere le disgraziate...

«Nemmeno per cena si può uscire?»

«Ci sarà concesso un tozzo di pane e una tisana calda. Ora vado... per me nessun ritiro. Ho del lavoro arretrato urgente.»

«Grazie...»

La monaca mi sorrise e si allontanò strisciando la juta sul pavimento. Mi sedetti sul letto. Non tutti i mali vengono per nuocere, pensai. Vista la nottata, un po' di riposo avrebbe giovato alla fuga. Mi abbandonai sulla coperta e pregustai un avventato senso di pace.

Tra poche ore potrò riabbracciarti, matri.

Mi girai su un fianco e appallottolai lo smilzo cuscino.

Sariddu m'attende ai margini del bosco, sotto la palma dorata. Così la chiamano. Il tronco sembra la buccia di un ananasso.

Io e mia madre ci eravamo accordate prima dell'ingresso in clausura. Allora, Rosario non poteva sapere la verità. Con il tempo l'avrebbe compresa. Giunta la primavera, e celebrata la cerimonia della mia vestizione, ogni notte sarebbe stata buona. E al bisogno, mi avrebbe salvata, come aveva fatto contro i briganti; stavolta, insieme a Elda.

Per via della febbre ho tardato di circa un mese rispetto alle previsioni. Ma so che ci si è accampato a ogni crepuscolo. E non se ne andrà fino a che non ci vedrà comparire.

«Almeno spero...» bisbigliai.

«Cosa speri, cara?» domandò suor Candida davanti alla mia porta.

Mi rialzai lesta. Il mio corpo parve una manciata di forcine sparpagliate che si ricompongono.

Ordine. Ordine.

«Che il Signore benedica la nostra comunità» mormorai una frase di circostanza.

Tirò fuori la chiave e sbloccò la serratura.

«Vieni, andiamo al pianterreno.»

Lei c'era. Nel cerchio. Ruotando in senso antiorario. Rivederla mi rendeva nervosa.

«Ma... dobbiamo restare in ritiro per la festa della Madonna...» non mi mossi di un passo.

«Hai visite.»

Sbattei le palpebre e avvampai.

Mamma?

Mi feci il segno della croce e m'incamminai per il corridoio.

Vederti mi sarà di conforto per la grande impresa.

Iniziai a elaborare in silenzio le informazioni da comunicarle con il nostro codice segreto.

E coraggio. Ci vuole molto coraggio. Non sono certa di possederne abbastanza.

Suor Candida si diresse verso l'ala opposta del monastero. Il lato ovest.

«Il parlatorio è di là...» dissi perplessa.

«Ti attendono nell'ufficio della Badessa» replicò con la sua voce di rugiada.

Qualcosa, dentro di me, all'improvviso si spezzò.

Al patibolo!

I miei passi si fecero pesanti. Capii che non si trattava di una visita di cortesia. Ed ebbi la certezza brutale che mia madre non l'avrei rivista mai.

La monachella aprì la porta. Nella stanza era seduta Donna Rapidda. Mi aggrappai alla maniglia per celare un fremito.

«È un piacere rivedervi» usò lo stesso cordiale e inquietante tono della Badessa.

Rimasi immobile.

«Prego, accomodatevi.»

Mi avvicinai piano. La ballerina bianca cinguettò. Le trame della voliera luccicavano al sole. Sembravano laccate di fresco. Spostai la sedia che gracchiò sul pavimento e mi sedetti. Lei non riuscì a trattenere una smorfia di disgusto per via della puzza che emanavo. Quella dei corpi morti che mi si era incagliata addosso nella notte.

«Ho atteso con ansia questo incontro» avvizzì le labbra.

Il suo sguardo vigilava acceso. Eppure lasciava trasparire la stanchezza dovuta all'insonnia. L'ombretto sbavato sulla palpebra destra irradiava un alone scuro fino alla tempia. La crocchia increspata al centro ricordava avanzi di grano che s'appallottolano e si mischiano alla polvere quando tira vento. E la lingua tinta di rosso, come spesso accade a un assiduo bevitore, testimoniava un abuso recente.

«Cara Ada... siamo giunte alla resa dei conti» sillabò superba.

Abbassai il capo con il piombo sulle spalle.

«Sono stata buggerata una volta. È capitato tanto tempo fa» accavallò le gambe: «Alla fine, però, sono sempre io a sorridere, sapete. Da allora ho imparato a vincere. E se qualcuno cerca d'ingannarmi, non la passa liscia troppo a lungo».

Afferrò la caraffa di cristallo posta sulla scrivania e si versò dell'acqua. Senza fretta. Avvertivo il suo piacere nel condurre l'incontro quasi fosse una partita a scacchi. Lenta. Ragionata. Ad armi impari. Perché privava l'avversario delle pedine del trionfo. Questo rappresentavo per lei. Un antagonista monco per nulla pericoloso.

«Ada Castelli» mi fissò dall'alto del suo potere: «È il cognome da sposata, immagino».

Annuii.

Bevve a piccoli sorsi.

«Pensavate bastasse una semplice omissione per occultare la vostra vera identità?»

Mi morsi il labbro e sputai veleno: «Per i mesi necessari».

Si schiarì la voce ed eruppe in una risata forzata.

«Avete fatto male i conti, a quanto pare» riappoggiò il bicchiere.

«L'uccisione di suor Aurora mi ha causato una febbre insidiosa... e imprevista. Perciò sono ancora qui.»

«Siete una donna audace. Tuttavia, vi assicuro, non serve a molto, arrivati a questo punto della storia. E forse non ne valeva la pena per salvare l'amica del cuore rinchiusa da oltre quindici anni.»

«Tutte devono essere salvate. E voi brucerete all'inferno.»

«Cara... l'inferno è qui» strinse gli occhi a fessura: «È casa mia. Non l'avete ancora capito?».

Irrigidii tanto le cosce che un crampo agli adduttori mi folgorò. Fu grande la tentazione di sfregare i muscoli per rilasciare la tensione. Invece impugnai i bordi della sedia e resistetti.

«Voi sapete cosa accade nel monastero, non è vero, Ada?»

Suor Maria Addolorata ha parlato?

Rafforzai la presa.

«Credo proprio di sì» creò una sospensione tra le parole: «Tramate nell'ombra, e non mi sbaglio. Ne so qualcosa di persone come voi. Siamo simili. Per questo conosco il vostro modo di ragionare».

«Vi assicuro che siete molto lontana dalla mia maniera di pensare, signora» la disdegnai.

Abbozzò appena un accenno con il capo: «Comunque sia, gli affari mi hanno portata altrove per parecchi mesi. Non è mai bene delegare. La Badessa ha fatto del suo meglio. Non poteva immaginare un piano così meschino in quella che si definisce la dimora del Signore».

Rimasi immobile.

«Ci fu una fitta corrispondenza tra noi. Mi parlò di una certa Ada Castelli dalla fervida vocazione. Vedova, senza famiglia, con esperienza infermieristica. Quando la levatrice di fiducia venne a mancare, le diedi il mio benestare» esitò per un istante: «I bambini del convento necessitano di assistenza per nascere sani e non precludere le nostre esigenze. L'altro pomeriggio, però, vi ho vista sgattaiolare per il corridoio. Subito dopo il mio colloquio con la Badessa. Non me n'ero andata, sapete». Usò il tono di una rivelazione confidenziale: «I suoi appartamenti privati godono di visuali inaspettate sulle sue adepte».

Sbarrai le palpebre.

«Da qualche settimana mi erano state sollevate strane incertezze sul vostro conto. Avevo già iniziato a raccogliere informazioni. E nonostante l'unico incontro a casa mia, vi riconobbi. Ho un'ottima memoria visiva. D'altronde, il vostro bel viso non si dimentica» sorrise sprezzante: «E poi suor Pia si confidò con la Madre Superiora... la chiamaste amica mia, rivelandole il vostro nome di battesimo». Mi scrutò severa: «Perché, ci domandammo? Allora, controllammo le lettere ricevute dalle monache negli anni passati. Ada ed Elda, le amiche inseparabili».

«Interessante scelta di vocabolo.»

«Prego?» disse infastidita quasi fossi una piattola.

«Per non precludere le vostre *esigenze.*»

Mi trafisse di acredine.

«Esigenze, avete detto... per non dire mattanza.»

Irrigidì la schiena.

«Eppure non sono sinonimi» vomitai le parole tra i denti: «Mi fate schifo!».

«Vedo che avete le idee chiare.»

«Assai» strinsi i pugni: «I figli delle monache abusate hanno il diritto di vivere».

«Peccato. Speravo di raggiungere un accordo.»

«Le donne rinchiuse nei solai sono esseri umani. Da quanto non le vedete? Le nutrite, certo, per nutrire le creature che portano in grembo. Ma hanno la pelle così trasparente, gli occhi incavati, i muscoli svuotati a causa della privazione del movimento...» l'emozione trapelò: «Non ci sono voluti i tedeschi. I campi di concentramento li hanno sperimentati qui dentro!».

Restò a fissarmi inespressiva.

Poi allargò le mani: «Il nostro incontro è giunto al termine». Si alzò: «Non abbiamo altro da dirci».

Che ne sarà di me, ora?

«Anzi, no... ho un'ultima domanda... Benedetta vi ha lasciato nulla prima di morire?»

Indugiai: «No».

«Un libro, per caso?»

Un atroce sospetto s'insinuò nella mia mente.

È stata lei. A Biniditta l'avi uccisa idda!

Il labbro inferiore incominciò a tremare: «Ve l'ho già detto mesi fa. Soltanto la sacra Bibbia mi regalò».

«Ne siete sicura?» nella voce l'insidia del tranello.

«Sì» ingoiai rabbia e terrore.

Avvicinò la borsa lussuosa e vi armeggiò per un tempo insopportabile. Le sorprese non mi erano mai piaciute.

«Ah, eccolo qua...» ghignò tirando fuori un sandalo spaiato.

Le spalle mi sobbalzarono per lo spavento.

È mio...

«V'appartiene?» chiese.

L'ho perso correndo. Dopo la scoperta della signora Benedetta cadavere.

Sbiancai.

«I miei uomini lo trovarono nei campi in direzione di casa vostra, quel giorno» mi puntò il suo sguardo di fuoco: «Non so perché decisi di conservarlo. Forse per farne un cimelio. All'epoca non avevo collegato voi a molte cose... il fatto mi diverte, adesso». Si concesse una breve pausa: «Vedete, cara Ada, io credo, anzi ne sono certa, che il libro rosso lo abbiate voi».

«Non possiedo alcun libro rosso» mentii caparbia.

Sul suo volto comparve un sorriso strisciante. A labbra strette e tese. Come uno sgambetto.

«Provvederò a far perquisire il vecchio baglio. Piera non opporrà resistenza. È una donna mansueta. Lo sanno tutti in paese.»

«Non toccate mia madre!» digrignai i denti.

«Non dannatevi per lei» disse rassettandosi l'abito con una pacca brusca: «Piuttosto, mi concentrerei sulla vostra sopravvivenza. Non avrete pace fino a quando non confesserete».

Suonò un campanello posto al di sotto della scrivania e la Badessa sopraggiunse. Mi si parò davanti, fremendo. Non vedeva l'ora della vendetta.

Incrociò le dita sul grembo: «"Tu sei una di quelle donne più amare della morte, perché sei una trappola, il tuo cuore una rete, le tue mani catene; chi piace a Dio ti fugge, chi è peccatore è catturato da te"».

Le lacrime mi fendettero le guance.

«La verità ci renderà liberi» risposi febbrile.

Mi feci carico di una soda pietà e osai un gesto impossibile. Allo stesso modo della povera suor Evangelica che aveva cantato per protesta fino a perdere la voce, mi alzai dalla sedia come una gettata di cemento e mi scagliai verso la finestra. La Madre Superiora tentò la presa ma mi mancò. Spalancai il vetro. Mi raggiunse acciuffandomi per le braccia.

«Lasciatemi!» le sferrai una gomitata sul mento e riuscii ad allungare un braccio.

Aprii lo sportello della voliera: «Vola!».

L'uccellino intimorito da tanto baccano tentennò, con le zampette avvinghiate sul trespolo. Poi inclinò la testa guardandomi con gli occhi neri e lucenti. Infine spiegò le ali e si librò in cielo. Lontano. Sorrisi disperata.

Almeno tu, ce l'hai fatta.

La Badessa mi mollò un forte ceffone. Un'unghiata mi scheggiò lo zigomo.

Donna Rapidda richiuse la finestra e mi si rivolse decisa: «Il buio ti farà bene».

30
Le segrete

Le segrete sono luoghi che non s'imparano mai a conoscere del tutto. Resta sempre un antro nascosto, un cunicolo inesplorato, una cava sbarrata. Quella mattina, nessun ordine impartito. Fu la Badessa in persona a condurmi in penitenza per elevare la mia anima a Dio. Giungemmo nei pressi di una piccola fossa aperta nell'oscurità. Al suo interno, una bara formata da assi grezze, le stesse delle casse della frutta, ma più massicce e compatte.

«Entra!» ordinò sollevandone il suggello.

Nella luce tremula della lanterna il suo profilo aquilino si fece duro e inclemente. Un catenaccio alla vita mi teneva legata a lei. Non avevo modo di reagire.

Infilai i piedi nel catafalco impolverato e mi ci sdraiai.

Sepolta viva.

Il drappo nero che lo rivestiva era tanto incensato che mi provocò una nausea profonda.

«Non temere, la staccherò una volta piombato il coperchio» disse riferendosi alla catena che ci univa.

«Quanto devo rimanerci?» chiesi afona.

«Per un tempo che ti parrà eterno.»

Vidi il legno incombere. Sentii la monaca armeggiare sui sigilli e i passi che si allontanavano. Lo spazio stretto conteneva a malapena la larghezza delle spalle, le gambe non riuscivo a distenderle completamente, e il respiro affannato mi scuoteva attraverso il petto che si gonfiava a dismisura. Nonostante le palpebre spalancate, intorno a me soltanto nero e silenzio.

Morirò qua dentro.

Cercai di alzare un braccio per capire il margine di movimento. Molto poco. Tastai le assi in cerca di una piccola fessura, un angolo di legno smangiato da consumare con le unghie e ottenere un varco insperato. Poi tentai qualche colpo senza forza. Fame e perdita di peso non consentirono altro. Non conoscere la durata di quell'assurda agonia era l'aspetto peggiore. E il sospetto che mi avesse mentito, che in realtà il momento della liberazione non sarebbe giunto, gravava su di me come un brutto presagio.

«Che Dio mi aiuti...» chiusi gli occhi. Non serviva tenerli aperti.

Eccomi. Sola. Nell'abisso della mia coscienza e di un corpo incagliato sull'onda sbagliata. All'improvviso scorsi mio padre. Peppino. Mi sorrideva. Mi aggrondai.

Ci sei davvero?

Iniziai a ridere, a piangere, a sudare.

Smettila se non vuoi disidratarti troppo presto.

Il mio cuore non aveva mai battuto tanto svelto. E dire che di occasioni ne avevo avute a iosa. Il buio mi aveva catturata ma lui, lo sapevo, stava sdraiato accanto a me. I baffi mi strusciavano sullo zigomo, e il suo odore inconfondibile di manna misto a grano mi fece avvertire il tepore del sole sulla pelle.

«Come hai fatto a trovarmi, patri?» gli sussurrai all'orecchio.

«Haju dato 'n'occhiatina.»

«'N'occhiatina unni?» mi scappò un piccolo singulto.

«Ho spostato quàlchi nuvola e haju incontrato 'na criatura du celu, bianca e niura. Trùoppu bedda... volava con una tale gioia che mi venne voglia di scendere.»

La ballerina bianca...

«Fu lei a indicarmi il monastero. Per il resto è stato facile. Ho seguito la tua scia.»

«Di quale scia parli, patri?»
«La scia ri cu cerca u perdono ri Dio.»
La bocca mi s'imbronciò.
«Nun cerco u perdono ri nuddu» dissi convinta.
«Io sì, invece. Il tuo.»
«Papà, cosa dici? Non devi farti perdonare un bel niente» ribattei sincera.
«Non ho saputo proteggerti... Avrei dovuto capire. Nun l'haju fattu, e i cosi sunnu iti comu sunnu iti» mi appoggiò una mano sulla fronte e mi parve una pezza calda: «Ora, però, sono felice di essere qui».
«Mi sei mancato. Più dell'aria» mi accoccolai sulla sua spalla: «Quanto pensi di restare?».
«Beh, non ho problemi di orario» sorrise.
Ricambiai divertita dal suo insolito umorismo.
«Dici che uscirò viva da 'sta bara?»
«Dico di sì... dipende da te.»
«È la Badessa ad avere le chiavi dei sigilli. Non posso certo liberarmi da sola.»
«Dalla cassa no. È il tuo modo di pensare che deve cambiare.»
«Haju capito... ci creperò di fame qua dentro.»
«Non perdere la speranza. C'è chi conta ancora su di te.»
«Chi, Elda forse? L'hai vista come l'hanno ridotta?» scossi il capo: «L'unica speranza rimasta in questo convento è il nome della giovane suorina che ho visto abusare l'altra notte da un sacerdote. Perciò siamo messi male, al momento».
Rifletté a lungo.
«So che hai un conto aperto con Iddu, lassù» volse lo sguardo sopra di sé.
Seguii quello sguardo e non vidi che il nulla.
«Papà... mi vuoi bene?» mi sembrò di ritornare bambina.
«Sempre.»
«Mi fai compagnia fin che non riaprono il coperchio?»
«Cu piacìri. Ma 'na cùosa ta haju diri. Jè importante.»
«Dimmi.»
«Nun sentirti mai in colpa pi chiddu chi succidiu nta u boscu molti anni fa, mi capisti?»

Sgranai gli occhi.

«Quell'uomo avi avutu a punizione ri Dio.»

Il risveglio fu brusco. Udii dei movimenti intorno al feretro, protesi il collo e sbattei la testa sul legno. I muscoli indolenziti pulsavano. Non avevo idea di quanto tempo fosse trascorso. Il coperchio si aprì.

«Sei grata al Signore per la penitenza ricevuta?» chiese la Badessa.

Vorrei sferrarle un pugno in faccia.

«Sì, madre.»

Reprimi! Resisti!

«Su, esci da lì» disse secca.

La fuga è ancora possibile. Ci sono le chiavi nascoste nel pavimento... se nessuno me le ha sottratte.

Dovetti scuotere le gambe anchilosate con delle pacche energiche, piegare a forza le ginocchia e darmi la spinta con le braccia per sollevare il bacino. Una volta in piedi, barcollai. La monaca non s'impietosì. Sarei potuta cadere e non avrebbe teso la mano. Piano scavalcai i bordi della cassa.

«Posso avere un po' d'acqua?» chiesi con la voce rauca.

La bocca arsa, bruciava. Mi era pressoché impossibile deglutire.

Lei svitò una borraccia che teneva in tasca e mi gettò una spruzzata in faccia. Il suo gesto non mi sconvolse. Mi leccai svelta le labbra per non perdere le goccioline che svanivano nell'aria. Ma la lingua continuò ad ardere.

«Le vedi bene?» indicò delle cinghie appese al soffitto alle quali erano saldate delle lastre di metallo.

Le fissai a lungo. Lo sguardo sgualcito.

Il buio non è finito.

«Mettiti contro il muro» ordinò.

Non opposi resistenza.

«Alza i pollici.»

Obbedii. Lei mi strinse le dita nella morsa delle lastre. Avvolse una sorta di carrucola e le corde iniziarono ad accorciarsi. A poco a poco mi sentii tirare verso l'alto fino a che non toccai terra che con le punte dei piedi. E il peso dell'intero corpo sui pollici.

«E ora prega!» latrò prima di scomparire.

Costretta in quella condizione pensai di svenire. Il dolore al collo tirato all'indietro era lancinante. I muscoli delle spalle si contrassero tanto da sfilacciarsi provocando ematomi interni e dolenti. Le braccia si ricoprirono di lividi, e il pollice destro si disarticolò lussandosi. Cercavo di muovere il meno possibile le gambe. Ogni minimo spostamento era insopportabile.

Cara Elda, immagino anche tu abbia dovuto subire... la forza a te chi te l'ha data?

«Ho fallito, amica mia» sibilai tra le lacrime: «Da qui non uscirai tu e non uscirò nemmeno io».

Pure piangere faceva male. Così calmai i singhiozzi e smisi quasi di respirare. Trascorsi giorni e notti nell'oscurità. La fame pareva una voragine che mi risucchiava lo stomaco. Qualcuno poggiò una ciotola d'acqua e una di verdure avariate su una sorta di mobiletto sgangherato. Mi arrivava all'altezza del petto, suppergiù.

«Aiutami» mormorai.

Ma la figura nera se ne andò senza mostrare rimorso. Impiegai del tempo per trovare il giusto equilibrio tra le corde per potermi sporgere abbastanza e affondare il viso nelle scodelle. Mi costò un efferato patimento. Possibile solo per via della lussazione che permise un maggior margine di movimento del busto in avanti. Le provviste non mi saziarono. Acuirono anzi la mia necessità di cibo e cure mediche. Un nugolo di ratti si avventò sugli avanzi che non riuscivo a raggiungere. Uno di loro mi camminò sopra un piede. Il pelo ispido strusciò sulla pelle e sembrò scorticarla. Io svanii e il dolore diventò me. Chiusi gli occhi. Sperai di non doverli riaprire più.

21 marzo 1939

Cara Ada,

non ti chiedo come stai perché questa sarà la mia ultima lettera. La lettera del nostro addio. Non potrò rispondere a ulteriori corrispondenze, ma spero che tu stia bene e conduca un'esistenza di pace. Tra poche settimane si terrà la cerimonia dei voti perpetui. Il velo nero non consente alcun contatto con l'esterno. Lo sapevamo fin dall'inizio. L'ho accettato io. Lo devi accettare pure tu. La vita contemplativa è un cammino impegnativo che scelgo di perseguire. Fuori non ero felice. Dentro trovo il modo di sopportarlo.

Oggi piove qui sulla rocca, sai. Guardo dalla finestra e rammento il giorno in cui mi accompagnasti fino al varco in pietra. Nella mia mente, quel momento si è trasformato in un quadro a olio. Con pennellate nitide e corpose. L'ho rimirato spesso nella quiete della mia cella. Anche se non vi è nulla appeso alle pareti, a parte il crocifisso del Cristo nostro Signore. Adesso è giunta l'ora di deporlo. Perché nell'esistenza che ho intrapreso non è difficile attuare tanto il silenzio esteriore, quanto il silenzio della propria anima. Una monaca di clausura integra non ha altri pensieri che l'Onnipotente e la preghiera. E ricorda, parlo di silenzio, non di vuoto. D'isolamento, non di solitudine.

Dunque, il dipinto immaginario è durato fin troppo a lungo. Le sole rappresentazioni che mi concederò in futuro saranno rivolte a Dio. L'unica persona reale che mi sta vicina. Che mi conforta. Che mi perdona. E l'attesa del dialogo mistico tra noi è un evento meraviglioso. Nessuno me lo può togliere. Nessuno me lo può impedire.

Non so cosa capiterà in questo nostro mondo in cui corrono voci di una guerra imminente. Promettimi che sarai cauta. Che conterai fino a cento prima di decidere e che non ti arrischierai in imprese impossibili. L'impossibile esiste, cara amica mia. Nel bene e nel male. Il Signore me ne ha dato prova. Perciò subentra la fede. Soltanto lei è in grado di salvarci contro il maligno. E tu la devi ritrovare, Ada. Prega per me. Prega per te stessa. Prega per il monastero della Madonna della Catena. Portami nel cuore ma vai avanti. Non voltarti indietro. E scordati della vita che avremmo dovuto avere.

Il sole è nero e la luna è fonte di calore.

La mia unica luce resta la voce del Signore.

Elda

«Le piaghe s'infetteranno. E l'infezione porterà febbre alta» si agitò suor Salvatrice.

«Che dici?»

«Le piaghe, Ada» ribadì.

Povera suor Agostina.

«Il bucato di tutti quei preti le ha consumato le dita. Ricevono carità ma non la condividono. Sono capi gratuiti... a loro che gliene importa.»

«Ada?» scossi il capo: «Mi chiamo suor Grazia». Osservai attorno e fui circondata da alberi lugubri soffocati dal petrolio.

«Cura le mani, Ada. Sbrigati! Se no arriva la febbre» continuò.

Le piaghe. Le piaghe.

«Non sono un dottore.»

Un rumore che non avevo mai udito sgattaiolò nelle mie orecchie.

«Lo senti?»

«Chi parla?»

«Lo senti o no?»

Annuii: «Sembra il suono di una cornamusa».

«È il canto dell'ape regina.»

Le api...

«Suor Aurora, sei tu?»

«L'ape regina mangia e mangia. Per la supremazia. Poi trafigge le sue sorelle.»

«Suor Aurora...»

Il cadavere ricoperto di miele iniziò a colare.

«Recuperalo quel bene prezioso. Presto!» s'insinuò suor Clarissa.

«Non voglio!»

Le maschere in cerchio.

«Fin dall'antichità veniva utilizzato nelle cerimonie funebri e nei sacrifici rituali, interessante no?»

In senso antiorario.

«Nulla è casuale in un monastero di clausura. Nemmeno l'apicoltura» suggerì suor Domenica: «"Perché la sapienza aprì la bocca de' mutoli, e le lingue de' bambini rese eloquenti"».

I piccoli nati.

«Mai furono tanto profetiche le parole del divino. Non scordarlo e fanne tesoro» aggiunse piano.

«Più vi sacrificate, più vi rendete santa agli occhi di Dio» tuonò la Badessa.

«Sono una peccatrice.»

«Strisciate davanti alle quattordici stazioni che accompagnarono il Calvario di Gesù e versate il vostro sangue.»

«Sto morendo di stenti. Di sangue non n'è rimasto nelle mie vene.»

«Non mentire.»

«Me l'avete insegnato voi, madre.»

«Una volta al mese dobbiamo confessarci al prete» spiegò suor Pia.

«Dove?»

«Nella stanza delle nozze. Ognuna di noi cinque ne possiede una. Privata.»

I solai.

«Il corpo del sacerdote è santificato, lo sai vero?» assottigliò la voce frivola: «Non è peccato donare il nostro fiore».

Abuso. Follia.

«E io voglio brillare per lui proprio come è scritto nella Bibbia.»

Una volta al mese.

«Dio chiama le stelle per nome e queste brillano.»

Quando rinvenni dal torbido assopimento vidi dinanzi a me suor Fioretta e suor Clarissa. La lucerna illuminava flebile i loro volti smagriti dal peccato. La mingherlina feroce dischiuse la morsa metallica che mi asfissiava i pollici. Caddi al suolo inzuppandomi nei miei stessi bisogni. E allo stesso modo di un ghiacciaio che si sposta sotto il proprio peso, mi cosparsi di crepe sottili. Ma il mio corpo non era soltanto indurito quanto un ghiacciaio antico. Era anche un agglomerato di carne gonfia e tumefatta. Un braccio fece un cloc sconosciuto all'interno dell'articolazione della spalla. Il bacino sembrò staccarsi dalla colonna vertebrale. I piedi penzolarono come escrescenze da sanare.

«Puzzi più di un animale!» disse l'altra, il mastino tutto fare.

Mi caricò su una carriola e l'aizzò nella tenebra.

31
Il padre confessore

Mi scaricarono sul tavolo da lavoro dell'infermeria. Tremavo. Non riuscivo a tenere gli occhi aperti per via della luce, e il mio corpo era infestato da parassiti ed esseri scuri che davano il voltastomaco. Sotto la supervisione delle due iene, suor Maria Addolorata fu costretta a tagliare la veste con grosse forbici per staccare il tessuto dalla pelle sudicia. Sembrò scuoiarmi viva. Si coprì il naso per eludere il tanfo che effondevo. Io la guardavo. Il volto stantio.

«Acqua» supplicai.

La monaca interruppe ogni azione e mi appoggiò sulle labbra un bicchiere colmo. Bevvi a piccoli sorsi. Come una bestiola ferita. Anche se avrei voluto buttare giù tutto in una boccata.

«Spicciati bellezza» sogghignò suor Fioretta.

Non le diedi retta. Suor Maria Addolorata riprese l'opera di sanificazione. Eliminò piattole e pidocchi con spruzzate d'alcol per fare in fretta. Mi lavò denti, unghie, parti intime con un panno insaponato. Tamponò gli edemi bluastri con degli impacchi di erbe medicali preparati da suor Salvatrice, e mi diede da sciogliere in bocca due grosse cucchiaiate di pappa reale.

«Tra poco riceverai un pasto completo» lanciò un'occhiata a suor Fioretta: «Non è così?».

«Sì» mugugnò scorbutica addossata alla parete.

«Ora sentirai male, lo sai» mi accarezzò la mano destra: «Devo riposizionare il pollice lussato. E tu mi dirai in che modo manipolarlo».

«Non c'è un modo. Rimettilo in asse. Decisa» biascicai.

La suora afferrò il dito e lo strattonò con un colpo secco. Le palpebre oscillarono. Esalai un respiro profondo.

«Lo stecchiamo e ho finito» me lo fasciò con maestria.

«Quanto sono rimasta nelle segrete?» domandai senza voce.

«Ti riprenderai» buttò le pezze sporche in un sacco della spazzatura.

«Ventisette giorni» m'accontentò suor Fioretta: «Esclusi i sette nella bara».

Arricciai il viso in una smorfia ma nessuno se ne accorse. Era trasfigurato dal dolore.

«Vorrei dire addio a mia madre.»

«Non è possibile, suor Grazia» disse suor Maria Addolorata.

«Ti prego, intercedi tu per me con la Badessa. È il mio ultimo desiderio. Non chiederò più nulla» le lacrime ripresero vita.

«Non ci pensare... devi riacquistare le forze.»

«Per poi...» smossi le labbra. L'intento sarebbe stato quello di sorridere. E grazie a Dio non mi fecero specchiare. In convento non esistevano specchi. «... essere dichiarata morta?» continuai.

Suor Maria Addolorata mi guardò in apnea.

«È pronto di là?» s'intromise suor Clarissa.

La vecchia annuì.

«Ti ho tolto il grosso della sporcizia. Adesso dovrai purificarti.»

Si accostò a una porta alla quale mai avevo avuto accesso. La aprì. Una vasca calda fumava davanti al mio sguardo assente. E un profumo di lavanda aleggiava nel vapore.

«D'ora in avanti, farai parte del gruppo delle spose sacre» mi prese sottobraccio e m'invitò a immergermi.

Le ecchimosi iniziarono a pulsare. Non sapevo quanto l'alta temperatura fosse opportuna per le infiammazioni. Di certo, aiutò a rilassare la muscolatura contratta.

«Non ti spaventare. Sta per arrivare» mi mise in guardia.

Sgranai gli occhi: «Chi, la Badessa?».

La sua presenza era ormai per me sinonimo di torture.

Scosse il capo: «Lui».

Il prete confessore...

L'acqua gelò.

Una volta al mese.

Sentii il bisogno di aggrapparmi a qualcosa. Ma non vi erano appigli in quella vasca scivolosa. Arrampicai le braccia attorno al collo di suor Maria Addolorata. Come uno scheletro infestante.

«Fa' ciò che t'ho detto. Stai calma» cercò di ristabilire il contegno.

Non mollai la presa. Le labbra serrate. Le palpebre increspate.

«No, no, no, no, no...» sprigionai una nenia cupa.

«Non fare la pazza» bisbigliò.

«Hai problemi?» chiese suor Fioretta dall'altra stanza.

«No, grazie. Ci penso io con lei» alzò la voce.

Seguitai nella mia lagna soffocata.

«Ascoltami Ada» mi strattonò salda: «Sai cosa accade alle monache che perdono il senno?».

La fissai ammutolita.

«Vengono lasciate perire di morte naturale. Senza cibo né acqua, nelle prigioni sotterranee.»

«Quia pulvis es, et in pulverem reverteris.»

Si scansò con un'espressione vitrea: «Sei giunta fino al putridarium?».

Accennai di sì.

«Là ci arrivano quando il peggio è già passato, ahimè... se non vuoi che ti tocchi la stessa fine, sii passiva. Ai potenti non piace l'intraprendenza.»

Passi decisi riecheggiarono per le mura secolari. La vecchia si alzò repentina.

«Nessuna iniziativa, mi raccomando» mormorò.

Il sacerdote Battista entrò nella sala da bagno. Non portava la solita brillantina sui capelli corposi e la barba era di almeno tre giorni.

«Buondì» disse esaminandomi quasi fossi carne da banchetto.

Suor Maria Addolorata si defilò. Io m'accasciai nel liquido aromatizzato raggrumandomi in me stessa come un ragno offeso.

Silenzio interiore. Silenzio esteriore.

Camminò intorno all'ampia tinozza dardeggiandomi con le sue ciglia di seta. Il tacco delle scarpe lucide rimbombò sul pavimento.

«Tecnicamente non potresti essere mia sposa. Questo succede soltanto alle giovani vergini o alle zitelle ancora fertili.» Si estraniò per qualche istante: «In effetti, la sola differenza tra loro è l'età» sembrò divertito.

Mi feci sempre più piccola e compatta.

«Tu sei una femmina piacente. Ma sei vedova e impura.»

Si fermò e si sedette su uno sgabello a tre piedi.

«Eppure, voglio tu sia un'eccezione» avvicinò lo scranno: «Diverrai la mia sposa regina».

Infossai la testa.

«Donna Rapidda avrebbe voluto vederti crepare là sotto. So che sussistono i giusti propositi... per il momento, ti concedo una tregua.»

Rimasi muta.

«Non ti hanno insegnato a ringraziare?» s'incupì.

Mi schiarii la gola: «Perdonatemi, padre. Non sapevo avessi il permesso di parlare. Senza il vostro consenso».

Tutt'oggi mi chiedo in che modo ebbi la prontezza di reagire nonostante la mia precaria condizione psicofisica. Lui parve gradire. Assunse una postura rilassata e gli occhi scintillarono di una luce sinistra.

«Suor Grazia, dimmi...» infilò lo sguardo al di sotto dell'acqua: «Credi negli angeli?».

Domanda curiosa, per un sacerdote.

«Ciascuna di noi monache è un angelo preso a prestito dal cielo. E presto torneremo dal nostro Signore Iddio» rinsaldai la stretta delle ginocchia al petto.

«Gli angeli sono quelli approvati dalla Chiesa, lo sai...» replicò con rimprovero e un velo di diletto.

Sbattei le palpebre priva d'intenzione.

«In veste di messaggera, o meglio, servitrice di Dio, tuttavia, approvo la tua visione.»

Abbozzai un falso sorriso.

Per un tempo dubbio mi fissò e basta. Mi s'accapponò la pelle. Poi si passò il pollice sul mento.

«Ripeti con me» scandì le parole: «"E ora, o Signore, tu sei il nostro padre..."».

Obbedii.

«"E noi un impasto di creta".»

Proseguii.

«"Sei tu che ci hai impastati, e noi siamo tutti opera delle tue mani".»

«"Sei tu che ci hai impastati, e noi siamo tutti opera delle tue mani"» continuai monocorde.

Mi sollevò il busto agguantandomi per un braccio. Opposi resistenza. Non che gliene importasse. Contemplò i miei seni. Si sporse e ne soppesò uno con le dita.

«Sarò il tuo angelo nero.»

Rimasi di pietra. Mi afferrò per i capelli e mi baciò con la lingua fino alla gola. Quando se ne fu andato crollai sott'acqua e strillai fino a farmela andare di traverso.

In solaio venne allestita una nuova stanza delle nozze.

Sono la sesta monaca sposa di Dio.

Guardai il lucernario grande quanto quello di suor Pia. La luce naturale del giorno fu un affronto.

Chi si occuperà di me?

Fissai il letto comodo con la paura di lasciarmi andare.

Sarà suor Lucia a nutrire la prossima incubatrice di bambini morti?

Rasai le pareti con il dorso delle mani. Avanti e indietro. Un passo dopo l'altro.

Avranno già annunciato a Piera il mio improvviso decesso?

La polvere aleggiava tra i raggi del sole.

Quale nome post mortem mi verrà assegnato?

Soffiai e le particelle formicolarono turbinose.

«Suor Maria Immacolata?» vidi le mie costole dilatarsi e restringersi attraverso la camicia da notte di lino: «Suor Anita Della Santa Concezione?». Camminavo seguendo la linea di demarcazione tra le lastre di pietra: «Suor Fortunata?». Sogghignai senza fermarmi: «O suor Genuflessa Del Sacro Monte?».

Chiusi le palpebre. Nonostante fossero abbassate, mi lasciai sorprendere dal chiarore che mi circondava. Non c'era l'oscurità che m'opprimeva nella bara. O nella cava della penitenza. Qui il buio restava luminoso. Ne avevo perso memoria. Mi sedetti sulla sedia scabra in attesa. Scivolai le spalle verso il petto e incurvai la schiena. Presto lui sarebbe entrato. E io non avrei potuto che sperare di tornare nella cassa da morto.

La Badessa comparve a un tratto. Non l'avevo sentita sopraggiungere.

«Il bagno vi ha giovato» disse con un tono distaccato.

«"Perché Egli parla e tutto è fatto, comanda e tutto esiste"» mi piegai al giogo del convento.

«C'è ancora qualche livido... per il resto direi che siete presentabile.» Non si mosse dall'uscio.

Presentabile?

I miei occhi vibrarono.

Per chi?

«Avete visite. Sono venuta personalmente a riferirvelo perché sia ben chiaro il messaggio» le sue parole mi si scagliarono contro affilate al punto giusto: «Ogni cosa che dirai, noi l'ascolteremo. Ogni gesto che farai, noi lo vedremo. Ogni sgarro che oserai, noi lo puniremo».

Allora, esisto... non c'è bisogno del funerale!

«Sono stata esaustiva?» chiese assottigliando le labbra.

«Sì, madre.»

«Ne ero certa» si spostò il velo dalla spalla con un tocco lezioso. Quasi fosse una folta chioma. Quella che teneva nascosta sotto.

Don Carmine assomigliava a una sequela di frammenti incollati tra loro. Ciascuno all'interno di un riquadro in ferro non più grande della falange di un dito. Così mi apparve al di là della grata del parlatorio, che nel frattempo era stata sostituita e ora esibiva una tramatura fitta. Indossavo nuovamente l'abito da novizia, il velo bianco e una garza sul viso.

«Sunnu jorna chi domando ri poterti incontrare» esordì investigando sulla mia espressione celata dal tessuto.

All'angolo degli occhi alcune rughe s'irradiavano a formare una sorta di telaio. Simile a una conchiglia dal guscio seghettato. L'istinto mi avrebbe portato ad appoggiare una mano sul divisorio a sfiorare la sua, ma la manica della tonaca era larga. E temevo si scoprissero gli edemi sulle braccia.

«Tutto a posto?» continuò a guardarmi attento.

«Sì, don Carmine. Grazie» dissi rassegnata.

La risposta non sembrò convincerlo.

«Mi hannu rittu chi eri indisposta... Volevo mannari u dottori.»

Strinsi i gomiti sui fianchi: «Non ce n'è stato bisogno. E poi lo sai meglio di me che i dottori non possono entrare».

«Chi ti jè successu?» indagò riferendosi alla garza.

«Hanno introdotto nuove regole nel monastero. È dovere delle novizie... durante i colloqui.»

«E quello?» indicò il bendaggio sul pollice.

«In refettorio. È solo una botta.»

«Fammi vedere» gesticolò: «Avvicinalo».

Glielo mostrai fugace e lo rimisi sul grembo.

«Una botta?» ripeté scettico.

«Guarirà presto» replicai elusiva.

Un silenzio raffermo si dipanò tra noi.

Il prete crucciò lo sguardo e si strofinò la barba.

«Nel nome del Padre, del Figliuolo e dello Spirito Santo, benedici Signore la monaca al tuo cospetto e il credo di cui si è vestita» recitò alzandosi in piedi: «Abbi cura di lei e dei suoi cari. Come era nel principio, e ora e sempre, nei secoli dei secoli. Amen».

«Amen» mi feci il segno della croce.

Fu un supplizio il nostro appuntamento. Averlo tanto vicino e non potergli chiedere aiuto.

«Piera voleva ricevere tue notizie. Avi pinsato fussi cchiù fàcili pi mia, viniriti a attruvari.»

«Avi pinsato beni.»

Il prete tese le spalle.

«Hai fraternizzato con il resto della comunità?» proseguì.

«Per quanto consentito dalla vita contemplativa.»

«La Badessa si occupa dei vostri bisogni primari?

«Sì.»

«In modo soddisfacente?»

Un moscerino serpeggiò tra le trame della grata all'altezza dei nostri volti.

Esitai: «Sempre».

«Hai ripensamenti?» don Carmine scosse i pochi capelli e l'insetto si allontanò.

«Qualche d'uno... se ne vanno svelti, però.»

«E la Madonna?»

Sbattei le palpebre. Ripetutamente.

«Ti sei appellata alla Madonna?» insistette.

È una donna... credo possa chiudere un occhio, mi aveva detto.

«L'ho chiuso io un occhio, padre, anzi due. Lassù nella mia stanza. Ma poi li ho riaperti» risposi stanca. La voce scheggiata.

Don Carmine sospirò gonfiandosi di apprensione.

«Parlami Ada, semu soli cca» m'incitò allargando le mani: «È un colloquio privato... sono il tuo padre confessore».

Se davvero fosse possibile.

«Non siamo soli, padre. Dio ci ascolta.»

«Chistu u spero!» si accese goliardico.

«Già...» mi scappò una risata desolata: «Beh, posso garantirtelo, il miracolo di cui dialogammo, in parte è avvenuto».

Elda l'ho ritrovata. La fede può aspettare.

Un forte colpo di tosse mi colse di sorpresa. Mi coprii la bocca senza pensare e la manica scivolò lungo l'avambraccio. Don Carmine lo fissò impallidendo. Chiazze violacee mi tempestavano la pelle come un mare infestato di meduse. Svelta mi ricomposi. Ci scrutammo muti.

«Di' a mia madre di comprare un ananasso e mangiarselo per cena, stasera.»

Sariddu. Stanotte. Non so ancora in che modo. Alla palma dorata.

«Va bene...»

«È il suo frutto preferito... e la mette di buon umore.» Una delle due gambe posteriori della sedia era di poco più corta delle altre, e a ogni mio respiro vacillava: «Penserò a lei durante il pasto, ascoltando i sacri salmi di suor Celeste. Mi farà compagnia».

Si guardò attorno.

Hai capito adesso... ci stanno osservando.

«"La casa che era il nostro santuario e la nostra gloria, dove i nostri padri ti avevano lodato, è stata arsa dal fuoco"» disse strozzando le parole.

Vibrai. Lui strinse il rosario al petto.

«"Ahimè, come s'è prostituita la città fedele, piena di rettitudine! La giustizia ebbe già in essa la sua dimora, e ora l'hanno gli omicidi".»

Il Battista mi vuole. Non mi getteranno di nuovo nelle segrete.

Qualcosa cadde e si ruppe nella sala adiacente al parlatorio.

«Credo di essere fortunata, padre. Ho scelto la via del convento. È quella giusta. La Badessa Madre è la migliore che potesse accudire la mia anima errante. Qui ho trovato tutte le risposte.»

«Ne sono rasserenato» mentì: «Lo riferirò a Piera».

«Non cercate tra i morti il vivente.»

Se mi diranno morta, risorgerò.

Suor Clarissa aprì la porta.

«La visita è terminata» disse frettolosa.

Don Carmine mi benedisse disegnando una croce sulla grata: «"Sian candide le tue vesti in ogni tempo, e l'unguento non manchi sul tuo capo"».

Tornata in solaio esaminai il lucernario.

Scapperò dai tetti.

Misurai a spanne l'altezza del tavolo e della sedia. Posti l'una sull'altro non erano abbastanza per raggiungere il soffitto.

Potrei saltare.

«E forse arriverei ad arrampicarmi all'infisso.»

Prima, dovrei aprire il vetro.

Lo fissai ancora.

«Non ne ho le forze...»

Suor Lucia si è curata di non scordarsela mai, la spranga che usa per sbloccarlo.

«Magari, però...»

Se spostassi il letto e vi sovrapponessi tavolo e sedia...

«Ci arriverei giusta.»

Certo, facendo attenzione a non far crollare la piramide.

Mi sedetti sul materasso soffice.

Sarebbe stata meglio la stuoia di lana cotta.

«Non avrei creduto di rivalutare quella branda scomoda» sorrisi tra me e me massaggiandomi le braccia indolenzite.

Una volta sui tetti poi, che faccio?

«Improvviso.»

Non c'è più tempo per programmare il piano perfetto.

«Il piano perfetto non esiste» mi sdraiai su un fianco.

E se anche fosse esistito, c'era sempre un margine d'ombra. Un'incognita che non si poteva preventivare. Gli occhi si lasciarono sedurre dal sonno. Il respiro divenne grossolano.

32
La liberazione

«Svegliati!»

Una voce familiare mi sussurrò nelle orecchie.

«Ada, alzati, presto!» ripeté con irruenza.

Spalancai gli occhi. Il sonno burrascoso mi aveva fatto salire la camicia da notte fino alle costole. Era suor Maria Addolorata.

«Ho le chiavi!» annunciò impallidita: «Tutte quante. Pure quella di Elda».

Mi scagliai fuori dalle lenzuola e iniziai a vestirmi: «Che ore sono?». Guardai verso il soffitto. Un blu cobalto irrorava il cielo: «Non è ancora notte fonda».

«No, ma la compieta si è conclusa da un pezzo.»

«Volevo fuggire dai tetti» le strinsi una spalla con un gesto impacciato: «Se non ci avessi pensato tu».

Rivestii gli scarponcini strappando il tessuto delle federe così da attutirne i passi sul pavimento. Ci dirigemmo verso il corridoio.

«E il velo?» domandò quasi dispiaciuta.

«Non mi serve più.»

Ad ampie falcate raggiunsi la stanza di Elda. L'adrenalina mi faceva sentire leggera. Aprii la porta. Lei stava in piedi. In allerta. Il ventre cresciuto e lo sguardo commosso. Ci abbracciammo come sorelle.

«Credo sia una femmina, sai.»

«Dici davvero?» farfugliai trattenendo l'emozione.

Annuì con la pelle del volto ammorbidita: «Sa già ottenere ciò che vuole».

Suor Maria Addolorata comparve sull'uscio. Elda non fu sorpresa di scoprirla nostra complice. Elda sapeva molte cose.

«Mettiti le scarpe» dissi.

Reclinò il capo: «Non le ho».

Sbalordii.

«Me le tolsero una decina di anni fa.»

«Ti do le mie» mi piegai verso gli stivaletti.

«Preferisco stare scalza.»

La interrogai senza parole.

«Dico sul serio» mi rassicurò.

L'avvolsi nella coperta e la presi per mano.

«A cosa dovevano servirmi, si saranno dette» sorrise remissiva.

Uscimmo piano. Somigliava a un animale stanco. Non sembrava ricordare in che modo fare perno sul baricentro per non barcollare. Il petto florido e il grembo prominente la soggiogavano a un'evidente forza di gravità. Riconsegnai i due chiavistelli del solaio alla monaca. Li avrebbe ricollocati al loro posto.

«Spero non saranno più necessari... il monastero sarà presto liberato» sussurrai col fiato corto.

«Ci farete uscire al momento debito. Ne ho la piena fiducia» chiuse la serratura.

«Vieni con noi» tentai un'ultima volta.

Ci fissò: «Io resto».

«È giusto. Lei e suor Domenica sono le sole anime pie qua dentro» si pronunciò Elda: «Se dovesse succedere qualcosa...».

«È già accaduto abbastanza» replicai.

«Io resto» ripeté la vecchia: «Se ci sarà bisogno del mio aiuto, non mi tirerò indietro».

Non insistetti.

«Nel mazzo ci sono gli accessi alla biblioteca, alla chiesa palatina e alla grata segreta.» Mi mostrò una chiave in ottone: «È del cancello principale». Poi ne indicò una più lunga: «Questa, invece, è del portone esterno».

È il mazzo di suor Aurora...

«Grazie» Elda si chinò goffa e l'abbracciò.

Il suo viso grinzoso s'illuminò quanto una stella nascente.

«È un appuntamento soltanto rimandato, il nostro» aggiunsi.

Suor Maria Addolorata annuì solenne.

Io ed Elda iniziammo la nostra corsa verso la libertà. Dovevamo fare piano. Perché il legno scricchiola e i passi rimbombano sempre in un monastero di clausura. Le nostre mani s'intrecciarono salde. La paura ci consumava il cuore. E il corridoio parve interminabile. Per scendere le scale, Elda mi si aggrappò a un braccio. Faticava a reggere il peso della pancia. Avrei voluto incoraggiarla. Dirle che stava facendo bene. Che l'ammiravo per la determinazione con cui fronteggiava le avversità. Ma dovevamo stare in silenzio. Trasformarci in creature invisibili. Elda contemplò il chiostro e il mento fremette in un lieve spasmo emotivo.

Sono anni che non lo vedi, vero?

«Doveva essere la mia casa...» si lasciò sfuggire.

Sul suo volto si stese l'ombra della perdita e del rammarico.

Volevi solo diventare suora. Una piccola suora cristiana.

Guidate dal bagliore della lanterna, percorremmo il tunnel che avevo imparato a conoscere da vicino. Lo sbocco nel cortile di ponente era ormai prossimo.

«Manca molto?» chiese stremata.

«Siamo quasi arrivate.»

«Chista puzza ri muffa mi fa vièniri da vomitare.»

Giunte davanti alla fontana di marmo guardammo il cielo. Elda respirò a grosse boccate.

«È una notte senza luna» dissi.

«No, è la luna nera» replicò.

Mi morsi il labbro e rovistai tra le chiavi. Infilai il triangolo nella porta rossa e fummo all'interno della cappella palatina.

Elda sgranò gli occhi e socchiuse le labbra girando su se stessa con il volto verso l'alto.

«È meraviglioso...» si abbandonò allo stupore.

«Non c'eri mai venuta?» domandai.

«Mai.»

«Pensavo suor Aurora...»

«Non ne ebbe l'ardire. Ma me la descrisse per filo e per segno» continuò a osservarsi attorno: «Ed è proprio così che l'ho immaginata nel corso degli anni».

Aprii il trittico di Bosch.

Elda si avvicinò con lo sguardo vibrante. «Lilith» sibilò: «In ogni sua forma...». Le lacrime le lambirono le guance.

Mi turbò vederla in quello stato. Tuttavia dovevo essere pragmatica. Azionai il meccanismo sfiorando le civette e la grata comparve. Estrassi il libro della legge dei morti e glielo passai.

«Va distrutto il più presto possibile» asserì con voce spessa.

«Lo faremo insieme.»

Strinsi i denti, sottrassi al cimitero di ossa due fragili reliquie e richiusi il tutto.

«Andiamocene» la presi sottobraccio.

Percorremmo alcuni metri. Il desiderio di libertà divenne una presenza quasi materica. All'improvviso, Elda strizzò la mia mano. Io capii.

«Mi si sono rotte le acque» mormorò a gambe divaricate.

Una chiazza trasparente si allargò ai suoi piedi. Aveva un odore dolciastro.

«Respira, Elda» le sottrassi il libro e la feci appoggiare alla mia spalla in modo da sostenere un po' del peso che si portava addosso.

«Le doglie...» farfugliò annaspando: «È troppo presto». Si tastò il ventre.

«Resisti. Ti porto fuori di qui.»

33
Il miracolo

Ripercorrere il tunnel nero a ritroso fu spaventoso. Sembrava di ricadere nelle fauci del male. E a mano a mano che incedevamo, il ventre di Elda si faceva sempre più basso.

La testa della creatura è scesa nel bacino.

«Non ce la faccio a camminare ancora» s'accasciò sfinita.

«Tieni duro, dobbiamo raggiungere un posto sicuro. La nascita è imminente» la spronai a continuare: «Non possiamo fermarci ora».

Aprii il cancello principale. Non mi pareva vero. Le fronde degli alberi frusciavano inquiete. E la sagoma del monastero si scagliava verso il cielo come una gigantesca lapide rugginosa.

«Qualche passo, e al di là del selciato c'è il portone!»

«Mi devo stendere, Ada. Adesso!» ringhiò con un timbro sconosciuto.

Svelta vagliai la migliore opzione e la trascinai verso la stalla.

Elda crollò esausta.

«Ogni quantu sunnu i contrazioni?»

«E chi ni sacciu.»

«Lontane o ravvicinate?»

«Ogni poco e nenti.»

Le sistemai un mucchietto di paglia sotto la testa. Controllai in mezzo alle gambe. La cervice era dilatata.

«Sei entrata in travaglio, amica mia» la guardai con gli occhi liquidi.

Lei m'investì di un respiro irruento trattenendosi dal gridare.

«Non farmela portare via» pianse paonazza.

Il sudore le grondava dall'attaccatura dei capelli e colava fino al petto.

«Nessuno oserà nemmeno provarci.»

Gettò il capo all'indietro serrando la mandibola in preda al dolore.

«Spingi, Elda. Forte!» le infilai in bocca un piccolo ramo da stringere tra i denti.

Scrutai la dilatazione da vicino.

È di almeno nove centimetri.

«Il canale del parto è aperto.» Le parole mi si ruppero in gola. «Spingi!» la incitai nuovamente.

Le tempie pulsavano come vermicelli in ebollizione.

Fu allora che qualcosa cambiò.

Il miracolo, Ada...

I filamenti dorati che sapevano della nostra terra levitarono. Le campane di una chiesa suonarono lontane. Le pagine di un vecchio calendario frusciarono fino a fermarsi in quella fatidica data che aveva segnato la vita di ognuna.

Il giorno del mio matrimonio.

Il giorno della sua entrata in clausura.

Lunghi capelli biondi ricomparvero ondeggiando intorno alle nostre teste. Mischiandosi alla paglia profumata e gonfiandosi come girasoli a luglio.

«Ada, la vedi pure tu?» le pupille si ingrandirono. «È bellissima... piena di grazia.»

«È la Madonna» continuai afona.

La Vergine Immacolata cinta dal velo celeste si sedette accanto a noi.

«Ada ed Elda» sorrise: «Finalmente ho trovato il modo d'incontrarvi assieme».

Emanava un chiarore fievole eppure intenso. Osai allungare una mano. Lei fece lo stesso. I palmi si unirono e mi sentii pervasa di luce. Dentro e fuori.

«Fallo anche tu, Elda» dissi.

Obbedì e il dolore sfumò distendendole i tratti del viso patito. Il mio corpo diventò trasparente. Potevo scorgere gli organi, le arterie, il sangue che scorreva silenzioso, le piastrine, gli elettroni, le fasce muscolari, le ossa. Mentre i raggi diafani filavano attraverso gli spazi vacui intrecciando futuri possibili e ricordi felici. Mi sembrò di vedere la donna che sono per la prima volta.

«Rammenti la felicità, Ada?» chiese.

«No, Santa Maria.»

Il bagliore che ci avvolgeva virò verso una tonalità ambrata.

«E tu, Elda?»

«Sì... nei volti dei figli che ho perso.»

«Chiudete gli occhi» c'invitò con la sua voce di seta.

Ci invase un calore diverso. Non il solito calore. Qualcosa di mai sperimentato. Nemmeno nel liquido amniotico del grembo materno, quando a poco a poco imparavamo a crescere.

«Ora riapriteli» rivolse a me il suo sguardo splendente: «Ada, tu sei stata felice insieme a tuo padre, l'estate in cui t'insegnò a nuotare. Avevi sette anni».

L'ascoltai rapita.

«Ti ha fatto immergere la testa. Non hai avvertito alcun timore. Lui era al tuo fianco. E le bollicine d'acqua ti gorgogliavano attorno facendoti il solletico. Ti sei sentita libera.

«Elda, tu invece, hai letto una poesia a tua mamma, una mattina. Si è commossa e t'ha guardata con orgoglio. L'avevi scritta di tuo pugno. Desideravi una carriera da poetessa.»

Elda ammiccò in estasi.

«Fin da bambina sognavo questa luce. Ogni notte. A quel tempo non potevo immaginare cosa fosse. Ma nell'istante in cui il mio grembo fu pronto a ospitare la vita, seppi dare un significato alle tante serate insonni» la sua voce si espanse tangibile. Un manto ristoratore sulle nostre coscienze: «Si trattava del Signore. Mi stava mostrando la retta via».

La Madonna è una donna come noi.

«Tu Elda, non dovrai più soffrire. Nemmeno per il parto. Tu

Ada, sarai paladina di una rinascita» ci benedisse con una carezza sul capo: «E tornerete all'origine. Le creature perfette che il Signore ha creato con amore infinito. Così eravate, così sarete».

Una fuliggine nera prese a scomporsi dalle spalle di entrambe. Poi dal bacino, dalle gambe. Sapeva d'immondizia. Nel tempo avevamo accumulato senza accorgercene quel deposito raffermo. E subito riacquistammo vigore.

Regina della pace, Consolatrice, Vergine degna di onore.

«"Riconosco, o Madre, la tua grande magnificenza, il sublime mistero della tua Incarnazione che ti ha resa madre di Dio e madre nostra"» recitai: «"Ti lodo, o Madre, perché mai ci abbandoni anche quando noi abbandoniamo Te"».

Il miracolo della fede...

La Madonna svanì ma il suo bagliore continuò ad aleggiare su di noi. Tra le mie mani un corpicino vivo e palpitante.

«Il vero miracolo è lei, Ada. La bambina venuta al mondo nonostante il peggio» aleggiò ancora la voce divina prima di dissuadersi.

«È nata!» esultai cauta e la posai tra le braccia di Elda: «È una femmina, avevi ragione».

La contemplò e si aprì in un sorriso di pura gioia: «Il suo nome è Nina».

Disinfettai sulla fiammella del lume acceso un coltello trovato tra gli attrezzi. Recisi il cordone ombelicale, mi strappai la camicia da notte che nella fretta era rimasta sotto l'abito e vi infagottai la bambina.

«È il mio angelo» la baciò su una guancia: «La Madonna della Catena, lo sai, è la...».

«Sì, la protettrice delle partorienti, lo ricordo.»

«Nun haju sentito mali, Ada» se la strinse al petto: «Jè scivolata fùora comu do' guscio 'na mandola ben tostata».

Ridemmo a bocca aperta, come una volta.

«Siete uguali.»

«Sarai la sua madrina?»

Vibrai.

«Vuoi?»

«E me lo chiedi?» fui sopraffatta dall'emozione: «Certo».

«Battezziamola, allora.»

«Chi?»

«Noi» rispose decisa: «In caso di necessità, chiunque può farlo utilizzando la formula battesimale trinitaria».

«Adesso?» esclamai in apprensione: «Dobbiamo andare, Ada».

«Sì, uòra» si rassettò togliendosi la paglia di dosso: «Voglio che sia protetta dal male che serpeggia in questo luogo. Ci vuole poco».

La piccola, grazie al cielo, non piangeva. Era serena e silenziosa. D'altronde nascere benedette dalla Madonna non è una concessione comune.

Già...

«Eccole qua» sibilò il Battista: «La mia preferita e la sposa regina».

Io ed Elda impallidimmo inorridite. L'uomo avanzò strusciando la veste sacerdotale sul terriccio. «Potrai tenerla con te quasi un anno» disse rivolto a Elda: «Almeno fino al prossimo 30 aprile. Dovresti esserne grata». Sorrise meschino. Aiutai la mia amica a rialzarsi. Tremava.

«Lasciateci andare» lo guardai con livore.

«Non ti ho trovata nella tua stanza, Ada... Avevamo un appuntamento, se non erro.»

Indietreggiammo l'una stretta all'altra. Nina avvertì l'accelerazione del battito di sua madre e iniziò a strillare. Sguainai il coltello intascato di nascosto e lo brandii.

«Ora torniamo dentro» ordinò lui per nulla turbato: «Ognuna nelle vostre stanze. Fingendo che niente di tutto questo sia accaduto».

«Sei un'abominazione» dissi.

Eruppe in una risata dal sapore di tenebra. Poi mi fissò: «Quello, mettilo da parte. Potresti farti male».

Io rafforzai la presa sull'impugnatura. Lui mi si scagliò addosso.

«Scappa, Elda!» gridai intenta nella colluttazione.

Il sacerdote mi pigiò la faccia a terra cercando di sottrarmi il pugnale. Gli ferii una coscia con la lama. Elda posò la bambina al sicuro e intervenne in mio soccorso aggrappandoglisi al collo. Ancora una volta, come nel bosco di agrifogli giganti, lottavamo insieme contro la Chiesa. Per la sopravvivenza. Ghermì il rosario lussuoso che l'uomo portava e lo tirò con forza. La croce si rovesciò e qualcosa che entrambe conoscevamo fin da bambine luccicò.

«Lo sai in che modo è morto don Carlo?» sibilai con la voce soffocata dal suo impeto.

Sbarrò gli occhi.

«Gliel'ho inferta di persona, la fine che si meritava.»

Elda non smise di combattere. Io distribuivo ginocchiate serrate. Ma il corpo del Battista era sano e aitante. I nostri, debilitati e offesi. Fu una gara impari. Senza pietre inviate da Dio con cui tramortirlo.

Elda, ci ho provato. Scusami se non ci sono riuscita.

Nessuna risorsa. Nessuna speranza.

Perdonami anche tu, piccola Nina.

Il sacerdote all'improvviso s'incupì e una grossa vena prese a pulsargli in mezzo alla fronte. Elda gli aveva appena trafitto la schiena con un forcone.

«Lurida scrofa» si voltò mollandomi al suolo. Si strappò il tridente dalla carne e la aggredì. Recuperai il coltello mentre lui caricava il bersaglio e le perforava l'inguine con un colpo violento.

Quando gli recisi di netto la giugulare, il sangue zampillò scarlatto. La carcassa rovinò pesante sul pavimento. Ma era ormai troppo tardi.

«Elda...» mi avvicinai in affanno.

Mi sorrise ingrigita.

«Ce la farai. Te lo prometto» non trattenni le lacrime.

Una pozza scura si allargò attorno alla sua figura ancora gonfia per il parto.

«Ada, fai presto» mi pregò: «Salva te stessa, Nina, e salva Dio dagli uomini».

«Non lasciarmi, Elda. Vieni via con me» le afferrai una mano. Era fredda.

«Ascolta la Madonna... e non abbandonarla di nuovo.» Mi regalò la sua espressione più dolce. Io contraccambiai disperata.

Elda esalò il respiro del trapasso.

«Elda! Elda!» la scossi tanto che parve in preda a una crisi convulsiva. Come quella che avevo visto capitare a suor Caterina.

Le palpebre smisero di sbattere. Crollai sul suo petto.

«Tu e io... per sempre...» singhiozzai. Il dorso contrito dalla pena.

Hanno sentito il pianto della bambina. Scappa. Ora.

Mi sollevai distrutta. La baciai sulle labbra.

«Addio, amica mia.»

Raccolsi il libro e la piccola nata. Agitava le braccia minuscole verso l'alto e muoveva la bocca in smorfie esplorative.

«Io non ti lascio» sussurrai.

Lei mi fissò come a dire: dove è finita la mia mamma?

«Lo so, dovremo imparare a conoscerci» la strinsi a me.

Posai lo sguardo su Elda per l'ultima volta. E corsi fuori dalla stalla.

34
La fuga

La foschia amalgamava i confini bui tra me e la libertà. Attraversai il selciato, percorsi una zona terrosa e raggiunsi finalmente il grosso portone. Frugai nella tasca.

«La chiave più lunga...» tirai fuori il mazzo e penetrai la serratura.

Una scossa mi pervase per intero. Come quella che anticipa la fiamma sul fiammifero. E quando si spegne non resta che l'odore di bruciato.

La chiave non girava.

Disorientata, le provai tutte. Non una funzionò. Un conato di vomito mi fece espellere la bile. Non avevo altro nello stomaco. E un'ondata anomala di freddo caldo mi percosse gambe e braccia. Faticai a reggermi in piedi.

Panico-panico.

Cercai con gli occhi svelti.

Cosa faccio-cosa faccio?

Scrutai le dimensioni del legno sormontato dalla pietra. Superava i tre metri di altezza. Scalarlo era impensabile. Le lastre di roccia si ergevano troppo regolari. Non mostravano appigli su cui poggiare i piedi e aggrapparsi con le mani. Se anche mi fossi rotta qualche pezzo, non importava. Ma un neonato non sarebbe sopravvissuto a un'eventuale caduta.

La grondaia.

Esaminai il tubo che saliva fino in cima. Lo scrollai. Lo avevano saldato con sapienza.

Sulla parte esterna della muraglia, però... impossibile ridiscendere.

Scossi il capo. Non potevo rischiare.

In che modo forzare la serratura, allora?

Digrignai i denti. In un gesto disperato tirai un calcio al portone. La speranza che il tempo lo avesse indebolito svanì all'istante.

Torno nella stalla?

«Magari il prete cadavere custodisce nella veste la chiave giusta...» parlai alla bimba che nel frattempo si era addormentata.

Mi voltai verso il monastero e scorsi un lume acceso in una stanza dell'ala ovest.

Il cuore guizzò in subbuglio. Smisi di respirare.

«Nina, dobbiamo sbrigarci!» farfugliai in agitazione.

Se solo sapessi...

«Vergine Maria, ti prego, aiutaci tu» chinai la testa strizzando le palpebre.

Quando le riaprii, un bruco dalle striature vermiglie si stava incuneando nel terreno oltrepassando la soglia. Inalai aria a pieni polmoni.

Devo scavare!

«Nina, bisogna che io scavi una buca» continuai a mormorare: «Passeremo da là sotto». Tentai un sorriso.

Oltre il gabbiotto della portineria, un carretto con gli attrezzi da giardino stanziava abbandonato sull'erba. Agguantai il piccone, poggiai la bambina a distanza e m'accanii sul suolo.

«Abbi fede, tesoro mio.»

Che la Madonna ci assista.

Il terriccio era spesso, poco friabile.

«Forza, ci vuole soltanto un po' di forza» ansimai grondando sudore.

I lividi sulle scapole e lungo le braccia pulsavano duro. A ogni picconata il dolore si amplificava ma la fossa prendeva forma. Una seconda luce si accese sulla facciata del convento.

Non c'è più tempo!

Eccone un'altra spuntare nella stalla.

«Oh, Madre di Dio!» affrettai i colpi.

Azzardai un approccio all'interno dell'avvallamento, non abbastanza profondo. Così ripresi il lavoro, mi accucciai febbrile, grattai nel fango spezzandomi le unghie tra i detriti. La fasciatura al pollice lussato si sciolse. Ancora una volta l'odore di radici mi entrava dentro.

Il sapore della terra non mi piace.

Mi voltai a controllare. Una carcassa nera si avvicinava. L'affanno aumentò. Il terrore fu tanto da fare male.

«Ci siamo, piccola» afferrai il bozzolo avvolto nella camicia da notte e lo feci passare attraverso la scappatoia: «Non aver paura, vengo subito». Misi in sicurezza pure il libro da distruggere.

Alle mie spalle la massa scura si rese riconoscibile. Si trattava di suor Fioretta che correva.

Adesso, Ada!

Mi buttai nello scavo e strisciai.

«Brutta schifosa!» udii gridare dalla sua bocca asprigna.

Le prime a inebriarsi di libertà furono le mani che si aggrapparono ai ciuffi d'erba e tirarono il resto. Le fitte al pollice erano atroci. Poi arrivò il momento della testa. Gli occhi assaporarono la vallata voraci. Puntai gli avambracci e sentii il bacino e le cosce avanzare. Nina si svegliò. Anche lei si concedeva la bellezza del cielo al di qua delle mura. Piegai un ginocchio e mi diedi la spinta sollevandomi a gattoni. Mancava solo un polpaccio. Ma il terreno tremò. Guardai verso il portone. La monaca nerboruta stava tentando l'impresa di transitare per il fosso e mi aveva appena abbrancato il piede. La foga fu tale da farmi domandare se cercasse una via di fuga quanto me. Tuttavia era troppo grossa. Da lì non passava.

Scalciai. «Lasciami portare in salvo la bambina» la pregai.

«Presto, venite. L'ho presa!» gridò nel vuoto.

Con il piede libero le sferrai una raffica di pedate in faccia. Forse le ruppi il naso. Le scaraventai una manciata di terra addosso. Finalmente mi mollò. Mi alzai svelta, recuperai il libro e raccolsi la creatura.

«Sbrigatevi! Sta scappando» continuò la suora intrappolata. Non riusciva a muoversi né avanti né indietro.

Il tintinnio di un mazzo di chiavi oltre il portone mi fece balzare lungo il costone della rocca. Non prestai attenzione alla direzione. L'importante era allontanarmi in fretta. I sussulti della discesa infastidirono Nina che incominciò a lamentarsi.

«Shh, piccola, va tutto bene.» Le baciai la fronte.

Altre ombre adornate da lumi accesi si susseguirono all'ingresso del monastero e si cosparsero come pedine oscure.

Giù, giù, giù.

«Suor Grazia!» gridavano.

Prendi la via meno battuta, non ti scoveranno.

«Suor Grazia, non ce la farai... torna indietro.»

Non m'arrestai e mi ritrovai in una zona pianeggiante. La palma dorata dove avrei dovuto incontrare Sariddu si trovava dalla parte opposta. Non potevo più raggiungerla. Per tornare a casa, mi aspettavano le Gole di Tiberio. Strinsi la croce del rosario di nonna.

La notte senza luna era punteggiata di stelle che condivano il cielo come una spruzzata di canditi cristallizzati. Nina si agitò sul mio petto. Aveva fame.

«Presto berrai latte caldo, dolce tesoro.»

Prima dovrai soltanto imparare a nuotare.

Mi morsi il labbro e non persi il passo. Camminai una decina di chilometri. Le dita dei piedi e i calcagni dolevano. Gli interni delle cosce vibravano per lo sforzo. L'aria nei polmoni bruciava. Gli effetti della vita di spogliamento e penitenza dell'ultimo anno riverberavano impietosi sul mio corpo che faticava a sostenere le tante sollecitazioni.

Oltrepassai una macchia boschiva: «Eccolo qua u mirìcu».

Pareti di roccia calcarea alte una cinquantina di metri si ergevano dalle acque del fiume Pollina simili a diamanti scolpiti dal vento.

«Ora sentirai un po' frescolino» fasciai stretta la bambina e con la stoffa rimanente l'annodai di traverso sul davanti.

I nodi sono saldi.

Entrai nel freddo e le immersi la nuca sporgendomi in avanti.

«Andate dunque, ammaestrate tutte le genti, battezzandole nel nome del Padre e del Figliuolo e dello Spirito Santo» sussurrai.

La bambina s'intirizzì berciando e per qualche instante tenne gli occhietti sbarrati.

«È ciò che desiderava tua madre» sorrisi intenerita.

Infilai il libro nella scollatura, avanzai tra i ciottoli scivolosi e mi accorsi di aver commesso un'enorme idiozia: «Camurrìa!».

È troppo profondo... non posso mantenerla legata così.

Lesta armeggiai nel tessuto e la sciolsi dalla presa.

Dovrò nuotare con un braccio e con l'altro reggerle la testolina all'aria.

Sguazzai tra gli scogli, dentro fino al collo. Guardai il piccolo canyon naturale che ci sovrastava. La roccia ricordava un grappolo di facce ululanti.

«Nina, tra poco saremo a casa» cercai di rassicurarla.

Sollevata sopra la mia testa la sentivo tremare, povera cara. Mentre il buio immenso mi faceva perdere il senso dell'orientamento. Non vedevo dove andavo. Sapevo solo che le mie gambe non smettevano di smuovere acqua creando scompiglio nella quiete notturna. All'improvviso incappai in un grosso rovo che scendeva a cascata lungo la parete rocciosa e sotto i flutti, un groviglio di rami affiliati e spine che mi avvolse bacino e cosce. Non fu un incontro felice. La veste monacale ci s'impigliò lacerandosi in diversi punti.

«U mòstru nun esiste, Nina. Stai tranquilla, nun jè vìeru chiddu chi ricinu» ansimai nel panico: «Non esiste nessun gigante». A tratti la bocca mi scendeva sotto il livello dell'acqua. Bevvi. Tossii. Mi ripresi. Il braccio teso all'insù oscillava affaticato. Ma Nina stava bene. Respirava. Era ciò che contava.

Non riuscirò a resistere ancora per molto...

«Zìttuti, cretina!» m'insultai. «Non ce l'ho con te, piccolina.»

La figlia di Elda fluttuava a mezz'aria come un petalo bianco. Morbido. Di quelli appena caduti dal fiore. Tentai di districarmi dalla prigione subacquea, eppure lo spessore dell'abito la rendeva poco malleabile. Con una mano soltanto mi era impossibile trovare il vigore necessario per svincolarmi dai rovi. Passò del tempo. Non sapevo immaginare quanto. Nonostante la bella stagione, il fiume era freddo. A volte strattonavo Nina per controllare che il suo silenzio fosse sintomo del sonno. Lei frignava con la voce roca. Io mi rasserenavo.

«"Jusu nta fosso, jusu nta fosso iu cado... e anche si nun mi pigghi, u mari rimane sempri azzurru"...» cantai nell'oscurità.

Pure la mia di voce s'era fatta spenta. Si propagò sottotono rimbombando tra le gole e i fossili. Un lupo ululò in lontananza. Un altro rispose in prossimità del dirupo.

«Oh, Madonna mia!» rabbrividii.

I lupi divorano i bambini.

«Nina, l'acqua ci terrà al riparo...»

I lupi divorano chiunque.

Versi minacciosi e sommessi si accavallarono sulle sommità spigolose.

«Andatevene!» strillai.

Mi parve di vederli appostati con i canini affilati e le lingue grondanti.

«Lasciateci stare!»

Nina gorgogliò.

Un rumore frastagliato di pietrisco che scivola e zampate scattanti lambì la riva opposta. I guaiti si avvicendarono ansiosi.

«Non ci possono attaccare... sono lontani.»

Nina ammutolì. Quasi avesse intuito il pericolo. Poi il rovo si scosse alle mie spalle. E un ringhio ostile fiatò su di noi. Trasalii e lanciai un urlo. La bestia era scesa sui gradini naturali della roccia e incombeva vogliosa di predare.

«Via! Vattene via» lo schizzai a grosse gettate.

La piccola iniziò a piangere. Fu inevitabile. Il lupo ringhiò più forte.

È la fine, Nina. Contro i lupi non si vince.

Un colpo sordo esplose nella notte e l'animale cadde in acqua. Durante il salto i nostri corpi si sfiorarono.

Presto la nostra carne sarà poltiglia.

«Ada!» udii gridare il mio nome.

Mi hanno trovata... la Badessa Madre mi ucciderà.

Il lupo galleggiò riverso, privo di vita.

«Ada, mi senti?» domandò una voce maschile.

L'uomo che poteva farmi del male è all'inferno...

Volsi la testa verso l'alto.

«Sono io, Ada...» il fascio di luce di una lanterna m'investì.

«Rosario!» mi animai.

È riuscito a trovarmi.

«Sono bloccata, non riesco a muovermi.»

«Aspetta, arrivu.»

«Attento, ce ne sono altri.»

«U sacciu. Ci pensa u fucile.»

Due spari tuonarono nella vallata. Poi il silenzio sembrò ingoiare ogni cosa. L'attesa mi fece impazzire. Il freddo s'acuì, il buio mi ferì gli occhi, i dolori alle ossa sbocciarono in germogli di sofferenza. Sariddu mi raggiunse ad ampie bracciate.

«Ada... che ti è capitato?» m'accarezzò una guancia.

Finalmente ci sei...

Quando vide la neonata ammutolì per qualche istante.

Ti spiegherò tutto. Mi è passata la paura.

Ma fu il mio volto consunto a sconvolgerlo. Me ne accorsi nonostante la notte.

«Aggrappati a me e tieni saldo il bambino» disse.

«Si chiama Nina» abbozzai un sorriso.

«Io vado sotto e ti libero» inalò aria buona e s'immerse.

Avvertii tirare, rompere, strappare. Riaffiorò energico, respirò, e scomparve nuovamente nel liquido di pece. All'improvviso potevo muovermi. Non ero più in balia del rovo selvatico.

Sariddu mi avvolse tra le sue braccia. Mi lasciai cullare nell'acqua fino a riva. Nina stava abbarbicata sul mio collo con lo sguardo vigile. Era un'avventura che non si voleva perdere. Una volta sui ciottoli, Rosario le sfilò il drappo bagnato e la fasciò con la maglia asciutta che aveva abbandonato prima di buttarsi. Mi strinse a sé e mi baciò senza parole.

«Mi si mancata» le sue dita m'avvinghiarono la nuca.

«Puri tu.»

Una luce diafana rischiarò le falesie e il bosco.

«Assai» aggiunse.

I suoi occhi scuri vibrarono. Lo baciai ancora. Non mi reggevo in piedi.

«Vi porto a casa.»

Annuii.

«E la tua amica...?» chiese.

Chinai il capo.

Una luna tonda e florida dominava il cielo.

«Com'è possibile?» mormorai con il mento all'insù.

«Cùosa?»

«A luna...» risposi stropicciata.

«Sì, jè bìedda china. I nùvuli a tenevano ammucciata. Ma idda c'è sempri stata.»

Una lacrima mi solleticò lo zigomo e m'entrò in bocca. Era dolce. Singhiozzai e risi insieme.

«Ci sono tante novità, sai.»

Lo contemplai svuotata.

«Ne sarai felice.»

«Lo sono già» dissi senza voce.

Solo allora mi resi conto che in acqua avevo perduto sia il libro che le reliquie custodite nella tasca della tonaca a brandelli.

35
Il capitello segreto

Io e Piera ci guardammo mute.

«Comu ti hannu ridotta, figghia mea» si disperò nel vedermi tanto deperita.

Mi tamponò le labbra crepate con dello strutto fresco e mi bendò di nuovo il pollice steccandomelo a dovere. Rosario stava seduto in disparte. Nessuno di noi aveva dormito. Lui e Tindaro fecero la ronda del bagghiu per la porzione di notte che avanzava prima dell'alba. Armati e incattiviti, non si sarebbero fatti cogliere impreparati nel caso Donna Rapidda o la Badessa avessero ordinato un'incursione. Quella sera, nella cava illuminata dalle candele nere, molte facce erano mascherate. Non conoscevo l'identità di ciascun adepto. Perciò occorreva essere prudenti.

«Elda non ce l'ha fatta, matri» farfugliai accucciata sul divanetto della cucina.

Una grossa trapunta mi copriva fino alla bocca. Il freddo lo sentivo dentro.

«Come glielo dico a Giuseppe?» mi strofinai il viso: «E Carmela... non lo sopporterà».

Si soffiò il naso arrossato dalla pena: « Salvasti a carni di la so' carni» replicò fievole.

«Nun jè bastanti.»

«Vi siti salvate in dui, Ada» azzardò Sariddu.

«Ma iu sugnu trasuta dà rintra pi purtari fùora Elda» insorsi tra le lacrime: «Glielo avìa prummisu. Idda doveva vìviri!».

Nina scalpitò piangendo.

«Nun gridare chi fai agitare a criatura» m'ammonì mia madre alzandosi e prendendola in braccio.

Controllò la temperatura del latte e l'allattò con un vecchio poppatoio trovato chissà dove. Nina ciucciò vorace. Non cercò il seno materno. Sapeva di doversi dare da fare per sopravvivere.

«Quantu jè bìedda.» Piera sospirò felice.

«Devi mangiare pure tu» disse Sariddu: «E riprendere peso».

Era evidente la sua apprensione. Soppesò le parole e il tono perché non risultassero un comando.

«Haju patito tantu a fami accauora haju pirdutu l'appetito.»

«'N cucchiara di meli, almìenu» insistette mia madre.

Proprio il miele, penso non lo toccherò più in vita mia.

«Tra poco viene il medico» m'informò: «Ha organizzato tutto Antonia che ti verrà a trovare nel pomeriggio». Tirò su Nina e la fece digerire picchiettandole la schiena: «Dice che ci si può fidare».

«Matri, bisogna salvare le monache imprigionate nel monastero» le energie iniziavano a scemare.

Lei e Rosario si scambiarono un'occhiata carica di qualcosa. Non riuscii a decifrarne il significato.

«Soprattutto quelle nel solaio. Alcune sono gravide e non escono dalle loro stanze da anni.»

«Santa misericordia» sibilò.

Lui scosse il capo affilandosi il mento: «Devono pagare pi u mali chi ficiru».

Piano le palpebre si abbassarono, le ciglia si cementarono le une sulle altre, e un sonno febbrile sabotò la mia coscienza. A lungo.

Il risveglio fu uno spavento. Mi guardai attorno atterrita. Pensavo di essere annegata nelle Gole di Tiberio. Sariddu non era arrivato a portarci in salvo e assieme alla piccola Nina ero affondata nelle profondità tetre delle acque fluviali. Mia madre era al mio capezzale. Non mi aveva lasciata sola mai. Una flebo mi aveva alimentata e reidratata nel corso dei giorni e un colorito roseo era ricomparso sulle gote insperato.

«Haju siti» dissi con l'arsura nella bocca.

Piera mi porse un bicchiere colmo.

«E haju bisùognu ri fàrmi 'n bagnu» mi annusai le ascelle: «Puzzo».

«Ta riempio iu a vasca fùora» si alzò e si diresse verso la porta della stanza.

«Rosario unn'é?»

Non le riuscì di trattenere il sorriso: «Jè in paìsi... avi 'na sorpresa pi tia».

La indagai con bonario sospetto.

«No, nun mi convinci... nun ti pozzu diri...»

«Cùosa si jè misu pi a capa?»

«T'haju rittu, jè 'n sicretu. Tu svelerà iddu.»

Mi morsi il labbro. Ero impaziente di vivere. Per me stessa. Per Elda. Per Nina.

«Matri, aspetta 'n momentu.»

Piera tornò indietro e si sedette sul bordo del letto. Le foglie di granoturco crocchiarono.

«Ho perso tutto, mamma.»

Le sue guance s'incavarono.

«Che stai dicendo?» mi accarezzò una mano.

«Durante la fuga, nuotando...» strozzai il magone: «Avevo raccolto delle prove per denunciare il monastero. La Badessa e le sue adepte non avrebbero avuto scampo». Sferrai un pugno sul materasso. «Le ho perdute, capisci!» ansimai: «E adesso, a che è servito? Il sacrificio durato un anno chiusa là dentro, la morte di Elda, conoscere gli abusi e non poterci fare niente... non è servito a nulla». Mi strapazzai la camicia da notte al petto.

Piera mi abbracciò con cautela. Temeva che il mio corpo insultato fosse ancora troppo sensibile.

«Io criu, mmeci, chi nenti fussi pirdutu, figghia.»

Sbattei le palpebre.

«Ho una cosa importante da dirti.»

Mi misi a sedere con la schiena addossata al cuscino: «Parla».

«Il libro rosso.»

Deglutii l'eccesso di saliva.

«Hai scoperto...» balbettai.

Annuì seria come una sfinge.

Balzai fuori dalle lenzuola: «Picchì nun me l'hai rittu subito?».

«Dovevi apprima riprenderti pi beni.»

«Dimmi, ti prego... di cosa si tratta?»

«Annamu nta fienile.»

La luce di giugno picchiava intensa sulla pietra del cortile. I cactus e la felce regale sembravano nutrirsi dei respiri del vento. I primi, ingerendoli attraverso le spine. L'altra smuovendo la propria criniera. Piera agguantò una vanga abbandonata tra le balle di fieno vecchio. Quello nuovo sarebbe arrivato a fine mese.

«Seguimi» camminò spedita verso il terreno sul retro.

L'orto in festa rifulgeva sotto i raggi del sole.

«Matri, pensi già a cùosa fàrimi manciari pi pranzo?» obiettai.

«L'ho ammucciatu sutta i peperoni verdi» disse rimpicciolendo la voce.

«Hai cambiato nascondiglio?»

Fece segno di sì: «E mìenu mali... quannu sunnu venuti a perquisire a casa, si ni sunnu andati cu a bocca asciutta». Si concesse un sogghigno.

Si piegò, smosse la terra e ne estrasse una scatola di legno.

La liberò dai residui. «Apriamola rintra» mi squadrò austera: «Nell'alcova. Unnui nun ci sunnu finestre».

Il mio battito cardiaco accelerò. Ci sedemmo vicine sulle poltroncine smangiate. Piera levò il coperchio e mi appoggiò il libro sul grembo. Mi provocò un certo effetto rivederlo. Lo fissai immobile.

«Jè successu 'na notti. Nun riuscivo a dormiri. Era tiempu chi nun ricevevo toi notizie... stavu assai nervosa. Accussì mi sunnu alzata e l'ho tirato fùora» raccontò gesticolando oltre il necessario.

Lo sfogliai come chi tocca qualcosa di pericoloso.

«Poi nun haju preso cchiù sonnu...»

«Matri, sputa u rospo» esclamai impaziente.

«Il segreto non stava sul testo scritto... o meglio, erano soltanto indizi. La vera rivelazione... è proprio qui» indicò il capitello della rilegatura: «Gli facìemu chiùiri bottega 'na vota pi tutte!».

Scollò piano la pelle sul dorso del libro e lo capovolse. Un piccolo fagotto di tessuto bianco mi scivolò sulle ginocchia.

«Cùosa jè?» riconobbi la stoffa delle monache. Non poteva essere che un avanzo di dolore.

«Vedilo tu stessa.»

Spacchettai. E le ossa di due manine si sparpagliarono sul lenzuolo.

Sussultai in un pianto liberatorio. La pena fu immensa. Ma avvertii anche una gioia disperata.

«A Biniditta ha perso la vita per rubarle al convento.»

Si fece il segno della croce.

«Possiamo ancora combattere.» Mi asciugai il volto.

«Iu cu te.»

Restammo in silenzio a lungo.

«Da chi andare, però...» ragionai a voce alta: «A chi denunciare l'accaduto, con la certezza che non sia corrotto?».

«Chistu nun jè 'n problema.»

La guardai perplessa.

«Annamu da Nicla La Grua.»

«Chi?»

«A nuova vicesindaco du paìsi.»

«'Na fimmina...» dissi aspirando le parole.

«Già» annuì fiera: «Faciuta e finita».

36
La Parigi delle Madonie

Il vecchio bagghiu è la mia essenza. Stamane l'ho osservato per intero. Facendoci il giro attorno. Qui c'è il mio codice genetico, la memoria di papà, le premure di Piera, il vissuto di due amiche speciali. Non lo lascerò più. Nina crescerà in questa cascina tra gli ulivi e il profumo dell'aria aperta. La giustizia non dovrebbe essere un qualcosa da raggiungere. È un diritto di nascita. E lei lo dovrà sapere fin da subito. Così da diventare forte e non accettare mai che qualcuno si permetta di negargliela.

L'incontro con la vicesindaco di Castelbuono, frutto della modernità dei tempi in Sicilia post-suffragio universale, fu illuminante e risolutivo. Io e il resto della comunità gliene saremo grati per sempre. Il papa si è speso in prima persona nell'intenzione di fare chiarezza e punire i colpevoli. Il corpo monacale è stato sciolto. Alcune suore sono finite ricoverate in ospedale. Altre sono in attesa di giudizio: uno scandalo che ha valicato le frontiere, e dicono che anche la stampa americana ne parli. Ma io voglio soltanto pensare a costruirmi una famiglia.

La luce del mattino mi piace. Custodisce in sé un sapore di

speranza con quegli sbaffi di nebulosa gloria che irrorano i contorni della materia.

M'incammino per la collina soleggiata. Il terriccio crepita al mio passaggio. L'erba alta lambisce i miei polpacci nudi. Respiro e mi sento piena nonostante tutto. Percorro il sentiero irregolare. Raccolgo qualche fiorellino di campo. Penso a Elda.

«Buongiorno, Ada» mi saluta con la voce soffusa.

Alzo lo sguardo e vedo la sua esile figura. Marina Schipano.

«Marina...» mormoro con una certa emozione.

L'esperienza drastica e indelebile del convento sulla rocca ci accomuna ora. Ci guardiamo ed è come raccontarsi.

«Quando ho saputo della vostra vicenda ho deciso di uscire di casa» sorride quasi fosse un acquarello ancora fresco: «Erano vent'anni che non lo facevo».

I miei occhi s'inumidiscono.

Cara creatura...

«Ognuno di noi ha cercato di sopravvivere al meglio.»

Inclina la testa. Il flusso dei suoi pensieri si delinea pur restando inaccessibile.

«Mi dispiace per la vostra amica...»

Annuisco muta.

«Sedici anni là dentro...» scuote il capo.

Mi stringo le mani dietro la schiena. Quell'attimo di silenzio mi dà la spinta per riprendere a dialogare.

«Hanno preso il resto della banda, sapete... ciascun membro affiliato custodiva in segreto una reliquia nella propria abitazione. Trovate le ossicine nella dimora di Donna Rapidda, non hanno impiegato molto a chiudere il cerchio.»

Marina armeggia dietro al collo e si sfila la catenina con il numero ventuno.

«Volevo darla a voi» me la porge.

Il numero ventuno...

«"Penso che stiamo nel vicolo dei topi, dove i morti hanno perso le loro ossa"... Adesso ne so qualcosa anch'io.»

Mi fissa con occhi espliciti.

Soppeso la collanina tra le dita. «Grazie... Don Carmine ha organizzato una messa commemorativa questa domenica. Per rendere omaggio alle vittime. Volete venire con me?» Sento sbocciare il seme di una nuova amicizia.

«Con piacere» e aggiunge: «Qual è il nome della bambina?».

«Nina.»

Sorride nuovamente. Quel fruscio inesorabile che ricordavo avvolgerla sulla poltrona stampata di fiori polverosi, si placa.

«Andiamo in paese. Ve la faccio conoscere.»

Oltrepassiamo il centro affollato. Nella periferia a est dove le case si diradano verso la collina, arriviamo a una graziosa locanda di imminente apertura. Sotto un pergolato di vite, Piera allatta Nina. Rosario sta in piedi su una scala mentre Tindaro gli passa una grossa insegna con il nome La Parigi delle Madonie.

«Cosa ne pensate?» chiede.

«Mi fa venir voglia di babbaluci» risponde Marina.

«È perfetta» dico: «Voleva fare il cuoco a Parigi ma...».

M'interrompe e ammicca: «Poi l'ho incontrata... e la mia Parigi è diventata lei».

Marina appare divertita.

Nina mi vede e si rallegra: «Eccola qui, il piccolo miracolo». Me l'accoccolo sul grembo.

La mia nuova amica le accarezza una gamba liscia: «Sei l'angelo di tutti noi».

Il pranzo di prova preparatoci da Rosario a base di ricette nostrane con un tocco forestiero è squisito. Marina mangia di gusto. Talvolta però la scorgo contemplare il paesaggio con lo sguardo perso. Sta riscoprendo brandelli di esistenza preclusa per troppo tempo. Sono felice di poter condividere uno spaccato di eccezionale normalità.

Eppure, quando meno me l'aspetto, sprazzi di buio continuano ad abitare la mia mente. Attraverso l'immagine di quelle manuzzelle ammassate all'interno di una grata segreta. Prive d'identità. Senza rispetto. Senza degna sepoltura. In attesa di una luce per riemergere dall'incubo. Perché il monastero della Madonna della Catena, l'incubo, lo serviva a colazione, pranzo, e cena. E le sue mura ne erano tanto impregnate che a tratti parevano animarsi.

Spesso mi domando chi fossero i bambini diseredati delle proprie vite. E chi sarebbero diventati oggi. Una volta cresciuti. Ma ormai fanno parte del passato. E il passato non si cambia. Io ed Elda lo sappiamo bene.

L'ultima lettera

7 giugno 1947

Cara Elda,

è trascorso un anno da quando ti ho persa. Nello stesso giorno hai dato alla luce Nina. Oggi ha compiuto un anno. È felice, sai. Ti piacerebbe vederla ridere. Il suo sorriso è contagioso. E già ti assomiglia così tanto. Non per scherzo, sembra la tua copia in miniatura. Rosario le ha preparato una torta ai lamponi con la panna fresca. Lei ci ha infilato dentro le dita e si è coperta la faccia. L'espressione che ha assunto poi, era uno spasso. È un tipetto coraggioso e astuto. Lo si capisce dal modo in cui osserva qualcosa che non ha mai visto prima. Il suo non è soltanto stupore. È voglia di capire. Le piacciono i libri colorati, spettinare l'acconciatura di tua madre e disegnare con le goccioline del caffè. Non cammina ma ci manca poco. La scorsa settimana ha pronunciato la parola «macchina». Dice solo quella. È curioso, vero? Jè 'na criatura precoce. Credo che da grande si concederà i viaggi che non abbiamo fatto. Scalpita per l'indipendenza, non teme la solitudine e ha un mondo interiore rigoglioso, perciò non si annoia. I tuoi genitori non si sono opposti al suo affidamento. Mi sento fortunata ad avere la tua famiglia vicina. Ci vediamo ogni giorno, Carmela vizia la piccola con completini di pregio e camicette di organza. Tuo padre ha una brutta tosse. Fuma troppo. Ma sarà con noi ancora per molto, ne sono certa.

Ho trovato l'uomo giusto, amica mia. Stavolta per davvero. È stato un peccato non potertene parlare. Il suo nome è Rosario, quello della torta. Gli amici lo chiamano Sariddu. Fa il cuoco in una locanda che ha riattato con il fratello. L'avresti adorata. I posti vanno sempre esauriti. E arrivano pure da fuori per venirci a mangiare. Il vecchio bagghiu, invece, lo abbiamo ritinteggiato di un color ocra intenso. Il fienile è gonfio di paglia come all'epoca di papà, e i cactus hanno raggiunto il tetto. Insomma, la mia vita prende forma.

Ecco, ora sono qui a scriverti la lettera che non avresti potuto ricevere nella lontana primavera del 1939, per farti la mia ultima promessa. Tua figlia starà bene, lo giuro. Nessuno le torcerà un capello e crescerà nella gioia. Ti confesso che non è facile disfarsi degli strascichi che mi porto addosso. Ma la fede è tornata, Elda. E tutto ha ripreso colore. Persino il bosco di agrifogli giganti.

Spesso, nella notte, mi compare davanti il crocifisso con la moneta d'oro e la civetta. Allora mi giro dall'altra parte e riprendo sonno. Non sarebbe così senza Nina. Per questo devo ringraziarti, amica cara. Per il tuo regalo più grande. Per la forza che mi dà in ogni momento, e per avermi fatto scordare cos'è la paura. A me che la tenebra l'ho abitata, insieme a te. E che adesso la tua voce posso ascoltarla soltanto nel vento.

Tu ci sei. Io lo so. E lo sai anche tu. Perché quando due persone nascono con in comune il torsolo della stessa mela, non può che essere amore.

Tua Ada

Epilogo
L'assalto

C'eravamo tutti quella mattina d'inizio estate quando il monastero della Madonna della Catena fu espugnato. Sulla rocca non si agitava un alito di vento. Il cielo era immobile. Gli uccelli volavano bassi. E il loro garrire stridulo si disperdeva sopra di noi come un risentimento. La tensione mi pervadeva imprimendosi tra le trame invisibili della mia pelle. E mi sentivo un relitto che affonda. Perché il convento di clausura si trovava sulla cima di un dirupo a forma di testa di serpente. E dalla femmina di un cobra, ci si aspetta sempre un colpo di coda finale. Fino a che non la vidi, non mi riuscì di stare tranquilla.

La polizia giunta da Roma per lo scandalo dei bambini dalle manine mozzate entrava e usciva attraverso il grande portone di legno. Uomini nerboruti dai baffi scuri e gli stivali spessi. Sotto le suole sembravano macinare la pietra che io ed Elda, molti anni prima, avevamo scalato a fatica. La processione delle reliquie fu lunga e dolorosa. Piera mi stava vicino fungendo da scudo. Voleva proteggermi dagli sguardi nemici, pungenti quanto stilettate al petto.

La Badessa comparve con le mani legate dietro la schiena, senza velo, il viso segnato dalla sconfitta. La sua età ora la dimostrava a pieno. E la chioma ingrigita le conferiva un che di trasandato. Quasi volgare. Le mie dita strette a pugno si sciolsero riprendendo un colore omogeneo. Le palpitazioni si normalizzarono. Lei mi guardò per un tempo indefinito. Forse annuì persino. Come a dire, ce l'hai fatta. Ti ho sottovalutato. Hai vinto tu. Non le tolsi gli occhi di dosso.

È così, madre. Ho vinto io. Ha vinto il bene. Ha vinto il futuro. Lo vedi? Si chiama Nina.

La piccola stava accoccolata tra le braccia di Carmela che serrava le labbra e faticava a trattenere il pianto. Giuseppe le stringeva una spalla. Pareva non perdere la compostezza che l'ha sempre contraddistinto. Ma lo conoscevo da decenni. Il suo gesto fu più che altro la necessità di un appiglio. Una coltre compatta di gente in cerca di rivalsa brulicava sul costone bruno. C'erano Rosario, Tindaro, Antonia, don Carmine, Marina, Lucio il poeta, bambini, anziani, persone semplici. Nessuno voleva perdersi la propria porzione di giustizia. E nell'istante in cui la religiosa avanzò sospinta da due poliziotti, iniziarono all'unisono a picchiare un piede al suolo. Il suono sordo e cadenzato espresse lo stato d'animo di un'intera comunità. Il rimbombo si espanse costringendo gli stormi a prendere il largo.

Gli uomini in divisa caricarono la Badessa su una jeep militare. Non oppose resistenza. Dopotutto, era una persona dall'intelligenza sprecata. Chinò il capo e si sistemò sul sedile posteriore. Poi fu il turno di suor Fioretta, suor Candida, suor Lucia e suor Clarissa. Le adepte crudeli. La vergogna accomunava i loro volti. Soprattutto quello di Clarissa con la voglia color melanzana. Si presentarono con i capelli rasati e l'incarnato ingiallito. Sperai che il velo glielo avessero strappato dalle nuche in segno di spregio. Non erano monache. Non erano messaggere del Signore. Non erano nemmeno donne, ma mostri dai crani calvi incapaci di clemenza. L'auto carica partì sobbalzando. Solo allora il moto dei piedi s'arrestò, la terra smise di tremare e tornò il silenzio. Io e Piera ci scrutammo sospese.

Avanti, fatele uscire...

Suor Evangelica si affacciò al portone cinto dalle imponenti mura con passo incerto. Un'infermiera la sorreggeva da un lato. I suoi occhi persi lacrimarono. Non sembrò a suo agio davanti a tanta gente. Non era abituata che alla vista delle solite facce. Nei luoghi consueti. Soltanto molto dopo scoprii che le avevano amputato una parte di lingua, il giorno in cui era scomparsa per settimane. Perciò non aveva cantato più. Azzardò qualche passo e inciampò. L'infermiera le diede da bere da una borraccia, forse acqua e zucchero. Avrei voluto abbracciarla.

Suor Domenica mi benedisse da lontano. Suor Epifania venne trasportata in barella da due portantini. L'inseparabile suor Agostina accanto, e suor Celeste che leggeva una preghiera dal libro sacro. Suor Maria Addolorata apparve claudicante. Chissà cosa le avevano inflitto nel frattempo. Camminava a piccoli passi sostenendosi su di un bastone bitorzoluto. La crocerossina le parlò. Non ne udii la voce. Lei accennò un sì con il capo e proseguì decisa. All'aria aperta le vene che trasparivano sotto la sua pelle parevano fili di lana che riscaldano nelle sere fredde d'inverno. Mi sorrise. I suoi lineamenti non ricordavano più una maschera pennellata in modo grossolano, ma una mappa con il dono di saper raccontare il dolore dei bistrattati. Ricambiai commossa. Ci capimmo senza parole. Le novizie spuntarono ammaccate, l'una contro l'altra. Come funghi ai margini di una quercia. Si tenevano intrecciate per le braccia, muovevano la testa a scatti, si calpestavano le caviglie. Le vesti bianche scintillavano linde al sole nonostante il peggio. Suor Vittoria cercò tra la folla. Sua madre scalò un tratto di roccia e la investì del suo amore disperato. Un bisbiglio animato si profuse tra la calca.

Dove sono? Stanno nei solai... ve l'ho detto, no!

Un vuoto abitò la soglia del portone troppo a lungo. Nina emanò un vagito solitario che riecheggiò simile a un campanello d'allarme.

Perché non le portano fuori?

Il sospetto che qualcosa di terribile fosse accaduto mi fece zoppicare il fiato. Ero decisa a chiedere spiegazioni, quando eccole. Fu la volta delle spose sacre. Suor Speranza mi salutò agitando la mano. Chissà se serbava memoria della notte trascorsa nella cava sotterranea. Suor Concetta mi ringraziò con un cenno carico di gratitudine. Un'infermiera le prestò i propri sandali per non farla scivolare sul terreno irregolare. Suor Angela marciò reticente. La statura massiccia camuffava ogni emozione e il suo stato interessante. La esaminai con oculatezza. Non so perché, ebbi la sensazione che avrebbe preferito restarsene chiusa lassù, nella stanza delle nozze. Non poteva che essere l'effetto del terrore. Suor Pia si fermò sull'uscio a contemplare il marasma. Il grembo voluminoso, le caviglie ingrossate. Non portava la garza a coprirle il viso. E la cicatrice che le aveva infranto lo sguardo pareva una crepa sul selciato. Una delle infermiere la esortò ad avanzare. Lei s'inchiodò e non si mosse. Quando un poliziotto si avvicinò per offrirle ulteriore assistenza, gridò con tanto turbamento che l'uomo infossò la testa tra le spalle e indietreggiò. La gente si paralizzò muta. Soltanto il vento si levò a increspare l'erba selvatica. Suor Salvatrice raccolse un fiore nato dalla pietra di un colore viola intenso e il cuore screziato di amaranto. Noi tutte assomigliavamo a quel fiore sbocciato tra gli stenti. Le si avvicinò e glielo porse piano. Suor Pia la fissò con curiosità. Non la conosceva. Lo accettò e lo portò alle narici. Mi sembrò di sentirlo, il profumo che emanava. Peperoncino misto ad anice stellato.

La monaca che per due settimane mi aveva curata dai postumi delle sevizie si diresse verso di me. In dono, lo stesso bocciolo schiuso. Non mi ero sbagliata. La fragranza asciutta rispecchiava la sua natura indomita. Suor Salvatrice indugiò al mio cospetto. Mi morsi il labbro. Insieme crollammo avvinghiandoci sulla pietra. Suor Pia si aprì in un sorriso di dolore e ci corse incontro. Reggendosi la pancia, non si diede pena per la roccia sotto i piedi. Fu un abbraccio violento. Senza respiro. Un abbraccio che faceva male. Anche le altre accorsero a grappoli rovesciandocisi addosso. Le lacrime si mischiarono tra braccia, mani e petti in cerca di consolazione. Per colmare un danno reciproco e convulso. Quello della perdita. Del tradimento. Del disonore.

All'improvviso ebbi l'impressione di galleggiare sott'acqua all'interno di un groviglio vivo. E che le nostre membra in movimento fossero i tentacoli di un'unica creatura nascente. I cuori presero a battere all'unisono. I polmoni inspirarono ed espirarono sincronizzati. Le bocche risero in libertà. Eravamo donne forti. Adesso lo sapevamo. Adesso potevamo vivere.

Fonti e testimonianze

Tutto accadde qualche estate fa, in un piccolo paesino della Basilicata. Il tavolo della cucina era rivestito da una tovaglia plastificata a fiori in stile anni Sessanta e la voce della signora Lucia, donna dallo spirito arguto e gli occhi accesi, rammentava i fatti della sua giovinezza. Proprio durante quelle ore pigre di un afoso pomeriggio d'agosto, la ventola cigolante sopra le nostre teste, il vimini delle sedie che vociava a ogni nostro gesto, udii per la prima volta l'aneddoto che avrebbe dato origine a questo romanzo.

«Le manuzzelle, le manuzzelle, le chiamavano...»

«Le manuzzelle?» chiesi, incerta sull'esatta pronuncia.

«Hai capito bene. Le piccole manine delle creature...»

L'ascoltavo con una strana apprensione.

La signora, non superava il metro e cinquanta di statura, ciondolava i piedi che non toccavano il pavimento: «Me lo narrò mia nonna, pace all'anima sua. Era nata nel secolo scorso, lo sai? Nel 1870».

Le sorridevo cauta.

«Che pena... sotto terra stavano. E nessuno sa da quanto tempo... si diceva pure, che c'era chi se le mangiava.»

Le sue parole mi hanno ronzato in testa per settimane, mesi, anni. Poi ho iniziato a scrivere. Quasi fosse una storia che m'apparteneva da sempre, rimasta intrappolata, a mia insaputa, nell'inconscio più profondo. E che, all'improvviso, aveva deciso di uscire. Con il dolore della violenza e il suo sfarzo. L'istinto mi suggerì fin da subito l'idea di un vecchio monastero immerso nella natura spettacolare del Parco delle Madonie, in Sicilia. Non ne conosco le ragioni. Ma documentandomi, in effetti, ho rintracciato vari articoli di giornale che testimoniavano il reperimento di ossa di bambini nei pressi di conventi in diverse parti del mondo. Dall'Irlanda al Canada, dalla Spagna alla necropoli di Lungano in Teverina, in provincia di Terni. E la toccante testimonianza di un'ex suora, una certa Charlotte Wells, a lungo abusata e torturata agli inizi del secolo scorso, mi ha ispirato a unire i tasselli di un'unica trama: il racconto delle manine interrate doveva essere ambientato in un monastero di clausura. Ed è così che, pagina dopo pagina, le vicende di Ada ed Elda hanno preso forma.

Due libri, in particolar modo, hanno avuto, per me, una certa rilevanza durante la stesura del manoscritto. Uno è *Lilith e la luna nera* di Roberto Sicuteri (Astrolabio): molto interessante lo studio svolto dall'autore sulla struggente e fascinosa figura archetipica di Lilith. L'altro è *La terra desolata* di T.S. Elliot (nell'edizione BUR), per la sua forza evocativa. Nel romanzo cito, inoltre, il *Faust* di J. W Goethe; *La signorina Else* di A. Schnitzler; la *Teogonia* di Esiodo; *Le Eumenidi* di Eschilo; le *Metamorfosi* di Ovidio; le *Metamorfosi* di Apuleio; l'*Odissea* di Omero.

Ringraziamenti

Pochi ma buoni.

Ringrazio Michela Gallio, la mia editor, per aver creduto nell'autenticità della mia storia e nella mia identità di autrice manifestandomi rispetto, fiducia ed entusiasmo. Ho sentito il mio lavoro protetto e riconosciuto. Gli slanci creativi sono stati accolti con incoraggiamento. Le difficoltà gestite con arguta leggerezza. Un esordio che non dimenticherò.

Ringrazio Rocco Ricciardulli per i continui scambi di idee, le letture dei capitoli a mano a mano che li scrivevo, e per avermi sostenuto durante i lunghi mesi di lavoro. La signora Lucia per il racconto di quelle piccole manuzzelle che, da subito, mi hanno fatto venire i brividi suscitandomi l'idea dell'intero romanzo.

Ringrazio Cosmo di Mille per il tempo che ha dedicato alla lettura del romanzo durante la fase di correzione delle bozze e per i suggerimenti di un esperto filologo.

Ringrazio Rossana Giglio per il suo prezioso lavoro di supervisione del dialetto siciliano, e per essersi occupata di reperire e controllare che le citazioni della Bibbia utilizzate nel romanzo fossero estrapolate, ove possibile, dalla versione di Ricciotti del 1939-1940 (Adriano Salani). Ringrazio, inoltre, Elena Grimi per aver gestito l'intera operazione esaudendo immancabilmente le mie richieste.

Ringrazio Rosamaria Dedonatis per la disponibilità e i consigli concreti in tema legale.

Ringrazio Mario Cinelli per avermi messo in contatto con la casa editrice che ha consentito di realizzare l'ostinato desiderio di vedere pubblicato il mio primo romanzo.

Indice

Finito di stampare nel mese di settembre 2021
per conto di RCS MediaGroup S.p.A.
da Grafica Veneta S.p.A., via Malcanton 2, Trebaseleghe (PD)
Printed in Italy